afgeschreven

De koffer van mevrouw Sinclair

Bezoek onze internetsite www.awbruna.nl voor informatie over onze
boeken, volg @AWBruna op Twitter of bezoek onze Facebook-pagina
Facebook.com/AWBrunaUitgevers.

Louise Walters

De koffer
van mevrouw
Sinclair

A.W. Bruna Uitgevers

Oorspronkelijke titel
Mrs Sinclair's Suitcase
Copyright © Louise Walters 2014
Vertaling
Erica Feberwee
Omslagbeeld
© Bettmann/Corbis
Omslagontwerp
b'IJ Barbara
© 2014 A.W. Bruna Uitgevers

ISBN 978 90 229 6059 2
NUR 302

Voor Ian, Oliver, Emily, Jude, Finn en Stanley

Dit boek is gedrukt op papier dat het keurmerk van de Forest Stewardship Council (FSC®) mag dragen. Bij dit papier is het zeker dat de productie niet tot bosvernietiging heeft geleid. Een flink deel van de grondstof is afkomstig uit bossen en plantages die worden beheerd volgens de regels van FSC. Van het andere deel van de grondstof is vastgesteld dat hiervoor geen houtkap in de laatste resten waardevol bos heeft plaatsgevonden. Daarom mag dit papier het FSC Mixed Sources label dragen. Voor dit boek is het FSC-gecertificeerde Munkenprint gebruikt. Dit papier is 100% chloor- en zwavelvrij gebleekt en wordt geleverd door Arctic Paper Munkedals AB, Zweden.

1

8 februari 1941

Lieve Dorothea,

Oorlog maakt mensen wanhopig. Dan stappen we uit onszelf. Ik hou van je en het spijt me dat ik dat nu pas zeg. Jij houdt van mij. Ik vergeet nooit jouw hand op mijn hoofd en mijn hals toen je dacht dat ik sliep. Daardoor wist ik het zeker. Dat je van me houdt. Het was geen verbeelding. Niemand zal me ooit weer zo aanraken. Dat weet ik ook zeker. En dat is een groot verdriet.

Vergeef me, Dorothea, want ik kan jou niet vergeven. Wat je doet is verkeerd. Het is niet eerlijk tegenover het kind en niet eerlijk tegenover de moeder. Ik ben uit mijn vaderland weg- gejaagd. Dat zie ik misschien nooit meer terug. En misschien gebeurt dat nu ook met dit kind. Als jij dit doorzet kun je nooit meer terug. En je zet het door. Je kunt nu nog terug, maar dat doe je niet. Dat weet ik. Je hebt je ziel verkocht door te doen wat je doet. Geloof me alsjeblieft. Doordat je de een in je armen sluit, verlies je de ander. Ik kan dit niet. Je weet waarom.

Ik vind het heel erg om dit te schrijven. De tranen lopen over mijn wangen. Ooit is de oorlog voorbij. Dat kan niet anders. Dan hadden we samen een nieuw leven kunnen beginnen. Want dat was mijn grote droom, mijn liefste wens, om de rest van mijn leven met jou samen te zijn. Die eerste keer, toen ik wegreed op mijn fiets, wist ik meteen hoe belangrijk je voor me was. Net zo belangrijk als water. Ik wist dat het met jou voor altijd zou zijn, maar er is voor ons geen tijd. Toen ik jou voor het eerst zag, dacht ik al na een paar minuten aan trouwen.

Maar het kan niet. Je bent een eerbare vrouw, maar wat je nu doet is helemaal niet eerbaar. Je doet zoveel om een goed mens te zijn, maar nu ben je ontrouw aan jezelf en haal je oneer je leven binnen. Ik vind het moeilijk om te schrijven wat ik wil zeggen, maar ik denk dat je het begrijpt. Mijn lieve Dorothea, je bent zo mooi en zo goed maar toch moet onze vriendschap eindigen. Ik wens je al het geluk van de wereld.

Liefs,

Jan Pietrykowski

(Deze brief vond ik in een uitgave van *The Infant's Progress, from the Valley of Destruction to Everlasting Glory*, uit 1910; Mary Martha Sherwoods bewerking van Bunyans *Christenreis naar de eeuwigheid*, waarmee ze jonge kinderen de smalle weg naar het eeuwige leven hoopt te wijzen. Ik legde het boek voor een prijsbepaling bij Philip op zijn bureau. Het kwam voor het bescheiden bedrag van £15 op de plank te staan in de kast met antiquarische boeken.)

Ik stof boeken af, ik zorg dat ze er weer netjes uitzien, ik haal een doek over de rug en over de bladzijden, soms stuk voor stuk. Het is nauwkeurig werk en een aanslag op je keel. Al stoffend kom ik van alles tegen: gedroogde bloemen, haarlokken, entreebewijzen, visitekaartjes, kwitanties, bonnetjes, foto's, briefkaarten, ansichtkaarten, maar ook complete brieven; ongepubliceerd werk van gewone mensen, van gekwelde zielen, van auteurs zonder literaire ambitie. Soms onbeholpen geformuleerd, soms ware stijlbloempjes. Liefdesbrieven, alledaagse brieven, geheime brieven en brieven over simpele onderwerpen als baby's, tennispartijen en het inmaken van fruit, ondertekend door mensen die Marjorie of Jean heten. Philip, mijn baas, is allang aan dat soort vondsten gewend; hij kijkt er niet meer van op, maar wat hij vindt legt hij apart; voor mij. Je kunt niet alles bewaren, zegt hij dan. En daar heeft hij natuurlijk gelijk in. Maar ik kan het niet over mijn hart verkrijgen om dit soort flarden van onbekende levens, dit soort momentopnamen die ooit iets hebben betekend – en dat misschien nog steeds doen – weg te gooien.

Elf jaar geleden liep ik als klant de Old and New Bookshop binnen. De volgende dag kwam ik terug als eerste medewerker. Philip, de eigenaar en bedrijfsleider, bood me in een zeldzame opwelling van impulsiviteit een baan aan. Het nieuwe millennium stond voor de deur en het werd tijd om de bakens te verzetten, zei hij. Tijd om – letterlijk – de inventaris op te maken. Hij waardeerde mijn liefde voor boeken en de manier waarop ik met mensen omging. Zelf had hij 'moeite met mensen'.

'Ik vind ze door de bank genomen behoorlijk onhebbelijk, heb jij dat ook?'

Ik kon een heel eind in die opvatting meegaan.

'Boeken vertellen veel verhalen, los van de inhoud,' was ook een van zijn uitspraken. Of ik dat wist.

Ja, dat wist ik. Boeken hebben een eigen geur, ze ritselen, ze praten. Wat je in je hand houdt, terwijl je dit leest, is iets wat leeft, ademt, fluistert.

'Wie aandacht heeft voor boeken,' zei Philip op de dag dat ik bij hem kwam werken, 'wie ze leest, wie ze ruikt en naar ze luistert, wordt daarvoor rijkelijk beloond.'

Ik ruim kasten op. Ik zorg dat de boeken niet te strak tegen elkaar op de planken staan. Ik maak elk jaar de inventaris op, in mei; wanneer de bomen hun bloesem laten vallen; wanneer de zon naar binnen schijnt door de openslaande deuren van de afdeling Tweedehands non-fictie en fictie in hardcover, helemaal achter in de winkel; wanneer het warme voorjaarslicht me als een reusachtige, troostende arm omhult en wanneer in de tuin de doordringende roep klinkt van zwaluwen die naar de talloze vliegen duiken. Ik zet 's ochtends koffie, 's middags thee. Ik ben aanwezig bij de sollicitatiegesprekken met nieuw personeel, zoals met Sophie van achttien die bij ons kwam in haar tussenjaar en die dat jaar met een onbepaalde periode heeft verlengd, want ze is er nog steeds. En zoals – meer recentelijk – met Jenna, die twee weken na haar eerste werkdag Philips vriendin werd. Hoewel, met Jenna hebben we nooit echt een sollicitatiegesprek gevoerd. Ze kwam – net als ik – de Old and New binnen als klant, raakte – net als ik – in gesprek en kreeg een baan aangeboden.

Ik ken niemand met zo'n hartstochtelijke liefde voor boeken, voor het gedrukte woord, als mijn baas Philip Old. Het is die liefde die hem drijft: voor het boek als zodanig, maar ook voor de geur, het gevoel, de leeftijd en de herkomst van boeken. De Old and New Bookshop is gevestigd in een groot pand, met hoge plafonds en met plavuizen vloeren; een doolhof van kamers – zes in totaal – plus een opslagruimte op de eerste verdieping. Het is allemaal even ruim en licht. We verkopen nieuwe boeken, oude boeken, antiquarische boeken en kinderboeken die plank na plank keurig in het gelid staan in deze inspirerende kathedraal. Het pand staat niet pal aan het drukke Market Square, maar heeft een charmante, goed onderhouden tuin met lavendel en rozemarijn langs het klinkerpad naar de indrukwekkende eikenhouten deur. In de zomer hangen we slingers met vlaggetjes die een klant voor ons heeft gemaakt, langs het smeedijzeren hek. Op een bescheiden, met de hand beschilderd bordje staat:

WELKOM BIJ
THE OLD AND NEW BOOKSHOP
GEOPEND VAN NEGEN TOT VIJF
KOM GEZELLIG SNUFFELEN

Het bestaat niet dat de Old and New winst maakt. Natuurlijk hebben we een trouwe kring vaste klanten – dat heeft dit soort winkels altijd – maar die kring is niet groot. Dus er moet ergens kapitaal zitten waardoor de winkel kan blijven voortbestaan en waardoor Philip zijn appartement op de tweede verdieping zo smaakvol heeft kunnen inrichten. Ik heb er nooit naar gevraagd. En Philip praat niet over geld, net zomin als over zijn privéleven.

De liefde – de romantiek, hoe je het ook wilt noemen – is niet aan me voorbijgegaan. Of liever gezegd, ik heb genoeg kansen gekregen. Bijvoorbeeld dankzij een van onze vaste klanten op de zaterdagmiddag; nogal een nerd, jonger dan ik en altijd in een zwart met paars trainingspak zoals dat tien jaar geleden mode was. Hij heeft meer dan eens aangeboden me zijn faxnummer te geven. En nog niet zo lang geleden kreeg ik van een andere klant te horen – rood hoofd, niet geheel onaantrekkelijk – dat ik er goed uitzag. Ik was 'de mooiste vrouw' die hij 'in maanden' had gezien, waren letterlijk zijn woorden. Dat was natuurlijk niet waar en Jenna – die echt mooi is en die vlakbij stond, zogenaamd druk bezig een plank op te ruimen – begon te giechelen. Ik schonk haar een veelbetekenende blik. En zij mij. Dan is er ten slotte nog de directeur van een plaatselijke basisschool – we hebben er drie – die regelmatig langskomt en al zijn aankopen op rekening van de school zet. Een jaar geleden bleef hij bij de kassa staan nadat ik hem had geholpen en zijn aankopen in een fraaie papieren draagtas van de winkel had gedaan. In plaats van te vertrekken schraapte hij zijn keel en vroeg of ik zin had om donderdagavond met hem uit eten te gaan. Hij had een charmante glimlach en dik zwart haar waarvan ik vermoedde dat hij het verfde.

Mijn vader kwam vanmorgen wat boeken brengen; oude boeken, afkomstig van mijn *babunia*, mijn oma. Ze zit inmiddels al twee jaar in een verzorgingstehuis, maar we zijn erg lang bezig geweest met het uitzoeken van haar spullen. Terwijl ze niet eens zoveel spullen had. Babunia is gelukkig niet iemand die van alles spaart en bewaart. Maar mijn vader is de laatste tijd wat trager dan vroeger. Ik heb haar boeken natuurlijk al doorgenomen en er een paar achtergehouden voor mezelf; boeken die ik me nog herinner uit mijn jeugd. Toen ze akkoord ging met het tehuis, zei ze dat ik mocht uitzoeken wat ik wilde. Lezen ging toch niet meer, net zomin als naaien. Ik vond het hartverscheurend, maar we hadden geen keus. Pap kon niet meer voor haar zorgen. Ik had aangeboden korter te gaan werken, maar daar wilden ze allebei niets van weten.

Ik wuifde toen mijn vader het pad op kwam. Hij zag me niet en ik haastte me om de zware deur voor hem open te doen.

Hij had nog een stuk of twintig boeken, zei hij en hij had ze in een oude, duidelijk veelgebruikte koffer gedaan.

'Die koffer was ook van je oma,' vertelde pap. 'Als jij hem wilt, mag je hem hebben, Roberta.'

Ik ben dol op oude koffers en ik wist meteen waarvoor ik hem zou gebruiken.

'Hoe voel je je vandaag?' Ik keek naar zijn gezicht, op zoek naar aanwijzingen.

Hij zag al geruime tijd bleek; zijn huid had een afschuwelijk grauwwitte kleur. Maar hij liet nooit iets merken als hij zich niet goed voelde. Ook nu weer haalde hij zijn schouders op, in een gebaar dat van alles kon betekenen. Een paar weken eerder was hij in remissie geweest. Maar nu niet. De omslag was deze keer heel plotseling gekomen en we waren er allebei van geschrokken.

Philip kwam zijn kantoor uit om mijn vader de hand te schudden. Ze hadden elkaar eerder ontmoet – twee keer, om precies te zijn – en me allebei verzekerd dat ze de ander 'een echte heer' vonden. Philip stond erop mijn vader voor de boeken te betalen. Mijn vader had ze aan de winkel willen schenken. Uiteindelijk accepteerde hij twintig pond, bij wijze van compromis. Hij bleef voor een kop thee in het bleke len-

10

tezonnetje in de achtertuin. Ik keek hem na toen hij ten slotte weer naar huis ging. De bravoure en het zwerflustige waren uit zijn tred verdwenen. Maar ik deed alsof ik het niet zag.

Bij het leegmaken van de koffer ontdekte ik aan de binnenkant een rafelig naamkaartje: MEVR. D. SINCLAIR. En terwijl ik de boeken sorteerde en afstofte, liet ik mijn gedachten de vrije loop. Volgens pap was de koffer van Babunia, maar blijkbaar was hij eerst van die mevrouw Sinclair geweest. Mijn oma is erg zuinig van aard. Ze huldigt de opvatting dat je tevreden moet zijn met wat je hebt, dat bijna alles wat kapot is te repareren valt en dat spullen die een ander van de hand doet, voor jou nieuw zijn. Dat heeft de oorlog haar geleerd, volgens pap, 'want toen dacht iedereen zo'. In die tijd was dat bittere noodzaak en geen trend, zoals tegenwoordig.

Toen ik *The Infant's Progress, from the Valley of Destruction to Everlasting Glory* afstofte – en me niet kon herinneren het ooit bij mijn oma te hebben gezien – vielen er twee keurig opgevouwen velletjes papier uit. Een brief! Er zat geen envelop bij. Altijd jammer. Ik vouwde de velletjes open. De brief was gericht aan Dorothea – zo heette mijn oma – en geschreven in een keurig, klein handschrift; de blauwe inkt was met het verstrijken van de jaren verbleekt. Het papier was nog lichter blauw, broos en bros als de vleugels van een insect dat al heel lang dood was; aan de randen was het vergeeld, op de vouwen waren kleine gaatjes ontstaan. Natuurlijk vroeg ik me af of ik de brief wel mocht lezen. Maar mijn nieuwsgierigheid was sterker dan mijn discretie. Ik kon het gewoon niet opbrengen de brief níét te lezen.

Sindsdien heb ik hem talloze malen herlezen, maar ik begrijp er nog steeds niets van. Mijn eerste reactie was de merkwaardige behoefte om te gaan zitten. Dus dat deed ik, op de piepende kruk van de winkel. Mijn hand trilde toen ik langzaam en zorgvuldig begon te lezen.

Mijn oma heet Dorothea Pietrykowski. Jan Pietrykowski

was mijn opa, maar die heb ik nooit gekend. Zelfs mijn vader heeft zijn vader nooit gekend. Dat zijn de onweerlegbare feiten.

Dus wat er in de brief staat, kan niet kloppen.

Om te beginnen waren mijn grootouders gelukkig getrouwd, ook al heeft hun huwelijk maar heel kort geduurd. Maar in de brief schrijft mijn opa dat hij niet met mijn oma kan trouwen. Bovendien dateert de brief uit 1941. En Jan Pietrykowski, mijn opa, is in november 1940 gestorven, tijdens de Blitz, waarbij hij als commandant van het Poolse squadron zijn bijdrage leverde aan de verdediging van Londen.

2

Dorothy Sinclair ploeterde bezweet in haar washuis, waar de lucht was verzadigd met stoom. Het vocht klampte zich vast aan haar gezicht zodat ze om de haverklap met de rug van haar hand over haar voorhoofd veegde. De doek was van haar hoofd gegleden. Ze had niet de moeite genomen hem weer om te binden, dus het haar kleefde aan haar huid, als de tentakels van een loerend, levend wezen. Uitgerekend vandaag was het van het grootste belang om bezig te blijven.

De wasteil in de hoek, met daarin de kleren van Aggie en Nina, siste en borrelde als een heksenketel. Hun uniform – voor zover ze een uniform hadden, want door de rantsoenering was kleding schaars – kwam bijna dagelijks onder de modder en de vlekken te zitten. Maar het minste wat Dorothy kon doen, was zorgen dat haar meisjes althans één keer per week een stapeltje schoon, gesteven en gestreken wasgoed kregen. En ondanks de ongemakken vond ze het werk niet onplezierig. Het uitkoken van de jurken, kousen, hemden, vesten, broeken, blouses en onderbroeken van de meisjes, plus al het vuile wasgoed van Lodderston Hall, betekende meer dan werk alleen; het was haar leven! Schrobben, dompelen, zweten, roeren... het had allemaal zijn eigen ritme en gaf betekenis aan de dag. Ook het eindeloze mangelen, zoals ze op dat moment aan het doen was, om het leven uit kleren, lakens en tafelkleden te wringen. En ten slotte Dorothy's grootste vreugde, haar favoriete bezigheid: het ophangen van al dat wasgoed aan de lijn en kijken hoe de lakens, de kleren en de kussenslopen opbolden in de wind, triomfantelijk klapperend als engelenvleugels.

Uitgerekend vandaag was het van het grootste belang om bezig te blijven. Uitgerekend vandaag...

Ze mocht niet denken. Aan niets. Sinds die dag had ze zichzelf aangewend niet te denken. Hoogstens in beelden. Taal was partijdig. Woorden waren voor meer dan één uitleg vatbaar. Dorothy vertrouwde ze niet meer. Maar ze kon ze ook niet volledig de rug toekeren. Want ze hield van schrijven en dat probeerde ze ook. Ze schreef in het geheim, wanneer ze alleen was, in haar notitieboekje. Ze kon niet tekenen, dus ze moest het doen met woorden. En ze hoopte dat ze de beelden en de woorden in haar hoofd wist te kneden tot poëzie, of iets wat daarop leek. Maar het viel niet mee om formuleringen te bedenken die echt iets uitdrukten, om zinnen te maken die prettig in het gehoor lagen.

Ze keek op van haar wasgoed. Ze spitste haar oren, haar blik ging naar de openstaande deur waardoor maar zo weinig damp leek te ontsnappen. Er was iets mis. Sinds het verlies... sinds Sidney... had ze een zesde zintuig ontwikkeld, een soort telepathische reuk. Ze 'snoof'. Toen liet ze Nina's broek in de mangel zitten, waar hij aan weerskanten verfrommeld uit hing, ze veegde haar handen af aan haar schort en liep naar de deur. Daar keek ze omhoog, maar ze werd verblind door de zon en door de rijen witte lakens, kussenslopen en glimmende tafelkleden. Met haar ogen tot spleetjes geknepen tuurde ze naar de onschuldige blauwe lucht. Kleine wolken joegen langs de hemel, als kinderen die de tijd waren vergeten en die zich haastten om nog op tijd thuis te zijn voor het eten.

Opeens hoorde Dorothy een gedreun, een laag gezoem afgewisseld met gesputter en gegrom, als van een hond die zich in het nauw gedreven voelde. Ze zag hem bijna meteen: een Hurricane die slingerend hoogte verloor. Blijkbaar wilde de piloot landen, maar dat ging toch veel te snel? Ze had nog nooit een toestel zo snel naar beneden zien komen. Haar hart begon sneller te slaan, haar hoofd bonsde, haar keel werd dichtgesnoerd. Deed de piloot het met opzet? Speelde hij een spelletje? Dorothy tuurde naar het vliegtuig. Nee, het was geen spel. De piloot had problemen. En hij niet alleen.

'Nee! Alsjeblieft niet!' Ze rende over het pad van rode steentjes. De kippen stoven nijdig alle kanten uit, heftig tokkend, zich niet bewust van de ramp die dreigde vanuit de lucht. Aan het eind van de tuin gekomen, deed Dorothy het hek open en liep het veld op dat de Long Acre werd genoemd en waarvan ze zich verbeeldde dat het net zo uitgestrekt was als een Arabische woestijn. Ze was van meet af aan bang geweest dat zoiets zou gebeuren. De piloten waren jong en roekeloos, Dorothy had gezien hoe ze vol bravoure hun loopings uitvoerden. Het was slechts een kwestie van tijd, had ze steeds gedacht. En nu was het zover. Waarom gebruikte hij zijn parachute niet? Waarom sprong hij niet uit het toestel? De Hurricane kwam slingerend op haar af, met zware slagzij, als een kapotte pendule. Dorothy keek vol afschuw achterom, naar haar huis. Toen ze zich weer naar de Hurricane keerde zag ze tot haar opluchting dat het toestel afzwenkte en koers zette naar de leegte van het reusachtige veld. Als gehypnotiseerd liep ze door de wuivende gerst, waarvan de aren zacht langs haar blote benen schuurden. Het was iets waar ze anders altijd van genoot, iets wat haar een gevoel van harmonie bezorgde.

Het vliegtuig was inmiddels heel dichtbij; dicht bij de onvermijdelijke, zo goed als ongecontroleerde landing; dicht bij de aarde; dicht bij haar en de wuivende gerst. Als een reusachtige vogel vloog het toestel over haar hoofd en schermde haar – heel even maar – af van de brandende zon.

'Dorothy!'

Het was de stem van Aggie. Hij klonk alsof hij van heel ver kwam. En inderdaad kon Dorothy een heel eind het veld in twee lichtbruine overhemdblouses onderscheiden. Het waren de meisjes die over de Long Acre kwamen aanrennen. Ze negeerde Aggies schrille kreten.

Het was goed zo. En gepast. Op de dag af een jaar na Sidney. Haar arme Sidney die ze had verloren. Ze moest naar hem toe, dat wist ze ineens heel zeker. Even verbaasde het haar dat die gedachte niet eerder bij haar was opgekomen. En nu werd haar de kans geboden. Vastberaden waadde ze door de halmen. Ze liep recht naar de Hurricane die zich overgaf aan de aarde. Een geluid als van een donderslag, verstikkende zwarte rook die opbolde, een misselijkmakende dreun gevolgd door een geraas van verbrijzelende materie.

'Dorothy? Dit is de thee voor mevrouw Lane. En Dorothy, dit is het kopje voor mevrouw Hubbard. En Dorothy? Ga jij eens rond met het gebak. En lieve hemel, Dorothy, hou je rug recht!'

Dorothy verafschuwde de nieuwe witte jurk waarvan de boord door het stijfsel langs haar hals schuurde. Haar moeder, Ruth Honour, keek haar aan met de gebruikelijke mengeling van trots en afschuw terwijl Dorothy braaf deed wat haar werd gezegd en het gebak ronddeelde. Mevrouw Lane en mevrouw Hubbard glimlachten welwillend. Maar Dorothy weigerde hen aan te kijken, want ze wist dat er medelijden in hun ogen te lezen stond. En dat medelijden wilde ze niet! Trouwens, waarom hadden ze eigenlijk medelijden met haar? Het moest iets met mammie te maken hebben. Of – en dat leek haar het meest waarschijnlijk – met de dood van haar vader. De periode van rouw was voorbij, moeder en dochter liepen niet langer in het zwart. Maar iedereen ging ervan uit dat mammie nog altijd zielig was.

Dorothy hield haar rug keurig recht en keek naar haar moeder en haar roddelende vriendinnen, met hun thee en hun cake. Het was een hete dag, de jurk voelde erg ongemakkelijk.

Dorothy wenste dat ze buiten was, achter in de tuin, onder de knoestige appelboom, op blote voeten in het gras; ze zou zachtjes in zichzelf willen zingen en mooie dichtregels willen schrijven in haar hoofd, ze wilde dromen over vroeger, over het heden en de toekomst. In haar verbeelding had ze zes broertjes en zusjes. Alice, Sarah, Peter, Gilbert, Henry en Victoria. Ze wachtten op haar in het koele gras onder de boom, of ze zaten tussen de takken, te kletsen en te dollen.

Terwijl ze de cake in de monden van de drie praatzieke vrouwen zag verdwijnen, begon Dorothy te tollen op haar benen. Haar keel werd dichtgesnoerd, haar hart ging sneller kloppen. Ze besefte dat ze door haar knieën zakte, dat de grond op haar afkwam, dat het blad met de theekopjes uit haar hand gleed en dat ze erbovenop viel. De kopjes en de schoteltjes, versierd met rozenknopjes, braken in scherven, thee spatte op haar stijve witte jurk en gutste over het tapijt.

'Dorothy? Dorothy? Kind, wat ben je toch onhandig!'

Ze voelde iets heets, iets scherps tegen haar buik. Er gutste iets heets, iets zachts over haar gezicht. Verstikkende, gitzwarte, bulderende rook omhulde haar.

'Dorothy! Achteruit!' Aggies stem klonk nu dichterbij.

Dorothy kon de meisjes aan de andere kant van het brandende wrak onderscheiden, als zwevende, stralende bakens in een verraderlijke mist. 'Ik wil naar hem toe,' zei ze, maar er was niemand die haar hoorde. Ze wreef over haar nek. De nieuwe witte jurk was te stijf, hij schuurde.

Ze zag het gezicht van haar moeder die haar aankeek.

Dorothy begon te tollen op haar benen. Toen zakte ze door haar knieën en ze viel, heel langzaam. Bloed spatte op haar witte jurk, het duizelde haar terwijl ze werd meegesleurd door een draaikolk van schaamte. De zee van wuivende halmen verzachtte haar val.

In het dorp ging ze de geschiedenis in als een heldin. Dorothy Sinclair had geprobeerd de jeugdige piloot van de Hurricane te redden die in 1940, op die hete middag tegen het eind van de maand mei, was neergestort op de Long Acre. Moedig en koelbloedig, zonder ook maar één moment aan zichzelf te denken, gold ze als een voorbeeld voor anderen. Als het soort vrouw dat Engeland hard nodig had in die sombere, angstige tijden. Dat was het verhaal.

Dorothy wist wel beter.

Maar ze deed geen moeite het verhaal te ontkrachten, want het deed niemand kwaad.

Mevrouw Compton kwam later die middag op de thee, nadat eerst dokter Soames langs was geweest om Dorothy's verwondingen te behandelen, die weliswaar pijnlijk maar oppervlakkig waren. Ze had een snee in haar buik en brandwonden op haar gezicht. Waarschijnlijk was de schade beperkt gebleven doordat ze was flauwgevallen en in de gerst beland. Ze was een kranige meid, aldus de dokter.

Mevrouw Compton bezat echter het ontmoedigende vermogen om Dorothy een gevoel van schaamte te bezorgen. Schaamte over wat ze had gedaan. Wist mevrouw Compton wat haar had gedreven? Het zou best kunnen. Mevrouw Compton had wel iets van een heks. Dorothy schonk haar een matte glimlach en zag dat er uit een moedervlek op de linkerwang van mevrouw Compton een lange witte haar groeide. Of tenminste, dat dácht ze te zien. Maar misschien verbeeldde ze het zich. Misschien was er helemaal geen haar. En misschien was er zelfs geen moedervlek. Dorothy had moeite met scherp zien; alles leek vaag, onwerkelijk.

'Hoe is het mogelijk!' zei mevrouw Compton. 'Wat een toestand!'

'Tja, ik dacht...'

'Dat begrijp ik, kindje. Ik begrijp het. Het is afschuwelijk.'

'Ze zijn de hele middag al bezig.' Dorothy gebaarde met

haar hoofd naar de Long Acre en de wuivende gerst.

'Volgens mij zijn ze bijna klaar met opruimen. Maar daar moet jij niet over inzitten. Je hebt gedaan wat je kon. Zelfs meer dan dat.'

'Ach, dat valt wel mee.'

Ze nipten zwijgend van hun thee. De klok tikte op de schoorsteenmantel boven het fornuis. Door het open raam dreef het geluid van mannenstemmen naar binnen. De stemmen kwamen van de Long Acre waar de mannen bezig waren met het bergen van metalen en menselijke wrakstukken. Dacht mevrouw Compton terug aan haar eigen rol in het drama, nu precies een jaar geleden? Was ze zich ervan bewust welke intens treurige gedenkdag het was? Waarschijnlijk niet, dacht Dorothy. Des te meer reden om haar te wantrouwen. Des te meer reden om zich voor te stellen hoe mevrouw Compton, met haar lelijke gezicht vertrokken van angst en haar hoofd op een bebloed hakblok, smeekte haar leven te sparen terwijl Dorothy een reusachtige bijl hief en...

'Het was een Pool,' zei mevrouw Compton.

'Ja, ik hoorde dat ze hier gestationeerd zijn. Sinds wanneer? Een paar weken?'

'Dat klopt. De Polen haten de nazi's nog meer dan wij, schijnt het.' Mevrouw Compton dronk zacht slurpend haar laatste slokje thee. Toen zette ze haar kopje op tafel, ze vouwde haar handen in haar schoot en keek op. Om haar blik te ontwijken, keerde Dorothy zich naar het raam, waar ze boven de meidoornhaag alleen de hoofden van de mannen op het veld kon zien. Ze dacht aan de Poolse piloot: dood, verbrand, ontzield. Stukken van zijn lichaam waren tegen haar gezicht gespat. Ze bracht haar hand naar het kompres op haar wang, in het besef dat ze er verschrikkelijk uitzag.

Mevrouw Compton boog zich naar voren. 'Hoe gáát het nou met je?' vroeg ze.

'Goed.' Dorothy stond op om uit het keukenraam te kijken.

Een van de kippen krabde een worm uit de grond. Wat een ongelijke strijd, dacht Dorothy zonder emotie.

'Mooi. Daar ben ik blij om.' Mevrouw Compton klonk weifelend. Ze moest ervandoor, zei ze toen met een blik op de klok. Ze moest naar een dorp verderop. Naar een jonge vrouw die haar eerste kind verwachtte. De weeën waren die ochtend al om halfvijf begonnen, dus mevrouw Compton vermoedde dat haar hulp wel bijna nodig zou zijn.

Dorothy staarde haar zwijgend aan.

Mevrouw Compton liep naar de deur. Met haar hand op de klink draaide ze zich om naar Dorothy, die roerloos met haar rug naar het raam stond.

'Het spijt me. Ik had eraan moeten denken. Zulke dingen hebben tijd nodig. Het was toch vorig jaar rond deze tijd, hè? Als je erover wilt praten kun je altijd bij me terecht. Het is niet goed om het weg te stoppen. We hebben de neiging om flink te zijn, om door te gaan met ons leven, maar uiteindelijk haalt het je in, Dorothy.'

Na die woorden vertrok ze. Dorothy keek naar de deur die achter haar dichtviel.

Hoe durfde ze!

Ze pakte het kopje dat mevrouw Compton zo onbeleefd slurpend had leeggedronken en smeet het met kracht tegen de deur, amper beseffend wat ze deed zodat het geluid van brekend porselein haar verraste. Met een zere buik omdat het hete metaal haar huid had opengereten, veegde ze de scherven op.

Alice, Sarah, Peter, Gilbert, Henry en Victoria leefden in Dorothy's eenzame fantasiewereld. Het probleem was dat ze nooit goed wist welke plaats zij zelf innam in dat gezin van meisjes met golvend haar en sterke, stoere jongens die speelden met hoepels en katapulten. Ze hadden alle zes stralend blauwe ogen met lange wimpers en ze waren gezegend met een volmaakt gelukkige jeugd, fantaseerde Dorothy. Was zij de oudste? Streng, serieus, sterk en bazig? Of zat ze ergens in het midden? Vergeten, genegeerd, onbeduidend? Of misschien was ze wel de jongste, de uitzondering met haar lange, verwarde haar en haar groene ogen. Een cherubijn met mollige, korte beentjes. Nee. Nee, dat kon niet. De kleine Victoria was de jongste; zij was het engeltje, met roze wangen, blonde krullen en grote blauwe ogen. Misschien was Dorothy de op één na jongste? En mocht ze van Victoria met haar poppen spelen, met de kleine zwarte kinderwagen. Ja, dat was haar plaats in de rij, met twee grote zussen die haar knuffelden als ze viel, die haar weer overeind hielpen en het zand van haar af sloegen. De leeftijd van haar broers was onduidelijk, maar ze waren allemaal groot en luidruchtig. En ze hadden geen oog voor Dorothy.

De eerste man die wel oog voor haar had – jaren nadat haar denkbeeldige broers en zussen van het hellende vlak van haar verlangen waren gegleden – trouwde met haar. Na een korte verkeringstijd. En na een vernietigend oordeel van haar moeder. 'Als je met die... met die man trouwt... besta je voor mij niet meer.'

Dorothy leerde hem kennen in de zomer van 1934, bij een begrafenis. Haar tante Jane, een indrukwekkende dame van tweeëntachtig, was overleden. Dorothy had haar tante maar zelden ontmoet, en sinds haar prilste jeugd helemaal niet meer. Ze kende haar alleen als de rebelse oudere zus van haar moeder die beneden haar stand was getrouwd en Oxford, haar geboortestad, had verruild voor Lincolnshire, het hoge noorden, zoals Dorothy's moeder het noemde. Toen ze hoorde dat haar zus was overleden, had ze fronsend haar lippen op elkaar gedrukt.

'We zullen erheen moeten. Denk erom dat je mijn bontjas inpakt, Dorothy. Ik kan niet wegblijven op de begrafenis van mijn eigen zuster. Maar ik ben niet van plan longontsteking op te lopen in dat van God verlaten Lincolnshire!'

'Maar moeder, het is augustus! En het is erg warm. Zelfs in Lincolnshire.'

Natuurlijk pakte Dorothy de bontjas toch in, samen met nog een heleboel andere spullen. In de trein naar het noorden keek ze uit het raampje, in een poging de voortdurende eisen van haar moeder te negeren. De velden waren goudgeel onder de stralende augustushemel; overal waren mannen op het land aan het werk. Dorothy keek naar de tractoren en de boerenkarren waarmee de oogst werd binnengehaald. Het leek haar een benijdenswaardig bestaan, onder de blote hemel, op goudgele velden, in het gouden licht van de zon, die de huid een gouden gloed verleende.

Toen ze de knappe, boerse Albert Sinclair ontmoette, luisterde ze aandachtig naar wat hij vertelde over zijn leven op de boerderij. In welke hoedanigheid was hij op de begrafenis, vroeg ze.

'Mijn zus werkte bij juffrouw Jane in de huishouding en ik deed regelmatig klusjes voor haar. Blad harken en de goten schoonmaken. Juffrouw Jane was zo aardig. Een echte dame. Maar het schijnt dat haar familie niets van haar moest hebben. De hemel mag weten waarom, want zo aardig als juffrouw Jane kom je ze niet vaak tegen.'

'"Haar familie", dat zijn mijn moeder en ik.'

'O, neem me niet kwalijk. Ik had geen idee...'

'Het geeft niet. Mijn moeder had het contact verbroken. Dat doet ze met iedereen, vroeg of laat.'

Ruth Honour verbrak zelfs het contact met haar eigen dochter. Dat gebeurde twee weken later, toen ze weer thuis waren in Oxford en toen Dorothy haar vertelde dat ze ging trouwen. 'Met die Albert – "Bért?" – Sinclair?'

Dorothy was opgelucht. Het vooruitzicht net zo te eindigen als haar tante Jane – verstoten en vergeten – leek haar alleen maar erg aantrekkelijk. Ze liet Oxford achter zich en vertrok per trein – deze keer maakte ze de reis alleen – met een valies waarin ze haar schaarse bezittingen had gepakt. In haar hoofd hoorde ze nog de laatste woorden van haar moeder: 'Daar krijg je spijt van! Er kan niets goeds van komen. Je trouwt ver beneden je stand!' En zo bevrijdde Dorothy zich uit een afhankelijkheid die veel te lang had geduurd en uit een jeugd waarop ze met weinig vreugde terugkeek.

Ze bleef maagd tot haar eerste huwelijksnacht, op 12 november 1934. Ze werd die dag vierendertig. Albert was nog altijd een vreemde voor haar en hoewel hij probeerde voorzichtig en teder te zijn, was hij zo gretig en zo fors geschapen dat hij haar een beetje pijn deed. Dorothy probeerde het niet te laten merken, maar hij merkte het toch. Zo onnozel was hij nu ook weer niet. Dus hij zei dat het hem speet. En ze aanvaardde zijn verontschuldiging. Natuurlijk ging het geleidelijk aan beter. Albert was groot, met een gespierd lijf en een huid als leer. Dorothy leerde te genieten van zijn warme, sterke lichaam, van zijn armen om haar heen. Amper vier maanden na de bruiloft was ze in verwachting, maar de zwangerschap eindigde al snel in een miskraam.

Net als de volgende zwangerschap, en de volgende.

Na bijna vier jaar huwelijk en vijf miskramen gaf Dorothy het op; het verlangen naar een kind maakte plaats voor onmogelijke, ondraaglijke dromen en sombere berusting. Ze werd de vrouw van een boerenknecht, ze bakte en waste en naaide en onderhield een kleine groentetuin, ze zorgde voor een kleine toom kippen, en dat alles deed ze kundig en met vaardige hand. Van haar moeder hoorde ze niets en na een paar houterige brieven waarin ze schreef over haar man, over haar nieuwe leven en over haar zwangerschappen, gaf ze ook dat op. In plaats van tante Jane had het net zo goed haar moeder kunnen zijn die op het kerkhof van Lodderston begraven lag.

In augustus 1938 werd Dorothy voor de zesde keer zwanger. Dat was het moment waarop ze 'serieus' gedichten begon te schrijven. Aanvankelijk haperend, onzeker, zoekend naar combinaties van woorden die iets betekenden. Maar ze bleef het proberen, wanneer ze overdag alleen was; dan schreef ze tijdens het middageten, of later op de middag, wanneer ze thee dronk. Ze verstopte haar notitieboekje achter de potten en pannen, helemaal achter in de kast. Of in de la van de tafel. Of onder het bed. Op plekken waar Albert het niet zou vinden.

De zwangerschap zette door, ook na de eerste twee maanden. Ze was misselijk en ze gaf over, niet alleen 's morgens maar de hele dag door. Haar borsten waren pijnlijk en ze kon zomaar ineens, van het ene op het andere moment in snikken uitbarsten. Mevrouw Compton, aflegster van doden en vroedvrouw, kwam langs toen Dorothy vier maanden zwanger was en keek vragend naar haar uitdijende buik.

'Wat denk je? Wordt het een jongen?' vroeg ze.

'Ik weet het niet.' Dorothy vond haar op slag onuitstaanbaar. 'Hoe voel je je?'

'Goed, dank u. Een stuk beter nu ik niet meer hoef te spugen.'

Mevrouw Compton knikte wijs, althans, ze dacht zelf blijkbaar dat het er wijs uitzag. Dorothy wendde haar blik af. Ze had een grondige hekel aan de al wat oudere vroedvrouw. En aan de blik waarmee die haar aankeek: ogenschijnlijk spottend, ook al was haar betrokkenheid oprecht. Mevrouw Compton – Dorothy schatte haar tegen de zestig of misschien was ze de zestig zelfs al gepasseerd – had zes kinderen ter wereld gebracht, waarvan er vijf de volwassenheid hadden bereikt. Haar oudste zoon was gesneuveld tijdens de Grote Oorlog. Haar drie dochters – stevige, vruchtbare vrouwen – en haar jongste zoon woonden allemaal in het dorp; ze waren getrouwd met dorpsgenoten en leverden met regelmatige tussenpozen een bijdrage aan het groeiende legioen kleinkinderen van mevrouw Compton.

Dorothy dacht inderdaad dat ze in verwachting was van een zoon. En ze had ook al een naam voor hem bedacht. Maar dat vertelde ze niet aan mevrouw Compton. Albert, die hard werkte – hij ging er trouwens ook met de drank hard tegenaan – en die allang niet meer de knappe boer was met wie Dorothy was getrouwd, had gezegd dat hij alles prima vond, zolang ze maar niet met een 'rare' naam kwam aanzetten. Sidney was niet 'raar', en dat zou het worden. Albert was opgelucht dat hij eindelijk vader zou worden. Op de boerderij en in het dorp en in de pub had hij al heel wat hatelijke opmerkingen moeten slikken over zijn kinderloze huwelijk. Blijkbaar deed hij iets verkeerd, kreeg hij van zijn maten te horen. Wist hij wel waar hij hem in moest stoppen? Het stak hem dat hij werd uitgelachen en hij reageerde zijn frustraties af op zijn vrouw; zijn blik werd hard, zijn houding verstarde, hij haalde minachtend zijn schouders op wanneer ze iets zei. Maar nu kon hij trots zijn op haar harde, ronde buik, haar stralende glimlach. In zijn ogen werd ze alleen maar mooier; na al die jaren was ze eindelijk de vrouw die hij wilde.

Toen ze vijf maanden zwanger was nam Dorothy de bus naar Lincoln om de uitzet voor de baby te kopen. Als de verloren dochter die eindelijk naar huis ging, kocht ze een koffer om alles in te stoppen wat ze wilde naaien en breien. De koffer was niet groot: een halve meter breed, twintig centimeter hoog, dertig centimeter diep. Roestbruin met een donkerbruin bakelieten handvat, twee kleine slotjes en een soort speelgoedsleuteltje. Vanbinnen was hij bekleed met papier dat was bedrukt met een bleke ruit. Er zat een gegomd etiket bij waarop ze haar naam kon schrijven. Dat deed ze:

Mevr. D. Sinclair

in haar royale, zwierige handschrift. Toen likte ze aan de gomlaag en plakte het etiket op de binnenkant van het deksel.

Vervolgens kocht ze lappen stof en knotten wol en ze vulde haar voorraad naalden, breipennen en klossen garen aan. Het was tijd om aan de slag te gaan. Iedereen had het over de oorlog die elk moment kon uitbreken, maar voor Dorothy was de oorlogsdreiging iets vaags en onwerkelijks, net zo vaag als de eerste spoeling waarmee een schilder zijn aquarelleerpapier bewerkt. De oorlog was in nevelen gehuld, aan haar oog onttrokken, en als er inderdaad oorlog kwam, zou die misschien wel heel ver weg worden uitgevochten. Ze verwachtte een baby, ze was niet langer misselijk en ze had haar energie terug. Dat was het enige wat telde. Haar kindje had van alles nodig: truitjes, overslaghemdjes, jasjes, sokjes, dekentjes, dasjes. En bovendien zou haar zoon een gelukkige, vrolijke moeder nodig hebben, een moeder die zuinig was, die dingen voor hem maakte en die goed voor hem zorgde.

Toen Dorothy de koffer thuis onder het bed had geschoven – het paste precies – ging ze onmiddellijk aan het werk om hem te vullen. Binnen enkele euforische weken had ze al twee overslaghemdjes genaaid van zachte batist, ze had een dekentje gebreid van zachte, lichtgekleurde lamswol, drie jasjes met bijpassende mutsjes en sokjes voor in de kinderwagen, en ze had een witte doopjurk gemaakt. Ze liet de vruchten van haar werk aan niemand zien, zelfs niet aan Albert. Het nijvere tikken van haar breipennen ontging hem natuurlijk niet, net zomin als haar fronsen en zuchten – soms tevreden, soms geërgerd – en haar voldane glimlach wanneer het werk naar wens verliep. Elke avond naaide en breide ze in bijna volmaakt stilzwijgen bij het licht van de olielamp, terwijl hij de krant las en haar vertelde over de oorlog die inmiddels onvermijdelijk was. Ze luisterde nauwelijks, zozeer werd ze in beslag genomen door de naderende geboorte, door het moederschap dat eindelijk binnen haar bereik lag. Elke steek bracht haar dichter bij het grote moment, dichter bij die onbekende, geheimzinnige status. Elke steek bevestigde de aanwezigheid van het kindje in haar schoot. Elke steek bracht haar dichter bij de dag waarop ze voorgoed en onherroepelijk afscheid zou nemen van haar jeugd. Alle verwachtingen die ze ooit had gekoesterd, legde ze in het tikken van haar breinaalden, in elke speldenprik in haar vingers. Ze werd moeder en dat vervulde haar met kracht en levenslust.

Elk kledingstuk werd na voltooiing gewassen en – indien nodig – gesteven en geperst. Een voor een legde ze haar schatten vervolgens in de koffer, met de grootste zorg alsof het ging om het kindje waarvoor ze waren bedoeld. Ze haalde haar notitieboekje uit de keukenkast en verstopte het onder de kleertjes in de koffer. Dit werd haar nieuwe bergplaats, haar domein: geheim, privé, onschendbaar. Ze sprenkelde er gedroogde lavendel uit de tuin overheen, zogenaamd tegen de motten, maar in werkelijkheid omdat ze hield van de simpele, nuchtere, zuurachtig zoete geur; de veiligste geur op de hele wereld. Tegen de tijd dat ze klaar was om te bevallen, was haar uitzet voltooid en had gulheid haar intrede gedaan in het huwelijk. Albert had voor een kinderwagen gespaard. Een reusachtig, zwart model. En na zijn lange werkdagen op de boerderij had hij in de schuur een bedje getimmerd. Hij stond erop dat zijn vrouw 's avonds haar benen hoog legde en bracht haar thee die hij zelf had gezet.

En de koffer lag onder het bed, in afwachting van het moment waarop zijn schatten in gebruik zouden worden genomen; het moment waarop het deksel werd opgetild en nerveuze, gretige handen de inhoud eruit zouden halen. Als Dorothy ernaar reikte kon ze hem aanraken, de droom die niet langer een droom was. De droom die werkelijkheid was geworden; echt, tastbaar, rijk en overvloedig. Als ze tijdens haar zwangerschap een moment van angst of ongerustheid had gekend, dan kon Dorothy zich dat achteraf niet herinneren. In haar herinnering bestond alleen de gespannen verwachting, het allesverterende, ongeduldige verlangen naar het moment waarop het mysterie van het moederschap aan haar zou worden geopenbaard.

Want eindelijk was het zover. Ze wist het zeker.

3

Kinderwagen, merk Silver Cross £ 150,00
Twee wafeldekens £ 5,50
Twee pastelkleurige dekens £ 5,00
Totaal: £ 160,50

Met dank voor uw betaling

(Een met de hand geschreven kwitantie van Bibs 'n' Blankets, een zaak in tweedehands babyspullen die allang niet meer bestaat, gevonden in *Onder moeders vleugels* door Louisa M. Alcott, uitgegeven door Dean & Son, met op het nog puntgave stofomslag een beeldschone Jo March. Een fraai exemplaar dat voor £2,50 in de kast met tweedehands kinderboeken op de plank kwam te staan.)

Philip woont boven de Old and New en vandaag ga ik voor de derde keer in de elf jaar dat ik hier werk naar zijn appartement. De eerste keer was om een klein feestje voor te bereiden ter ere van de ingebruikname van de grote nieuwe boekenruimte. Philip had de catering laten verzorgen door Waitrose: canapés, dips en kazen, crackers, druiven, wijn. Hij had hulp nodig om het allemaal naar beneden te brengen, naar de winkel, waar we het op de grote ronde eiken tafel in de voorste ruimte uitstalden. Het was bij die gelegenheid dat we voor het eerst de deuren naar de tuin openzetten en klanten uitnodigden om buiten te gaan zitten. Dat was mijn idee en ondanks zijn twijfels was Philip bereid het te proberen. Inmiddels is het een gewaardeerde traditie geworden.

De tweede keer dat ik boven ben geweest, was vorige winter. Philip had griep en ik wilde weten of hij zich kon redden. Hij redde zich prima, maar voelde zich 'klote' en lag met gloeiende wangen op zijn kersenrode leren bank naar *Judge Judy* te kijken; onder een deken, voorzien van een hete grog met whisky. Hij was zo ziek dat zelfs de dagprogrammering hem niet kon vervelen, zei hij. En te ziek om van zender te veranderen. Maar het ergste was dat hij niet kon lezen, omdat zijn ogen hun kassen 'uit brandden'. Hoe dan ook, *Judge Judy* kon er eigenlijk best mee door. Iedereen heeft zo zijn *guilty pleasure*. Zolang ik het maar aan niemand vertelde. En toen zei hij iets heel merkwaardigs.

'Weet je waarom ik je destijds heb aangenomen? Omdat je het met me eens was dat mensen door de bank genomen onhebbelijk zijn. Weet je dat nog, Roberta?'

Hij overdreef natuurlijk, maar ik kon het me nog goed herinneren. Net zoals ik ook nog wist wat ik op dat moment dacht, namelijk dat we een goed team zouden vormen. Maar het verraste me dat hij zich het 'sollicitatiegesprek' nog net zo levendig herinnerde, terwijl hij nota bene met zijn hete grog op de bank lag, gevloerd door griep.

Tja, en dan Jenna. Ze is... nogal verrassend. Sophie en ik slaan de geliefden gade met een mengeling van geamuseerdheid en verbazing. Philip? Met Jenna? Philip en Jenna? De klanten delen onze verbazing. Sommige fluisteren dat het nooit lang kan duren. Dat ze zijn type niet is. Dat hij voor haar niet genoeg in huis heeft. Of dat zij voor hem niet genoeg in huis heeft.

Philip is niet alleen het type boekenwurm-met-bril. Hij is ook nogal sjofel in zijn verschijning; zijn overhemd hangt aan de achterkant over zijn onafscheidelijke spijkerbroek, zijn haar – van een onbestemde kleur bruin – krult in zijn nek.

Maar als je goed kijkt zie je dat hij verrassend knap is. Jenna is schattig en overduidelijk heel erg knap. Ik begrijp waarom ze zich tot elkaar aangetrokken voelen. Ze kennen elkaar nu een halfjaar en ze zijn – tegen alle verwachtingen in – nog steeds samen; ze wonen zelfs samen in Philips smaakvolle appartement.

Jenna heeft modieus golvende, blonde krullen en blauwe ogen. Ze is het soort vrouw dat door alle heteroseksuele mannen tussen de twaalf en de honderdtwaalf wordt nagestaard, op straat of waar dan ook, onder alle omstandigheden. En toch verstopt ze zich hier, in de Old and New Bookshop, en is ze de vriendin van de ietwat cynische veertiger die er de scepter zwaait. Sophie en ik vermoeden dat ze stiekem staan te zoenen in de winkel. Wanneer ze samen in de achterste ruimte aan het werk zijn – de afdeling Tweedehands fictie – kijken ze altijd verschrikt op wanneer ik binnenkom, alsof ze elkaar net hebben losgelaten. Met als gevolg dat ik met gloeiende wangen een verontschuldiging stamel, wat me een half geamuseerde, half verwijtende blik van Jenna oplevert. Zonder Philip te durven aankijken maak ik me weer uit de voeten. En ik vraag me altijd af wie van ons drieën de meeste reden heeft om zich gegeneerd te voelen.

Jenna leest tegenwoordig wel meer. Ik kan me tenminste niet voorstellen dat ze veel las vóórdat ze hier kwam werken. Ze is gewoon geen boekentype, wat dat ook mag zijn. Ze pakt de dagelijkse bestellingen uit, controleert met haar onderlip tussen haar tanden of alle boeken er zijn, vinkt ze af op de bon en zet ze in de kast. Klantenbestellingen gaan op de plank onder de toonbank. Wanneer ze zo geconcentreerd bezig is, doet ze me denken aan een klein meisje dat een nieuw kunstje probeert te leren met haar springtouw. Ze vraagt Sophie en mij vaak om raad of assistentie, en natuurlijk krijgt ze die. We hebben het allemaal moeten leren en samen vormen we een goed team. Ik weet zeker dat Philip trots op ons is. Op ons allemaal.

Vandaag ligt zijn appartement er donker en verlaten bij. Ik word binnengelaten door Jenna, die me nogal dwingend naar de woonkamer loodst, overigens bijna zonder me aan te raken. Daar doet ze de grote Tiffany-lamp naast de rode bank aan. Of ik iets wil drinken. Wanneer ik bedank schenkt ze voor zichzelf een gin-tonic in. Ze is vandaag niet op haar werk, want ze voelde zich niet lekker. Ik ben me bewust van de zelfverzekerde manier waarop ze zich door het appartement beweegt, Philips spullen gebruikt, zijn gin inschenkt. Ondanks de vredige ambiance maakt ze een nerveuze, bijna schichtige indruk en ik heb met haar te doen, zonder te weten waarom.

Er zit iets niet goed.

Ik voel me een indringer in Philips domein. Hij is naar een boekenbeurs – de hele dag – en Jenna hoefde hem niet voor halfacht thuis te verwachten, had hij gezegd. Het is nu twee uur, maar de gordijnen zijn nog dicht. Op tafel staan een lege koffiemok en een bord vol kruimels. Ze roepen een sfeer op van slonzigheid, iets wat Philip nooit zou tolereren.

'Ad fundum', zegt Jenna en ze slaat de inhoud van haar glas achterover. Ik schenk haar een glimlach, niet wetend wat ik moet zeggen of wat ik hier kom doen.

'Roberta, ik heb een probleem', kondigt ze aan.

'O? Wat dan?'

'Een probleem van het ouderwetse soort. Je weet wel.'

Ze begint te huilen en verstopt haar gezicht achter haar hand en het lege glas. Ik ga naast haar staan, wrijf over haar arm en maak sussende geluidjes, nog altijd niet wetend wat ik moet zeggen.

Uiteindelijk stopt ze met huilen en pakt ze een doos tissues van het blad onder de grote ronde rookglazen koffietafel.

'Je zult wel denken.' Jenna schenkt zichzelf nog eens in en nipt wat rustiger van haar glas. Haar bleke handen trillen een beetje.

'Ik denk helemaal niets. Je bent volwassen. Trouwens, dat zijn jullie allebei. Philip en jij. En zo uitzonderlijk is het toch niet? Misschien onverwacht... maar daar komen jullie wel uit. Wat vindt Philip ervan?'

In haar ogen staat afschuw te lezen.

'O.' Ik kijk naar de grond, naar het raam en de gordijnen, naar de grote vergulde spiegel boven de haard.

'Ik weet het sinds een week. Ik kon de hele dag wel slapen. En ik was over tijd. Dus ik heb een test gedaan. Het is verschrikkelijk, Roberta. Echt verschrikkelijk. Want ik wil geen kinderen. Ik heb ze nooit gewild. En ik zal ze ook nooit willen. Ik ben altijd zo voorzichtig geweest... Het is echt een ramp!'

'Ik vind eigenlijk dat je dit gesprek met Philip zou moeten voeren.' Het klinkt stijfjes, betweterig en ik vervloek mezelf.

'Waarom in godsnaam?'

'Omdat... Nou ja, ik heb er niets mee te maken. Philip wel. Het is zijn kind.'

'Nee. Dat denk ik niet. Tenminste, dat weet ik niet zeker.'

Opluchting overweldigt me, maar ook verwarring en iets wat lijkt op een soort schuldgevoel. Het kind is niet van hem. Tenminste, misschien niet. *Er is niets aan de hand.* Het kind is van iemand anders. Maar van wie dan? Is ze...

Ik ben geen moedig mens. Het liefst ga ik elk conflict uit de weg. Dus ik doe er het zwijgen toe, niet wetend wat ik moet zeggen tegen Jenna die nog altijd bevend tegenover me zit. Aan Philip wil ik niet denken; ik ken niemand, absoluut niemand, die zo eerlijk is, zo betrouwbaar en integer. Arme Jenna. Wat moet ze zich ellendig voelen. Wat een puinhoop!

Ze is echt ongelooflijk knap. Een schoonheid. En net als iedereen – net als Philip – laat ik me door schoonheid zand in de ogen strooien. Je wordt er als door een magneet naartoe getrokken. Schoonheid maakt blind. En ik kan het Philip niet kwalijk nemen dat hij... Het is volkomen begrijpelijk. Hij is tenslotte geen monnik. Trouwens, het gaat me allemaal niets aan. Ik werk hier alleen maar, ook al denk ik wel dat Philip me ook als een soort vriendin beschouwt.

Jenna zet met een zucht haar lege glas neer. 'Waar denk je aan?'

'O, aan niets bijzonders.' Aan mij heb je niets, vooral niet in dit soort lastige situaties.

Lastig? Een crisis, dat is het!

Jenna laat zich achterover op de bank vallen en begint weer te huilen. Het duurt maar even, misschien een minuut, dan snuit ze dramatisch haar neus. Ik schuif over de kersenrode kussens naar haar toe en ze legt haar hoofd op mijn schouder.

'Het komt goed.' Ik klop haar op de knie, masseer haar rug.

Er is een kliniek, vertelt ze. Een vriendin van haar... Afijn, ze heeft voor de volgende morgen een afspraak gemaakt en dan komt het allemaal in orde. Ze gaat deze puinhoop zelf opruimen. Philip zal het nooit weten. Goddank is hij de volgende dag weer naar de boekenbeurs. Hij mag het nooit te horen krijgen. Nooit. Want ze houdt van hem. Echt waar. Maar ze is in de fout gegaan. Dat gebeurt ons toch allemaal weleens, Roberta? Met een ex. Hij wilde haar terug. Ze had zijn hart gebroken... En toen had ze medelijden met hem gekregen. Maar het had niet lang geduurd. Ze was stom geweest.

'Heb jij weleens abortus laten plegen?' vraagt ze.

'Nee,' zeg ik na een nauwelijks merkbare aarzeling.

'Ik wil niet alleen. Naar de kliniek, bedoel ik.'

'Dat snap ik.'

'Wil je met me meegaan?'

'Natuurlijk.'

'Want ik kan het aan niemand anders vragen. Ik heb echt niemand anders.'

'Ik ga met je mee.'

'Aan Sophie wil ik het niet vragen.'

'Dat snap ik.'

Sophie en Jenna zijn ongeveer even oud, allebei ergens in

de twintig, allebei eerlijk, met het hart op de tong, en allebei aantrekkelijk, een dikke 9,5 op een schaal van 10. Sophie heeft kastanjebruin haar en dromerige ogen als vloeibare chocolade. Ze is slank en gespierd, beeldschoon en altijd licht gebruind. Er bestaat onmiskenbaar een zekere rivaliteit. Af en toe wordt er iets gefluisterd wat duidt op jaloezie. Nooit openlijk, nooit gemeen, maar het valt niet te ontkennen. Ik vind het heerlijk om hun rivaliteit vanaf de zijlijn gade te slaan, veilig buiten het strijdgewoel, ruim tien jaar ouder en een degelijke 7. Als ik een goede dag heb. Een uitzonderlijk goede dag. Dus ik ben absoluut geen partij, geen bedreiging voor deze twee die elkaar wel als zodanig zien. Ik kan gewoon genieten met de desinteresse van de onverschillige waarnemer. Hoewel, dat klopt niet helemaal. Ik zie hen allebei als een vriendin. En een van hen heeft me nodig.

'Het moet iemand zijn die ik volledig vertrouw,' zegt Jenna. 'Ik vertel het verder aan niemand en Philip mag het echt nooit te weten komen. Maar ik kan het niet alleen. Jij bent zo verstandig en je vertelt het aan niemand. Ga alsjeblieft mee.'

'Dat doe ik ook. Maak je geen zorgen. Maar hoe moet het dan met de vader van het kind?'

Jenna lacht. Het klinkt vreemd, wanhopig.

'Ach, Roberta. Je kan soms zo hopeloos naïef zijn.'

Ze gaat tegen Philip zeggen dat ze een dagje met een vriendin heeft afgesproken, om te winkelen en te lunchen, en ik meld me ziek. Migraine, menstruatiepijnen, ik bedenk wel wat. Vervelend voor Sophie, want die staat dan de hele dag alleen in de winkel, maar ze redt zich wel, zegt Jenna. Trouwens, het is op dit moment toch niet druk.

Ik luister zwijgend terwijl ze haar plannen uit de doeken doet. Ondertussen denk ik terug aan mijn laatste verjaardag, toen ik vierendertig werd. Ik had gebak meegenomen, donuts gevuld met banketbakkersroom en zoete rode siroop die moest doorgaan voor 'jam', vers van de bakker naast de winkel. Jenna bedankte, met het argument dat ze op haar gewicht moest letten. Ik haalde mijn schouders op. Dan nam ik ze wel mee naar huis, naar de kat, zei ik. Die is dol op taartjes, vooral op verjaardagen. Jenna bloosde, mompelde verslagen en enigszins gegeneerd 'sorry' en nam alsnog een donut. Ik voelde me ellendig, want zo bedoelde ik het niet. De donut vond ik uiteindelijk in de pedaalemmer, met één hapje eruit. En ik besefte ineens dat Jenna gewend is dat mensen haar niet aardig vinden. Ik geloof niet dat ze veel vrienden heeft. Dus ik besloot nog meer mijn best voor haar te doen. Ik ben niet jaloers aangelegd en inmiddels zijn we vriendinnen en groeit er langzaam maar zeker een soort vertrouwensband tussen ons.

Vandaar dat ik haar wel moet helpen. Ik heb geen keus.

'Je bent een goed mens.' Jenna snuit haar neus en schenkt me een sombere glimlach.

Mijn gedachten dwalen af; die neiging heb ik op stressvolle, dramatische momenten. Ik moet met Babunia praten. Ik wil haar vragen stellen over de brief die me vanuit mijn tas lijkt te roepen en waarvan de raadselachtige inhoud me niet met rust laat. Ik ken hem bijna uit mijn hoofd. Binnenkort ga ik naar Babunia. Dat was ik toch al van plan. Maar kan ik die brief wel ter sprake brengen? Ik zou het afschuwelijk vinden haar van streek te maken. Ik ga niet proberen haar geheimen te ontfutselen waar ze niet over wil praten.

Mijn aandacht gaat weer naar Jenna, die bleek en angstig naast me zit. Ze heeft mijn hulp nodig. Dat is nu mijn eerste prioriteit.

4

Agatha Mabel Fisher en Nina Margaret Mullens werden in mei 1940 bij Dorothy ingekwartierd. De meisjes kwamen uit Londen, direct na hun opleiding van zes weken bij het Women's Land Army, en werden als boerenknecht tewerkgesteld op de Hall. Dorothy woonde inmiddels alleen in het huisje op het terrein van het landgoed, in het besef dat ze dankbaar mocht zijn dat ze niet op straat was gezet. Albert had dienst genomen. Om zijn steentje bij te dragen, zoals hijzelf – en het dorp – zei. Maar Dorothy – en het dorp – wist beter. Iedereen wist dat Albert was vertrokken om aan haar te ontsnappen, om zijn verdriet en teleurstelling achter zich te laten. Bovendien snakte hij naar andere vrouwen, want Dorothy weigerde het bed nog langer met hem te delen. Ze was zich bewust van zijn verlangen en ze had er zelfs begrip voor. Hij was pas drieëndertig. Laat hem gaan, had ze tegen zichzelf gezegd. Ze miste hem niet.

In de Hall en in het dorp gingen stemmen op dat zij eigenlijk geen recht had om in het huisje te blijven wonen. En dat Albert niet weg had mogen gaan. Hij was een goede, ervaren boerenknecht en hij had moeten wachten tot hij onder de wapenen werd geroepen, wat misschien wel nooit gebeurd zou zijn. Het bracht zijn vrouw in een lastige positie. Uiteindelijk werd ze voor de keus gesteld. Ze moest vertrekken, óf ze moest zich nuttig maken. In dat laatste geval hoefde ze geen huur te betalen en zou ze zich tegen een kleine vergoeding over het wasgoed van de Hall ontfermen. In het washuis werden een moderne boiler en een mangel geïnstalleerd. Er werd zelfs over een nieuwe uitvinding gesproken: een wasmachine. In de tuin werd een zigzagpatroon aan lijnen gespannen. Dorothy was blij dat ze geen geiten had genomen, zoals ze serieus had overwogen toen mevrouw Twoomey haar in de lente een paar lammetjes had aangeboden. Het waren schattige diertjes, maar het schone wasgoed aan de lijn zou niet veilig voor ze zijn geweest.

Naast de was had Dorothy de meisjes om voor te zorgen. Aggie en Nina lachten de hele dag, de hemel mocht weten waarom. Het was een vrolijk, chaotisch stel. En het vervulde Dorothy met trots om keihard voor haar meisjes te werken, zelfs als dat betekende dat ze Aggies bebloede onderbroeken moest uitkoken en de damesverbanden die ze haastig had genaaid toen de meisjes bij haar in huis kwamen. Dorothy had er een zalmroze damasten tafellaken voor gebruikt dat in de mangel was blijven steken en daardoor onherstelbare schade had opgelopen. Arme Aggie. Het was zo'n knap meisje met haar blonde krullen, haar perzikhuid, haar lach als van zilveren klokjes. Een tenger wezentje. Maar hoe broos ze er ook uitzag, haar menstruatiecyclus ging elke maand opnieuw – en op de dag nauwkeurig – gepaard met hevig bloedverlies. Dit in tegenstelling tot Nina, die aanzienlijk groter was van postuur. Een stevige tante met een zware rokersstem. Haar bloedingen waren licht en onregelmatig, en van korte duur. Ze stevende opgewekt door het leven met de elegantie van een oceaanstomer. Hoewel de meisjes pas een paar weken bij haar in huis waren, had Dorothy nu al het gevoel dat ze hen kende; dat ze wist wat voor vlees ze met hen in de kuip had. Ze zou bijna zeggen dat ze al van de meisjes was gaan houden.

Ze bracht hen onder in haar eigen kamer. Het was de kamer waar ze na Sidney niet meer had willen slapen en waar ze Albert alleen en verbouwereerd in het grote koperen bed had achtergelaten. Zelf had ze destijds haar intrek genomen in de kleine slaapkamer die uitkeek op de achtertuin, de Long Acre en de oude olmen daarachter, en – nog verder weg – het vliegveld van Lodderston. Het smalle bed, dat eigenlijk een nieuwe matras nodig had, was precies wat ze wilde. Ze lag er graag met haar notitieboekje. Wanneer ze achteraf terugles wat ze had geschreven, herkende ze daarin maar zelden haar eigen hand.

Ze maakte een nieuwe quilt voor haar smalle bed en gebruikte alles wat ze maar kon vinden: grote lappen en kleine restjes die ze knipte tot vierkanten, driehoeken en grillige, onbeschrijfelijke vormen. Een doldwaze lappendeken. De weinige kleren die ze had hing ze in de kleine kleerkast, ze legde haar ondergoed in de bovenste la van de kaptafel en op het tafeltje naast het bed zette ze een vaas met wilde bloemen. Elke avond draaide ze de sleutel nadrukkelijk om in het slot. Albert klopte nooit op haar deur. Daar was Dorothy hem dankbaar voor. En toen was hij ineens verdwenen. In augustus 1939 was hij simpelweg vertrokken, van de ene op de andere dag. Dorothy wist niet waarheen. Ze hoorde niets van hem. En hij stuurde ook geen geld. Blijkbaar zijn we gescheiden, dacht ze, en vanaf dat moment was ze ook letterlijk alleen. Ze nam haar leven in eigen hand en zorgde dat ze van niemand afhankelijk was. Elke week hield ze wat eieren achter van haar kippen, ze bakte zelf brood, ze vermaakte oude kleren tot nieuwe en verrichtte wonderen met de Singer-naaimachine die nog van Alberts moeder was geweest. Sinds dit jaar kweekte ze ook haar eigen fruit en groenten, met wisselend succes, maar omdat ze niet veel nodig had deed het er niet echt toe. Ze at om in leven te blijven, niet omdat ze er plezier aan beleefde. Het eten smaakte haar niet, het kauwen en slikken bezorgde haar een gevoel van misselijkheid. Ze begon een afkeer te krijgen van haar eigen lichaam; van de vreemde, weerzinwekkende behoeften ervan. Ze verafschuwde haar gebrek aan vrouwelijke rondingen, het onvermogen van haar lichaam om te doen waarvoor het was geschapen. Ze wist niet langer wie daarvoor verantwoordelijk was, God of de natuur. En het kon haar ook niet meer schelen.

Toen waren de meisjes bij haar in huis geplaatst. Luidruchtige EastEnders, die het huis vulden met hun gelach, hun levenslust en hun grove taal. Van Dorothy werd verwacht dat ze voor hen kookte, dat ze hun kleren en hun beddengoed waste en dat ze hun na de lange, zware werkdag de gelegenheid bood weer op krachten te komen. Aggie en Nina waren niet de enigen. Er waren heel veel jonge vrouwen zoals zij. En Dorothy was diep onder de indruk van het werk dat ze verzetten. Vergeleken met hen hadden sterke kerels zoals Albert het maar gemakkelijk gehad. Voor de meisjes was het keihard zwoegen. Ze zweetten, ze huilden maar ze zetten door, ze gaven niet op. Ze hadden de blaren op hun handen, ze zaten onder de schaafwonden en blauwe plekken, ze sneden zich en kregen eelt op hun huid, maar aan opgeven dachten ze niet. Voor Dorothy betekenden ze een inspiratie. Ze gaven haar weer hoop en een doel in het leven.

Drie dagen nadat de Hurricane op de Long Acre was neergestort kreeg Dorothy bezoek. Haar verwondingen waren nog pijnlijk, maar ondanks het verband probeerde ze zich nuttig te maken. Ze slaagde erin gewoon te koken voor de meisjes en althans een deel van de groeiende berg wasgoed weg te werken.

Het bezoek kondigde zich aan door de klink van het hek die werd opgetild, gevolgd door het geluid waarmee het hek weer dichtviel. Dorothy stopte haastig haar notitieboekje in de la met bestek. Ze werkte aan een nieuw gedicht. Het voelde als een doorbraak. Eindelijk had ze een paar zinnen opgeschreven die 'ergens heen gingen'. Het was voor het eerst dat ze dat gevoel had. Geërgerd zette ze zich schrap voor een bezoek van mevrouw Compton. Om een kalme, beheerste indruk te wekken begon ze te neuriën. Ze wilde niet dat mevrouw Compton zelfs maar vermoedde hoe ze zich voelde. Sterker nog, Dorothy vond dat de oudere vrouw al te veel van haar wist; dat voelde als bedreigend.

Maar het was niet mevrouw Compton die op de deur klopte. Deze klop klonk kordaat. Het was onmiskenbaar de klop van een man. Terwijl ze naar de deur liep veegde Dorothy haar handen af aan haar schort.

'Mevrouw Sinclair?' Het was inderdaad een man en zijn buitenlandse accent deed Dorothy vermoeden dat hij uit Polen kwam. Achter zijn rug hield hij een groot boeket wilde bloemen verborgen.

'Wat kan ik voor u doen?' Dorothy besefte zelf hoe stijf en formeel het klonk. Het was alsof ze haar moeder hoorde!

'Ik ben majoor Jan Pietrykowski, commandant van het squadron, hier op Lodderston.' Hij zei het op een toon alsof Dorothy zijn naam zou moeten herkennen. Toen pakte hij in één vloeiende beweging haar hand, drukte er een kus op en bood haar met een zwierig gebaar de bloemen aan.

Ze bloosde. 'O! Dank u wel.' Dorothy herstelde zich en klonk niet langer als haar moeder. Ze rook aan de bloemen, meer uit beleefdheid dan omdat ze nieuwsgierig was naar de geur. Ze kon verder niets bedenken om te zeggen. Zoals alle mannen in uniform zag de majoor er knap uit. Knap en voornaam. Hij had donker haar, in een keurige scheiding en naar weerskanten opzij gekamd; een gave, gebruinde huid; zijn gezicht was gladgeschoren en hij had stralend blauwe ogen, opvallend stralend blauw. De open, onverschrokken blik waarmee hij haar aankeek vond Dorothy zowel ontmoedigend als intrigerend. Ze schatte hem misschien vijf, hooguit zeven centimeter langer dan zij. Niet groot, maar ook niet klein. En hij was jonger dan zij, een jaar of vier, maximaal zes. Te jong. Net als Albert. Dus het kon niet. Dit alles schoot in enkele ogenblikken door haar heen, als een plotseling opkomende koortsaanval.

'Ik kom u bedanken voor uw moedige poging om mijn landgenoot te redden, afgelopen dinsdag,' zei de majoor. Hij klonk wat hoogdravend, maar Dorothy was bereid het door de vingers te zien.

'Te redden?' herhaalde ze.

'Een van mijn piloten. Afgelopen dinsdag. We hebben gehoord hoe moedig u hebt geprobeerd hulp te bieden. En daar wil ik u voor bedanken.' Waarop majoor Jan Pietrykowski een buiging maakte.

Dorothy keek hem aan met een mengeling van schrik en geamuseerdheid. En van nog iets; iets waar ze maar liever niet dieper over nadacht.

De blik van de majoor bleef rusten op haar verband. 'Ik hoop niet dat uw gezicht nog erg veel pijn doet?'

Dat afschuwelijke mens, dacht Dorothy woedend. Dat roddelende... Dorothy was te zachtmoedig om het woord 'wijf' zelfs maar te denken, laat staan 'kreng'. Dat soort woorden vond ze te cru, te onbeleefd. En trouwens, misschien ook onverdiend. Ze was eerlijk genoeg om dat toe te geven.

'O, ik eh...' begon ze. 'Ik deed het eigenlijk niet om hem te redden. Ook al schijnt iedereen dat te denken. Nou ja, laat ook maar. Nee, mijn gezicht doet bijna geen pijn meer. Het gaat steeds beter. Nog even, en dan heb ik nergens last meer van. Wilt u niet even binnenkomen?'

De majoor stapte over de drempel en volgde Dorothy naar de keuken. Op slag besefte ze hoe prettig het voelde om een man in huis te hebben. Sterker nog, ze werd er blij van. Er was al negen maanden lang geen man meer over de vloer geweest; het huis was een soort vrouwelijke enclave geworden, helemaal sinds de komst van de meisjes. Ze wees naar een stoel aan de tafel. Hij ging zitten en terwijl hij om zich heen keek, viel het Dorothy op hoe aandachtig hij zijn blik over de schoorsteenmantel liet gaan, over de kandelaars en de klok, die net als de mantel zelf was bedekt met een dunne laag kolenstof.

'Dit doet me denken aan de keuken van mijn moeder.' Hij gebaarde om zich heen als om een weids panorama aan te duiden. 'Thuis, in mijn land.'

'En waar is thuis?' vroeg Dorothy. Ze pakte kopjes voor de thee en zette melk en suiker op tafel. Haar handen trilden.

'*Polska.*'

'Polen?'

'Ja. Polen.'

Jan Pietrykowski keek haar lachend aan. Ondanks haar voornemens een gepaste afstand te bewaren, kon Dorothy het niet laten zijn brede grijns te beantwoorden. Hou op je zo aan te stellen, mopperde ze tegen zichzelf. Ze concentreerde zich op de thee, maar merkte dat haar handen nog heviger begonnen te trillen. Bijtend op haar onderlip probeerde ze een neiging tot giechelen te onderdrukken. Wat bezielde haar? Haar benen dreigden het te begeven alsof iemand haar van achteren tegen haar knieën had geschopt.

'Neem me niet kwalijk, we zijn allemaal zo verrekt imperialistisch.' Ze probeerde haar stem vast te doen klinken, maar kon niet voorkomen dat hij een octaaf omhoogschoot. Geneerd schraapte ze haar keel. Wat bezielde haar, dacht ze opnieuw.

Majoor Pietrykowski toonde zich niet geschokt door haar grove taal. Misschien kende hij het woord niet eens. Anderzijds, zijn Engels was heel behoorlijk. Dorothy kon zich niet voorstellen dat hij niet met ruwe taal in aanraking was gekomen. Ondanks dat had ze het gevoel dat ze tegenover deze man geen blad voor de mond hoefde te nemen; dat ze alles kon zeggen zonder dat hij haar zou veroordelen.

'Dat woord heb ik van mijn meisjes geleerd.' Het klonk bijna opschepperig, vond ze.

'"Imperialistisch"?'

'Nee, "verrekt". Net als "verdomd".'

'Uw meisjes...'

'Twee jonge vrouwen uit Londen. Ze werken hier op de boerderij. Omdat er zoveel mannen...' Ze wilde niet verbitterd klinken bij de gedachte aan haar man die haar in de steek had gelaten. 'Omdat heel veel mannen naar het front zijn vertrokken.'

'U bent een boze vrouw, mevrouw Sinclair.'

Ze besloot er niet op in te gaan, maar concentreerde zich op de thee, hanteerde het zeefje, schonk melk in – nee, dank u, voor mij geen melk, zei de majoor – en deed suiker in de kopjes. Een klontje voor hem. Een klontje voor haar. Ondertussen was ze op haar hoede, geschrokken van zijn alerte blik, zijn scherpe oren. Boos, had hij haar genoemd. Was ze boos? Ja, natuurlijk. Maar was haar dat zo duidelijk aan te zien?

En ze luisterde terwijl hij praatte; deze onbekende die vreemd genoeg geen melk in zijn thee gebruikte. Een onverwachte gast in haar huis, een gast in haar land, die haar vertelde over zijn leven. Hij was als enig kind grootgebracht door zijn moeder. Zijn vader had hij nooit gekend. Zijn moeder was een sterke vrouw. Onafhankelijk. Alleen achtergebleven om voor zichzelf te zorgen in een dorpje vlak bij een stad die hij 'Krakoef' noemde. Dorothy had nog nooit van 'Krakoef' gehoord, laat staan dat ze wist waar het dorpje van de majoor lag. Zijn moeder was bepaald niet dom, vertelde hij, en hij vond het leuk om talen te leren. Al van jongs af aan was zijn moeder met Engels begonnen. En daar was hij haar nu dankbaar voor, want dat maakte een wezenlijk verschil nu hij naar Engeland was gevlucht om zijn bijdrage te leveren aan de oorlogsinspanningen, in de hoop een Pools squadron te kunnen opzetten. Ooit – spoedig, hoopte hij – zou hij naar zijn vaderland terugkeren, misschien wel naar het huis van zijn moeder, misschien ook niet. Hij zou in elk geval zijn gewone leven weer oppakken, in dienst bij de Poolse luchtmacht. Wanneer zijn land eenmaal was bevrijd 'van die vervloekte nazi's en die verdomde Russen'.

Dus hij kende dat soort woorden inderdaad. 'Zegt u dat wel,' zei ze. Hoe oud zou hij zijn?

'Ik ben dertig.'

Had ze de vraag hardop gesteld, vroeg ze zich geschokt af.

Er klonken stemmen in haar hoofd – haar eigen stem, maar dan in veelvoud – en ze smolten samen tot een verwarrende kluwen van woede, inzicht, maar vooral – ze besefte het met afschuw – plezierige opwinding, een aangenaam soort prikkeling. *Negen jaar. Négen jaar? O! Nee!*

'En u bent... piloot?'

'Ja. Ik ben commandant van het squadron.'

'O ja, dat zei u al. Neemt u me niet kwalijk. Wat dom van me. Maar dat komt... Ik ben een beetje moe.'

'Natuurlijk, dat begrijp ik.' Hij stond op en dronk gehaast zijn kopje leeg.

'Nee, zo bedoel ik het niet. U hoeft niet weg. Vertelt u me nog eens wat meer over uw werk. Zijn er veel Poolse piloten op Lodderston gestationeerd?'

'Jazeker, genoeg voor een squadron. Maar de Engelsen hebben geen vertrouwen. In ons, in wat we kunnen. We moeten meer oefenen, zeggen ze. Maar we hebben allemaal al tegen de Duitsers gevochten. In Polen en in Frankrijk. We zijn geen groentjes. We moeten Engelse les nemen. Maar ik heb uitgelegd dat ik de commando's kan vertalen. En dat ik mijn mannen zelf Engelse les kan geven. We zijn gefrustreerd. Daarom gaan mijn mannen rare kunsten uithalen in de lucht. En nu is er een gesneuveld. Dat had niet gehoeven. Maar ik zie dat u moet rusten. Dank u wel dat u zo moedig was. Ik zal de familie van de piloot schrijven over uw moed.' Hij liep naar de deur.

'Nee, doet u dat niet, alstublieft. Dat wil ik niet. Ik was helemaal niet... Het stelde niets voor. Sterker nog, het was dwaasheid.'

En ga alsjeblieft niet weg! Wat een boeiende man!

'Het was moedig,' herhaalde hij op besliste toon.

'Ik ben ook enig kind,' flapte Dorothy eruit.

'Dat dacht ik al.' Hij liep de deur uit.

Alsof hij aan haar wilde ontsnappen, dacht Dorothy. Buiten stond de middagzon nog hoog aan de hemel. Ze gedroeg zich belachelijk, besefte ze, maar ze genoot van zijn zwarte haar dat glansde in de zon. Opnieuw pakte hij haar hand en drukte er een kus op. Toen knikte hij haar toe, wenste haar nog een prettige dag en vertrok. Dorothy haastte zich naar de woonkamer en keek hem na door de kanten gordijnen. Ze waren vergeeld. Dat kwam doordat de meisjes rookten. Dorothy moest de gordijnen nodig wassen. De majoor was op zijn fiets gestapt. Ze keek hem na toen hij wegreed, in de richting van Lodderston. Al snel was hij uit het zicht verdwenen, opgeslokt door de meibloesem, door de blauwe lucht en de dichte groene hagen, door de hitte die de lucht deed trillen.

Dorothy liep terug naar de keuken. Ze pakte de bos bloemen, rook er opnieuw aan en vulde haar mooiste emaillen kan met water. Met zorg en op haar gemak schikte ze het boeket en zette de kan vervolgens op de schoorsteenmantel. Ze bleef er nog even naar staan kijken. Toen haalde ze haar notitieboekje tevoorschijn en begon koortsachtig te schrijven. Minutenlang. Misschien zelfs wel een halfuur. Voor haar gevoel had ze eindelijk iets om over te schrijven. Ze rook aan haar hand, aan de plek waar hij die had gekust, en snoof diep, langdurig. Maar ze rook niets. De kop waaruit hij had gedronken, stond nog op tafel. Ze hield hem onder haar neus. Ze rook aan de rand, aan het oor, bestudeerde ze aandachtig. Impulsief, zonder besef van schuld of weerzin, ging ze met haar tong langs de rand van het kopje. Het enige wat ze proefde, was thee.

Hij fietste weg. Ook al zou hij het liefst nog heel lang zijn gebleven. Hij wilde achteromkijken, want hij wist dat ze hem door de kanten gordijnen heen nakeek. Hij wilde naar haar wuiven. Maar hij dacht dat hij dat beter niet kon doen. Verbaasd besefte hij dat hij zelf niet goed kon verklaren wat hij had gevoeld toen hij bij haar in de keuken zat; toen hij haar zoete, sterke thee dronk en luisterde naar haar lieve, zachte stem. Hij wist alleen dat hij de rest van zijn leven naar haar zou kunnen luisteren.

Merkwaardig hoe je zomaar ineens oog in oog kon komen te staan met iemand die belangrijk bleek te zijn. Toen hij bij haar aanklopte had hij niet geweten wat hij kon verwachten. Hij kwam haar bedanken, gewoon uit fatsoen. Het was iets wat tot zijn – vele – taken behoorde. Maar toen de deur openging, was hij op slag betoverd geweest.

Hij zou haar weerzien. Hij moest haar weerzien. Zodra hij daartoe de kans zag, zou hij opnieuw bij haar langsgaan. En zijn gevoel zei hem – sterker nog, hij wist het zeker – dat zij hem ook wilde terugzien en dat hij geen excuus hoefde te bedenken om weer bij haar aan te kloppen.

5

Een zwart-witfoto met daarop een knappe man van ergens achter in de dertig met een snor. Hij heeft zijn arm om een vrouw geslagen. Ze is klein, jonger dan hij en zo te zien heeft ze blond haar. Haar gezicht straalt terwijl ze in de camera kijkt. *Harry en Nora, Minehead, augustus 1958*, staat er achter op de foto. En daaronder, in het ronde handschrift van een tiener: *Nanna en opa Lomax.*

(Gevonden in een paperbackuitgave van *Maskerade*, door Andrea Newman. Het is al een oud boek, maar nog in goede staat. Dus ik heb het voor £1 in de kast met fictie gezet.)

Ik rijd naar de kliniek, met Jenna naast me. Haar gezicht staat vastberaden terwijl ze uit het raampje kijkt, naar de mensen, de gebouwen, de bomen, het andere verkeer. Op de beknopte aanwijzingen hoe we moeten rijden na doet ze er het zwijgen toe. Ik probeer aanvankelijk nog een gesprek op gang te houden, maar in het besef dat dit niet het juiste moment is, hou ik uiteindelijk ook mijn mond. We luisteren naar Radio Four totdat onze bestemming in zicht komt. Een koperen bordje op de stenen zuil aan het begin van de oprijlaan bevestigt dat we hier bij de Evergreen Clinic zijn. Ik vind 'Evergreen' in dit verband een merkwaardige keuze. Jenna zit roerloos en nog altijd zwijgend naast me. Ik weet hoe ze zich voelt, ook al verraadt haar gezicht geen enkele emotie. Ik draai de oprijlaan in, bedekt met grind, en parkeer in een van de vakken. Alsof de regen daarop heeft gewacht, wordt de stilte verbroken door een geroffel van dikke druppels op het dak.

'Ga je ook mee naar binnen, alsjeblieft?' vraagt Jenna.

'Natuurlijk.'

'Dank je wel. Ik ben je echt heel erg dankbaar. Want ik ben bang.'

Natuurlijk is ze bang.

'Je hoeft het niet te doen,' opper ik.

'Ja, het moet echt.'

En dat weet ik ook wel. Het heeft geen zin het onvermijdelijke uit te stellen, net zomin als het zin heeft te proberen Jenna op andere gedachten te brengen. Het is háár probleem en háár besluit.

Over een onberispelijk gazon met in het midden een eenzame magnolia – wit, aantrekkelijk, een baken van hoop – lopen we naar de intimiderende treden die omhoogvoeren naar een deur met daarop een bordje met INGANG. Eenmaal binnen staan we in een donkere wereld van leer en eikenhout. Een dame met lang – heel lang – blond haar en een badge waarop RITA staat, zit stijfjes achter een bureau met opzichtig glimmende houtfineer. Volgens mij heet ze niet echt Rita. Ze vraagt ons plaats te nemen in de wachtkamer, die ooit de royale salon van de deftige villa moet zijn geweest. De televisie staat aan, een toestel dat zo te zien dateert uit de jaren tachtig van de twintigste eeuw. Er zitten nog meer vrouwen in de wachtkamer, allemaal zichtbaar nerveus, allemaal staan ze – net als Jenna – op het punt iets ingrijpends te doen. Of het goed of fout is, dat oordeel komt mij uiteraard niet toe. Toch heb ik last van een vaag soort misselijkheid en ik voel me klam, zweterig. Sommige bezoeksters zijn nog heel jong – geen vrouwen, maar meisjes – en hebben hun moeder bij zich. De moeders ogen net zo nerveus als hun dochters, maar ze maken allemaal een vastberaden indruk, net als Jenna. Er zijn ook een paar stellen. Hij houdt haar hand vast, streelt haar arm. Waarom zijn ze hier? Wat is er gebeurd dat heeft geleid tot hun komst naar de kliniek, tot het besluit dat ze hebben genomen? Op die vragen zal ik nooit antwoord krijgen. Want het gaat me niet aan.

Na een halfuur dat een eeuwigheid lijkt te duren, wordt Jenna binnengeroepen. Als een geest verdwijnt ze door een deur naar de onzichtbare kamer daarachter. De deur valt bijna geruisloos achter haar in het slot. Ik kijk naar de televisie en leer hoe ik kip moet klaarmaken, geglaceerd met honing of zoiets. Ondertussen sluit ik me af voor waar ik ben, voor wat ik hier doe, voor wat er gaande is achter de deur, voor het gesprek dat daar plaatsvindt.

Na ongeveer een kwartier komt Jenna weer naar buiten. Ze ziet bleek en wenkt me. We lopen de voordeur uit. Buiten schijnt de zon, het drukke fladderen en kwinkeleren van vogels in de bomen lijkt in tegenspraak met wat er achter de muren van de villa gebeurt. Jenna gaat op de onderste tree zitten en steekt een sigaret op. Ik ben geschokt. Haar hand beeft, rook kringelt in sierlijke tentakels langs haar slanke, beringde vingers. Ik wist helemaal niet dat ze rookte.

'Ik krijg een tablet,' zegt Jenna. 'Vandaag nog. Na het gesprek met de arts.'

'Een tablet?'

'Een pil om de zwangerschap af te breken. Dan krijg ik een bloeding, net alsof ik ongesteld ben.'

'Dus je bent echt zwanger?' vraag ik teleurgesteld. Wat zou het heerlijk zijn geweest als ze zich had vergist, als er geen baby was geweest om... om een oplossing voor te zoeken.

'Ja, absoluut. Ik kon het duidelijk zien op het scherm. Een klein vlokje. Net alsof je naar een film kijkt. Maar dat was zo ongeveer alles. Wat schaduwen... en een soort pulseren. Vijfenhalve week. Het is maar goed dat ik er zo op tijd bij ben, hè?'

'Dus je wilt het nog steeds?' Mijn stem klinkt hoog, krampachtig. 'Je zet het door?'

'Natuurlijk. Het is een vergissing. Dat is alles. Een enorme vergissing. Maar geen baby. Dat is het echt nog niet. Een verzameling aan elkaar geklonterde cellen, een brokje materie. Nog geen ogen, geen mond, zelfs nog geen echt brein. En geen huid. Dus het is geen misdaad, Roberta. Kijk niet zo ontzet, zo misprijzend. Ik sta volledig in mijn recht. Het is volstrekt legaal.'

'Dat weet ik. Het was ook niet mijn bedoeling om... Nou ja, laat ook maar.' Ik heb verder niets te zeggen.

Spijt is iets waar Jenna blijkbaar geen ervaring mee heeft. Nog niet. Omdat ik niet wil gaan huilen denk ik krampachtig aan kip geglaceerd met honing, aan de rit naar huis, aan het moment waarop ik weer veilig, alleen thuis ben. Ik heb plotseling enorme trek in warme *crumpets* met boter en kruisbessenjam. Die jam maakte Babunia vroeger altijd. Verrukkelijk! In gedachten zie ik nog de rij potten op de bovenste plank in haar provisiekast.

Jenna neemt gretig een trek van haar sigaret. Het geheim dat we delen dwingt nu al een intimiteit af die te heftig voelt. Ik wou dat ze me niet had gevraagd om met haar mee te gaan. Ik wou dat ik geen ja had gezegd. Sophie had het veel beter gedaan. Ze is een en al gezond verstand en compassie. Ik ben te gereserveerd, te afstandelijk. Daar heb ik mijn hele leven al last van. Niks ernstigs, maar toch.

Wat schreef mijn opa aan mijn oma, ogenschijnlijk over zijn graf heen? *Je hebt je ziel verkocht door te doen wat je doet.*

Voordat Jenna teruggaat naar de verstikkende duisternis van de Evergreen Clinic voor haar 'gesprek met de arts' zoals ze het noemt, stelt ze voor dat ik in de auto wacht. Ze redt zich nu wel. Het ergste is achter de rug, zegt ze. En dus wacht ik buiten, omhuld door de oorverdovende stilte van een auto zonder draaiende motor. Ik denk aan Philip; dat hij nooit zal weten wat er vandaag is gebeurd. En gelukkig maar, want ik ken mijn baas goed genoeg om te weten dat hij geschokt en gekwetst zou zijn; dat hij zich zou schamen, zowel voor Jenna als voor mij. Niet vanwege de abortus zelf, niet eens vanwege het feit dat de... dat het kind misschien niet van hem was. Hij zou zich schamen vanwege het bedrog en de leugens. Wat zou ik graag willen dat Jenna alsnog van gedachten veranderde, dat ze huilend de villa uit kwam stormen. Vurig wens ik dat de deur opengaat en dat Jenna naar buiten komt, met haar handen beschermend om haar buik, om haar baby, eindelijk gehoor gevend aan het instinct dat ze zo krampachtig heeft geprobeerd te onderdrukken. Ik wil niets liever dan haar opgelucht, stralend begroeten, ik wil haar veiligheidsgordel vastmaken, in volle vaart het hek uit rijden en hier nooit meer terugkomen.

Maar zo zal het niet gaan.

In gedachten zie ik Philip op de boekenbeurs, charmant en innemend als altijd – een prestatie als je weet dat het merendeel van de mensheid hem onverschillig laat – en ik vraag me af hoe het in de winkel gaat, bij die arme Sophie, die het de hele dag alleen moet zien te rooien met bestellingen uitpakken en klanten helpen. Ze zal het wel slecht hebben. Ik kan niet wachten om hier weg te komen, om terug te gaan naar de wereld die me zo dierbaar is.

De brief van mijn opa zit nog in mijn tas, dus ik kan hem op elk moment dat ik daar behoefte aan heb tevoorschijn halen. Dit is zo'n moment, terwijl ik op Jenna zit te wachten. Al lezend wens ik dat ik mijn vader ernaar kon vragen, maar ik zou het onverdraaglijk vinden hem van streek te maken. Hij heeft het al zwaar genoeg. Weet hij dat zijn vader in februari 1941 nog leefde? Dat hij toen waarschijnlijk nog ongedeerd was? Of in elk geval in staat een brief te schrijven waarin hij de verhouding beëindigde? Dat zijn ouders dus blijkbaar niet getrouwd waren? Tenminste, daar heeft het alle schijn van. En weet mijn vader dat zijn moeder een kind iets onvergeeflijks heeft aangedaan – althans, volgens mijn opa.

Heeft ze abortus laten plegen?

Was abortus in 1941 al legaal? Volgens mij niet.

En wat heeft mijn oma de moeder van 'dit kind' aangedaan? En had Jan het wel over mijn oma? Engels was niet zijn eerste taal. Misschien is er iets misgegaan bij het overbrengen van zijn gedachten – in het Pools – naar wat hij in het Engels op papier zette. Kon ik mijn moeder er maar naar vragen. Maar daar kan geen sprake van zijn. De enige bij wie ik terechtkan is mijn lieve Babunia.

Mijn oma van honderdnegen.

Ik kijk op van de brief en zie Jenna de kliniek uit komen. Bijna lichtvoetig daalt ze de treden af en komt ze over het gras – langs het bordje GAZON NIET BETREDEN – naar de auto. We kunnen naar huis. Ze heeft de pil geslikt, vertelt ze, en ze kijkt me aan met een glimlach alsof ze een geweldige slag heeft geslagen in de uitverkoop. Het is een glimlach die ik herken.

6

Voor Marcus, hvj, xxx Natalie. De kaart bestaat uit een roze hart op een achtergrond van rood karton. Zelfgemaakt, volgens mij. De stip op de i is ook een hartje. Onnozel, is mijn eerste gedachte. Maar dat is het niet. Het is simpel, maar ook veelzeggend en ontroerend. Dus ik besluit de kaart toch maar niet weg te gooien. Volgens mij is Marcus degene die recentelijk een voorraad paperbacks heeft ingebracht. Ik heb hem het pad op zien komen, wankelend onder het gewicht van de boeken. Net als zijn vriendin. Ze hadden allebei twee dozen. Hij noemde haar Kim.

(Ik vond de kaart in *De God van Kleine Dingen*, door Arundhati Roy, in de Harper Perennial-editie. Een leesexemplaar, dus het ging voor 30 penny in de koopjesmand onder het raam naast de voordeur.)

Mijn kat Tara en ik hadden het jaren heel gezellig samen. Wanneer ik van mijn werk thuiskwam begroette ze me hoffelijk en wanneer ik op zondagmiddag zat te lezen of af en toe een filmpje keek, kroop ze bij me op schoot en krulde zich op. Anders dan de meeste katten was ze trouw en liefhebbend en ik wist mezelf moeiteloos wijs te maken dat ze net zoveel van mij hield als ik van haar. Maar toen ik vorige week zaterdag thuiskwam, lag Tara koud en stijf op de mat. Ik moest haar optillen om de deur helemaal open te kunnen doen.

Toen het eenmaal donker was en niemand het zag, heb ik haar begraven onder de pruimenboom in mijn kleine achtertuintje.

Het was een geval van onwaarschijnlijk maar zeer gewenst toeval dat ik de Old and New Bookshop kwam binnenlopen, net op het moment dat Philip had besloten nog een kamer in gebruik te nemen voor de verkoop, zodat hij een breder aanbod van nieuwe boeken kon presenteren. In die begintijd vormden we een hecht team, Philip en ik. Wij samen, van negen tot vijf in de winkel en hij zelfs vaak tot veel later. Meestal werkten we allebei zes dagen. Ik heb het nooit erg gevonden mijn vrije zaterdag op te geven. Zo'n druk sociaal leven heb ik niet. Bovendien was Philip aangenaam gezelschap. Hij is geestig en ad rem, hij heeft een scherpe, originele kijk op zijn medemens, ook al is hij misschien iets te kritisch. Vanaf mijn eerste dag in de Old and New heb ik van zijn gezelschap genoten.

Naarmate de winkel groeide, werd het steeds duidelijker dat er meer personeel nodig was. Sophie kwam ons team versterken. Een aantrekkelijk meisje, zowel uiterlijk als qua karakter. Intelligent en aardig, kortom, geknipt voor de winkel. Ik geloof dat ik in het begin wel wat moeite met haar had. Simpelweg omdat ik de winkel – en Philip – met niemand wilde delen. Sophie was de vreemde eend in de bijt, bovendien was ze knap en dat maakte me een beetje onzeker. Wat natuurlijk volstrekt belachelijk was. Hoe dan ook, ik heb me eroverheen gezet.

Matt, de vriend van Sophie, komt haar op zaterdag altijd van haar werk halen en dan vragen ze me regelmatig om 'samen iets leuks te gaan doen'. Ze halen chinees of een pizza, ze kijken een filmpje. Of ik ook kom. Ik sla de uitnodiging altijd af.

'Kom op, Roberta. Dat is goed voor je,' zegt Sophie dan.

'Nee, ik moet Tara voeren,' luidt onveranderlijk mijn excuus.

Waarop Sophie licht haar hoofd schudt. 'Daar moet je vanaf! Van dat soort dwangmatigheden. Dan ga je eerst even naar huis om de kat te voeren en dan kom je daarna naar ons toe. Lieve hemel, je moet meer van het leven genieten. Het is maar een kat, geen kind!'

De relatie tussen Philip en mij is strikt professioneel, maar we hebben ook vaak erg veel lol samen. We lachen heel wat af. Over ons leven buiten de winkel hebben we het zelden. Philip heeft het achttiende-eeuwse pand waarin de Old and New is gevestigd een jaar of twaalf, dertien geleden gekocht. Volgens mij – tenminste, dat gevoel heb ik – zit er geen hypotheek op en hoeven er ook geen andere leningen te worden afgelost. Sophie en ik speculeren weleens dat hij de loterij heeft gewonnen, of dat hij geld heeft geërfd van een rijk familielid. Natuurlijk vragen we er nooit naar. Er zijn maanden waarin we blij mogen zijn dat we quitte spelen. Soms draaien we met verlies. En winst maken we doorgaans alleen in december, en dan nog alleen in de goede jaren. Desondanks blijft Philip zijn onafhankelijke boekwinkel bestieren alsof de zaken uitstekend gaan en heeft hij de bovenverdieping van het pand laten verbouwen tot een comfortabel, aantrekkelijk appartement. Zijn smaak laat zich omschrijven als 'ingetogen chic'. Om te beginnen heeft hij natuurlijk boeken in de kast staan; heel veel boeken. Verder hangen er aardig wat schilderijen aan de muur; voornamelijk reproducties, maar ik heb de indruk dat er ook een paar originelen tussen zitten, zonder uitzondering fraai ingelijst. Het appartement staat vol met planten, wat volgens mij nogal ongebruikelijk is voor een man. In de ruime zitkamer staat die verrukkelijke leren bank. Verder een oude schommelstoel, in de hoek een kleine televisie, maar er zijn geen gamestations, Xboxen of hoe het ook allemaal mag heten. Er ligt alleen een handvol zorgvuldig gekozen dvd's. De schone keuken is klein maar praktisch. Het is allemaal eenvoudig en ouderwets – of het pretendeert in elk geval eenvoudig en ouderwets te zijn.

Sophies meest recente idee – Philip waardeert haar 'frisse' inbreng – was om een van de boekenkamers in te richten als koffiehoek. Philip sprak er onmiddellijk zijn veto over uit en daar ben ik hem heimelijk dankbaar voor. Toch ben ik ook erg blij met Sophie. Ze is zo lekker... modern.

'We zijn Borders niet!' protesteerde Philip. 'Die zijn niet voor niks failliet gegaan!'

Sophie stak haar tong naar hem uit.

Het was natuurlijk een grapje, maar Philip heeft gelijk. We zijn klein en onafhankelijk. Een unieke winkel. En we kopen en verkopen boeken. Dat is ons product: het geschreven woord.

Ik ben met het eten bezig. Een simpel diner voor mij en mijn... Hoe zal ik hem eens noemen? Mijn vriend? Mijn minnaar? De man met wie ik het bed deel?

We eten kip geglaceerd met honing en daarbij een salade en gekruide, gebakken aardappeltjes. Ik ben niet echt een geweldige kok. Eigenlijk vind ik koken nogal saai. In de koelkast staat een fles pinot grigio. Ik heb citroensorbet in de vriezer. Wijn drinken we meestal niet, want zijn vrouw mag niets ruiken wanneer hij thuiskomt. Ze denkt dat hij om de week op donderdag na zijn personeelsvergadering rechtstreeks naar yoga gaat. Het is een schaamteloze leugen, erg doorzichtig en fantasieloos. Daar maak ik me weleens ongerust over. Ik heb een hekel aan smoezen, ook al zijn ze soms nodig. Maar toch wou ik dat hij wat vindingrijker was.

Natuurlijk vind ik het afschuwelijk wat ik doe. Ik had nooit gedacht – en het is nooit mijn bedoeling geweest – dat ik een relatie zou krijgen met een getrouwde man. Volgens mij is het gebeurd in een moment van zwakte, een moment waarop ik mijn oordelend vermogen, dat normaliter toch heel redelijk is, heb laten verslappen. En nu zal ik moeten leren leven met de gevolgen. Hij zegt dat hij niet gelukkig is met zijn vrouw. Al geruime tijd niet. Ze is 'moeilijk', wat dat ook mag betekenen. Ik vraag niet door, ook niet over andere dingen. En ik zou het zijn vrouw niet kwalijk nemen als ze razend op me is wanneer ze erachter komt. Echt niet. Misschien zet ze hem dan het huis uit en misschien staat hij dan ineens bij mij op de stoep, beduusd en in tranen.

Verwacht hij dan dat ik hem in huis neem? Ben ik dat aan hem verplicht?

Ik denk het niet. Ik zou ook helemaal niet wíllen dat hij bij mij in huis komt. En ik weet dat ik geen relatie zou moeten hebben met een man die niet alleen getrouwd is maar bovendien tweeëntwintig jaar ouder dan ik. Het is niet goed, het is niet eerlijk en uiteindelijk leidt het tot niets. Dat weet ik allemaal.

Hij heet Charles. Een ouderwetse naam, maar zo ben ik nu eenmaal. Ik ben het soort vrouw dat zich aangetrokken voelt tot oudere mannen met oudere-mannen-namen. Oudere mannen hebben iets waardoor ik me bij ze op mijn gemak voel; ze missen dat rauwe, dat bedreigende van jongere mannen. Oudere mannen zijn beschaafd.

En je hoeft niet van ze te houden. Ze zijn al heel erg gevleid als ze je ze aardig vindt, als je hen bij je thuis uitnodigt en vol medeleven naar hun kommer en kwel luistert. Want dat is het nadeel van oudere mannen: ze hebben kommer en kwel in overvloed.

Mijn oudere man – hij is natuurlijk helemaal niet van mij maar van haar, zijn vrouw, Francesca, die volgens hem naar ontsmettingsmiddel ruikt – heeft een kat voor me gekocht. Als opvolgster van Tara. Net als alle vaste klanten van de Old and New weet hij dat Tara me is ontvallen. Hun medeleven is enorm en volgens mij oprecht. De dood van mijn kat is een onderwerp van gesprek in de winkel.

Bij onze eerste date spraken we – noodgedwongen – ergens ver buiten het dorp af. Hij kon het zich niet veroorloven te worden betrapt bij een stiekeme ontmoeting met de vrouw van de boekwinkel – hoe heet ze ook al weer? Ze ziet er nogal gewoontjes uit. Rebecca? – want we hebben het over Charles Dearhead, directeur van de Northfield Primary School. Hij had te veel te verliezen. Trouwens, ik ook. Alleen was ik niet zo bang om het te verliezen als hij. 'We' zijn een geheim en hij vertrouwt erop dat ik er nooit, met niemand over praat. Maar dat heb ik toch gedaan. Met één iemand.

'Heb je iemand?' vroeg Sophie.

Het was een rustige zaterdagmiddag, een week of twee geleden. De faxman was geweest en had me voor de zoveelste keer herinnerd aan zijn aanbod me mee uit te nemen. Het stond nog steeds, had hij gezegd. Zoals gebruikelijk had ik hem beleefd lachend afgewimpeld en me vervolgens weer verdiept in het verschil tussen de oeverzwaluw en de boerenzwaluw, met behulp van *Birds of Britain: An Illustrated Guide*. Sophie stelde de vraag en keerde zich haastig naar me om, voordat er weer een klant bij de kassa stond.

'Hoezo?' vroeg ik grijnzend. Ik voelde niet echt de behoefte om iemand over mijn verhouding te vertellen. Anderzijds, het zou eigenlijk best leuk zijn om er met iemand over te praten, al was het maar om een ander perspectief te krijgen. Wat er 's zomers in de tuin van de Old and New rondvloog, waren boerenzwaluwen, concludeerde ik. Geen oeverzwaluwen. En ook zeker geen huiszwaluwen.

'Dus je hebt iemand!' zei ze triomfantelijk. 'Heb ik gelijk of niet?'

'Misschien,' antwoordde ik met een knipoog.

'Wie is het? Vertel op! Wie?'

'Hij is getrouwd,' waarschuwde ik, in de hoop dat het werelds zou klinken, maar dat deed het niet.

'Echt? O! Nou ja, dat hoeft niet per se... Wie is het? Komt hij weleens in de winkel?'

'Ja.'

Het bleef even stil. Tot overmaat van ramp kwam er een klant bij de kassa. Sophie rekende haastig maar beleefd met haar af.

'Wie is het?' siste ze zodra de klant buiten gehoorafstand was.

'Charles Dearhead.'

Haar teleurstelling was zo duidelijk dat ik de neiging kreeg haar gedesillusioneerde blik, als een verdwaalde lok haar, van haar gezicht te strijken. Sophie roept een enorm gevoel van vertedering bij me op.

'Het is goed zo.' Ik haalde mijn schouders op.

Natuurlijk was het niet goed, maar iets was beter dan niets. En niets had ik lang genoeg gehad. Charles was mijn 'iets'.

Ik hield niet van hem. En dat zou nooit veranderen. Dat wist Sophie ook. Dit alles wisselden we binnen een paar seconden telepathisch uit; een zwijgend gesprek waarin niets werd gezegd maar alles gecommuniceerd.

'Hij is een stuk ouder dan jij.' Sophie verbrak de bezwering.

'Tweeëntwintig jaar.'

'Is dat te oud?'

Haar vraag zette me aan het denken. Maar niet lang. 'Misschien. Maar hij is leuk. Ik mag hem graag. Hij is aardig voor me. En hij is knap voor zijn leeftijd.' Mijn ijdelheid kwam me te hulp.

'Hij is getrouwd. Met zijn vrouw,' zei Sophie. We keken elkaar aan en begonnen te giechelen.

'Ik begrijp wat je bedoelt,' zei ik. 'Met niemand minder dan mevrouw Francesca Dearhead,' vervolgde ik fluisterend. 'Ken je haar toevallig? Heb je haar weleens gezien?'

'Nee, ik geloof het niet.'

'Hij zegt dat ze "moeilijk" is.'

'Ben je niet bang dat het uitkomt? Misschien stuurt Philip je dan wel de laan uit. Stel je voor! Wat een schandaal voor de Old and New!'

'Dat doet Philip niet. Trouwens, hij komt er nooit achter. Niemand komt er ooit achter. Ik schreeuw het niet van de daken en hij ook niet. Dus er is niks aan de hand, Sophie.'

Jenna kwam uit de kinderboekenkamer, waar ze de bestelling van die ochtend op de planken had gezet. Ze kan erg netjes zijn als ze dat wil; de nieuwe voorraad op de plank zetten en kasten ordenen is vooral haar taak geworden. Ze glimlachte naar ons toen we ons gesprek abrupt afbraken. Volgens mij had ze er niets van opgevangen. Misschien dacht ze wel dat we het over haar hadden.

Jenna bood aan koffie te zetten. Terwijl de ketel met veel geraas begon te koken en we haar met koppen en schotels in de weer hoorden, oordeelde Sophie over mijn affaire met 'die Dearhead' zoals ze hem noemde. Het was oké, veronderstelde ze, zolang ik daarmee kon leven. Trouwens, het ging haar niets aan. En daar had ze natuurlijk gelijk in.

Maar ik hecht waarde aan haar mening. En ik weet dat zij weet dat ik niet echt gelukkig kan zijn met een man als Charles Dearhead, ook al is hij 'knap voor zijn leeftijd'. Ze vindt dat ik beter verdien en misschien is dat ook wel zo. Maar in het leven dat ik leid – zelfstandig, alleenwonend – voelt Charles precies goed. Bovendien is hij op zijn manier een lieve man. En 'zijn manier' bevalt me erg. Bijvoorbeeld dat hij nooit echt over mij wil praten. Ik kan me verliezen in zijn leven, waardoor ik niet te veel over mijn eigen bestaan hoef na te denken. Dat natuurlijk oneindig veel beter is dan het zijne, zoals ik mezelf altijd voorhoud.

Ach, daar zul je hem hebben. Hij komt binnen. Fronst. Zijn gezicht staat gekweld. Ik heb mijn cd van Billie Holiday voor hem opgezet. Hij houdt van jazz, net als ik. Het is leuk om iets gemeenschappelijks te hebben. Als ik hem in mijn kleine, maar comfortabele zitkamer in een stoel heb geïnstalleerd, masseer ik zijn schouders, ik schenk hem een glas wijn in... Zo. Dat voelt al beter, of niet dan? En inderdaad, hij glimlacht naar me. En hij vraagt wat er zo heerlijk ruikt. En hij kan het nog bijna niet geloven dat hij vannacht kan blijven, zegt hij. Onze eerste nacht samen. Hij nipt van zijn wijn en vertelt, zichtbaar met zichzelf ingenomen, dat hij de auto twee straten verderop heeft geparkeerd. Je weet tenslotte nooit of er iemand zit te gluren.

Het gaat niet goed met haar moeder. De moeder van Francesca. Ze wordt er niet jonger op en valt voortdurend. Dan bezeert ze zich, soms breekt ze iets. De laatste val was niet ernstig, maar hij vermoedt dat ze geopereerd moet worden. En er wordt gesproken over een tehuis, maar daar wil ze niet naartoe. Wat niet eerlijk is tegenover Francesca, want die heeft haar eigen leven en kan niet voortdurend op en neer reizen naar de Yorkshire Dales telkens wanneer haar moeder iets mankeert.

'Hoe dan ook, voor ons is het een meevaller,' zei hij toen hij me belde met het nieuws.

Ik heb liever niet dat hij me op mijn werk belt. En hij belt me alleen op mijn mobiel, nooit op het nummer van de winkel. In mijn mobiel staat hij als Ashley.

Ik laat 'Ashley' in de woonkamer achter en ga terug naar de keuken, naar mijn eigen glas wijn. Even overweeg ik hem de brief van mijn opa te laten zien. Maar ik besluit het niet te doen. Hij zou waarschijnlijk toch niet geïnteresseerd zijn en het zou bijna voelen als verraad jegens mijn grootouders. Vooral jegens Babunia. Die brief gaat verder niemand iets aan.

Ik ben me genietend bewust van het sexy zijden ondergoed dat ik gisteren heb aangeschaft voor deze speciale gelegenheid. Het is donkerrood, als bloed uit een diepe wond. Beeldschoon, maar verre van comfortabel. Maar daar wil ik niet aan denken. In plaats daarvan stel ik me zijn verrukking voor wanneer hij me straks uitkleedt en mijn lingerie ontdekt. Ik hoop tenminste dat hij ervan houdt. En dat we een woeste... Nee, geen woeste nacht. Wat bezielt me? Dat we het fijn hebben samen.

Want dat verdienen we.

We hebben het fijn. Charles is goed in bed, daar hoef ik niet geheimzinnig over te doen. Het is een van zijn grootste charmes. En een van de redenen waarom ik nog altijd zijn... Nee, waarom ik nog altijd de andere vrouw ben in zijn leven. Toch kan ik een zekere leegte, een gebrek aan bevlogenheid niet ontkennen.

Er ontbreekt iets.

'Wat had je dan verwacht?' Sophie hoort mijn verhaal aan, woedend, met haar handen op haar heupen.

'Ik weet het niet.'

'Natuurlijk weet je dat wel.'

'Ik had gedacht... Ik weet het echt niet. Het is goed om een minnaar te hebben, bij gebrek aan een beter woord. Sterker nog, het is leuk.'

'Natuurlijk is het leuk en dat verdien je. Maar het wordt er niet leuker op. Integendeel. Het is waardeloos, een relatie met een getrouwde vent. Je bent voortdurend bang dat je wordt betrapt, een beetje ontspannen genieten is er niet bij, je kunt niet hand in hand over straat, hoogstens als je – noem eens wat – vijfhonderd kilometer van huis bent. Je kunt nooit normaal met elkaar omgaan. En een goede relatie is meer dan alleen seks.'

'Ja, dat weet ik ook wel. Het is allemaal een beetje... zielloos.'

'Wat het ook is, als ik jou was dumpte ik hem. Zorg dat je zelf weer de regie over je leven krijgt. Anders kom je nergens.'

Ik denk na over wat ze heeft gezegd. Haar woorden blijven door mijn hoofd spoken. Twee dagen later maak ik een eind aan mijn relatie met 'die Dearhead'. Door de telefoon. Ik val meteen met de deur in huis.

'Charles? Sorry dat ik je op je werk bel, maar ik moet je iets zeggen. Ik vind dat we elkaar niet meer moeten zien. We moeten ermee stoppen, Charles. Het... Hoe zal ik het eens zeggen? Het sprankelt niet meer.'

Hij reageert uiterst beleefd. Na een inventarisatie van zijn eigen tekortkomingen verontschuldigt hij zich zelfs dat hij mijn leven heeft verziekt.

Ik zeg dat mijn leven allesbehalve verziekt is. Maar dat ik me gewoon niet op mijn gemak voel met de situatie. Hij is tenslotte getrouwd. En eerlijk gezegd begin ik ook een beetje verveeld te raken.

Dus hij is saai? Zijn beleefdheid wordt ineens aanzienlijk minder.

Nee, zeg ik, híj is niet saai, onze relatie. Eerlijk is eerlijk. De fut is eruit. En bovendien is het niet goed wat we doen. Dat is hij toch met me eens?

Hij vindt me weinig gevoelig. Maar dat heeft hij altijd al gedacht. Hij vindt me bruusk.

Ik zeg dat het me spijt en doe nog een poging het uit te leggen. Weet je, Charles...

Het gesprek eindigt met een belofte van zijn kant dat hij geen verdere toenadering zal zoeken. Natuurlijk zullen we correct en beleefd blijven wanneer we elkaar tegenkomen in de Old and New. En goddank is dat waarschijnlijk de énige plek waar we elkaar nog zullen tegenkomen.

Dus het is uit. De kat mag ik houden. Hij heeft trouwens een pesthekel aan katten. Moordenaars, vindt hij het.

En we zullen heel gelukkig zijn samen, de kat en ik. Charles zal ik niet missen, zelfs niet om de week op donderdag. In plaats daarvan zal ik me nuttig maken. Ik ga mijn achterstand in het huishouden inhalen. Ik stort me op de stapel strijk-goed voordat ik echt niks meer heb om aan te trekken. Ik ga met mijn appartement aan de slag. Ik ga met de kat naar de dierenarts. Maar ondanks zijn tekortkomingen weet ik dat ik Charles Dearhead toch zal missen; zijn hoffelijkheid, zijn rustige aanwezigheid. Maar ik zal geen medelijden heb-ben met mezelf, ik zal me niet laten deprimeren door het feit dat ik weer alleen ben. Alleen-zijn is de schulp waarin ik me dankbaar terugtrek. En het is iets anders dan eenzaamheid. Alleen-zijn is iets waarvan ik altijd het gevoel heb gehad dat ik het verdiende; ik kies ervoor, ik vind het prettig, ik ben graag alleen. Je kunt niet bezeerd worden als je alleen bent. Misschien was dat wat mijn moeder bewoog toen ze besloot dat het genoeg was geweest. Ik zal het wel nooit weten. Maar ik vraag me af in hoeverre ik op haar lijk. Ik vraag me af hoe haar leven eruitziet; hoe ze kan leven met zichzelf. Schuld is een gruwelijke last. Dus het is goed zo, ik heb de juiste beslis-sing genomen. Alles is in orde.

Ik wens hem al het geluk van de wereld, zoals mijn opa zou hebben gezegd.

Ik wil erg graag met mijn vader over de brief praten.

Dus ik ga naar hem toe. Op zondagmiddag. Het giet. Het soort regen dat tegen de ramen en de daken beukt alsof er kinderen met stenen staan te gooien. De brief van mijn opa zit veilig en droog in mijn tas. Pap en ik drinken thee.

'Ben je de laatste tijd nog bij Babunia geweest?' vraag ik.

Het is een begin, een onschuldige vraag.

'Nee. Ik heb weinig energie,' antwoordt mijn vader.

Hij ziet er bleek en vermoeid uit. Ik wil hem naar zijn pijn-medicatie vragen, naar de uitkomst van zijn laatste bezoek aan het ziekenhuis. We hebben het zelden over zijn ziekte. Hij heeft me jaren geleden verteld wat er aan de hand was, maar er meteen bij gezegd dat hij het er niet meer over wilde hebben, 'tenzij het echt niet anders kan'. Hij verwijst vaag naar zijn bezoeken aan het ziekenhuis. Soms heeft hij het over een dokter Moore, maar hij is erg weinig mededeelzaam en doorgaans verbiedt hij me erover te beginnen. Dus dat doe ik ook niet. Zelf wist hij het natuurlijk al jaren, maar stoïcijns als hij is, had hij besloten het voor me te verzwijgen. Babunia weet het nog steeds niet. Hij wil haar er niet mee belasten.

'Ik overweeg morgen bij haar langs te gaan,' vertel ik. 'Het is hoog tijd. Ik ben al een maand niet meer geweest.'

'Fijn. Dat zal ze heerlijk vinden. Ik kan op het moment beter niet gaan. Want ze ziet meteen...'

'Ik snap het, pap. Ik zal zeggen dat je het druk hebt. Trouwens, er zijn een paar dingen die ik haar wil vragen.'

'O? Waarover?'

'Nou, ik overweeg om een stamboom te maken.' Ik hield het expres een beetje vaag. Daar ben ik doorgaans goed in. 'Iedereen doet het tegenwoordig, dus ik dacht, ik ga het ook eens proberen.'

'O. Aha.'

'En ik wil Babunia vragen of ze me wat over je vader kan vertellen.'

'Tja. We weten niet echt veel over hem, hè? Behalve dat hij in de oorlog is gestorven, al voor mijn geboorte. Ik weet ook niet veel meer dan dat hij uit Polen kwam. O ja, en je oma vertelt maar al te graag dat hij als squadroncommandant heeft meegevochten in de Slag om Engeland. Maar dat wist je ook al.'

'Weet je wanneer hij precies is gestorven? Ik bedoel, de datum van zijn overlijden. Dat zou me kunnen helpen om hem op te sporen.'

'In november 1940. Tenminste dat heeft mijn moeder altijd gezegd. Zij was toen van mij in verwachting. Het is haast niet te geloven, hè?'

'Wat?'

'Dat ik ooit een baby ben geweest. En dat het al zo lang geleden is.'

'O. Ik dacht dat je bedoelde... Laat maar. Heeft Babunia haar trouwakte nog?'

'Volgens mij is ze die jaren geleden kwijtgeraakt. Ik meen me te herinneren dat ze ooit zoiets zei.'

'Maar dat moet toch ergens, in het een of andere archief, na te gaan zijn?'

'Tja, dat zal wel. Dat neem ik aan.'

'Heb jij je geboorteakte?'

'Ja, die moet hier wel ergens zijn. Hoewel, misschien ben ik hem ook wel kwijtgeraakt. Ik ben hem tenminste in geen jaren tegengekomen.'

We drinken thee en knabbelen op een volkorenbiscuitje.

'Misschien heeft je oma die akte wel,' zegt mijn vader. 'Ze vindt het prettig om dingen voor me te bewaren. Volgens mij heb ik die akte sinds mijn pensioenaanvraag niet meer gezien. En dat is al langer geleden dan me lief is.' Hij knipoogt naar me.

'Herinner je je dat je de huwelijksakte van je ouders ooit hebt gezien?' Ik begin hem alsnog onder druk te zetten en dat zou ik niet moeten doen.

'Nee, lieverd. Ik geloof het niet.'

'Maar je sluit niet uit dat Babunia hem ergens heeft? Waarschijnlijk bewaart ze al dat soort dingen bij elkaar. Denk je ook niet? Ze is altijd best ordelijk.'

'Dat zul je aan haar moeten vragen.'

'Is er ook een overlijdensakte? Van je vader, bedoel ik?'

'Ik weet het niet, Rob. Zo ja, dan heb ik die nooit gezien. Tenminste, ik kan het me niet herinneren. Dat zul je allemaal aan je oma moeten vragen. Maar, lieverd?'

'Ja?'

'Denk erom dat je niets laat merken. Over mij, bedoel ik.'

'Nee, pap. Maak je geen zorgen.'

67

'Het zou haar hart breken. Ervan uitgaande dat ze helder genoeg is om het te begrijpen.'

'Dat weet ik.'

'Je bent een goed kind.'

'Misschien.'

'Heb je zin om te blijven eten? Dan kunnen we samen naar de *Antiques Roadshow* kijken. Ik heb crumpets.'

'En kruisbessenjam?'

'Helaas niet die van je oma. Ik heb gemengde-vruchtenjam van de Tesco. Daar zullen we het mee moeten doen. Misschien zitten er ook kruisbessen in.'

Ik heb het gevoel dat ik ben vastgelopen, dat hij me met een kluitje in het riet heeft gestuurd. Ik ken mijn vader, en volgens mij verzwijgt hij iets.

Moet ik hem de brief laten zien? Nee. Die hou ik voorlopig voor mezelf. Ik wil hem niet van streek maken, net zomin als Babunia.

We eten crumpets met jam en er wordt verder nergens meer over gesproken.

7

Nina keek naar de kan met wilde bloemen op de schoorsteenmantel. Toen ze haar blik volgde viel het Dorothy op hoe uitbundig – bijna opzichtig, om niet te zeggen vulgair – de aanblik was die ze boden. Ze keek naar haar meisjes die gretig
smulden van de gebakken aardappels met gebakken eieren
en tuinbonen. De eerste bonen, nog klein maar zoet en zacht;
Dorothy had ze die middag geplukt in de brandende zon. Het
was natuurlijk veel te vroeg voor tuinbonen, maar er was verder nog niet veel om uit te kiezen. Dat kwam pas later.

Nina stootte Aggie aan, met opgetrokken wenkbrauwen.

'Heb je bloemen geplukt, Dot?' Aggie knipoogde naar haar
vriendin.

'Nee.'

'Dus iemand anders heeft ze voor je geplukt,' concludeerde
Nina.

'Ja.'

'Een vent?' vroeg Aggie.

'Ja. Een vent.'

'Welke vent dan?' vroeg Nina met haar mond vol.

Geen manieren, dacht Dorothy. En hoezo welke vent? Kende Nina alle 'venten' van de wereld? Wie weet. Het leek Dorothy niet eens zo onwaarschijnlijk.

'Niemand minder dan majoor Jan Pietrykowski. Hij vliegt
in een Hurricane,' zei Dorothy meer tegen zichzelf dan tegen
de meisjes.

'Een majoor. Toe maar!'

'Is het een lekkere vent?' vroeg Aggie opgewekt.

'Dat weet ik niet. Dat heb ik me niet afgevraagd. Een lekkere vent. Hm. Tja, misschien. Ik denk eigenlijk van wel.'

'Als dat zo was zou het je heus wel zijn opgevallen,' zei Nina. 'Zo oud ben je nog niet. Wat is het voor iemand? Waar heb je hem ontmoet?'

'Hier. Hij heeft thee bij me gedronken. Vandaag. Hier in de keuken.' Dorothy kon het zelf nauwelijks geloven. Was het echt diezelfde middag geweest? In haar eigen keuken? 'En hij is erg aardig, erg beleefd. Een buitenlander, maar dat lijkt me duidelijk.'

'Wat wilde hij?' vroeg Nina. 'Los van het voor de hand liggende?' Aggie gaf haar een schop, waarop Nina het uitgilde. 'Ik vraag het alleen maar! Dat vind je toch niet erg, Dot? Je moet wel oppassen met die Polen, hoor. Of liever gezegd, met die grijpvingers van ze. Maar we hebben wel lol met ze, of niet dan, Aggie? Godsamme, je zou denken dat ze nog nooit een meisje hadden gezien. In Polen zijn toch ook meisjes?'

'Ja, natuurlijk. Maar de mannen die hier zitten... Je moet proberen daar begrip voor te hebben. Ze hebben een zware tijd achter de rug. En ze snakken naar... afleiding. De majoor heeft zijn land onder gruwelijke omstandigheden moeten verlaten. Trouwens, dat geldt voor hen allemaal. Maar ik zal goed opletten, Nina. Bedankt voor de waarschuwing.' Dorothy glimlachte besmuikt achter haar kopje. Hetzelfde kopje als waaruit de majoor zijn thee had gedronken. Ze had het nog steeds niet afgewassen. Ze kon zich er niet toe brengen.

'En?' vroeg Nina.

'En wat?'

'Vind je hem leuk?'

'Natuurlijk niet.'

'Leugenaar,' zeiden de meisjes opgetogen en in koor.

De majoor kwam de volgende dag terug, na het middaguur. Het was de eerste dag van juni en snikheet. Dorothy herkende zijn krachtige, zelfverzekerde klop op de keukendeur meteen. Ze had gehoopt dat hij zou komen, maar tegelijkertijd kon ze zich niet voorstellen waarom hij dat zou doen. Ze streek haar schort glad, stopte een verdwaalde pluk haar achter haar oor en schraapte haar keel. Toen dwong ze zichzelf om even doodstil te blijven staan, om rustig en bewust in en uit te ademen. Van pure spanning leek het alsof ze geen lucht kreeg. Maar ze moest een kalme indruk wekken. Hij mocht niet zien hoe ze eraan toe was. Haar knieën dreigden het te begeven. Ze ademde nogmaals diep en krachtig in, ze streek nog een lok haar achter haar oren en begon te neuriën; een liedje dat ze op de radio had gehoord. Hij mocht niks aan haar merken. Ze moest heel gewoon doen. Hij mocht onder geen voorwaarde de indruk krijgen... Met kracht deed ze de deur open.

De majoor liep langs haar heen naar binnen, met een grijns op zijn gezicht, gebukt onder het gewicht van een grote kist die er zwaar uitzag.

'Wat is dat in hemelsnaam?' vroeg Dorothy met haar hoofd schuin, haar handen op haar heupen, terwijl Jan Pietrykowski de kist op de keukentafel zette. Dorothy's nieuwsgierigheid gaf haar moed, al was het maar even. Ze vergat haar dichtgesnoerde keel, haar onrustige ademhaling, zelfs het zweet dat zich als een olievlek uitbreidde in haar knieholten.

'Het is een cadeau. Voor u, mevrouw Sinclair.'

'O. Dank u wel. Maar wat ís het?'

'Een grammofoon.'

'O.'

'U houdt toch van muziek? Dat dacht ik. U loopt altijd te zingen. Ik heb u nu twee keer ontmoet. En als ik naar de deur loop hoor ik u neuriën. Dus ik heb muziek voor u meegebracht.'

Ze vond het inderdaad heerlijk om te zingen en te neuriën, simpele melodietjes die ze ergens had gehoord of die ze zich nog van vroeger herinnerde. Misschien hield ze ook wel van dansen, in gedachten, wanneer ze neuriede en haar werk deed en probeerde niet te denken aan de oorlog, aan verdwenen echtgenoten, aan dode baby's en omgekomen piloten.

Op Dorothy's verzoek bracht Jan de grammofoon naar de salon. Ze maakte het dressoir vrij en blies het dunne laagje stof eraf. Ondertussen ging hij terug naar zijn auto – 'Niet mijn auto, de auto van ons squadron' – en kwam terug met een doos platen die hij naast de grammofoon zette.

'Ik kan dit niet aannemen, majoor,' zei Dorothy toen ze zichzelf weer een beetje in de hand had. 'U kunt dat ding niet hier laten, ben ik bang.' Ze vond het afschuwelijk dat ze zo misprijzend klonk.

'Ik leen u de grammofoon. Zo moet u het zien. En wanneer ik weer weg moet, geeft u hem terug. Wanneer ik naar huis terugga... wanneer dat ook zal zijn.'

'U leent hem aan me uit?'

'Ja. En hij is niet van mij, maar van een collega. Een goede piloot, een Engelsman. Ik heb hem leren kennen toen ik net in uw land was. Een aardige man. En gul. Als hem iets overkwam, moest ik zorgen dat zijn grammofoon terechtkwam bij iemand die er plezier aan beleefde. Dus ik dacht aan u, aan uw stille huis en aan de meisjes over wie u vertelde. Meisjes houden van dansen, denk ik. En u misschien ook wel?'

'Dansen? Nee, ik dans niet.'

'Vast wel.'

'Nee.'

'We zullen zien. De grammofoon is van u. Om te gebruiken. En om plezier van te hebben.'

'Maar willen uw mannen hem niet? Voor in hun vrije uren, als ze niet aan het werk zijn?'

'We hebben radio. En we hebben onze dansavonden. Aanstaande zaterdag weer. Ik nodig u en uw meisjes uit. Als mijn gasten.'

'Maar ik dans niet. En al helemaal niet op dansavonden.'

'U hoeft niet te dansen. We kunnen gewoon een beetje praten, als goede vrienden.'

'Dat klinkt leuk. En ik weet zeker dat Aggie en Nina het heerlijk vinden om te gaan. Van de vorige dansavond hebben ze ook zo genoten.'

'We moeten plezier maken zolang het nog kan. En zolang mijn mannen nog niet kunnen vliegen, kunnen we in elk geval lekker eten en drinken en grapjes maken. Vindt u ook niet? We hoeven ons niet schuldig te voelen.' De majoor keek Dorothy lachend aan. 'Ik kom u zaterdag halen. Om zeven uur.'

'Afgesproken.' Ondanks haar twijfels schonk Dorothy hem een brede glimlach. 'Ik ga omdat u zo aardig bent me uit te nodigen. Maar ik dans niet.'

De meisjes kwamen tegen halfzes thuis, doodmoe en smerig. Maar toen ze één blik op de grammofoon en de platen hadden geworpen, was hun geluk weer compleet. Gretig inspecteerden ze de platen, op zoek naar hun favorieten. Aggie vond tot haar verrukking opnamen van Billie Holiday – 'Die móét je horen, Dot!' – en even later klonk die merkwaardig broze en tegelijkertijd krachtige stem door het huis. De muziek had iets bemoedigends, leek iets terug te brengen wat ze waren kwijtgeraakt. Dorothy werd op slag verliefd op de Amerikaanse zangeres die zowel vreugde als melancholie in haar stem legde. Voor één avond vergaten ze de oorlog. Voor één avond bleven de gebruikelijke overwegingen onuitgesproken: dat het over een jaar allemaal voorbij kon zijn; misschien wel over een halfjaar, of over zes weken; dan was Hitler geland op de Engelse kusten, dan was het gedaan met hun vrijheid, dan werd Churchill opgeknoopt en...

'Dansen, Nina!' Aggie trok haar aanzienlijk dikkere vriendin uit haar stoel en draaide haar lachend, blozend in het rond.

Dorothy zat te naaien en keek glimlachend toe. Wat een goed idee van de majoor, dacht ze. Natuurlijk, jonge vrouwen houden van dansen. En van muziek. En waarom ook niet?

'Die grammofoon, dat is nog niet alles,' zei ze toen de uitnodiging haar te binnen schoot. 'We zijn uitgenodigd voor de dansavond, aanstaande zaterdag. Als gasten van de majoor.'

'O, dat wisten we al.' Nina liet zich op de bank vallen, nog altijd met een blos op haar wangen, haar vaalbruine haar plakte aan haar gezicht. 'We zijn al uitgenodigd. Alle meisjes van het Women's Land Army gaan erheen.'

'Maar wat trek je aan?' vroeg Aggie. 'Ik heb mijn blauwe jurk.'

'O, dat weet ik niet. En het kan me ook niet schelen. Misschien ga ik wel gewoon in uniform. Denk eens aan al dat heerlijke eten! De laatste keer hadden ze een hele tafel vol, Dot. Je had het moeten zien. Allerlei soorten taart en jam en sandwiches. En het was allemaal zó lekker!'

'Ja, maar daarom past je jurk je straks niet meer.' Aggie bewoog ritmisch door de kamer, met haar armen geheven alsof ze met een man danste. Haar blonde krullen dansten mee.

'Jij hebt makkelijk praten. Ik heb gewoon een gezonde eetlust. Waar of niet, Dot?'

'Ja. Pak je jurk maar even, dan zal ik eens kijken of ik hem voor je kan uitleggen,' zei Dorothy.

De jurk van zachtgroene batist, met een bijpassende stoffen ceintuur, was al een oudje dat behalve uitgelegd, ook dringend hier en daar versteld moest worden. Dorothy bekeek de naden en ontdekte dat ze nog aardig wat speling hadden. Nadat Nina hem had gepast, tornde ze de naden los, speldde ze opnieuw en wist de vereiste ruimte te creëren. Hij stond Nina goed. Het groen combineerde mooi met haar lichtbruine haar. Bovendien had ze door het werken op het land een lekker kleurtje gekregen. Ze was niet echt knap – en te dik, dat viel niet te ontkennen – maar toch voelde Dorothy een bijna moederlijke trots bij het zien van het lachende meisje in de uitgelegde jurk.

Op de dag voor de dansavond inspecteerde ze haar eigen garderobe. Ze had drie jurken voor 'speciale gelegenheden'.

Een rode wollen jurk met lange mouwen, dus meer iets voor de winter. Een beetje strak, maar niet te. Ze had de kilo's die ze na de geboorte van Sidney was kwijtgeraakt nooit meer teruggekregen. De rode jurk was precies goed van lengte, net onder de knie, zodat haar kuiten goed tot hun recht kwamen in haar zwarte pumps. Want ze had nog best aantrekkelijke kuiten, vond ze.

Dan was er een katoenen jurk, groen met blauw, maar die kreukte nogal. Bovendien vond ze hem onderhand te jeugdig. Misschien was het iets voor Aggie. En ten slotte haar zomerjurk, met roze, zwarte, witte en oranje bloemetjes. Haar favoriet. Hij had korte pofmouwtjes en ze had hem al veel gedragen, dus ze voelde zich er prettig in. Perfect voor een dansavond in juni. Ze kon haar roze vest erop aan en haar bruine schoenen stonden er ook leuk bij. Bescheiden en bewonderenswaardig gepast voor een vrouw zoals zij: tegen de veertig, kinderloos en waarschijnlijk weduwe.

Het verband op haar gezicht was inmiddels verwijderd, de huid daaronder zag nog roze, maar niet meer rood en vurig. Het deed nog wel een beetje pijn toen ze het kleurverschil probeerde te maskeren met poeder, om alvast te kijken hoe het er de volgende avond zou uitzien. Acceptabel genoeg. Toen liet ze haar blik opnieuw peinzend over de jurken gaan, die aan de deur van haar kast hingen en op het bed lagen. Ze vond ze allemaal mooi, maar als ze geen van de drie ooit nog zou dragen, zou dat haar niets kunnen schelen. Die onverschilligheid was iets waaraan ze het afgelopen jaar gewend was geraakt, een gruwelijk leeg en wezenloos gevoel. Toch zou ze moeten kiezen.

Drie jurken. Eén dansavond. Ze kon er maar één aan. En er was er ook maar één die in aanmerking kwam.

Nina had niets te veel gezegd. Op schragentafels stond een waar feestmaal van sandwiches, allerlei soorten jam, worst, trifle, maar ook gebak uitgestald. Er waren grote ketels met thee. Er was licht bier of cider, voor wie dat liever dronk. Op sommige tafels stonden zelfs flessen wijn, zag Dorothy. Ze nam een kop thee en ging met een bescheiden portie in een hoek van de ruimte zitten. De muziek begon te spelen en klonk overal om haar heen; luid, opzwepend. De mannen van de Britse en Poolse luchtmacht en hun gasten vermaakten zich uitstekend. Er werd gelachen en gedanst. Swing. Zo heette de muziek. Dorothy luisterde genietend. Ze voelde zich aangesproken door de vrijmoedigheid ervan, door de wilde, meeslepende klanken. Ze keek naar de jonge mensen op de dansvloer en hield ondertussen haar eigen meisjes in de gaten, die – althans even – geen oog voor haar hadden terwijl ze dansten en lachten, met blozende wangen en gekrulde haren die meedansten op hun sterke, jonge schouders. Vergeleken bij de jeugd voelde Dorothy zich oud en broos; onbeduidend. En ze was blij dat ze zich in een hoekje had teruggetrokken.

Ze zat op feestjes graag in een hoek. Niets was erger dan omringd zijn door mensen en je buitengesloten voelen. Of erger nog, gevangen. Onnozele mensen die onnozele vragen stelden en die zich voortdurend met je bemoeiden. Mensen die lachten om grappen die zij niet begreep. Nee, dan was ze liever alleen. Ze at met kleine hapjes een sandwich met vispastei en vroeg zich af waarom ze in hemelsnaam was gekomen. Majoor Pietrykowski had die avond stipt om zeven uur met de auto van het squadron voor de deur gestaan. Hij had haar met een brede glimlach verzekerd dat ze er prachtig uitzag. Dorothy voelde zich uitgelaten, maar tegelijkertijd had ze het gevoel dat het niet hoorde wat ze deed. De meisjes hadden zich uitvoerig opgetut en zaten opgewonden te giechelen en te kletsen op de achterbank. Nina had haar oog laten vallen op een jongeman met wie ze op de dansavond 'aan de praat' hoopte te raken. In de auto rook het naar stro, leer en sigaretten en Dorothy werd duizelig toen ze in volle vaart door de lanen reden, langs hagen, bomen, bloemen, huizen, mensen en fietsen.

En ook in de danszaal duizelde het haar van het gepraat en gelach, de plagerijen; de zaal bruiste van opwinding, er heerste een sfeer van uitbundigheid, van intensiteit, van jaloezie. Vanuit haar hoekje keek Dorothy naar Aggie en Nina, en naar al die andere jonge mannen en vrouwen die dansten en lachten en flirtten. De majoor bewoog zich door de zaal, maakte hier en daar een praatje, zorgde dat de muziek goed te horen was maar niet te hard, hij sprak met zijn landgenoten, met de Engelse piloten. Het gerucht ging dat het Poolse squadron op korte termijn zou worden ingezet. Inderdaad, dacht Dorothy, wat kwam het goed van pas dat hij zo vlot Engels sprak. Het leek wel alsof iedereen met Jan Pietrykowski wilde praten. Hij had charisma, hij had iets waardoor iedereen naar hem toe werd getrokken. Dus wat ze ook voelde – wat ze ook dacht dat ze misschien begon te voelen – was niets bijzonders. Het deed er niet toe. Dorothy volgde hem met haar ogen, haar blik zwierf van haar meisjes naar hem. En weer terug. En weer naar hem. Ze zag hoe de dames uit het dorp, die zich gretig tegoed deden aan al het lekkers, heftig knikten en breed glimlachten terwijl ze met hem spraken.

Twee van hen – Marjorie en Susan; Dorothy kende hen vaag – kwamen kordaat naar haar toe. Dorothy schonk hun een glimlach toen ze aan weerskanten naast haar gingen zitten.

Hoe ging het toch met haar? Ze was nog altijd het gesprek van de dag in het dorp. Wist ze dat wel? Vanwege haar heldendaad.

'Ach, het had niets te betekenen,' zei Dorothy.

'Onzin!'

'Nee, echt niet...'

'En je hebt blijkbaar diepe indruk gemaakt op de Poolse majoor!'

'Ik...'

'Wat is hij knap, hè? En zo'n heer.'

'Tja, dat zal wel.'

'En hij spreekt zo goed Engels!'

De dames roken naar bier en wijn. En ze waren erg luidruchtig, zelfs voor hun doen, vond Dorothy, ook al kende ze hen nauwelijks. En ook al had ze geen enkele behoefte hen beter te leren kennen. Het waren vriendinnen van mevrouw Compton. Tenminste, als mevrouw Compton vriendinnen had.

'Ja, hij spreekt geweldig Engels.'

'En hoe gaat het nu met jou, Dorothy?'

'Heel goed, dank je. Dankzij de meisjes hoef ik me geen moment te vervelen,' antwoordde Dorothy, dankbaar het over iets anders te kunnen hebben.

'Wat we altijd al wilden zeggen... Hè, Susan... Dat we het zo erg vonden toen we hoorden...'

'Ach, dat kan gebeuren.' Dorothy wist niet of ze op het verlies van Sidney doelden of op Albert die haar in de steek had gelaten. Maar ze wist wel dat ze er niet over wilde praten. En al helemaal niet met Marjorie en Susan.

'Maar je zult hem toch wel heel erg missen,' zei Marjorie. 'En we zien je nooit meer in het dorp. Je bent wel erg op jezelf, Dorothy.'

'Tja, daar voel ik me het prettigst bij.'

Susan, die alerter was dan haar vriendin – en zich verveelde, of zich niet op haar gemak voelde, of allebei – mompelde dat mevrouw Sanderson er was en dat ze haar dringend moest spreken. Dus Marjorie en zij verontschuldigden zich en liepen terug naar de andere kant van de zaal. Daar begonnen ze een gefluisterd gesprek met hun vriendinnen, onder wie mevrouw Sanderson, mevrouw Pritchard en mevrouw Twoomey. Was mevrouw Compton er ook? Dorothy had haar niet gezien. De vrouwen keken af en toe haar kant uit, maar wendden zich haastig af wanneer hun blikken elkaar kruisten. Ze hadden het over haar, maar dat kon Dorothy niet schelen. Ze mochten zeggen wat ze wilden. Misschien moest ze hun een reden geven om over haar te praten.

Ze liet haar blik door de zaal gaan en glimlachte stralend naar Jan Pietrykowski. Hij kwam naar haar toe, trok de stoel bij waarop Marjorie net nog had gezeten en beantwoordde haar glimlach.

'Hebt u het naar uw zin?'

'Nee. Niet echt.'

'Dat spijt me. Bent u moe?'

'Nee, dat is het niet. Het komt door die vrouwen. Ze zijn zo bemoeiziek. Daar hou ik niet van.'

'Ik blijf bij u zitten. Dan eten we wat. Kan ik nog iets voor u halen? Uw bord is leeg.'

Ze aten wat. En hij vroeg haar naar verschillende mensen. Zoals die lelijke vrouw in die grijze jurk daar. En dat groepje meisjes die zo giftig naar Nina en Aggie keken. En trouwens ook naar de andere meisjes van het Women's Land Army.

'En die dikke vrouw daar... met die... Hoe heet dat? Zo'n dikke nek?'

'Een onderkin. Ze is niet zo aardig. Het is ook zo'n nieuwsgierige bemoeial. Daar wemelt het van in de wereld.'

'Ik denk... u vindt maar weinig mensen aardig, mevrouw Sinclair?' vroeg Jan.

'Is het zo duidelijk?'

'Voor mij wel. Sommige mensen zijn vast wel aardig. U moet ze een kans geven.'

'Dat maak ik zelf wel uit. En ik heb geen hekel aan mensen. Echt niet. Ik wil niet dat u dat denkt. Maar ik... ik heb gewoon genoeg van... van alles.'

'Toch vind ik het akelig u zo te zien. Zo alleen.'

Ze sloeg blozend haar ogen neer en keek naar haar handen die gevouwen in haar schoot lagen. De majoor verontschuldigde zich en begon over iets anders. Over de muziek. Over dansen. Dorothy negeerde de spottende, jaloerse blikken van de dorpelingen. En toen de majoor haar even alleen liet om nog een kop thee en een stuk taart voor hen te halen, merkte ze dat zij bijna net zoveel afkeurende blikken oogstte als de meisjes van het Women's Land Army. Het gaf natuurlijk ook geen pas. Dat zij als getrouwde vrouw, niet meer de jongste en in een strakke rode jurk – het lag er wel érg dik bovenop! – de hele avond beslag legde op die knappe Poolse piloot. Nee, dat gaf echt geen pas.

... en haar man, die arme Bert Sinclair, je kunt het hem niet kwalijk nemen dat hij bij haar is weggegaan. Ze kon hem geen kinderen geven en dat had hij niet verdiend. Trouwens, dat verdient geen enkele man. Op het laatst kon ze niet eens meer aardig tegen hem zijn. En met ons is ze nooit echt eigen geworden. Ze is altijd op zichzelf gebleven. Verwaand, dat is ze. Geen aangenaam gezelschap voor een echtgenoot. Ze heeft het veel te druk met zichzelf. Van vriendinnen moet ze niks hebben. Ze voelt zich te goed voor ons. Ze heeft het hoog in haar bol. Ze is toch een nicht van Jane Frankman? Zo heeft ze die arme Bert leren kennen. Sinds ze met hem getrouwd is wil haar moeder haar niet meer kennen, zeggen ze. Ze woont ergens in het zuiden, als ik het goed heb. Die moeder. In Reading? Londen? Oxford? Toch moet het wel erg eenzaam zijn voor mevrouw Sinclair. In dat huisje. Met al dat wasgoed van de Hall. Dat zou toch eigenlijk niet mogen, een vrouw in haar omstandigheden.

Maar ja, door al dat wasgoed heeft ze wel een dak boven haar hoofd. De hemel mag weten wat er gebeurt als Bert niet meer terugkomt uit de oorlog. Dan zetten ze haar op straat. En waar moet ze dan heen? Vrienden heeft ze niet. Leeft haar moeder nog? God mag het weten. Ons wil ze niks vertellen...

Dat was wat Jan Pietrykowski opving terwijl hij naar de tafels met eten liep, zich een weg banend tussen dames met onderkinnen – een grappig woord dat hij nog niet kende; hij zou proberen het te onthouden – en dames in strenge japonnen en dames die vastbesloten waren een praatje met hem aan te knopen.

Maar hij wist te ontsnappen en ging terug naar Dorothy. Voordat ze besefte wat er gebeurde, voordat ze kon protesteren, en al helemaal voordat ze een hap taart kon nemen, werd ze meegetroond naar de dansvloer en voelde ze de armen van de Poolse majoor om haar middel en op haar schouder. Eerst losjes, maar geleidelijk aan steviger. Zo wervelden ze in het rond, in stille afzondering verenigd, alsof er níét van alle kanten naar hen werd gekeken. Toch had Dorothy het gevoel dat de hele wereld haar veroordeelde, maar het kon haar niet schelen. De hele wereld kon haar gestolen worden. Voor het eerst sinds twaalf lange maanden voelde ze zich vrij en onbekommerd. Het leek alsof de muziek eeuwig doorging – en in haar hart zou ze de muziek ook altijd blijven horen – en toen ze naar de majoor opkeek en hij haar glimlachend, vol begrip en genegenheid nog iets dichter tegen zich aan trok, legde ze haar hoofd op zijn schouder en liet ze zich meevoeren. De nerveuze tintelingen in haar maag, in haar buik en nog verder naar beneden, het gevoel dat zich diep binnen in haar iets ontvouwde, aanvaardde ze met kalme overgave. Ze was tenslotte een volwassen vrouw.

Veel te snel ging het grote licht aan. De mensen stonden op, schudden elkaar de hand, gaven elkaar een arm en maakten aanstalten te vertrekken; sommigen waren dronken, anderen geeuwden en waren doodmoe. Sigarettenrook hing als een dikke deken onder het plafond. Overal werd gegroet en klonken woorden van afscheid, de majoor deed een stap opzij om Dorothy de gelegenheid te geven haar tas te pakken en te informeren hoe Aggie en Nina thuiskwamen.

'Wij gaan lopen, Dot!' riep Nina terwijl een Poolse vliegenier – nog erg jong, een jaar of achttien, schatte Dorothy – zijn hand langs haar gezicht legde en haar kuste, voordat hij haar lachend losliet. Ze gaf hem een tik tegen zijn achterhoofd. Was dit de jongeman die ze op het oog had gehad, vroeg Dorothy zich af.

Aggie viel haar vriendin bij. Ja, ze gingen lopen. Ook zij was met een jongeman. Hij fluisterde haar iets in het oor en Aggie giechelde.

'Stelletje sloeries!' riepen de meisjes uit het dorp. Dorothy herkende een van hen als de oudste kleindochter van mevrouw Compton.

Ze keerde zich naar Jan. 'Denkt u dat de meisjes naar huis kunnen lopen?'

'Ach, het zijn geen kinderen meer.' Hij haalde zijn schouders op.

Dorothy aarzelde en hij wachtte beleefd af.

'Goed dan.' Ze drukte de meisjes op het hart over een uur thuis te zijn. Dan stond er warme chocolademelk voor hen klaar.

De majoor zweeg tijdens de rit naar huis en concentreerde zich op de weg. Het was een warme avond, de maan lichtte hen voldoende bij als hij niet te hard reed. Ook Dorothy zweeg. De weg strekte zich als een rivier van glanzende olie voor hen uit. Ze keek naar hem terwijl hij reed, rustig, veilig, zelfverzekerd. Een man die het gewend was elke situatie onder controle te hebben.

'Dank u wel, majoor,' zei Dorothy toen ze voor het huisje stonden.

Hij deed het portier voor haar open, maar legde zijn hand erop waardoor hij haar de weg versperde. Toch voelde ze zich niet bedreigd.

'U zegt steeds mijn rang. Maar ik heet Jan. Ik ben majoor. Dat is waar. Ik ben squadroncommandant. Dat is mijn werk. Mijn functie. Maar ik heet gewoon Jan. Dus ik vind het fijn als u me zo noemt.'

'Dat begrijp ik, Jan. Goed. Dank je wel voor de prettige avond, Jan.'

'Prettig? Is dat alles?'

'Heerlijk! Heet en lawaaiig, maar leuk. Ik heb echt een verrukkelijke avond gehad.'

'Dat is beter. Dank u wel dat u mijn gast wilde zijn. En jammer dat u zich niet op uw gemak voelde. Die vrouwen die roddelen vinden u niet aardig. Dat heb ik gezien. Maar ik wel.'

'Dank je wel. Ik vind het niet erg dat ze me niet aardig vinden. Sterker nog, ik heb het liever zo.'

'Waarom?'

'Omdat ik dan geen tijd aan die roddelaars hoef te besteden. Mijn leven is van mij. Snap je wat ik bedoel? Ik wil helemaal geen vriendinnen met ze worden. Ik hou van mijn rustige leven, hier in mijn huisje, met alleen de meisjes als gezelschap.'

'Bent u een soort moeder voor ze?'

'Ja, misschien wel.'

'Ze zijn erg dol op u.'

'En ze geven me een reden om 's morgens uit bed te komen.'

'Dus het klopt. U bent een moeder voor ze.'

'Jan, ik wil niet onbeleefd zijn, maar...'

'U bent moe?'

'Ja. Nogal.'

Jan liet het portier los en Dorothy liep naar de voordeur, waar hij wachtte tot ze de sleutel in het slot had omgedraaid. Het duurde even, het slot ging al maanden erg stroef, vertelde ze. Hij beloofde de volgende keer olie mee te nemen. Het was donker in de keuken. Donker maar warm en het rook er naar brood, naar schone was en – heel vaag – naar vis. De combinatie van geuren trof Dorothy alsof die nieuw voor haar was en ze besefte ineens hoezeer dit huis bij haar hoorde; het was niet alleen haar thuis, maar ook haar leven. Degelijk, opgetrokken uit rode baksteen, met vierkante kamers, gepleisterde muren, hoge plafonds. Ze had bijna het gevoel dat ze het huis had verraden door zo lang weg te blijven. En ze voelde zich haast een vreemde in haar eigen keuken. Terwijl ze luisterde naar de klok op de schoorsteenmantel – *tik, tik, tik* – besloot ze opnieuw vriendschap te sluiten met haar huis.

Zodra de majoor...

Zodra Jan weg was.

Hij wilde niet weg. Dat voelde ze. Waarschijnlijk wilde hij een kus. Misschien zelfs meer. Maar dat wilde zij niet. En dat kon ze ook niet. Hij was een man van wie ze zich wel kon voorstellen dat ze hem kuste, dat ze hem streelde, dat ze genoot van zijn lichaam. Die gedachte deed haar niet blozen, bezorgde haar geen gevoel van schaamte. Maar ze wilde het niet. Waarom, dat kon ze niet onder woorden brengen, want ze wist het niet. Haar terughoudendheid werd in elk geval niet ingegeven door fatsoen, door morele overwegingen.

'Welterusten, mevrouw Sinclair,' zei Jan. 'Ik ga ervandoor. Mag ik nog eens langskomen?'

'Graag zelfs. Maar ik heet Dorothy. Dus ik wil graag dat je me zo noemt nu we... vriendschap hebben gesloten.'

'Dorothy,' herhaalde hij zacht.

'Een afschuwelijke naam. Ik heb er een gruwelijke hekel aan.'

'Nee. Het is mooi. Een mooie naam. En hij klinkt heel erg Engels.'

'Welterusten, Jan. Dank je wel voor een heerlijke avond.'

'Ze zeiden dat de Britten erg beleefd zijn. En ze hebben niets te veel gezegd.'

'Kom op de thee. Morgenmiddag om vier uur. Ik kan je geen feestmaal beloven, maar wel... thee en sandwiches. Misschien taart.'

'Een echte Engelse theevisite. Ik zal er zijn. Dank je wel.'

Hij keek haar aan en ze glimlachte naar hem, alsof ze niet begreep wat hij wilde. Hij beantwoordde haar glimlach – met een gevoel van berusting, vermoedde ze – en vertrok met een lichte, enigszins formele buiging.

Nadat ze de auto had nagekeken maakte Dorothy een ronde door haar huis. De echtelijke slaapkamer, waar haar enige kind was verwekt en ter wereld gekomen, sloeg ze over. Tegenwoordig sliepen de meisjes er. Ze liep haar eigen kleine slaapkamer onder het overhangende dak binnen en trok haar rode jurk uit, haar schoenen, haar kousen, haar korset en haar ondergoed. Toen schoot ze haar nachthemd en haar kamerjas aan en haalde ze met coldcream de lippenstift en de poeder van haar gezicht.

Ten slotte liep ze weer naar beneden, naar de keuken. Ze zette melk op en begon te roeren. Toen de chocolademelk klaar was, ging ze aan de tafel zitten wachten op de meisjes, die twee uur later thuiskwamen, buiten adem, dronken en verfomfaaid.

8

'Dorothea, je thee smaakt anders.'

Jan was om klokslag vier uur op zijn fiets komen aanrijden. Het was een warme dag, maar hij zag er niet verhit uit. Hij zweette niet eens. En zoals beloofd had hij een kannetje met olie meegenomen voor het slot, de klink en de scharnieren van de keukendeur. In afwachting van zijn komst had Dorothy de houten tafel en de stoelen naar buiten gebracht en in de schaduw van de zilverberken gezet. De blaadjes lispelden en fluisterden in de warme bries. Toen hij klaar was met het oliën van de deur had ze hem uitgenodigd alvast te gaan zitten terwijl zij thee zette.

'Hoezo smaakt mijn thee anders?' vroeg ze terwijl ze eindelijk bij hem kwam zitten.

'Hij smaakt erg thee-achtig. Erg lekker. En je hebt een mooie... Hoe heet dat?' Hij gebaarde naar het theezeefje.

'O, het theezeefje? Dat is nog van mijn moeder geweest.'

'Is ze dood?'

'Nee. Ze leeft nog. Dat zeefje heb ik meegenomen toen ik het huis uit ging, om met Albert te trouwen. Eerlijk gezegd heb ik toen de raarste dingen meegenomen. Het ging allemaal nogal plotseling. Ik dacht dat bepaalde dingen misschien van pas zouden komen. En in sommige gevallen was dat ook zo.'

'En in andere niet?'

'Nee, er waren dingen bij waar ik uiteindelijk niets aan bleek te hebben.'

'Waarom ben je met hem getrouwd?'

'Waarom?' Ze lachte een beetje onzeker. 'Omdat ik dat wilde.'

'En waarom wilde je dat?' Jan roerde traag de suiker door zijn thee. Ondertussen keek hij haar aan.

'Tja, nu zou ik natuurlijk moeten zeggen dat ik zielsveel van hem hield, dat ik niets liever wilde dan zijn vrouw worden, dat hij me een heerlijk leven kon bieden en me gelukkig kon maken. Dat ik verliefd op hem was.'

'En wat zeg je als je eerlijk bent?'

'Ach, ik weet het niet. Ik denk dat ik het deed om te ontsnappen. Om weg te komen bij mijn moeder. Ik wilde mijn vleugels uitslaan en de enige manier om dat te doen, was trouwen. Wat Albert me over zijn leven vertelde klonk boeiend. En hij was aardig voor me. Dat is het wel zo ongeveer.'

'Wat een treurig verhaal, Dorothea.'

'Dorothea' keek naar Jan terwijl hij een hap van zijn sandwich nam. Hij had kleine, regelmatige witte tanden. Het viel haar op hoe zijn vingers zich losjes om de sandwich kromden. Al zijn bewegingen straalden verfijning uit.

'Ja, misschien is het inderdaad treurig,' zei ze.

'Ben je ooit gelukkig geweest?'

'Wat een vraag. Misschien toen ik nog heel jong was.'

'En daarna niet meer? Wat verdrietig. Je verdient het om gelukkig te zijn.'

'Ik weet eigenlijk niet zo goed wat me gelukkig zou maken.'

'Misschien een kind?'

'Ja. O ja!' Dorothy merkte zelf hoe gretig – bijna onbeschaamd – ze zich over de tafel boog, alsof ze letterlijk toenadering zocht. Ze herstelde zich, leunde weer naar achteren en nam een slok thee.

'Heb je er spijt van? Of verdriet?' Jan trok zijn wenkbrauwen op, als om haar aan te moedigen antwoord te geven.

'Ja... van sommige dingen,' zei Dorothy.

'Ze hadden het erover. Dat heb ik gehoord.'

'Ik had niet anders verwacht.'

'Je hebt een baby verloren.'

'Ik heb verschillende baby's verloren.'

'Maar een van die baby's was... voldragen, hoorde ik. Is dat het goede woord?'

'Wat een hoop vragen!' Dorothy pakte de schaal met gebak en hield hem Jan voor.

Ze keek toe terwijl hij at, niet ontmoedigd door haar onderzoekende blik. Zelf was ze altijd op haar hoede wanneer ze at, zich bewust van de manier waarop ze haar gezicht vertrok bij het kauwen. Dat gaf haar een gevoel van kwetsbaarheid.

'Ik vraag te veel.' Jan veegde zijn mond af met een servet. 'Het spijt me. Maar ik wil gewoon graag dingen weten. Je bent een boeiende vrouw. Ik wil graag meer van je horen. Verdriet maakt mensen van ons. Dat weet je vast ook wel. Door verdriet worden we mensen met een hart dat klopt en een ziel die droomt. Begrijp je wat ik bedoel?'

Het werd steeds moeilijker om Jan op een afstand te houden.

Ze haalde diep adem. 'Sidney. Hij heette Sidney. En hij was een prachtig klein jongetje. Ze hebben hem bij me weggehaald. Mevrouw Compton en dokter Soames. Dat was beter, zeiden ze. Maar ik wilde niet dat ze hem bij me weghaalden. Ik wilde dat hij bij me bleef. Ik wilde hem vasthouden en hem troosten, ik wilde zeggen hoe het me speet dat ik hem in de steek had gelaten.' Ze was buiten adem, er brandden tranen in haar ogen, maar het voelde goed om het te zeggen. Het was nodig om het te zeggen. Het was voor het eerst dat ze erover sprak.

'De baby werd... doodgeboren?' vroeg Jan. Om hen heen wuifden de takken van de berkenbomen, zacht lispelend met hun zilvergroene bladeren.

'Ja, hij is doodgeboren. Hij huilde niet. Er was geen enkel geluid, alleen die verschrikkelijke, angstaanjagende stilte. Hij was helemaal blauw. Dat zal ik nooit vergeten. Bijna doorzichtig.'

'Door...'

'Doorzichtig. Bijna alsof ik door hem heen kon kijken.'

'Ach.'

'Hij zag er niet uit als een klein mensje. Helemaal niet.'

'Ik wou dat het anders was gegaan.'

'Dank je wel.'

'Nu heb ik je van streek gemaakt.'

'Nee. Nee, echt niet. Volgens mij is het goed om erover te praten. Het helpt niet om het op te kroppen, om te doen alsof het allemaal niet gebeurd is. Want het is wel gebeurd. En het is er altijd, ik ben me altijd bewust van mijn kleine Sidney... van zijn kleine lijfje... Wat is er met hem gebeurd? Want hij was wel iemand. Toen hij ter wereld kwam was hij dood, maar daarvoor had hij geleefd. Hij schopte. Elke dag. Dat voelde ik. En ik wilde zo graag zijn moeder zijn.'

Jan zei niets, maar gaf haar een servet. Dorothy droogde haar tranen, snoot haar neus en verontschuldigde zich.

'Het lot heeft je een wrede streek geleverd, Dorothea. Of misschien was het God.'

'God?'

'Geloof je in God, Dorothea?'

'Nee.'

'Dus je bidt nooit?'

'Nee, niet meer. Vroeger wel.'

'Maar je bad tot een lege hemel?'

'Dat besef ik nu.'

'Voor wie bad je dan?'

'Voor mijn baby's. Voor Sidney, in de laatste dagen voor zijn geboorte. Ik dacht dat het misschien zou helpen. Dat alles goed zou gaan als ik maar genoeg bad.'

'Maar het hielp niet.'

'Nee.'

'Er is geen god. Dat weet ik zeker. Wat wij het leven noemen heeft geen diepere betekenis. Het is allemaal zinloos. Kijk om je heen. Wat zie je? Waanzin, wreedheid, onrecht. Wat de een gelukkig maakt, is voor de ander een verschrikking. Alles is willekeur, er bestaat geen almachtig wezen ergens boven of onder ons dat aan de touwtjes trekt. Alles gebeurt alleen maar omdat het kán gebeuren. Het leven heeft geen diepere zin, het gaat niet verder dan ademhalen, slapen, eten, praten, liefhebben, haten. En al het verlies... Dat begint al bij de geboorte, of wat ook het begin van het leven is. Dat weet ik niet. En waarschijnlijk weet niemand het. Maar het leven is hard. En dat zal nooit veranderen. Dat is wat ik geloof, Dorothea.'

'Ik begrijp het.'

'Maar jij wilt dat niet geloven?'

'Jawel. Ik denk het wel. Het klinkt in elk geval geloofwaardiger.'

'Geloofwaardiger dan wat?'

'Dan de preek op zondag. Het gebazel in de kerk.'

'Ga je naar de kerk?'

'Nee. Niet meer. Ik heb een hekel aan de kerk. Vroeger, als kind, moest ik elke zondag. Jan? Mag ik je wat vragen? Waarom noem je me Dorothea?'

'Dat vind ik nog mooier dan Dorothy. Je bént een Dorothea.'

'Ik geloof dat ik het ook mooi vind. Zeg eens iets in het Pools.'

'*Ty jesteś piękną kobietą.*'

'Wat een wonderlijke taal!'

'Helemaal niet. Pools is juist heel makkelijk. Veel makkelijker dan Engels.'

'Vind je dat echt?'

'Ja, natuurlijk.'

'Wat zei je?'

'Dat dit een mooie tuin is. En een mooie middag. Dat het allemaal volmaakt is. Hier. En nu.'

'Ik geloof er niks van. Dat je dat allemaal zei.'

'Dan blijft het een vraag voor je. Een... raadsel? Heet dat zo?'

'Ja, zo heet dat.'

'Mijn vrouw had ook altijd vragen. Ik ben misschien moeilijk te begrijpen. Misschien niet genoeg... doorzichtig?'

Zijn vrouw? Maar ze had gedacht... O, hoe had ze zo stom kunnen zijn! Lieve hemel, hoe had ze...

'Jan, ik... Het spijt me. Ik had niet beseft dat je getrouwd bent.'

Natuurlijk was hij getrouwd, hield ze zichzelf nijdig voor. Hoe had ze ooit kunnen denken dat een man als Jan nog vrij was? O, wat afschuwelijk...

'Ik ben niet getrouwd. Niet meer.'

'Is je vrouw overleden?'

'Nee. Ze was erg jong. Erg mooi en erg jong. We waren allebei pas achttien toen we trouwden. Mijn moeder zei nee, niet doen. Maar we luisterden niet. We trouwden toch. We waren verliefd.'

'En toen? Wat is er gebeurd?' Ze durfde het nauwelijks te vragen, dus ze vroeg het zo zacht dat haar woorden werden overstemd door het geritsel van de berkenbladeren.

'De eerste paar maanden waren we gelukkig. We hadden een mooi huis. Maar ik was niet genoeg voor haar. Ze had geen rust. Ze wilde meer. Andere mannen. En dat deed ze. Ik werd boos. Ik schreeuwde tegen haar. Ik voelde me verraden en ik stuurde haar weg. Maar toen was ik eenzaam. Dus ik ben ook weggegaan. Naar de luchtmacht. Ik heb haar nooit meer gezien. Ze ging terug naar haar vader. We zijn gescheiden.'

'Wat erg voor je, Jan. Dat moet heel zwaar voor je zijn geweest. Ik weet hoe kwetsbaar de trots van een man kan zijn.'

'De liefde van een vrouw... die is kwetsbaar.'

'Volgens mij geldt het voor elke liefde. Denk je ook niet?'

'Nee. Er bestaat ook heel sterke liefde. Liefde die nooit stukgaan.'

'Stukgaat,' verbeterde ze hem en ze wenste meteen dat ze het niet had gedaan. 'Dus je bent teleurgesteld in de liefde?'

'Ja. Jij ook.'

'Alles kan stuk, Jan. Ik heb geleerd dat te accepteren. Je kunt niets of niemand vertrouwen. Zo is het nu eenmaal.'

'Denk je dat echt?'

'Laten we het over iets vrolijkers hebben. Ik weet het! De platenspeler. De meisjes zijn er dolblij mee. Ze vinden het heerlijk om te zingen en te dansen. 's Avonds wervelen ze door de woonkamer, ze gaan volledig op in de muziek. Je hebt geen idee wat dat voor ze betekent.'

'En wat doe jij als zij dansen?'

'Ik zit te naaien. Kleren verstellen en vermaken. Nina, de oudste, is een enorme eter. Ik ben voortdurend bezig haar kleren uit te leggen. Tenminste, zo lijkt het. Volgens mij kreeg ze thuis in Londen niet veel te eten. Ze komt uit een heel arm gezin, geloof ik.'

'Hadden ze veel kinderen thuis?'

'Twee oudere broers, als ik het goed heb. En nog een jonger broertje en zusje; een tweeling, heb ik begrepen. Wat lijkt me dat heerlijk. Ik ben gewoon jaloers. De tweeling is naar Wales geëvacueerd. Nina probeert hun af en toe een brief te sturen, maar daar moet ik haar bij helpen. Het valt niet mee, ze kan amper lezen en schrijven. Ze mist Londen, zegt ze, maar volgens mij mag ze blij zijn dat ze daar weg is. Trouwens, als ze liever in de stad was gebleven, waarom heeft ze zich dan aangemeld voor het Women's Land Army?' Dorothy zweeg abrupt, in het besef dat ze maar doorratelde. 'Wat vind jij?' vroeg ze toen. 'Zou jij het fijn vinden om in een stad te wonen?'

'Ik heb nooit in een stad gewoond. Jij?'

'Ik kom uit Oxford. Maar ik vond het er veel te druk en te lawaaiig. En dat was in een tijd toen er nog niet zoveel auto's waren.'

'Hoe oud ben je, Dorothea?'

'Ik eh... Nou ja, je hebt ook gezegd hoe oud jij bent, dus vooruit maar. Ik ben negenendertig. In november word ik veertig.'

'Dus je bent nog jong.'

'Helemaal niet. Ik ben oud. Te oud. In elk geval te oud om nog kinderen te krijgen. Misschien is het daarom misgegaan met Sydney. Misschien ben ik het te lang blijven proberen. Misschien had ik zo oud niet meer zwanger moeten worden. Dat was dom van me. En daar ben ik voor gestraft.'

'Gestraft? Door wie?' Hij keek haar aan met zijn helderblauwe ogen.

'Ik weet het niet. Misschien wel door mijn moeder? Misschien heeft ze een bezwering over me uitgesproken.'

Er verschenen lachrimpeltjes bij zijn ogen. 'Dat meen je vast niet echt.'

'Nee, dat denk ik ook niet. Maar ze is wel een heks.'

'Waarom zeg je dat?'

'Omdat ze geen recht had op het moederschap.' Dorothy stond op en begon de tafel af te ruimen.

Jan schoot ook overeind om haar te helpen.

'Ze was een slechte moeder. Ze kon er echt helemaal niks van. Ik heb al in geen vijf, zes jaar meer iets van haar gehoord. Ze was woedend op me.'

'Omdat je met Albert trouwde.'

'Ja. Ik ging het huis uit, het ouderlijk huis, om "beneden mijn stand" te trouwen. Dat kon ze niet uitstaan. Ze denkt dat we nog in het victoriaanse tijdperk leven. Nou, dan vergist ze zich. We leven in de jaren dertig. Nee, we leven al in de jaren veertig. De tijden zijn veranderd, net als de vrouwen. Moet je die vrouwen van tegenwoordig eens zien! Kijk eens naar mijn meisjes. Soms lijkt het wel alsof ze geen enkele schaamte kennen. Maar ik neem het ze niet kwalijk. Echt niet. Je leeft maar één keer. En het is een angstige tijd waarin we leven. God mag weten wat ons nog boven het hoofd hangt.' Dorothy keerde zich met het dienblad naar de keukendeur. 'Wil je nog een kop thee?'

Ze stond erop dat Jan weer ging zitten en dat hij genoot van de vredige middag zolang het nog kon. Binnen zette ze een verse pot thee, ze pakte schone kopjes en vulde het melkkannetje en de suikerpot bij. Vandaag zou ze niet zuinig zijn met suiker. Toen rende ze naar boven om een blik in de spiegel van haar kaptafel te werpen. Zou ze lippenstift opdoen? Ze weerstond de verleiding.

Toen ze weer buitenkwam lag Jan languit op de grond, met zijn benen gekruist, een hand onder zijn hoofd, in de andere een grasspriet waar hij op kauwde. Hij schonk haar een brede glimlach.

Ze zette het dienblad op tafel. 'Lig je lekker?' Zonder te kunnen zeggen waarom, voelde ze zich uit haar evenwicht gebracht. Misschien omdat Albert niet het soort man was geweest dat op de grond ging liggen met een grasspriet tussen zijn tanden; omdat het hem had ontbroken aan enige vorm van nonchalance.

'Ik lig heerlijk. Maakt de oorlog je bang, Dorothea?'

'Ik had gehoopt dat er niet weer oorlog zou komen. Trouwens, ik neem aan dat iedereen dat hoopte.'

'Natuurlijk. Maar het dreigde altijd al. Het kon niet anders. En we moeten weer keihard vechten voor de goede zaak.'

'Ik hoop dat we winnen. Dat hopen we allemaal. Ook al weten we nog niet hoe! Het wordt nu echt menens, hè? Met Churchill aan het roer... Eindelijk! Daardoor lijkt het allemaal nog echter. Je voelt dat er iets staat te gebeuren. Ook doordat jullie er zijn, de Polen. Maar om de oorlog te winnen moet er volgens mij wel een wonder gebeuren. Denk je ook niet?'

'Ja, we hebben een wonder nodig. Het kan nu elk moment zover zijn. Dat de oorlog hier komt. Hitler laat het niet bij Polen en Oostenrijk.'

'En gebeurt het, denk je? Het wonder dat we zo hard nodig hebben?'

'Ik weet het niet.' Hij klonk voor het eerst somber.

'Ben je bang?'

'Ik voel haat in mijn hart. Ik haat de nazi's. En mijn grootste geluk... Nee, dat zeg ik niet goed. Ik wil ze doden. De nazi's. En dat wil ik echt heel erg graag.'

'Heb je al nazi's gedood?'

'Ja.'

'Echt waar? Is dat dan moord?'

'Nee, dat is gerechtigheid. Het zijn monsters. Ze hebben mijn land verwoest. Ze vermoorden vrouwen en kinderen. Vrouwen zoals jij. Vrouwen die aan het werk zijn in de tuin, op het land. Ze schieten ze gewoon dood. Ze hebben me gedwongen mijn land uit te vluchten. Dus ze kunnen verwachten dat ik ze afmaak. En dat doe ik. Genadeloos. Ze maken mijn land kapot.'

'Ik begrijp het. Wat afschuwelijk, Jan. Het is allemaal zo uitzichtloos. En al die soldaten die uit Frankrijk terugkomen. De kranten kunnen het nog zo bemoedigend brengen, maar volgens mij zijn we gewoon verslagen.'

'Nee, niet verslagen. Het is geen nederlaag. Zo moet je het niet zien. Het is een terugtrekking om tactische redenen, heb ik gehoord. Een heel groot deel van de manschappen is gered. Ze kunnen zich hergroeperen, herbewapenen en opnieuw naar het front gaan. Dat geldt ook voor mij. Ik ben uit Polska hierheen gekomen, net als heel veel anderen. We hebben allemaal hetzelfde doel. We zijn allemaal vastbesloten om de schoften die ons land zijn binnengevallen, af te maken.' Hij ging rechtop zitten en gooide de grasspriet weg. 'Het spijt me,

Dorothea, maak ik je bang met al dat praten over vechten?'

'Nee, ik ben niet bang. Daar ben ik mee gestopt. Ik ben zo vaak bang geweest en mijn ergste angsten zijn allemaal bewaarheid. Dus de angst heeft geen greep meer op me. Ik weiger er nog langer aan toe te geven.'

'Dat is harde taal voor een vrouw.'

'Ik ben gewoon moe.'

'Moe van het leven?'

'Ja, dat denk ik. Er is maar weinig wat me nog kan schokken of verrassen. Of wat me nog echt blij kan maken.'

'Meen je dat echt?' Hij kwam naar haar toe en hurkte aan haar voeten, als een hond die om aandacht bedelde.

'Ken jij dat gevoel dan niet?' vroeg Dorothy.

'Jawel. Maar ik duw het weg.' Hij fronste toen ze haar schouders ophaalde. 'Jij laat het toe. Vind je dat prettig? Vind je het prettig om een... Ik weet niet hoe ik het moet zeggen. *Cynik* heet het in het Pools. Heet het in Engels ook zo?'

'Ja. Maar ik ben niet cynisch.'

'Dat ben je wel. Je bent *cyniczny*. En dat begrijp ik. Een harde wereld maakt harde mensen. Het is oorlog. Ons leven is oorlog, strijd. Niemand zal het je kwalijk nemen.'

'Hoe bedoel je? Wat zal niemand me kwalijk nemen?'

'Dat je voelt wat je voelt. Maar je bent niet alleen, Dorothea. Jij niet,' besloot hij merkwaardig nadrukkelijk.

'Wat bedoel je daarmee? Dat jij wel alleen bent?'

'Ja, in mijn gedachten, in mijn hart ben ik alleen. Maar om me heen zijn mannen – vaak nog maar jongens – die verwachten dat ik leidinggeef. Ze luisteren naar me. Ze rekenen op me. Dus op die manier ben ik niet alleen.'

Dorothy was zich plotseling scherp bewust van het feit dat hij haar knieën bijna raakte. Haar onbedekte, bevende knieën. Dat was erg ongepast. Waarom had ze dan ook geen kousen aangedaan? Ze probeerde haar rok eroverheen te schuiven, maar Jan leek niet te merken hoe ongemakkelijk ze zich voelde.

'Maar je bent wel eenzaam?' vroeg ze.

'Ja. Net als jij.'

'Eenzaamheid hoeft niet erg te zijn. Integendeel. Soms is het wel goed.'

'Wat bedoel je?'

'Het geeft je de kans om na te denken, om de wereld een beetje beter te begrijpen. Als je alleen bent, bedoel ik. Als je ruimte hebt voor contemplatie.'

'Contem...'

'Contemplatie. Dat is dat je... kunt nadenken. Nee, dat is te zwak uitgedrukt. Contemplatie is meer beschouwelijk, be-spiegelend... Hoe dan ook, volgens mij zijn we diep vanbin-nen allemaal eenzaam. Denk je ook niet? Niemand kan echt in het hoofd, in het hart van een ander kijken. Daar zijn we allemaal alleen. En dat moet ook. Er zal tussen mensen altijd een vorm van afstand bestaan. Misschien, als we naar elkaar reiken, raken onze vingertoppen elkaar. En dat is prachtig, een heerlijk moment. Maar verder dan onze vingertoppen zullen we nooit komen.'

Jan keek peinzend naar zijn handen. Dorothy had ineens het gevoel dat ze was gestopt met ademhalen. Dus ze zoog haar longen vol lucht en slaakte een zucht.

'Je bent een filosoof,' zei hij ten slotte.

'Ik? Welnee! Ik ben gewoon maar een vrouw met alle tijd om na te denken. Eenvoudig werk geeft je de kans om te den-ken. Wassen, strijken, verstellen.'

'Je bent "gewoon maar een vrouw"?'

'Ja.'

'Maar wel een vrouw die nadenkt. Een intelligente vrouw. Je ziet de dingen heel zuiver, heel helder. Veel meer dan anderen.'

'Welnee.'

'Ik vind van wel.'

Ze vervielen in stilzwijgen. Jan strekte zich opnieuw uit aan haar voeten en plukte weer een grasspriet.

'Wat is het prettig, Jan. Om zo rustig te zitten, zonder te hoeven praten.'

De zon zakte al naar de einder en wierp zijn gouden gloed over de Long Acre, over de tuin en over Jan die inmiddels op zijn buik lag en de grond bestudeerde. Het is net een kleine jongen, dacht ze.

'Ik hou niet van te veel praten,' zei Jan. 'Zoveel gepraat is onzin. Met jou is het anders. Maar meestal ben ik het liefst alleen.'

'Dat heb ik ook. Waar ben je opgegroeid?'

'In een klein dorpje. Vlak bij *Krakoef*.'

'O ja, natuurlijk. Dat heb je verteld toen je voor het eerst langskwam. Ik had er nog nooit van gehoord.'

'En ik had nog nooit van Lodderston gehoord.'

'Woonde je bij je ouders?'

'Bij mijn moeder. Zo noemde ik haar. Mijn vader heb ik nooit gekend.'

'Ach, dat heb je ook al verteld. Neem me niet kwalijk. Maar hoezo je nóémde haar moeder?'

'Ach, dat is een lang verhaal.' Jan schudde zijn hoofd. 'Ze heeft voor me gezorgd. Alsof ik haar kind was. Mijn echte moeder was heel jong. En niet getrouwd. Ik weet het allemaal niet precies. Maar ik mag blij zijn dat ik er ben. Begrijp je wat ik bedoel? Mijn tante heeft voor me gezorgd. De oudere zus van mijn moeder. Ze was weduwe. Mijn moeder is het dorp uit gegaan. Voorgoed. Ik heb nooit iets van haar gehoord.'

'Wat verschrikkelijk. Dus je woonde bij je tante? Was ze lief voor je?'

'Ja, natuurlijk. Ze hield van me. Ik noemde haar *matka*. Moeder. Bij haar was ik veilig. Ze zorgde goed voor me. En ze stuurde me naar school. Ik kon goed leren. Na mij heeft mijn tante nog meer kinderen gekregen. Twee meisjes. Maar het voelt niet als mijn zussen.'

'Waarom niet?'

'Omdat ze niet de kinderen van mijn moeder zijn. Begrijp je dat? Mijn moeder heeft me in de steek gelaten. Het maakt niet uit waar ik terechtkwam. Mijn moeder wilde me niet. Ze schaamde zich voor me. En daarom voelt het alsof ik geen geschiedenis heb. Geen verleden.' Hij ging rechtop zitten, rekte zich uit en krabbelde overeind.

Ze keek naar hem op. 'Maar je bent opgegroeid bij de zus van je moeder. Dat is toch een schakel met het verleden?'

'Maar niet rechtstreeks. En dat is niet genoeg. Ik wilde bij mijn moeder zijn. Altijd, vanaf het moment dat ik wist wat er was gebeurd... wilde ik bij mijn moeder zijn. "Je bent net als je moeder!" zei mijn tante als ik iets deed wat niet mocht. Niet uit wreedheid, maar ze zei het wel. Ze moest niets van mijn moeder hebben, niemand had respect voor mijn moeder omdat ze niet getrouwd was en zwanger. Volgens mij moest ze het dorp uit. Ze had geen keus. Maar ze had mij mee moeten nemen. En dat heeft ze niet gedaan.' Hij ging met een zucht op de houten stoel tegenover Dorothy zitten en keek haar aan.

'Bedankt dat je me dat allemaal hebt verteld, Jan.'

'We hebben allemaal een vriend nodig.'

Het voelde alsof het nooit avond zou worden en Dorothy wilde niets liever dan dat de middag eindeloos duurde. Maar ten slotte verdween de zon achter de horizon. Eén voor één verschenen de sterren aan de hemel, dus Dorothy liep naar binnen om een kaars te halen. Haar handen beefden toen ze ermee naar buiten kwam. Jan pakte zijn aansteker en zodra de kaars brandde, fladderden er motten en andere insecten de vlam in, zodat ze sissend en verschroeid op de tafel vielen. Dorothy en Jan keken zwijgend toe, geboeid en machteloos. In de verte klonk de roep van uilen in het bos, de berkenbladeren lispelden geheimzinnig in het donker, kleine nachtdieren ritselden in de hagen.

Om tweeëndertig minuten over tien maakte Jan aanstalten

te vertrekken. Dorothy stond ook op. Hij zei niet wanneer hij terugkwam, maar hij nam haar handen in de zijne en kuste ze, één voor één. Ze keek hem aan. En toen hij zijn lippen op de hare drukte, besefte ze dat niets wat ze ooit had ervaren, zo van leven bezield was geweest als deze kus. Zacht maar dwingend liefkoosden zijn lippen haar mond en de vurige hitte die haar doorstroomde had ze zich in haar stoutste dromen niet kunnen voorstellen. Zijn tanden waren als een snoer van glanzende parels. Ondanks zichzelf, ondanks het gevoel van ongepastheid, streek ze er met de punt van haar tong langs. Maar plotseling was het alsof ze ontwaakte uit een bedwelmende, zwoele droom en ze verstarde, zich ineens bewust van wat ze deed. Onzeker legde ze haar handen tegen zijn borst, paniek kwam als braaksel in haar keel omhoog. Hij deed een stap naar achteren, nam opnieuw haar handen in de zijne en glimlachte. Het speet hem, zei hij. Dorothy schudde zwijgend haar hoofd. Maar ze probeerde ook te glimlachen, tot haar lippen begonnen te trillen en haar gezicht verkrampte. Ze voelde zich een jong meisje, vervuld van schrik en ontzetting na haar eerste kus.

Samen liepen ze naar het hek, met haar hand in de zijne als een verliefd paartje tijdens een wandeling in het park. Hij nam fluisterend afscheid waarbij hij haar sussend over haar arm streek. Ze meende te zien dat hij knipoogde, maar misschien speelde de vallende duisternis haar parten. Ze keek hem na, de Poolse majoor op zijn fiets, terwijl hij als een geest in de nacht van haar wegggleed.

Eenmaal alleen bleef ze nog minutenlang staan, starend naar de duisternis waarin hij was verdwenen.

9

Lieve Marion,

Bedankt voor jullie bezoek. Wat was het heerlijk Lionel en jou hier te zien. Peter heeft er ook van genoten. En wat was het leuk om weer eens te tennissen. Het ging geweldig, vond je ook niet? Sinds jullie vertrek ben ik druk geweest met de inmaak en met jam maken. De oogst is enorm dit jaar. Het is ook zo ongelooflijk warm geweest! In deze tijd van het jaar is Dennis geen moment uit mijn gedachten. Hij was zo dol op zijn fruit uit eigen tuin. En op tennissen niet te vergeten. Peter speelt echt goed, hè? Hij gaat hoe langer hoe meer op Dennis lijken. Nog even, dan begint het studentenleven en dan ben ik hem kwijt. Ik durf best toe te geven dat ik hem verschrikkelijk zal missen.

Kom gauw weer eens langs, lieverd. Je bent altijd welkom. En doe Lionel de groeten van me. Ik hoop dat hij geen kiespijn meer heeft. En dat jouw migraine over is. Hoofdpijn is echt een bezoeking.

Liefs,
Hilda

(Dit was de allereerste brief die ik bij de Old and New in een boek aantrof. Welk boek het was weet ik niet meer. En het is ook niet echt een boeiende brief, maar hij heeft wel iets liefs, iets ontroerends. Dus ik nam hem mee naar huis en dat was het begin van mijn verzameling, die inmiddels is onderge-bracht in de koffer van mevrouw Sinclair. In gedachten heb

ik me een voorstelling gemaakt van Hilda, van haar opgroei-
ende zoon Peter en van Dennis, haar overleden man. Hilda
heeft haar haar in een knot bij elkaar gebonden terwijl ze
zich met een rood, verhit gezicht op de inmaak stort. Maar ik
denk niet dat het helpt.)

Jenna is veranderd, maar ik ben de enige die dat in de gaten
heeft. Haar haar is minder zorgvuldig geborsteld, haar make-
up wat slordig of soms helemaal afwezig. Ik had niet gedacht
dat ik dat ooit zou meemaken. Haar kleding is gekreukt, de
huid op haar neus droog en schilferig, haar wangen zijn ingevallen en ze heeft kringen onder haar ogen; grijs-paarse
schaduwen die stilzwijgend getuigen van schuld, van spijt.
Tenminste, dat vermoed ik. In haar ooghoeken zit slaapzand.
Begrijp me goed, de veranderingen zijn heel subtiel. Haar
verschijning was altijd onberispelijk en dat is nu iets minder
het geval, zodat ze iets meer overeenkomst met mij begint te
vertonen. Een zeven op een schaal van tien.

Ook al zijn de omstandigheden niet te vergelijken, toch
weet ik precies hoe ze zich voelt en hoeveel pijn het doet.

Het was op de universiteit. Ik kreeg iets met een aantrekkelijke medestudent die ook nog eens slim en grappig was.
Om hem de gêne te besparen zal ik zijn naam niet verraden.
Hoe dan ook, ik voelde me gevleid door zijn aandacht en ik
was verliefd. Dacht ik. Het was leuk. Nee, het was geweldig!
Totdat ik twee weken over tijd was. Paniek! In mijn eentje
naar de drogist aan het eind van de middag. Een eindeloze
nacht wachten; in die tijd moest je zo'n test met je eerste och-
tendurine doen. Twee roze streepjes. Niet één, zoals ik had
gehoopt. Twee. Heel duidelijk. En heel erg roze. De aantrekkelijke student en ik hoefden er niet veel woorden aan vuil te
maken. De conclusie luidde vrijwel onmiddellijk dat 'afbre-
ken' de beste optie was. 'We' waren te jong. 'We' stonden nog
aan het begin van onze carrière. En 'we' hadden geen plannen

om... Dus ik naar de huisarts, die me doorverwees naar de kliniek. Allemaal erg discreet, erg snel en erg alleen. De aantrekkelijke student zei dat hij me 'dankbaar' was. Ik maakte het uit.

Ik heb nooit iemand over mijn abortus verteld. Simpelweg omdat ik nooit de behoefte heb gehad erover te praten.

Heeft Philip in de gaten dat er iets met Jenna aan de hand is? Dat zou hij toch moeten zien. Wéét hij het? Misschien heeft Jenna wel dagenlang bloedingen gehad, zodat hij zich zorgen maakte, met als gevolg dat ze alles heeft opgebiecht. Zou ze nog pijn hebben? Ik hoop het niet. Tegelijkertijd ben ik me ervan bewust dat ik harder ben geworden. Dat er tussen Jenna en mij ook iets is veranderd.

Ik had niet met haar mee moeten gaan. Het was allemaal nog te vers, het kwam te dicht bij mijn eigen ervaring. Ik had kunnen zeggen dat ik het ook had meegemaakt; dat had ik haar in de auto erheen kunnen vertellen, desnoods op de terugweg van de kliniek. Ik begrijp het, had ik kunnen zeggen. Uiteindelijk komt het allemaal weer goed. Ze zou hebben geknikt, misschien zelfs geglimlacht. In plaats daarvan werd er nauwelijks gesproken en rookte ze een sigaret, die ze buiten het raampje hield.

Ik merk aan Jenna dat zij er ook spijt van heeft; dat ze liever iemand anders in vertrouwen had genomen. Sinds de kliniek probeert ze me zo veel mogelijk te ontlopen. Ik doe mijn best om aardig te zijn; ik zet thee voor haar en breng die haar door de hele winkel achterna. Ik heb zelfs een keer op het punt gestaan haar te knuffelen omdat ze er zo ongelooflijk verdrietig uitzag. Maar uiteindelijk kwam het er niet van. Als we toch iets tegen elkaar moeten zeggen, doen we dat kort en bondig, bijna zakelijk. We hebben het geen van beiden nog over die dag. Ze ontwijkt mijn blik. Ik zou haar willen helpen, maar ik weet niet hoe. En ik weet ook niet wat ik moet zeggen. Het is veel simpeler om dit soort dingen alleen te doen.

In het verzorgingstehuis waar Babunia woont hangt een serene stilte. Achter het gebouw is een leuke tuin, het tehuis zelf is geruststellend klein. En het ruikt er altijd lekker. De verzorgsters en de verpleegsters zijn allemaal aardig en deskundig. Pap en ik hebben het huis samen met Babunia uitgekozen en ik weet zeker dat die keuze de juiste was. Het is alleen jammer dat het tehuis niet iets dichterbij is, ook al valt een halfuurtje rijden nog wel mee.

Ik heb van tevoren gebeld en bij binnenkomst word ik ontvangen door een vrouw die zich voorstelt als Suzanne. Ik kan me haar van vorige bezoeken niet herinneren.

'Ik ben het nieuwe Hoofd Activiteiten,' vertelt ze, 'maar eigenlijk doe ik van alles. Het leek me leuk je te leren kennen. Je oma en ik kunnen het uitstekend met elkaar vinden.' Suzanne vertelt me wat ik al vaker heb gehoord; dat Babunia de 'lieveling' van het tehuis is. Ze zorgt nooit voor problemen, ze is zelfs nog niet incontinent. En dat zal ze waarschijnlijk wel nooit worden ook. Haar waardigheid is nog altijd erg belangrijk voor haar, vertelt Suzanne gloeiend van trots, alsof het gaat over een nichtje dat zo goed kan leren.

'Kan ik naar haar toe?'

'Ja, natuurlijk. Kom, dan loop ik even met je mee.'

Suzanne gaat voorop; slank, een paarse jurk en paarse schoenen met hoge hakken, weelderig rood haar. Ze wiegt met haar heupen tijdens het lopen, haar leeftijd laat zich onmogelijk raden. Bij de kamer van mijn oma gekomen klopt ze aan. Wanneer een reactie uitblijft, doet ze langzaam de deur open.

'Dorothea?'

Babunia zit in haar gemakkelijke stoel, met haar rug naar de deur, haar gezicht naar het grote erkerraam. De bloembedden in de tuin zien er hartje zomer altijd schitterend uit, maar het is inmiddels augustus en hun pracht begint een beetje te verbleken. Behalve bloemen staan er ook kleine vruchtbomen in de tuin, een voedertafel voor de vogels en wat houten banken. Ik kijk naar mijn oma. Ze draait zich niet om. Slaapt ze? Ze zit zo stil. Misschien is ze wel dood.

Suzanne doet een stap naar achteren om me door te laten. Ik aarzel.

'Toe maar.' Suzanne schenkt me een bemoedigende glimlach.

'Ik wil haar niet laten schrikken,' fluister ik. 'Ze is zo... broos.'

'Waarom zou ze schrikken? Ik weet zeker dat ze het heerlijk vindt om je te zien.'

Ik loop langzaam naar de stoel. Daar blijf ik staan en ik kijk neer op het grijze haar, zoals altijd opgestoken in een keurige wrong. Langzaam keert ze zich naar me toe. Ik glimlach. Ze doet haar mond open en wil iets zeggen. Terwijl haar blik zoekend over mijn gezicht gaat komen er tranen in haar groene ogen. Ze is volledig de kluts kwijt.

Dit had ik niet verwacht. Ik ben te lang niet geweest. Een maand is te lang. Ik had elke week moeten blijven komen.

'Wie bent u?' vraagt ze.

Hoezeer we ook ons best doen om haar gerust te stellen en haar duidelijk te maken dat ik haar kleindochter ben, Babunia vraagt telkens opnieuw wie ik ben. En wat ik kom doen. Het voelt als een beschuldiging. Ik zie oprechte angst in haar ogen en dat vind ik verschrikkelijk.

Suzanne en ik gaan aan weerskanten van haar zitten en pakken ieder een hand.

'Ik ben het, Roberta. Ik... ik hou van je.' Het klinkt raar onder de omstandigheden, maar toch voelt het goed.

Ze schudt haar hoofd en weer probeert Suzanne het uit te leggen. Maar Babunia luistert niet, ze is in paniek, in tranen. En dus blijven we zwijgend zitten. Alle drie.

Wanneer Babunia ten slotte indommelt overleggen Suzanne en ik fluisterend.

'Ze is niet altijd zo,' zeg ik.

'Dat weet ik. Gisteren hebben we nog samen een kruiswoordpuzzel gedaan. En ze wist heel wat van de antwoorden.'

'Waarom herkent ze me niet?' vraag ik.

Suzanne haalt haar schouders op. 'Ik weet het niet. Soms is ze een beetje in de war. Maar probeer je geen zorgen te maken.'

Ik ben op mijn werk wanneer ik een van de telefoontjes krijg die ik al geruime tijd vrees.

'Spreek ik met mevrouw Pietrykowski?' vraagt een vrouwenstem die hoorbaar moeite heeft met het uitspreken van mijn achternaam.

'Ja, dat klopt.'

'O, ik ben hoofd van de afdeling waar uw vader, meneer...'

'Wat is er gebeurd? Is alles goed met hem?'

Philip, die met een vrouwelijke klant staat te praten, kijkt over haar schouder heen naar mij en trekt vragend zijn wenkbrauwen op.

'Ja, hij maakt het goed, mevrouw Pietry...'

'Het is een mondvol. Zegt u maar gewoon Roberta.'

'Inderdaad, het valt niet mee. Dank je wel, Roberta. Je vader is hier een uur geleden binnengebracht. Inmiddels gaat het weer goed met hem. Hij heeft nog wel wat last, maar zijn toestand is stabiel.'

'Wat is er aan de hand?'

'Hij heeft problemen met de ademhaling. Dus hij ligt aan de zuurstof. De dokters hopen dat hij naar huis kan wanneer ze zijn medicatie hebben bijgesteld. Maar hij zal vannacht hier moeten blijven.'

Pap heeft me laten zweren dat hij thuis mag sterven. Maar ik verwacht niet dat hij op korte termijn doodgaat en dat zeg ik ook voortdurend tegen hem.

Ik bedank de verpleegster, verbreek de verbinding en zeg

tegen Sophie dat ik weg moet. Wanneer ik met mijn tas en mijn jasje naar de deur ren, roept Philip me na dat ik vooral alle tijd moet nemen die ik nodig heb.

10

Mevrouw Compton schonk Dorothy een glimlach terwijl ze thee dronken en het gesprek – zoals gebruikelijk – angstvallig luchtig hielden. Dorothy had mevrouw Compton niet uitgenodigd – ook dat was zoals gebruikelijk – en ze zag haar het liefst weer vertrekken. Ze probeerde haar blik te ontwijken en zo min mogelijk in die harde ogen te kijken, die even koud waren als een wc in de winter. Als ze maar lang genoeg niets zei, zou mevrouw Compton de stille hint misschien begrijpen en weggaan. Waren de meisjes er maar. Dorothy snakte naar hun ongecompliceerde aanwezigheid, naar hun luide stemmen, hun openhartigheid, hun volslagen gebrek aan angst, hun directheid. Ze was 'te aardig', kreeg ze vaak van hen te horen. 'Je moet af en toe voor jezelf opkomen, Dot.' Maar de meisjes waren aan de andere kant van de Long Acre, in de North Barn, tot hun ellebogen in het stro en de stront, druk met melken, met kalverende koeien en bloederige nageboortes. En Dorothy wist niet goed hoe ze dat moest doen, 'voor zichzelf opkomen'.

Ze had geen idee waarom mevrouw Compton nu alwéér langskwam, zo kort na haar vorige bezoek. En dan de zinloze vragen die ze stelde! Of ze het een beetje kon redden? Of de wond op haar buik al begon te helen? Haar gezicht zag er in elk geval al 'veel beter' uit. Ze zou er geen littekens aan overhouden. Dat was toch wel een hele opluchting, hè?

Dorothy gaf plichtmatig antwoord.

'En hoe is het nu met je?' vroeg mevrouw Compton met verstikkende voorspelbaarheid.

Dorothy antwoordde zoals van haar werd verwacht, zich amper bewust van wat ze zei. Ze had Jan in geen drie dagen gezien. Er waren veranderingen op komst. Op het vliegveld heerste een en al bedrijvigheid. Toestellen vlogen af en aan. Het gerucht ging dat de Duitsers elk moment konden aanvallen, dat ze het hele land zouden platgooien met gasbommen, dat er een invasie ophanden was. In de straten van Warschau richtte de vijand een waar bloedbad aan. De joden werden 'bijeengedreven'. Misschien gebeurde dat ook wel in Krakau.

Dorothy hield zich verre van alle speculaties. Ze waste en naaide, ze kookte en zorgde voor de kippen, ze dacht aan Jan, aan hoe graag ze hem weer wilde zien en ze wenste dat hij in de deuropening van het washuis zou verschijnen, dat die grote, sterke man door het vocht en de damp zou opdoemen als haar redder in nood.

'Het nieuws over de oorlog is niet bemoedigend,' zei mevrouw Compton.

Dorothy ging er niet op in. Ze wist niet wat ze moest zeggen.

'Ik ben bang dat we eraan moeten geloven.' Mevrouw Compton boog zich naar voren, als om Dorothy aan te sporen iets te zeggen, haar in vertrouwen te nemen, naar haar te glimlachen.

Maar Dorothy bleef nors, onbeleefd, afstandelijk. Zo zou mevrouw Compton haar later in het dorp omschrijven. Dat wist ze nu al, maar het kon haar niet schelen. Ze kon zich niet druk maken om mevrouw Compton die hoofdschuddend met haar vriendinnen over haar zou roddelen. Omdat ze geen hoogte van haar kregen, keerden de vrouwen in het dorp zich van haar af. Dorothy had geen vriendinnen en het was goed zo.

Eindelijk maakte mevrouw Compton aanstalten te vertrekken. Ze stond op met de belofte over een week weer langs te komen.

'Dat hoeft echt niet,' zei Dorothy, in de hoop dat het kordaat en vastberaden klonk.

'Ach, ik blijf nu eenmaal graag op de hoogte van het wel en wee van al mijn dames!'

'Maar ik ben niet een van uw dames. Ik ben van niemand! Alleen van mezelf. Dus ga weg. Ik wil u nooit meer zien! U hebt mijn baby gestolen! Bemoeizieke oude heks!'

Maar dat zei Dorothy natuurlijk niet. In plaats daarvan glimlachte ze alleen maar wrang en smalend. Laat me met rust, zei ze in gedachten, in haar hoofd dat gevuld leek met watten, met houtkrullen, met meel. *Laat me met rust! Laat me met rust!*

Er verstreek nog anderhalve week waarin ze niets van Jan hoorde. Dorothy concludeerde berustend dat ze hem blijkbaar voorgoed had afgeschrikt met haar reactie op zijn kus. Misschien vond hij haar onvolwassen, of neurotisch. Misschien dacht hij dat ze hem niet leuk vond, dat ze hem niet meer wilde zien. Of misschien had hij het gewoon niet zo fijn gevonden om haar te kussen als hij had gehoopt.

Wat een teleurstelling! Maar wat had ze dan verwacht, mopperde ze tegen zichzelf. Het was haar eigen schuld.

Maar uiteindelijk kwam hij toch weer. Opnieuw die zelfverzekerde klop op de deur, opnieuw een bos wilde bloemen en opnieuw de brede glimlach die haar leek te verwelkomen, ook al was hij de gast. Hij kwam de keuken binnen, legde zijn pet neer en deed de bovenste knoop van zijn uniformjas los terwijl hij op de stoel ging zitten die ze hem aanbood. Het liefst zou ze hem vragen waarom hij bijna twee weken niets van zich had laten horen, maar het ging haar niets aan. En trouwens, het deed er niet toe. Dus ze zette thee terwijl hij haar zwijgend gadesloeg. Ze zou willen dat hij iets zei, hoewel ze tot op zekere hoogte ook genoot van de intensiteit van de stilte tussen hen. Het was weer een hete dag en toen hij de mouwen van zijn uniformjas oprolde, werden zijn gespierde, gebruinde armen zichtbaar.

Dorothy probeerde er niet naar te kijken. Ze probeerde het echt. Het was allemaal zo ongepast maar... O, hemel. Ze had zichzelf niet meer onder controle. Ondanks het verlangen naar hem weigerde ze te erkennen wat er was gebeurd; weigerde ze toe te geven welke gevoelens bezit van haar hadden genomen.

Zijn armen waren pure poëzie.

Jan schraapte zijn keel. 'Ik heb nieuws,' zei hij ten slotte nadat hij een kop thee van haar had aangepakt. 'Dank je wel.' Hij nam een slok.

'Goed of slecht nieuws?' vroeg Dorothy.

Nu het gesprek was hervat was alles weer goed. Nu kon ze weer de beleefde, geïnteresseerde gastvrouw zijn: ontwikkeld, al wat ouder, op vriendschappelijke voet met de vreemdeling die zo ver van huis was en die haar taal zo goed sprak. De situatie voelde op slag niet langer ongemakkelijk en ongepast.

'Tja, dat moet jij zelf beoordelen.'

'Tot dusverre klinkt het niet goed. Vertel.'

'Ik vertrek uit Lodderston. Samen met de mannen. Mijn mannen. We hebben eindelijk een volwaardig squadron.'

'Waar gaan jullie naartoe?'

'Naar Kent. Dichter bij het vechten.'

'Dat klinkt logisch.'

'En dat is het ook.'

'Wil je een koekje? Ik heb ze vanmorgen gebakken. Er zit een beetje te weinig suiker in, maar ze zijn goed te eten. Tenminste, dat zegt Nina altijd.' Ze schoof de schaal over de tafel naar hem toe.

'Dank je wel.' Jan pakte een koekje, verorberde het gehaast en pakte er nog een.

'Wanneer vertrek je?' vroeg Dorothy, ook al wilde ze het antwoord niet weten.

'Vandaag.'

'Vandaag! O. Wat gaat alles tegenwoordig toch plotseling, hè?'

'Het spijt me. Ik had het eerder moeten zeggen. Dat het ging gebeuren. Maar we hebben het zo druk gehad. Met oefenen en vliegen en onderhandelen met de RAF.'

'Natuurlijk. Dat begrijp ik. Je hoeft je niet te verontschuldigen, Jan. Je bent me niets verplicht. Ik dacht al dat er zoiets ging gebeuren.'

'Het wordt eerst erger voordat het beter wordt. Begrijp je dat, Dorothea?'

'Natuurlijk. Ik ben niet gek.'

'Nee. Dat ben je zeker niet.'

Het bleef even stil.

'Tenminste, dat hoop ik,' zei ze om de stilte te doorbreken.

'Dus ik moet weg. Maar zodra het kan, kom ik terug. Dat beloof ik. Om mijn vriendin in haar bakstenen huis op te zoeken.'

'Dat klinkt als iemand uit een sprookje.'

'En dat ben je ook.'

Dorothy besefte dat ze vuurrood werd, dat ze over haar hele lichaam begon te gloeien, alsof ze ten prooi viel aan een vreemde, vurige uitslag. Het voelde opwindend. Haar ruggengraat tintelde.

'O. Nou, ik ben thuis. Ik ga nergens heen,' zei ze. 'Tenminste, dat hoop ik.'

'Dan is het goed. Zo moet het zijn. Nu moet ik weg. Dank je wel voor de thee.'

'Moet je echt nu al weg?'

'Ja. Het spijt me.'

'Pas je goed op jezelf?'

Jan boog zich over de tafel, legde zijn handen langs haar gezicht en keek haar aan. Dorothy durfde zelfs niet met haar ogen te knipperen.

'Dat beloof ik.' Hij liet haar los.

Dus hij zou haar niet nog eens kussen.

Hij ging staan en zette zijn pet weer op. Opnieuw liep Dorothy met hem mee naar het hek en keek toe terwijl hij op zijn fiets stapte.

'Zul je echt voorzichtig zijn en goed op jezelf passen?' Ze legde haar hand op zijn arm. Wat was hij sterk, dacht ze vol verwondering. Een rots in de branding. Ze fantaseerde dat ze met elkaar zouden versmelten, dat ze één werden en opgingen in elkaars warme, veilige lichaam. Maar zo hoorde ze niet over een man te denken. Zo schaamteloos en ongeremd. Ze was getrouwd.

'Natuurlijk,' zei hij. 'En ik heb altijd geluk. Heb ik dat niet verteld? Pools geluk. Mag ik je schrijven? Alsjeblieft?' Voor het eerst klonk hij niet als de zelfverzekerde majoor van dertig, maar als een jonge jongen. Hij legde zijn hand op de hare.

'Ja, natuurlijk. Maar ik schrijf nooit brieven.' Ze bloosde weer. Hij wist haar telkens opnieuw – en veel te vaak – in verlegenheid te brengen.

'Waarom niet?'

'Omdat ik vind dat ik niet kan schrijven.'

'Je bent een vreemde vrouw. Maar nu is misschien een goed moment om een uitzondering te maken.'

'Misschien.'

Hij trok zijn hand terug en keek naar de hare die nog altijd op zijn arm rustte. Haastig streek ze een verdwaalde lok haar achter haar oor. Haar blos werd nog vuriger, maar hij leek het niet te merken.

'We vertrekken over twee uur. Op zijn hoogst drie. En dan zullen we eindelijk toestemming krijgen om mee te vechten. Wanneer jouw landgenoten wakker worden en zien wat we kunnen. Misschien in Frankrijk, misschien hier, in Engeland. Dus ik moet gaan om ons vertrek voor te bereiden. Ik ben stilletjes even verdwenen om afscheid te nemen van jou. Mijn nieuwe vriendin. Maar nu moet ik snel terug. Kijk of je me ziet. We vliegen over je huis. En dan moet je naar me zwaaien. Ik zit in de voorste kist.'

Jan stapte op zijn fiets en reed weg. Toen hij nog even achteromkeek om te wuiven, verloor hij bijna zijn evenwicht. 'Mevrouw Sinclair?' riep hij over zijn schouder. 'Er moet inderdaad meer suiker in je koekjes!'

Dorothy lachte.

Maar zodra hij uit het zicht was verdwenen, kwamen de tranen en werd ze bekropen door angst. Ze had gezegd dat ze was gestopt met bang zijn, maar dat was natuurlijk loze grootspraak geweest. Daardoor was ze nu al niet meer de Dorothea die hij had leren kennen. Er was meteen al afbreuk gedaan aan hun prille intimiteit en dat was haar schuld. Ze was zijn 'nieuwe vriendin'. Ze was weer mevrouw Sinclair. Maar ze zou haar angst overwinnen. Want als hij het kon, kon zij het ook. Hij had altijd geluk. Pools geluk, zoals hij het noemde. Bestond dat? Het idee alleen al! Maar het was iets om je aan vast te klampen. Hij zou ongedeerd blijven. Voor angst was geen plaats.

Ze ging weer naar binnen. Ondanks haar zuinigheid brak ze de koekjes die nog op het schaaltje met de rozenknopjes lagen in stukjes, ze liep ermee naar buiten en voerde ze aan de kippen.

Ze bleef buiten en begon traag de was binnen te halen, kurkdroog, gesteven door de zon. De hemel was stralend blauw, de zon geselde haar als de spreekwoordelijke koperen ploert, dus ze trok haar vest uit en deed de bovenste knopen van haar blouse los. Toen ze haar kousen afstroopte – ze had die zomer al vaker zonder kousen gelopen – voelde ze de vurige warmte van de zon op haar blote benen, als de streling van een reusachtige hand.

Toen pas erkende ze de vervoering die bezit van haar had

genomen. Alleen in haar tuin, onbespied, door niets gehinderd, durfde ze zich aan zichzelf bloot te geven. Durfde ze het toe te geven. Ze wilde Jan kussen, ze wilde hem in haar armen houden, ze wilde dat hij...

Ze wilde Jan. Daar was alles mee gezegd.

En toen ze in de verte het gebulder hoorde van het squadron Hurricanes dat de motoren startte, staakte ze haar werk en keerde ze zich in de richting van Lodderston. Ze liet het wasgoed en de tuin, haar veilige toevluchtsoord, achter zich en liep de Long Acre op. Daar wachtte ze tot de Hurricanes boven de olmen in de verte verschenen en een voor een hun plek in de formatie innamen. Dorothy schermde haar ogen af tegen de zon en zag het enorme aantal toestellen haar kant uit komen. De Hurricane die voorop vloog, verloor plotseling hoogte en ging lager vliegen, steeds lager, alsof hij zou crashen. Gedurende een afschuwelijk moment dacht Dorothy dat hij inderdaad zou neerstorten en werd ze teruggevoerd naar die noodlottige dag, alleen had ze nu niet de behoefte een eind aan haar leven te maken. Het was Jan die achter de stuurknuppel zat en hij had natuurlijk alles onder controle. Hij wuifde. Hij wuifde naar haar! En hij vloog zo laag over dat ze zelfs zijn brede grijns kon zien en zijn geschoeide hand die heen en weer bewoog als de hand van een marionet.

Dit was hun moment, van hen alleen, en ze besefte dat niemand haar dit moment ooit nog zou kunnen afnemen. Deze zachtmoedige man, die lachend over haar heen vloog, was bereid andere zachtmoedige, lachende mannen te doden. Hij was er klaar voor om anderen te doden, te verminken. Sterker nog, daar keek hij naar uit. Hij had al eerder gedood.

Het was allemaal zo vreemd. Hij was dapper. Of slecht? Of misschien allebei? Het een sloot het ander niet uit. Toen was hij voorbijgevlogen, aan het hoofd van zijn squadron, als de leider van een vlucht ganzen. Maar Dorothy bleef staan kijken tot de hele formatie met grommende motoren aan haar voorbij was getrokken. Het duurde niet lang of het squadron was buiten gehoorafstand, verdwenen achter de horizon. De kans bestond dat ze de commandant nooit meer zou zien, besefte Dorothy. Dat hij voorgoed uit haar leven was verdwenen, weggerukt uit hun nog maar zo prille, opbloeiende vriendschap. Net als Sidney, haar lieve, dode, blauwpaarse Sidney. Jan kon door een grillige speling van het lot uit de lucht worden geplukt. Of – en dat was waarschijnlijker – door een moordzuchtige Duitser. Alles gebeurt, alleen maar omdat het kán gebeuren, had hij gezegd. Het zou een troostend inzicht moeten zijn, maar dat was het niet.

Vechtend tegen haar tranen haalde ze het laatste wasgoed van de lijn, vouwde en perste het, en tijdens die vertrouwde bezigheden ging ze in gedachten alle momenten langs die ze met Jan had gedeeld: de gesprekken, de kussen, het dansen. Ze nam zich plechtig voor elke dag voor hem te bidden, om zich dagelijks tot de weidse hemel te richten waar Jan zijn plicht deed, zelfs al was die hemel leeg en zou ze God daar niet vinden.

Jan zag haar staan. Een kleine gestalte. Niet tussen de lakens en slopen en tafelkleden die als reusachtige witte vlaggen opbolden in de bries, maar roerloos, rechtop in het veld, als een eenzame vogelverschrikker. Hij had gewild dat ze zich aan hem overgaf, die vreemde Engelse van wie hij zich afvroeg of hij haar ooit zou terugzien. Hij had zijn mannen gewaarschuwd dat hij laag over haar tuin zou vliegen, om een belofte gestand te doen. De grijnzen en porren en knipogen die zijn aankondiging uitlokte, had hij genegeerd. Het was een publiek geheim dat de commandant was gevallen voor de Engelse weduwe – was ze inderdaad weduwe? – want hij mocht dan een klootzak zijn en bikkelhard, hij was ook een klootzak met het hart op de juiste plaats. Zijn mannen gunden hem zijn manoeuvre en maakten grappen over de boordradio toen hij, een eind vóór de formatie uit, naar beneden dook. Hij zette zijn koptelefoon af, want dit was hun moment. Hij wilde met haar alleen zijn. Hij zag haar staan, met haar gezicht opgeheven, als een kind, nietig, eenzaam in het veld, met haar blik vol ontzag en verwachting omhoog gericht, naar de hemel. Hij glimlachte en wuifde, ervan overtuigd dat ze het zag en dat ze terugwuifde.

Toen hij voorbij was, toen hij haar en haar tuin en de omringende velden achter zich had gelaten, deed hij geen moeite de snik te verdringen die in hem opwelde. De snik werd gevolgd door een tweede, maar de derde smoorde hij. Toen zette hij zijn radio weer aan en waarschuwde zijn mannen waakzaam en voorzichtig te zijn; ze waren allemaal hard nodig de komende dagen, weken, misschien zelfs maanden. En in het ergste geval kon de oorlog wel jaren duren. Als ze tijdens deze vlucht een kist van de Luftwaffe in de gaten kregen – het leek niet waarschijnlijk, maar het was ook niet onmogelijk – mochten ze geen genade kennen en moesten ze die moffen uit de lucht schieten.

Hij hoefde het niet meer te zeggen, maar hij kon het niet laten. 'Die klootzakken verdienen niet beter!' zei hij in zijn moedertaal. 'De enige goeie nazi is een dooie nazi.'

11

Lieve Dorothea,

Dit is de eerste brief die ik je schrijf. En ik hoop dat ik er
nog veel meer zal schrijven. Ook al betekent dat natuurlijk wel
dat we elkaar heel lang niet zien. Maar beter dat dan dood,
nietwaar? Heb je me zien zwaaien? Die donderdag? Je zag er
erg verdrietig uit. Ik hoop dat je nu vrolijker bent. Ik had veel
eerder willen schrijven maar ik moet elke dag zoveel doen.

Maak je geen zorgen over mij. Ik heb het gevaar nog niet
ontmoet. Mijn mannen en ik mogen alleen maar meedoen
met oefeningen. En dan moeten we telkens dingen doen die
we allang kunnen. Dat is erg frustrerend! En vernederend.
Maar we mogen niet protesteren. Toch doe ik dat wel, want
ik spreek Engels. En ik probeer de Engelsen te overtuigen. Dat
is nog niet gelukt, maar ik geef niet op. Ze hebben nu al meer
dan genoeg van mijn gezeur. En sommigen zijn zo arrogant.
Die denken dat alleen de Engelsen kunnen vliegen. Het spijt
me dat ik zo mopper, maar ik ben boos. Nou ja, onze tijd komt
nog wel.

Ons onderdak is prettig. En het eten is goed en veel. De bed-
den liggen comfortabel. Ik heb een eigen kamer natuurlijk,
heerlijk rustig, aan het eind van de gang. Daar kan ik de deur
dichtdoen naar de wereld en jou schrijven. Ik kijk uit naar je
brief.

Jan

2 juli 1940

Mijn lieve Dorothea,

Ik heb nog niets van je gehoord, maar ik vertrouw erop dat je mijn brief hebt gekregen. Ik stuur je er nog een. Slecht geschreven, denk ik, maar ik ben moe. Ik protesteer nog steeds. Waarom ben ik naar Engeland gekomen, denk ik soms. Is alle moeite voor niets geweest? Maar ik kon nergens anders heen. Toch is het een teleurstelling. Mijn mannen zijn woedend. Maar wat kunnen we doen? De wieltjes in de Engelse hoofden draaien langzaam. Ze vertrouwen ons niet, maar ik vind dat ze blij moeten zijn met onze hulp. Met onze kennis en ervaring. Ze willen misschien een Engelse commandant voor mijn squadron. Blijkbaar is mijn Engels niet goed genoeg.

Maar hoe gaat het met jou, lieve vriendin? Wat doe je allemaal? Nog hetzelfde, denk ik. En hoe gaat het met de meisjes? Werken ze nog zo hard? Geven ze je nog steeds zoveel vreugde? Het zijn goede jonge vrouwen, en goed gezelschap voor mijn vriendin, eenzaam in haar rode huis, verstopt tussen de velden van Lincolnshire. Ik denk vaak aan je. Ik weet niet wanneer we elkaar weerzien, maar ik hoop snel.

Ik mis je. Schrijf me alsjeblieft.

Jan

6 augustus 1940

Lieve Dorothea,

Soms is het gemakkelijker om je diepste gedachten en gevoelens op te schrijven dan om ze te zeggen. Ik moet je wat vertellen. Die paar weken met jou waren de mooiste van mijn leven. Ondanks alles wat er is gebeurd, en wat er nu gebeurt, en wat er nog gaat gebeuren, ben ik toch dankbaar dat het lot me naar Engeland heeft gebracht. Naar jou. Ik heb geen tijd gehad om je te schrijven. We moeten elke dag oefenen, oefenen, oefenen. En waarvoor? De Britse officieren moeten me niet. Mijn mannen willen vliegen! Ze willen op de Duitsers af! Dat hebben we nodig. We moeten vechten. Maar het duurt vast niet lang meer. De Engelsen zullen snel beseffen dat ze onze talenten verspillen. De dagen zijn lang en meestal warm, met veel zon. Dus er wordt veel gevochten. De Luftwaffe laat de RAF *niet met rust. Maar vandaag was het minder druk en kon iedereen wat uitrusten.*

Ik ben bang, Dorothea. Wanneer je de grote troost en vreugde in je leven hebt gevonden is het moeilijk afscheid te nemen. Dus we nemen geen afscheid. We zien elkaar weer. Alleen mijn dood zal ons weerzien kunnen verhinderen. Kun je me schrijven? Heel vaak? Zo vaak als je kunt? Totdat ik je weer kan bezoeken?

Ik wil geen vaarwel zeggen, dus dat doe ik niet. Dit duurt niet voor altijd. De dag komt, dan zitten we weer in je tuin en dan praten we weer over God en dat we niet in hem geloven. En misschien drinken we weer jouw lekkere thee.

Tot die dag moet je aan me denken. En denk ik aan jou.
Je Jan

12 augustus 1940
Lieve Dorothea,
Heb je mijn laatste brief gekregen? Ik hoop het! We zijn eindelijk operationeel, we doen mee aan de echte strijd! Ons squadron is erkend en we vliegen elke dag. Mijn mannen zijn eindelijk gelukkig. En ik heb de leiding. Weet je nog wat ik schreef? Dat ze ons een Engelse commandant wilden geven? Andere Poolse squadrons hebben een commandant die Smith heet. Of Jones. Maar wij hebben Jan Pietrykowski. Ze vertrouwen me! We hebben al Duitse kisten neergehaald. Ik heb zelf een Stuka uit de lucht geschoten. Het was een moment van grote vreugde. De RAF *heeft zware verliezen geleden. Dat heb je vast wel gehoord op het nieuws. We vertrouwen er elke dag op dat we er 's avonds nog zijn. Maar velen worden wakker op hun laatste dag. Ik zie niet hoe dit goed moet aflopen. Maar toch moeten we daarin blijven geloven. De Luftwaffe is sterk en onvermoei-*

baar. Misschien te sterk voor ons. Ik durf niet te denken aan de gevolgen voor mijn mannen. En daar wil ik ook niet aan denken. We kunnen alleen maar vechten en blijven hopen. En gelukkig vechten we eindelijk. Dat is beter dan die domme oefeningen. Maar ik moet al te veel brieven schrijven naar vaders en moeders van dode zoons.

Ik zal je een beetje vertellen over mijn dag. Over wat we allemaal moeten doen. We staan op om vier uur, halfvijf. Dat is vroeg, maar het moet. Dan ontbijten we goed, met bacon en eieren. Soms zijn er ook kippers. En er is altijd toast met boter en een heleboel thee. Niet zo lekker als jouw thee. Dan gaan we naar de dispersal hut en daar wachten we tot de telefoon gaat. We weten nooit wanneer dat is. Soms, bij slecht weer, wachten we uren. Dan poker ik met de mannen. Ik win vaak. Maar we spelen met lucifers. Niet om geld. Of we schaken. We liggen in het gras. Er zijn gemakkelijke stoelen. We lezen kranten, boeken. Dagen met wolken en regen zijn de beste. Dan kunnen we uitrusten. Soms vliegen we dan helemaal niet. Maar het weer is meestal heel goed en dan stijgen we al vroeg op. Soms maken we twee vluchten, of drie, of vier. Op alle uren van de dag. Mijn mannen zijn uitgeput, ze slapen wanneer ze kunnen en als ze verlof hebben, slapen ze de hele dag en de hele nacht. Maar we krijgen bijna geen verlof. Daar is geen kans voor. Slaap is een luxe geworden. Sommige mannen huilen 's nachts. Ik hoor ze. En ik probeer ze te troosten, maar de angst en wanhoop zijn te groot. Pas in de ochtend lukt het ze weer moedig te zijn. Weer te eten, te vliegen, te vechten. Wanneer we opstijgen zijn sommige mannen misselijk van angst. Ons hart staat stil als de telefoon gaat. Die zachte tik, vlak voordat hij begint te rinkelen. Het is een verschrikkelijk geluid. Iedereen is nerveus, het wachten is vreselijk. Dat kun je vast wel begrijpen.

Maar we raken er veel. Gisteren heeft mijn squadron twee Stuka's neergehaald. Het was een goede dag. Een van de twee was die van mij. Waar ik over schreef. Toch word ik verdrietig

van het doden. Ik weet niet waarom. De Stuka is in zee gestort.
De bemanning heeft het niet overleefd. Niemand. Ik dacht dat
ik ze haatte. Maar haat ik ze echt? Ben ik een moordenaar? Ik
weet het niet. Maar ik moet vechten. Dat weet ik wel.

Hoe gaat het bij jou? En hoe ziet jouw hemel eruit? Is de oogst
al begonnen? Gaat het goed met Aggie en Nina? Zijn ze nog blij
met de grammofoon?

Ik moet stoppen, Dorothea. Er is zoveel wat ik moet doen. En
ik heb heel weinig tijd. Ik moet rapporten schrijven. Ik hou het
logboek bij van het squadron en dat moet ik doen wanneer de
herinneringen nog vers zijn. Het is nu halfeen 's nachts. Ik ben
moe, maar ik leef nog. Maak je geen zorgen.

Tot de volgende keer,
Je Jan

19 augustus 1940

Lieve Jan,

Misschien geloof je me niet, maar het is echt waar. Dit is mijn
allereerste brief. Op de drie of vier brieven na die ik aan mijn
moeder heb geschreven, na mijn trouwen. Maar die tellen niet.
Het spijt me dat ik je nu pas schrijf. Ik heb geen enkel excuus,
behalve mijn eigen aarzeling en onnozelheid. Dingen die zwart
op wit staan zijn zo onherroepelijk en dat maakt me altijd een
beetje bang. Maar ik schrijf je in vriendschap en vertrouwen.

Bedankt voor al je vriendelijk woorden. Wat schrijf je vaak
en wat zijn je brieven hier snel. Het is telkens weer een vreugde
om post van je te krijgen. De weken met jou waren heel bij-
zonder en ik zal ze nooit vergeten. Je bent een goed mens, Jan,
veel te goed voor iemand als ik. Pieker niet over mij terwijl je
je zware werk moet doen, onder zulke moeilijke omstandighe-
den. Je hebt al meer dan genoeg aan je hoofd. Ik ben de diepe,
intense emoties die je beschrijft, onwaardig. Want ook al ben
ik me bewust van je gevoelens en ook al zou ik ze graag beant-
woorden, het is hopeloos.

Ik vertrouw erop dat je ongedeerd blijft. Dat hoop ik en daar geloof ik in. Kom ons alsjeblieft opzoeken zodra je verlof hebt. Je bent hier altijd welkom. De meisjes en ik verheugen ons op je bezoek.

Dorothy

25 augustus 1940

Mijn lieve Dorothea,

Wat heerlijk om je brief te ontvangen! Ik heb genoten van elk van de tweehonderdtweeëndertig woorden. Maar je hebt het mis. Natuurlijk ben je mijn gevoelens waardig! En er is altijd hoop. Hoop is het enige wat we hebben. Iedereen. Wij allemaal. Ik ben bang dat jullie steden het volgende doelwit zijn. Dat weet ik zeker. De meisjes komen toch uit Londen? Hebben ze nog familie daar?

De Luftwaffe heeft de stad gisternacht gebombardeerd. Ik hoop dat het niet nog een keer gebeurt. We lijden nog steeds zware verliezen, maar wij zijn nog met genoeg, samen met de RAF, om te vechten, geloof ik. En die Winston Churchill van jullie zegt heel goede dingen over de piloten. Ook over de Poolse! Misschien heb je hem op de radio gehoord? We zijn helden! Geen moordenaars. We worden omringd door de dood, maar het moreel is goed. Het is een wonder dat we er nog zijn. Maar de prijs is hoog.

Hoe is het met jou? Nog altijd druk met je wasgoed en je naaiwerk? Je bent zo ijverig. Altijd bezig. En volgens mij wil je dat ook, om niet te tobben en te piekeren.

Nu moet ik een moeder in Polska schrijven. Haar zoon is gisteren gesneuveld. Hij is in zee gestort. Ik weet niet of mijn brieven aankomen, maar ik moet ze wel sturen. Wens me moed en dat ik de juiste woorden weet te vinden om de moeder een heel klein beetje te kunnen troosten.

Je Jan

16 september 1940

Mijn lieve Dorothea,

Het is bijna herfst. En dat betekent een verandering van strategie. Precies zoals ik dacht. Weet je nog dat ik dat zei?

Is alles goed met jou? De Luftwaffe zal vast niet op het idee komen om mevrouw Dorothea Sinclair te bombarderen in haar kleine huis in de velden van Lincolnshire. Maar je moet wel waakzaam blijven. Het vliegveld is vlakbij en de Duitsers bestoken iedereen, ook vrouwen en kinderen. Ze deinzen nergens voor terug. Dat heb ik je al eerder geschreven. En het is al eerder gebeurd. Het zijn lafaards, de nazi's. Maar gevaarlijke lafaards. Gisteren was een goede dag voor de RAF, hoorden we. We vechten door, we halen die Duitsers neer. De Luftwaffe heeft het zwaar.

Ik hoop op verlof in de komende weken. Misschien in oktober. Mag ik je dan bezoeken? Samen met jou in je huisje zitten is een droom die ik koester.

Tot dan,

Je Jan

20 september 1940

Lieve Jan,

Die arme Aggie heeft bericht ontvangen dat haar verloofde is gesneuveld. Hij heette Roger en hij maakte als piloot deel uit van een squadron Spitfires. Ik wist niet eens dat ze verloofd was. Ze had hem vlak voor haar vertrek uit Londen leren kennen. En ze was erg verliefd, vertelde ze. Dus ze is ontroostbaar. Nina en ik proberen haar op te beuren, maar ze overweegt terug te gaan naar Londen. Het is een vooruitzicht dat me doet huiveren, vanwege alles wat daar gebeurt. Ze kan beter hier blijven. Op het platteland is het betrekkelijk veilig. Ze gaat nog altijd regelmatig naar de pub en naar de dansavonden.

Het nieuws van Aggie heeft me aan het denken gezet over Albert, mijn man. Misschien overkomt hem wel hetzelfde, ook al is hij geen piloot, maar zit hij bij de grondtroepen. Officieel zijn we nog getrouwd, dus ik neem aan dat ik een telegram krijg, mocht hij sneuvelen. Ik denk elke dag aan je. En ik moet je iets bekennen. Ik bid voor je. Tenminste, ik noem het bidden. Vind je dat dwaas van me?

Het wordt kouder, ik ruik de winter al. De bomen zijn bijna kaal, 's nachts giert de wind huilend om het huis. Kom alsjeblieft langs in oktober. Ik kan het bed in de logeerkamer voor je opmaken. Het is een beetje smal, maar verder prima. Als dat lukt, laat je het dan van tevoren weten? Dan kan ik voorbereidingen treffen. En denk je dat je met Kerstmis misschien ook verlof krijgt? Het is nog niet zover, dat weet ik, maar het is fijn om ergens naar te kunnen uitkijken. Dat hebben we nodig.

Nina maakt het goed, hoewel er gisteravond iets merkwaardigs gebeurde. Ze wilde Aggie opvrolijken en probeerde haar aan het dansen te krijgen, je weet hoe heerlijk de meisjes dat vinden. Maar toen ging ze ineens tegen de grond. Ze was wel een minuut of twee buiten westen. Aggie en ik hebben haar hoofd tussen haar knieën geduwd en haar met een hete grog in bed gestopt. Volgens Aggie had ze goed geslapen. En vanmorgen, toen ze naar de boerderij gingen, was Nina weer best te pas. Ik denk dat ze gewoon veel te hard werkt.

Vorige week zijn er bommen op vliegveld Lodderston gevallen. De materiële schade viel mee, maar er zijn twee slachtoffers gevallen onder het grondpersoneel. Het lawaai was onbeschrijfelijk, dus ik kan me nauwelijks voorstellen hoe dat in Londen of Liverpool moet zijn.

Meer nieuws heb ik niet. Het leven gaat hier doorgaans zijn gewone gangetje. De dagen volgen hun vaste patroon. En ik neem aan dat daar een zekere troost van uitgaat.

Dorothy

12

Voor mijn beste vriendin Charlotte, ter ere van haar dertigste verjaardag, omdat ze ook zo van winkelen houdt!

(Deze opdracht stond op het schutblad van een Penguin Classics-uitgave van *Madame Bovary*, door Gustave Flaubert. Blijkbaar houdt Charlotte niet van lezen. Afgezien van die opdracht ziet het boek eruit alsof het rechtstreeks uit de winkel komt. Ik heb het voor £2,50 in de kast met klassieke fictie gezet, in de voorkamer. Een paar weken later heb ik het zelf gekocht en sindsdien heb ik het al twee keer gelezen.)

Gelukkig ging het al snel weer beter met pap. Na drie dagen ziekenhuis, waarin de artsen erin slaagden zijn ademhaling te stabiliseren, mocht hij naar huis. Ik ga elke dag na mijn werk naar hem toe. Hoewel hij heel veel rust nodig heeft, wil hij niet dat ik de 'zorg' voor hem op me neem. En dat zal hij ook nooit willen. We kletsen, we drinken thee, we eten crumpets of muffins – 'Ze mogen dan wel zeggen dat ik gezond moet eten, maar ik kan geen bruine rijst meer zien!' – en we kijken naar het nieuws, of naar *Pointless* – hij heeft altijd meer vragen goed dan ik. Maar over de brief kan ik hem geen vragen stellen. Het zou niet eerlijk zijn om hem daarmee te belasten. Hij heeft het al moeilijk genoeg, zonder dat ik zijn wereld op haar kop zet. Dat zou ronduit wreed zijn. Hoewel... ik vraag me af wélke wereld dan zou beginnen te kantelen, de zijne of de mijne.

Het bezoek aan mijn grootmoeder leverde niets op, ook al was het heerlijk om bij haar te zijn toen ze uiteindelijk weer rustig werd. Suzanne liet ons alleen en ik bleef naast Babunia zitten, met haar hand in de mijne. We keken naar buiten en praatten over de tuin, maar of ze wist wie ik was, dat weet ik nog steeds niet.

Bij latere bezoeken weet ze dat gelukkig wel. Ze ontvangt me met een glimlach en vraagt wanneer die zoon van haar eindelijk weer eens tijd voor haar heeft. Ik ga elke week, zoals ik me had voorgenomen. Het is altijd leuk om eerst even met Suzanne te praten, die vertelt hoe het met Babunia gaat, wat ze voor opmerkelijks heeft gezegd en wat haar bezighoudt. Dat laatste is vaak moeilijk te peilen, aldus Suzanne. Ik knik begrijpend. Zo is ze altijd al geweest, zeg ik. En ik zeg hoe dankbaar ik haar ben dat ze de tijd heeft genomen om vriendschap met mijn oma te sluiten. Dat het een enorme opluchting is te weten dat iemand een oogje in het zeil houdt, iemand die we kunnen vertrouwen. Suzanne doet het met plezier, verklaart ze. Natuurlijk wil pap ook graag langskomen – zodra hij zich goed genoeg voelt, gaat hij met me mee – en het valt niet mee om elke keer weer een smoes te bedenken. Babunia is niet gek. Als hij nu al meekwam zou ze meteen in de gaten hebben dat er iets niet goed zit. Hij is erg veranderd, om niet te zeggen verslechterd...

Ik ben niet over de brief van Jan begonnen. Nog niet. Tegen geen van beiden. Ik heb besloten het juiste moment af te wachten.

Ik ben aan het werk in de Old and New, de plek waar ik eigenlijk altijd te vinden ben. Philip en ik zijn bezig een deel van de kasten in de grote ruimte met tweedehands boeken opnieuw in te delen. Bovendien moeten de ramen van de openslaande deuren worden gelapt, want Philip wil dat ze op slot gaan voor de winter. Dat doen we eind september altijd. Jenna is er vandaag niet. Ze voelt zich niet lekker, vertelt Philip, dus ze ligt in bed met een glas heet water met whisky; een wondermiddel waar zijn moeder heilig in geloofde. Ik heb zo mijn eigen gedachten over haar ziekte, maar ik zeg niets. Ik hoop dat het goed met haar gaat. Niet dat ze het mij zou vertellen als het niet zo was. Onze vriendschap heeft zich tegen zichzelf gekeerd, vrees ik. Er is weinig meer van over.

Bij de kassa, die wordt bemand door Sophie, vraagt een klant naar me. Ze klinkt beschaafd, ontwikkeld, zelfverzekerd. En ik weet meteen wie het is. Ik verstijf. Een golf van negatieve adrenaline jaagt door me heen, de verlammende angst van het zeker weten. Ik kijk naar Philip, die vragend terugkijkt. Een razend gebulder barst los in mijn oren, een kakofonie van gehate stemmen. Het kan niet waar zijn. Het bestaat niet dat dit uitgerekend nu gebeurt. Nee! Alsjeblieft niet! Niet nu!

'Roberta?' roept Sophie.

'Laat maar, ik weet haar wel te vinden,' zegt Francesca Dearhead.

Er klinken trage, welbewuste voetstappen, het getik van hoge hakken wordt nadrukkelijker wanneer ze door de winkel loopt, op weg naar de achterste ruimte. Ze komt verhaal halen. Ik heb altijd geweten dat ze dat ooit zou doen en nu staat ze in de deuropening.

Ik doe mijn ogen dicht, als een klein kind dat hoopt de werkelijkheid daardoor ongedaan te kunnen maken. Als ik me maar genoeg concentreer, zal het gebulder in mijn oren, het geraas van de adrenaline door mijn lichaam vanzelf ophouden. Maar het houdt niet op. Het gebulder wordt alleen maar luider.

De geur van mevrouw Dearhead omhult haar. Ze ruikt helemaal niet naar ontsmettingsmiddel, maar naar iets duurs, iets deftigs. En wanneer ik mijn ogen weer opendoe staat ze dicht – veel te dicht – voor me, met haar slanke handen op

haar slanke heupen. Om haar mond speelt een misselijkmakende, triomfantelijke glimlach, waardoor haar regelmatige
witte tanden zichtbaar zijn. Hoewel ik vermoed dat ze net zo
lang is als ik, lijkt ze groter. Ze draagt een elegante mantel
van roomwitte wol, haar zwarte haar is onberispelijk gekapt.
Geïntimideerd doe ik een stap naar achteren.

'Scháám jij je niet,' sist ze en ze bekijkt me alsof ik een giftige vogelspin ben.

'Zeg, wacht eens even.' Philip zet zijn stapel boeken op een
kruk, doet zijn bril af en kijkt haar woedend aan. Ondertussen schuift hij onopvallend iets dichter naar me toe. 'Beseft u
wel dat deze... dat uw verkoopster een verhouding heeft met
mijn man?' vraagt mevrouw Dearhead. 'En weet u wie mijn
man is?'

'Ik geloof het wel.' Philip maakt zijn bril schoon en zet hem
weer op. 'Beseft ú wel dat dit míjn winkel is en dat ik hier geen
enkele vorm van geweld tolereer, fysiek noch verbaal? Is dat
duidelijk? En naar... smerige roddelpraatjes luister ik niet.'

Het is rustig in de winkel, maar de klanten die tot op dat
moment wat stonden te bladeren of zachtjes aan het praten
waren, doen er om onverklaarbare redenen plotseling het
zwijgen toe. Er valt een geladen stilte in de Old and New. Ergens hoest iemand en ik meen een gesmoord 'Sst!' te horen.

'U moet haar ontslaan! Dit soort types verdient niet beter!'
bijt ze Philip toe. Ze verliest eindelijk iets van haar zelfbe-
heersing wanneer ze misprijzend met een slanke hand mijn
kant uit wijst.

Onwillekeurig vraag ik me af of ze haar man recentelijk nog
met die hand heeft aangeraakt. Ze is veel aantrekkelijker dan
ik me haar had voorgesteld. En veel jonger. Zouden ze nog...
Ja, natuurlijk! Doe niet zo naïef, Roberta. Godallemachtig,
Jenna had gelijk.

'Dat maak ik zelf wel uit!' zegt Philip verhit. We kijken hem
allebei verrast aan, Francesca Dearhead en ik.

'En jij? Heb jij nog iets te zeggen?' Ze keert zich weer naar mij.

'Dat zou ik wel denken, ja.'

'Goed. Ik luister.'

'Ik heb geen verhouding met uw man.'

'Natuurlijk, ik had kunnen weten dat je het zou ontkennen. Maar mij hou je niet voor de gek.'

'Het is gewoon niet waar. Wie heeft u dat verteld?' Ik weet voor honderd procent zeker dat mijn ex-minnaar tegen niemand iets heeft gezegd, al helemaal niet tegen zijn vrouw. Waarom zou hij? Helemaal nu het voorbij is en nu ik een eind aan de relatie heb gemaakt.

'Dat is mijn zaak,' antwoordt mevrouw Dearhead.

Ik adem diep in. Ze heeft zich er duidelijk in vastgebeten, dus als ik nog iets van mijn waardigheid wil redden zie ik maar één uitweg. 'Ik heb iets met uw man gehád. Maar dat is voorbij. Echt waar. We zien elkaar al een tijdje niet meer.'

'O. Is dat alles?'

'Nee, ik wil ook nog zeggen dat het me spijt. En dat meen ik oprecht. Het spijt me heel erg. Ik weet eigenlijk niet hoe het zo is gekomen, wat me bezielde. Maar het was verkeerd.'

Ik ben me bewust van Sophie en Jenna die vanuit de deuropening staan toe te kijken. De commotie heeft Jenna blijkbaar uit haar ziekbed gelokt. Hun gezicht verraadt afschuw, een geboeid soort weerzin. Ik kijk Sophie aan. Ze trekt een grimas. Jenna ontwijkt mijn blik. Achter hen zie ik die lieve mevrouw Lucas, een vaste klant met een onverzadigbare liefde voor tweedehands romannetjes. Ook op haar gezicht lees ik afschuw.

Francesca Dearhead heeft zichzelf weer in de hand, de frons is van haar gladde, gebruinde gezicht verdwenen. Ze neemt me aandachtig op en het verachtelijke krullen van haar lippen verraadt hoe ze over me denkt.

'Hm. Je bent heel anders dan ik had gedacht. Wel iets jon-

ger. Tenminste, dat neem ik aan. Maar verder... Ik zi
'Zo is het genoeg!' zegt Philip.

Jenna wordt rood en schenkt hem een vernietige
Sophie kijkt naar mij, met opgetrokken wenkbrauwe

'Het spijt me echt heel erg,' zeg ik nogmaals. 'Maai iiet is voorbij. Echt waar. En trouwens, eerlijk gezegd stelde het niet veel voor. Uw man houdt van u. Niet van mij. Ik ben te oppervlakkig, niet wat een man zoals hij in een vrouw zoekt. Daar hebt u gelijk in. Misschien was die onnozele... episode nodig om uw man bewust te maken van zijn gevoelens, om hem te leren waarderen wat hij heeft. Dan is het toch nog ergens goed voor geweest. En als u daar geen bezwaar tegen hebt, ga ik nu weer aan het werk.'

Francesca Dearhead draait zich om en loopt naar de deur, langs Sophie en Jenna en mevrouw Lucas die haar met open mond nastaren. Het getik van haar hakken klinkt op de plavuizen in de voorste ruimte, dan hoor ik de voordeur opengaan en in het slot vallen. Even is het stil, dan beginnen de klanten weer te mompelen, hier en daar klinkt gegrinnik, iemand schraapt zijn keel. Sophie en Jenna trekken zich discreet terug. Mevrouw Lucas blijft nog even staan, dan is ook zij verdwenen en zijn Philip en ik weer alleen.

Ik kan me er niet toe brengen hem aan te kijken.

'Zet die boeken neer, Roberta,' zegt hij.

Dan pas besef ik dat ik al die tijd een grote stapel boeken in mijn armen heb gehouden, als een verdedigingswal, iets om me achter te verschansen. Ik beef, dus Philip neemt de boeken van me over en zet ze op de grond. Dan buigt hij zich naar me toe en strijkt in een onverwacht teder gebaar een verdwaalde lok uit mijn gezicht. Hij kijkt me achterdochtig aan, zoals je naar een wesp kijkt terwijl je je afvraagt wat je zal doen, hem doodslaan of naar buiten laten. Zijn gezicht is nog nooit zo dicht bij het mijne geweest. Maar ik weiger mijn blik af te wenden, ik weiger mijn ogen neer te slaan als iemand die zich schaamt. Ook al schaam ik me wel degelijk. Heel erg zelfs. En ook al twijfel ik er niet aan dat mijn gezicht gekweld staat en vuurrood ziet.

'Ga naar boven en neem een borrel,' zegt hij wanneer hij zijn blik eindelijk afwendt. 'En zeg tegen Jenna dat ze je met rust moet laten.'

'Goed van je,' zegt Jenna terwijl ze me de cognac geeft waar ik om heb gevraagd.

Ik pak het glas dankbaar aan. Mijn hand beeft. De cognac is vurig en boos in mijn mond en mijn keel, in mijn buik en mijn benen.

'Hoezo goed?' vraag ik tussen twee slokken door.

'Je hebt dat stomme wijf mooi op haar nummer gezet. Ik zou precies hetzelfde hebben gedaan.'

'Ik had iets met haar man. Dus vind je het gek dat ze kwaad is? Daar heeft ze het volste recht toe.'

'Maar om dan zo'n scène te maken! In het openbaar nog wel. Ik zou me doodschamen om me zo te laten kennen. Jij niet?'

'Ja, natuurlijk. Maar ze is van streek. En ze heeft Italiaans bloed. Je weet wat ze zeggen over het mediterrane temperament... Ik vond eigenlijk dat ze het nogal beheerst aanpakte. Ze wilde haar rivaal gewoon de waarheid zeggen. En toen bleek dat ik nauwelijks een rivaal ben... Ach, ik weet het niet. Ik kreeg de indruk dat ze vooral opgelucht was. Het had allemaal veel erger kunnen zijn.'

'Heb je echt iets met hem gehad?' vraagt Jenna. 'Was het waar wat je zei? En wat zij zei?'

'Ja, ik had iets met hem. Maar niks groots en meeslepends als je dat bedoelt.'

'Is hij niet een beetje te oud voor je?'

'Ja. Ook dat. Maar het is voorbij.'

'God, wat een grap. Ik kon haar boven horen. Wat ging ze

tekeer! Volgens mij heeft de hele buurt meegenoten. Dus ik móést weten wat er aan de hand was. Je hebt nogal een schandaal veroorzaakt, Roberta P.'

'Jenna?'

'Ja?'

'Zou je me misschien even alleen willen laten? Ik heb wat tijd nodig om weer tot mezelf te komen. Begrijp je dat?'

Jenna kijkt als een kind dat een standje krijgt omdat ze in haar neus peutert. Dan haalt ze onverschillig haar schouders op. 'Zoals je wilt.'

En ze laat me alleen.

13

12 november 1940

Mijn lieve Dorothea,

Ik heb al een tijdje niets van je gehoord. En ik bedacht dat je vandaag jarig bent. Ik stuur je vele groeten.

En ik hoop dat alles goed met je is. Met mij gaat het goed genoeg. We zijn druk bezig om Londen te verdedigen, maar dat gaat niet altijd zoals het zou moeten gaan. Na het donker kunnen we niets doen. Dat is onverdraaglijk.

Ik hoop je spoedig te bezoeken, misschien in de eerste week van december. Eén of twee dagen, niet langer. In oktober had ik geen verlof. Dat was een teleurstelling. Voor jou ook, hoop ik. Ik ben moe en ik verlang naar rust. Ik heb tijd nodig om te ontspannen en om bij mijn vriendin te zijn, met haar lekkere eten en haar heerlijke thee. Om met haar te praten. De kamer met het smalle bed klinkt heerlijk. En vredig. Dat heb ik nodig, Dorothea.

Tot in december.

Je Jan

Het werd steeds vroeger donker en Dorothy had moeite met naaien zonder daglicht. Ze ging dicht onder de olielamp zitten, stak extra kaarsen aan en tuurde krampachtig op haar werk, fronsend, met spelden in haar mond, de vertrouwde, dof geworden vingerhoed precies passend om haar middelvinger. Ze luisterde naar Billie Holiday, naar het gekwetter van de meisjes, en ze dacht aan Jan, ver weg, blootgesteld aan gevaren waartegen zijn moed en zijn sterke lichaam hem niet konden beschermen. Ze dacht eraan hoe kwetsbaar hij was. Hij kon elk moment – dag en nacht – geraakt worden door een kogel, of er kon een motor uitvallen zodat hij in de koude, donkere zee stortte. Het kon op zoveel manieren misgaan. Het was een gedachte die haar geen moment met rust liet.

Van een oud linnen tafelkleed met een vlek die ze er zelfs in de kookwas niet uit kreeg, maakte ze antimakassars. Ze versierde ze met een geborduurde rozenknop in roze en groen. Inmiddels was ze bezig met de derde; de eerste twee lagen al over de leuning van de bank. Het was een bevredigend karweitje. Al bordurend kon ze haar gedachten de vrije loop laten. Gedachten aan Jan. Want hij was het enige waaraan ze wilde denken. Aan zijn zwarte haar, zijn blauwe ogen, zijn glimlach en zijn bijna volmaakte Engels, waarin hij zijn ideeen die zo sterk overeenkwamen met de hare, zo helder wist te formuleren. Ze dacht aan zijn harde gezicht dat tegelijkertijd zacht was, aan zijn haperende, beleefde buitenlandse accent. Aan zijn brede lach toen hij over haar heen vloog.

Ze las en herlas zijn brieven, die ze in volgorde van ontvangst met een donkerblauw lint bijeen had gebonden; het stapeltje lag onder Sidneys kleren in de koffer. Twaalf brieven, misschien zelfs meer, allemaal op bijna doorschijnend bleekblauw papier, beschreven met zijn duidelijk herkenbare, keurige handschrift, in blauwe inkt die hier en daar was uitgelopen. Als ze de postbode zag stilhouden bij haar hek en fluitend het pad op zag komen, als hij lachte wanneer ze hem haastig tegemoetkwam bij de deur, was haar hele week weer goed.

'Je hebt het behoorlijk te pakken, meid!' zei hij dan. Maar de sluwe blik in zijn twinkelende ogen verried wat hij dacht. De hemel mocht weten wat voor roddels hij over haar vertelde in het dorp, in de pub: 'Ze struikelt over haar eigen voeten en ze trekt de brieven van haar Poolse liefje bijna uit mijn handen!'

Dorothy wist dat ze over de tong ging bij de vrienden van haar man, bij de mensen in het dorp die Bert Sinclair al zijn leven lang kenden.

Wat zouden ze om haar lachen.

Maar telkens wanneer er post kwam, wist ze niet hoe snel ze de postbode tegemoet moest komen. En ze las de brief gretig, niet één keer, maar twee keer, drie keer. En dan begon het ondraaglijke wachten op de volgende, af en toe onderbroken door haar eigen ontoereikende antwoorden; kort, maar niet beknopt, niet boeiend of grappig, zelfs niet bijzonder informatief. De teleurstelling was enorm wanneer er een dag verstreek zonder dat de postbode bij haar hek stopte. Dan leek de dag een eeuwigheid te duren.

Goddank had ze de meisjes. Als paradijsvogels gaven ze kleur aan haar leven. Hoewel Aggie tegenwoordig neigde naar somberheid deed ze toch erg haar best opgewekt te zijn, en soms lukte haar dat. Nina en Dorothy probeerden uit alle macht haar op te beuren en haar te troosten wanneer ze in tranen was. De meisjes leefden in voortdurende angst om thuis. Londen werd nog steeds gebombardeerd en het nieuws bood geen troost. Elke avond luisterden ze gedrieën in eerbiedig zwijgen naar de radio. Nina en Aggie wilden allebei graag naar de stad, om hun familie op te zoeken, maar de Hall kon hen niet missen. En daar was Dorothy heimelijk blij om.

Alweer een dag in het washuis. Een sombere ochtend halverwege november, waarop de winter als een sleets gordijn over het raam van de wereld hing. De meisjes waren naar hun werk; ze waren die ochtend al vroeg naar de boerderij vertrokken, dik ingepakt – jas, das, muts, handschoenen, laarzen – en ieder met een lunchpakket dat Dorothy voor hen had klaargemaakt: boterhammen met vispastei, een gekookt ei, plakjes rode biet in het zuur, een thermosfles met thee en als extraatje een zelfgebakken koekje. Dat was wel het minste wat Dorothy kon doen. Ze had eieren – meer dan genoeg eieren, vergeleken bij de meeste anderen – en meel en boter. Ze had zelfs suiker. En ze zorgde er nu altijd voor dat ze genoeg suiker gebruikte als ze koekjes bakte.

De wind was koud, maar krachtig genoeg om het wasgoed droog te waaien. Of in elk geval bijna droog. De lakens wapperden en klapperden aan de lijn, meeuwen en roeken cirkelden krassend en ruziënd aan de hemel, de wolken joegen in wilde vaart voorbij alsof ze te laat waren voor een afspraak. De kippen, die net als Dorothy tot een bestaan op de grond waren veroordeeld, pikten tokkend in de aarde die door de kou steeds harder werd. In haar wereld van heet water, zeep en soda liet Dorothy zich meevoeren door haar verlangens. Het waren er zoveel. Dorothy kon ze niet meer uit elkaar houden, ze niet meer los zien van elkaar.

Ineens besefte ze dat ze niet alleen was. Ze draaide zich om, keerde de wasketel de rug toe en veegde het haar uit haar gezicht. Er stond een man in de deuropening. Over zijn schouder hing een plunjezak die er zwaar uitzag. Hij leunde tegen de deurlijst, er stak een sigaret tussen zijn lippen, de geur van tabaksrook drong door de stoom.

Ze staarde hem aan.

'Dag, Dot.'

'Albert.'

Toen Aggie en Nina tegen het vallen van de schemering thuiskwamen, reageerden ze verrast bij het zien van de man die met een kop thee aan de keukentafel zat. Hij was sterk en gespierd, maar zijn ogen stonden dof, mat, ogenschijnlijk afwezig. Desondanks nam hij de meisjes keurend op, waarbij zijn blik iets langer op Aggie bleef rusten.

Het avondeten verliep ongemakkelijk, met lange, drukkende stiltes en moeizame pogingen tot een gesprek. Onder Alberts ontmoedigende, kritische blikken deden de meisjes hun best langzaam en netjes te eten. Van hun gebruikelijke eetlust en ongedwongenheid was ineens niets meer over. Zelfs de altijd hongerige Nina at met minder smaak dan anders en ze had niet zoals gebruikelijk als eerste haar bord leeg. Ze luisterden beleefd naar de verhalen en grappen van Albert waar ze geen van drieën om konden lachen.

Na het eten en de thee en het dagelijkse nieuws op de radio, zeiden de meisjes geeuwend dat ze maar eens vroeg naar bed gingen. Dorothy bleef alleen met haar man in de woonkamer achter. Albert zei niets over alles wat ze had veranderd – de opstelling van de meubels, de kussens gemaakt van lapjes die ze overhad, de antimakassars – of misschien zag hij het niet.

'Heb je een grammofoon?' vroeg hij ten slotte.

'Ja.'

'Hoe kom je daaraan?'

'Gekregen van een vriend. Ik heb hem... in bruikleen.'

'Wat voor vriend?'

'Die ken je niet.'

'O. Aha,' zei hij veelbetekenend.

'Nee. Helemaal niet "aha".' Luchtig en met vaste stem vertelde Dorothy wat er in mei en juni was gebeurd; dat de commandant van het squadron haar zijn respect was komen betuigen en dat ze vriendschap hadden gesloten. Over de brieven zei ze niets. Ook niet over de kus. Ze vertelde niet hoezeer ze hem miste, hoe verlangend ze aan zijn sterke, gebruinde armen dacht.

'Dan is het goed.' Albert leunde tegen de rugleuning van de bank, met zijn handen achter zijn hoofd, zijn benen gestrekt.

'Albert. Wat... Wat doe je hier?'

'Ik wilde naar huis. Is dat zo raar?'

'Nee. Maar ik heb een jaar lang niets van je gehoord. Ik wist niet waar je was. Ik wist niet eens of je nog leefde. En ik ben je vrouw.'

'Nou, ik leef nog. Dat zie je.'

'Ja.'

'Maken die meisjes je het leven zuur?'

'Nee.'

'Denk erom dat je je niet laat commanderen. Je bent verdomme hun moeder niet. En maak je geen zorgen. Ik blijf niet lang. Ik heb vier dagen verlof. Dan moet ik weer terug. Maar als de oorlog afgelopen is, en ik mag toch verdomme hopen dat er ooit een eind aan komt, dan kom ik voorgoed naar huis. En dan wil ik het goedmaken. Dan wil ik dat alles weer gewoon wordt. Ik eh... ik ben niet altijd goed voor je geweest. Maar misschien kunnen we het opnieuw proberen. Ook om een baby te krijgen.'

Haar maag kwam in opstand. 'Albert.'

'Ja?'

'Ik ben veertig.'

Hij gebaarde achteloos. 'Mijn tante Lou was al tweeënveertig toen ze haar jongste kreeg. Misschien wel drieënveertig. Ik weet het niet meer. Maar ze was bepaald niet piep meer. En ik heb eens nagedacht. Ik zal je geld sturen. Voor het huishouden en zo.'

'Nee.' Haar stem klonk gesmoord, verkrampt. Ze wilde geen geld van hem. Nu al helemaal niet meer.

'Als man hoor je je vrouw te onderhouden.'

'Ik heb genoeg om van te leven, Albert. Ik doe de was voor de Hall en daar krijg ik voor betaald. Dus ik verdien mijn eigen geld.'

'O. Toch hoort het niet, vind ik.'

Dorothy glimlachte vluchtig. Albert was geen slecht mens. Maar hij was een man. Een simpele ziel. Er was van weerskanten geen sprake van haatdragendheid. Natuurlijk was ze geschokt en teleurgesteld geweest toen hij haar in de steek liet. Maar dat was allang over. Sinds zijn vertrek had ze zelf het heft in handen genomen en leidde ze haar eigen leven. Ze was alleen nog in naam zijn vrouw.

Albert keek teleurgesteld maar hij leek in de situatie te berusten toen ze hem kordaat de kleine slaapkamer met het eenpersoonsbed wees. Er lagen schone lakens op, met twee wollen dekens en haar lievelingsquilt. Albert zei niets; blijkbaar dacht hij dat het bed was opgemaakt in afwachting van zijn thuiskomst. Hij had geen reden om daaraan te twijfelen. Van de rand van het smalle bed keek hij op naar Dorothy die in de deuropening was blijven staan. De blik in zijn ogen was leeg, zonder emotie. Hij had haar nooit kunnen doorgronden. Ze waren vreemden voor elkaar en dat was nooit anders geweest.

'Welterusten, Albert.'

'Welterusten, Dot.'

14

De volgende dag ging Albert zijn eigen gang. Hij liet haar
met rust maar het ontbijt dat ze voor hem maakte prees hij
uitbundig. Die ochtend rommelde hij in de tuin en de schuur
en hij sleutelde wat aan zijn fiets. Na het middageten deed hij
een dutje. Toen hij tegen vijven wakker werd, zei hij dat hij
naar de pub wilde. Dorothy smeerde een paar boterhammen
voor hem en keek toe terwijl hij ze naar binnen werkte.

Toen vertrok hij, op de fiets ondanks de mist en de verduistering. Dorothy zette opgelucht een verse pot thee voor
zichzelf en ging met haar brood in de woonkamer zitten. De
meisjes waren nog niet thuis. Ze luisterde naar de radio, het
vuur knetterde in de haard en verspreidde een warme gloed.
Toch voelde ze zich ongemakkelijk. Er werd ongetwijfeld ge-
roddeld in de pub. Voor zover zijn vrienden er nog waren,
zouden ze Albert maar al te graag van de recente ontwikkelingen op de hoogte brengen.

*... je vrouw en die Pool. De commandant van het squadron.
Vrienden? Kom op, Bert! Dat geloof je toch zeker zelf niet? Dan
zijn ze wel heel dikke vrienden. Volgens de postbode is ze zo
gretig dat ze hem de brieven zowat uit zijn handen trekt.*

*Ze is tot over d'r oren verliefd. De meisjes hier waren goed
pissig. Sommige hadden ook een oogje op hem. Maar hij zag ze
niet staan! Nee, maat, het is rot voor je, maar je hebt de boot
gemist...*

Albert zou zijn bier drinken. En luisteren. En weinig terug-
zeggen.

De thuiskomst van de meisjes – ze waren koud, moe en hongerig – maakte een eind aan Dorothy's gepieker. Ze aten in de keuken, waarna ze gedrieën met een kop thee in de woonkamer gingen zitten om naar de radio te luisteren. Nina en Aggie leken net zo opgelucht als Dorothy dat Albert naar de pub was. Ze bleven thuis en hielden haar gezelschap terwijl ze zat te naaien. Er werden platen gedraaid en de naam Albert viel niet één keer.

Hij rook naar drank, naar bier. Net als vroeger. Het was al laat toen hij thuiskwam, zijn stem had een harde, rauwe klank die Dorothy niet van hem kende. Aan zijn rood aangelopen gezicht zag ze dat hij kwaad was. Dat er gevaar dreigde. Dus ze was op haar hoede. Ze had het van meet af aan afschuwelijk gevonden als hij dronken en stinkend uit de pub thuiskwam. En naarmate ze langer getrouwd waren, was dat steeds vaker gebeurd.

De meisjes lagen al in bed. Dorothy zat bij het raam te naaien bij het licht van de olielamp, ingespannen turend door de metalen bril die ze alleen maar thuis droeg. En alleen maar wanneer ze het zonder bril echt niet meer kon zien. Op haar bescheiden manier was ze nog altijd ijdel.

Albert plofte zonder iets te zeggen op de bank. Hij sloeg zijn benen over elkaar, wisselde van been, zuchtte, schraapte zijn keel. En dat minutenlang.

Dorothy bleef verdiept in haar naaiwerk, in de hoop dat hij in slaap viel, dat hij de volgende morgen met een kater wakker werd en alles was vergeten. Dus ze zei niets.

Ten slotte keek hij woedend haar kant uit, ging verzitten en schraapte nogmaals zijn keel.

Dorothy volhardde in haar zwijgen. Als hij iets te zeggen had, dan moest hij er zelf mee komen. Hij was een volwassen vent. Ze was niet van plan hem...

'Krijg ik het nog te horen, godverdomme? Van jou en die klootzak? Die Pool?'

Dorothy werkte door, ze durfde hem niet aan te kijken; deze man die ze niet langer als haar echtgenoot beschouwde. Ze vroeg zich zelfs af of ze hem wel goed had verstaan. Albert mocht dan een botte boer zijn, ze had hem nog nooit echt horen vloeken. 'Verdomme' was zijn zwaarste krachtterm en zelfs die gebruikte hij maar spaarzaam. Zo grof als nu was hij nog nooit geweest.

'Nou? Of mag ik het niet weten, van die vrijer van je?' sneerde Albert.

'Mijn wat?' Ze keek hem woedend aan.

'Ik weet alles. Trouwens, iedereen weet het. Behalve ik! Bloemen, brieven, die verdomde grammofoon!' Albert sprong op en wilde zich op de platenspeler storten.

Maar Dorothy was hem voor. 'Nee, Albert. Daar blijf je van af! Al doe je het maar voor de meisjes, voor Aggie en Nina. Hij is niet van jou. Hij is van ons. Wat je mij kwalijk neemt, daar hebben de meisjes niks mee te maken. Ze genieten er zo van. Muziek is...'

'En jij? Geniet jij er ook zo van? Van die vent van je? Nou?'

'Daar ga ik niet eens op in. Je bent dronken. Ga alsjeblieft naar bed.'

'Waag het niet om me in mijn eigen huis te zeggen wat ik moet doen!'

'Het is jouw huis niet. Je bent hier in geen maanden geweest. Het is mijn huis.'

De klap kwam snel, onverwacht en maakte dat haar wang in brand leek te staan. Ze verloor haar evenwicht maar ze wist zich wankelend staande te houden en legde haar hand langs haar gezicht. De verwonding van mei – was het al zo lang geleden? – begon weer op te spelen. Dankzij haar poging de jonge Poolse piloot te 'redden' had iedereen haar een held genoemd. Maar haar man toonde geen enkel respect. Hij stond hijgend en dronken voor haar en sloeg haar midden in het gezicht. De ogen waarmee hij haar aankeek, waren net zo groot, net zo leeg als de hemel boven de Long Acre. En toen hij haar vastgreep en haar blouse scheurde, was ze niet eens echt verrast. Zijn mond vermorzelde de hare, zijn adem rook zoetig, ziekelijk, scherp naar tabak, hun tanden beukten tegen elkaar terwijl ze probeerde haar gezicht weg te draaien. Met zijn ene hand hield hij haar hoofd vast, met de andere trok hij haar rok omhoog. Hij was sterk, meedogenloos en onder andere omstandigheden, in een ander leven zou Dorothy misschien zelfs opgewonden zijn geweest. Zijn vingers boorden zich in haar wang.

'Nee, Albert. Niet doen!' wist ze hijgend uit te brengen voordat hij zijn hand op haar mond drukte.

Hij hoorde het niet. Of misschien luisterde hij niet. Hij draaide haar een halve slag om en duwde haar op de bank, met haar gezicht naar beneden. Zijn grote, ruwe hand rustte dwingend op haar nek. Ze kreeg amper lucht, laat staan dat ze kon roepen terwijl hij achter haar knielde, ruw haar onderbroek opzij trok en na een paar vergeefse stoten met kracht bij haar binnendrong. Hij nam zijn hand van haar nek, maar ondanks de pijn onderdrukte ze de neiging om te schreeuwen. Ze zou geen kik geven, zich niet verroeren en hem zijn gang laten gaan. Verzet was zinloos. Als de meisjes maar niet wakker werden. O, nee! Dat mocht niet. Alsjeblieft niet. In godsnaam, Albert. Maak geen geluid. Als de meisjes iets hoorden en de trap af kwamen... Ze moest zich doodstil houden. Dus ze beet op haar lip. Zo hard dat ze bloed proefde, de smaak van de wreedheid. Albert omklemde haar heupen, zijn bewegingen werden trager, ritmisch, alsof ze de liefde bedreven. Hij werkte zich steeds dieper in haar, stootte steeds harder, steeds trager, maar gelukkig maakte hij geen geluid. *Je bent van mij,* leek hij met elke stoot te willen zeggen. *Je bent van mij. Niet van die klootzak. Die Pool. Je bent mijn vrouw. Mijn vrouw.*

Toen het voorbij was, richtte hij zich op en liet haar los. Ze verroerde zich niet en bleef liggen, als bevroren, nog altijd met haar gezicht naar beneden. Ze kon niet denken, zich niet bewegen, ze kon niet bevatten wat er was gebeurd. Tenslotte trok ze haar rok naar beneden. Maar ze bleef waar ze was tot zijn ademhaling diep en grommend werd, als van een grote hond. Toen ze haar hoofd omdraaide zag ze dat hij in haar stoel hing; de stoel bij het raam. Zijn armen en benen lagen in vreemde, verwrongen houdingen, het grove hoofd op de stierennek was opzij gezakt.

Dorothy liet zich langzaam op de grond glijden, met haar rug tegen de bank. Ze was nog altijd met deze man getrouwd. Ooit had ze van hem gehouden! Wel een uur lang – misschien zelfs twee – bleef ze roerloos zitten, met haar ogen wijd open, haar hoofd leeg. Tot ze het koud kreeg en tot ze zo moe werd dat de slaap haar dreigde te overweldigen. Ze werkte zich overeind en zonder nog een blik op de snurkende man bij het raam te werpen, verliet ze zachtjes de kamer. Ze deed de deur achter zich dicht en kon het niet opbrengen naar de wc te gaan. In plaats daarvan sleepte ze zich de trap op. Zonder zich te wassen of haar tanden te poetsen kroop ze in haar smalle bed, diep onder de dekens, met ook de quilt dicht om zich heen. Het was een ijzige, mistige nacht, maar op enig moment moest ze in slaap zijn gevallen en hebben gedroomd. Toen ze de volgende morgen wakker werd, scheen de zon stralend de kamer binnen. Ze kon zich nog herinneren wat ze had gedroomd: dat ze een baby'tje in haar armen hield en een kus gaf op het zachte hoofdje met de geur van muskus en lavendel, sinaasappels en honing.

Hij was weg.

Met de noorderzon vertrokken. Uit niets bleek dat Albert Sinclair thuis was geweest, dat hij zijn vrouw in een vlaag van frustratie en jaloezie had beschuldigd van overspel en haar verblind door woede had verkracht. Tegenover de buitenwereld – haar meisjes en haar kippen – liet Dorothy niets merken. Net als altijd – zonder make-up en zonder pretenties – maakte ze het ontbijt klaar. Ze zette thee, ze pakte de lunch voor de meisjes in, strooide graan voor de kippen, stak het vuur aan onder de wasketel en keek de meisjes na toen ze naar de North Barn vertrokken. Maar in gedachten overwoog ze de mogelijkheid dat er in haar schoot, in wat nog restte van die warme, zachte weelde, misschien een baby begon te groeien.

En ze was in gedachten ook bij Jan.

Jan, die zo ver weg was. In alle opzichten. Altijd.

De ene sombere, grijze ochtend volgde op de andere. Het waren de doorweekte, modderige dagen van de winter. Elke keer dat ze naar de wc ging was ze bang voor de ontdekking dat ze bloedde. En zo vormde het wc-bezoek een regelmatige, koortsachtige onderbreking van haar dag. In de twee weken na Alberts vertrek had ze geen last gehad van pijnlijke krampen, ze was niet gespannen geweest, niet boos, onhandig, huilerig; de gebruikelijke symptomen van haar maandelijkse cyclus. Opnieuw daagde er hoop, een stralende hoop die ze niet kon ontkennen, opdringerig als een prostituee en net zo ondoorgrondelijk. Het was het bijna waard, die paar minuten pijn en vernedering van Alberts woede en agressie, van zijn lust, kortstondig en hebberig als een kind in een snoepwinkel, van haar geschoktheid, haar angst, niet zozeer om wat er gebeurde maar om betrapt te worden. De afschuwelijke gedachte dat Aggie en Nina in de deuropening zouden verschijnen. En dat zij dan ondanks zichzelf om hulp zou roepen. Soms leek het alsof het echt zo was gegaan. Dan meende ze in haar herinnering de schok en de weerzin op het gezicht van de meisjes te zien. Tijdens het kippen voeren of het sokken stoppen ging er soms een huivering door haar heen en werd ze misselijk bij die verbeelde herinneringen.

Was ze betrapt? Nee! Nee, echt niet. Maar misschien was ze wel... Ondanks alles stemde de mogelijkheid haar opgewonden. Ze probeerde er niet aan te denken, ze probeerde de ingrijpende ontwikkelingen die zich misschien – heel misschien – diep binnen in haar voltrokken te negeren. Ze deed haar best om zo min mogelijk te speculeren, maar het was onmogelijk om er níét aan te denken, om niet te dromen.

Ze probeerde zich niet door angsten, reële angsten, te laten intimideren. De angst voor bloed, voor mislukking wanneer het leven met het kostbare eitje zou worden weggespoeld. In plaats daarvan dacht ze aan de zachte weelde waarmee haar schoot, de bron van het leven, zich voorbereidde. De levensbron lag diep binnen in haar, ze werd erdoor beheerst, bezield. Maar ze had er geen macht over, geen controle. Ze kon alleen maar hopen.

15

De vliegcondities waren goed, Jan lag op koers en wachtte tot hij de vijand in zicht kreeg. De vorige dag had hij er weer één uit de lucht geschoten. Een Dornier. Hij had herhaalde malen gevuurd en eerst de boordschutter buiten gevecht gesteld. Toen had hij op de kist zelf gericht en tevreden toegekeken terwijl het toestel in een spiraalduik neerstortte. Niets was zo bevredigend als de vijand buiten gevecht stellen. De bemanning van de Dornier was aan boord gebleven, want hij had niemand uit het toestel zien springen. Misschien had hij alle inzittenden geraakt. Gerechtigheid! Hoe kleinschalig ook. De enige goeie Duitser was een dooie Duitser. En hij had er hoe dan ook vier in één aanval te grazen genomen.

Het was een stralende dag en zo koud dat hij niet eens hoog hoefde te klimmen voordat de vorst vat op hem kreeg. Maar de kou was zijn minste zorg. Het squadron vloog inmiddels dag en nacht en werd geacht Londen te beschermen tegen de onophoudelijke Duitse bombardementen. Soms hadden ze succes, zijn mannen en hij. Soms niet. Ze leden bijna dagelijks verliezen. Dagelijks sneuvelden er goede mannen die uit Polen naar Engeland waren gekomen om te vechten. Zelf had hij tot op de huidige dag de dans weten te ontspringen. En hij zou ook vandaag weer anderen de dood in jagen en veilig naar zijn basis terugkeren. Het was een kwestie van vertrouwen.

Zijn blik schoot alle kanten uit: omhoog, omlaag, naar opzij. Hij gebruikte zijn ogen en ging af op eigen waarneming.

Daaraan gaf hij de voorkeur boven de 'radiorichtingzoeker'. Hij kon er nog niet toe komen te vertrouwen op deze nieuwe navigatieapparatuur. Bovendien vond hij het niet prettig zijn mannen onpersoonlijke standaardorders te geven, ook al was commanderen zijn taak en ook al waren die anderen zijn ondergeschikten. Wanneer hij zijn squadron instructies had gegeven en ze waren opgestegen was het in de lucht, tijdens het gevecht, ieder voor zich. Op de grond was hij de baas, maar niet hier, in deze oneindige leegte die van niemand was en van iedereen. Hierboven bestonden slechts chaos, adrenaline en de piloot met zijn kist.

Toen kreeg hij ze in de gaten. Een vlucht bommenwerpers, gehate Dorniers met hun lelijke, langwerpige contouren die de verbeelding waren van de dood. Haastig liet hij zijn Hurricane een bocht beschrijven en klom hij zo hoog mogelijk. Hoger... steeds hoger... om de zon achter zich te krijgen zodat hij maximaal in het voordeel was. Dichtbij komen was onmogelijk, want ze werden tot zijn ergernis geflankeerd door Messerschmitts: kwaadaardige kleine vliegtuigen, razendsnel, wendbaar en dodelijk. Als hij eerlijk was moest Jan bekennen dat het toestel ook zijn bewondering afdwong. Beneden hem vloog een formatie Spitfires, met de bedoeling de Messerschmitts te onderscheppen. Maar hij zag dat twee van de kleine toestellen zich van de andere losmaakten. Ze wisten aan de Spitfires te ontsnappen, kwamen zijn kant uit en splitsten zich op. Jan kon er maar één tegelijk in het vizier houden.

Hij liet zijn Hurricane opnieuw een bocht maken, wachtte tot hij weer stabiel op koers lag, richtte en vuurde. Twee seconden lang bulderde zijn boordgeschut. Maar hij miste. Waar was het andere toestel? Bezig koers te kiezen om hem onder schot te krijgen? Ongetwijfeld. Hij vuurde opnieuw twee seconden. En miste opnieuw! Verdomme! Zijn boordgeschut raakte niets, niemand, alleen lucht. De Messerschmitt vloog ongehinderd door, recht op hem af, en vuurde terug.

Was hij geraakt? Een geur van hete olie vulde de cockpit, begeleid door een gruwelijk geratel. Paniek nam bezit van hem. Het was een gevoel dat altijd op de loer lag. Dreigende paniek vormde het kader waarbinnen hij werkte en hielp hem overleven. Hij helde naar rechts, klom hoger, beschreef een bocht, trok zijn kist recht, richtte, vuurde en vuurde nogmaals, in het besef dat zijn munitie bijna op was. Geheel naar verwachting ontvouwde zich de vertrouwde aanblik van rook en dood, gevolgd door de euforie waarmee hij het vijandelijke toestel in een spiraalduik neer zag gaan. De piloot sprong eruit, zijn parachute opende zich als een reusachtige zijdevlinder die uit zijn cocon brak. In grimmige vervoering door dit volmaakte doelwit nam Jan er de tijd voor en liet zich zakken naar de hoogte van de vijand die hulpeloos onder zijn reusachtige valscherm bungelde.

Door de radio kwam de stem van Jans kapitein, een Engelsman om een optimale inzet van het squadron te garanderen, iets wat de Polen nog altijd niet werd toevertrouwd. Waar hij uithing? Ze waren een kist kwijtgeraakt, *bloody hell!* De rest had hem nodig! Waar bleven zijn commando's, klonk het in gezwollen Engels. En nog eens: Bloody hell!

Jan schonk er amper aandacht aan. Hij had de parachute in het vizier. Wat hij ging doen was in strijd met de Geneefse Conventies. Zou hij voor de krijgsraad worden gedaagd? Misschien. Maar hij wist dat ten minste twee anderen in zijn squadron hetzelfde hadden gedaan, om over de Duitsers maar te zwijgen. Iedereen leek er ongestraft mee weg te komen. Dus dan kon hij het ook. Blijkbaar keurden de Britten het ten sterkste af. Nou en? De nazi's veegden dagelijks hun reet af met de Geneefse Conventies. Er gingen geruchten dat ze in Krakau ziekenhuispatiënten in hun bed doodschoten en dat ze mannen onder bedreiging met een geweer dwongen hun eigen graf te graven. Zelfs kinderen waren niet heilig voor ze. De nazi's strooiden met snoep en schopten ze lachend dood wanneer ze ernaar grabbelden. Jan twijfelde er niet aan of de geruchten berustten op waarheid.

Die klootzakken verdienen niet beter! De enige goeie nazi is een dooie nazi!

Jan vuurde. Zijn laatste munitie, die hij niet op deze manier zou mogen verspillen.

De parachute sloot zich als een slanke, zilveren zuil, een dodelijke kling. De Romeinse kaars, zoals de Britten het noemden. En de Duitser, die er stuurloos onder had gebungeld, viel in duizelingwekkende vaart zijn dood tegemoet. Hij heette Hans of Dieter; hij had een meisje in Berlijn of München; en hij had een moeder, een vader. Nog even, nog een paar seconden, hadden zijn ouders een zoon. Het was een wrede dood. Maar gold dat niet voor elke dood?

Wat zou Dorothea ervan vinden? Als hij zichzelf de ruimte gaf, zag hij haar in gedachten voor zich, zag hij haar gezicht terwijl ze een verdwaalde lok haar van haar voorhoofd streek. Maar die ruimte gaf hij zichzelf niet tijdens het vliegen. Toch leek het alsof het schot – de moord? – op de jonge Duitser hem verlamde, alsof hij erdoor geblokkeerd raakte. Meer dan wat ook vreesde hij haar afkeuring. Ze had zelf een zoon verloren en hij begreep wat dat kleine jongetje voor haar had betekend. Hij had haar moeten vertellen dat hij...

Even, heel even, verslapte zijn concentratie.

Een explosie in zijn arm. De geur van bloed. Ritmisch gutsend bloed. Maar hij rook nog iets. Iets chemisch. O god, nee! De koelvloeistof? Hij was zich bewust van een martelende, brandende pijn, ook al geloofde – en wist – hij dat hij niet in brand stond. Vechtend tegen de mist die hem dreigde in te sluiten en grommend van de pijn in zijn arm, gaf hij met één hand een ruk aan de stuurknuppel om de Hurricane te doen afbuigen. Terwijl hij via de boordradio doorgaf dat hij was geraakt, herinnerde hij zich dat er twee Messerschmitts waren geweest. Hij had de onvergeeflijke fout gemaakt zich op die ene te blijven concentreren, ook nadat hij die buiten gevecht had gesteld. En waar waren de bommenwerpers gebleven? Verdwenen. Ontkomen. Op weg naar de stad om hun gruwelijke lading af te werpen, zoals Jan dat met de zijne had gedaan.

Hij keek om zich heen, op zoek naar de andere Messerschmitt, en zag hem in zijn spiegel, ter hoogte van zijn staart, zo vlakbij dat hij de baardstoppels van de Duitse piloot kon zien. Jan liet zich snel zakken. De manoeuvre was zinloos, maar bracht hem in elk geval dichter bij de aarde. Want hij was vastbesloten zijn geraakte kist aan de grond te zetten. De RAF kon zich geen verliezen veroorloven. Zeker niet als daar geen goede reden voor was. En pijn was geen goede reden. Hij verdomde het om werkeloos zijn dood af te wachten. Zijn ademhaling ging zwaar, hij kreeg bijna geen lucht meer. Maar plotseling zag hij een steekvlam, gevolgd door zwarte rook, een schril gejank, de Messerschmitt begon te draaien, raakte in een spiraal en verdween uit het zicht.

Over de radio hoorde Jan de stem van zijn kapitein, die triomfantelijk meldde dat hij de klootzak te grazen had genomen. En kom verdomme naar beneden, Pietrykowski! Als de sodemieter!

16

3 oktober 2010

Beste Philip,
Hierbij zeg ik met ingang van volgende week mijn dienstverband op bij de Old and New Bookshop. Ik heb de afgelopen elf jaar genoten van het werk en alles daaromheen. Maar het is tijd voor iets nieuws.
Groet,
Roberta

(Briefje gevonden door Sophie in de prullenmand onder Philips bureau.)

Gelukkig zijn de klanten er inmiddels overheen. Het geroddel is weggeëbd, niemand heeft het nog over Het Drama. Ik was een tijdje de Hoer van Babylon maar dat heeft niet lang geduurd, mijn reputatie is hersteld en ik ben weer gewoon de oude Roberta – 'Hoe heet ze nou ook al weer? Rebecca?' – Philips rechterhand en vast onderdeel van de Old and New. En daar ben ik blij om.

Maar Philip is niet vergeten wat er is gebeurd. Hij houdt afstand en vermijdt angstvallig elke verwijzing naar Het Drama. Dat neem ik hem niet kwalijk. Natuurlijk niet. Maar ik zou zo graag willen dat hij het vergat – zoals verder iedereen het vergeten schijnt te zijn – en dat hij me vergaf. Het spreekt vanzelf dat ik nog diezelfde dag mijn excuses heb aangeboden. Met verse moed ontleend aan de gulzig achterovergeslagen cognac haastte ik me de trap af naar de winkel. Philip was nog altijd bezig met het herindelen van de kasten in de achterste ruimte; fronsend, met een potlood tussen zijn tanden, zijn haar misschien iets meer in de war dan daarvoor, zijn blos iets vuriger. Toen ik in de deuropening bleef staan, keerde hij zich naar me toe.

'Philip, het spijt me. Ik had nooit gedacht... Ik had niet gedacht dat ze ooit... Nou ja, dat deed ze dus wel. Het spijt me. Ik weet niet wat ik verder nog moet zeggen. Maar het spijt me echt heel erg.'

De blik waarmee hij me aankeek, kan ik alleen maar omschrijven als ontgoocheld. Mijn verontschuldiging leek hij niet te horen. Hij zuchtte, wendde zijn blik af en krabbelde met karakteristieke zwierigheid een prijs op het schutblad van een boek. Ik heb nog nooit iemand zo teleurgesteld zien kijken.

'Wil jij het hier overnemen terwijl ik even ga lunchen?' vroeg hij vermoeid. 'Deze moeten geprijsd worden, die stapels moeten worden afgestoft en deze gaan op de onderste plank. Precies zoals we vanmorgen hebben afgesproken. O, en kun je misschien ook de ramen lappen? Of vragen of Sophie het doet? Dank je wel.'

Sindsdien heeft hij geen woord meer tegen me gezegd.

Het is een opluchting om na mijn werk naar huis te gaan, naar de kat die ik van Charles Dearhead heb gekregen. Ik heb haar Portia genoemd. En ik vertel haar elke dag wat ik allemaal heb meegemaakt. Ze luistert, bedelt om haar avondeten en dan ga ik het mijne klaarmaken. Trouwens, heel vaak smeer ik alleen maar een paar boterhammen, of ik neem cornflakes met melk, of volkoren biscuitjes met chocolate chips en een kop koffie. Ik slaap slecht, ik ben doodmoe, ik zie er slecht uit, zelfs mijn haar is futloos en ik heb zo ontzettend veel spijt van wat er is gebeurd.

Ik ben eenzaam.

Dat is waar het uiteindelijk op neerkomt. Ik ben eenzaam en volgens mij ook een beetje in de war. Charles Dearhead betekende niet echt iets voor me. Sterker nog, ik vond hem niet eens aardig. Ik vond hem saai, egocentrisch. Hoe heb ik ooit kunnen denken dat hij hoffelijk was? Ik heb zijn arme vrouw door een hel doen gaan, hun huwelijk heeft misschien wel onherstelbare schade opgelopen. En daar heb ik vrijwillig, welbewust voor gekozen. Maar dat was eens en nooit meer, heb ik mezelf beloofd.

En nu lijkt het erop dat mijn goede vriend – de enige wiens mening er echt toe doet, besef ik inmiddels – me veracht. Ik denk en ik pieker en het blijft maar malen in mijn hoofd. Ik moet ontslag nemen. Philip ziet me liever gaan dan komen; dat heeft hij maar al te duidelijk gemaakt. Dus ik zal vanavond nog mijn ontslagbrief schrijven. Hij zal geschokt zijn, maar waarschijnlijk ook opgelucht, en hij zal me bedanken voor mijn integriteit. Ook al bezit ik die niet. Dat heb ik bewezen; tegenover mezelf, tegenover Philip, tegenover Sophie en Jenna en tegenover al die gefascineerde, gechoqueerde klanten. Goddank heeft mijn vader er geen lucht van gekregen.

Heb ik 'oneer mijn leven binnengehaald', net als mijn oma, lang geleden? Absoluut. En niet alleen míjn leven, maar ook dat van Philip. Ik zou meer van het leven moeten genieten! Ik zou me niet moeten verstoppen in een boekhandel, ik zou me niet moeten branden aan een relatie met een man die zoveel ouder en zoveel getrouwder is. Sophie had gelijk.

Ik maak me niet ongerust over mijn ontslag. Ik vind wel weer iets anders. Ik heb gespaard, ik ben zuinig met kleren en eten, ik rijd in een zuinige auto. En ook al is de Old and New op de hele wereld de plek waar ik me het meest thuis voel, toch ben ik vastberaden die plek vol warmte en humor de rug toe te keren. Want ik heb geen keus.

Maar ik vind het verschrikkelijk!

De volgende morgen vraag ik Philip of ik hem even kan spreken. Zoals gebruikelijk is hij me ter wille en we gaan naar zijn kantoortje helemaal achter in de winkel. Langzaam en welbewust doe ik de deur dicht. Wanneer ik me omdraai heeft hij zich achter zijn bureau teruggetrokken, het enorme, altijd stampvolle bureau, waar hij elf jaar geleden tegenaan leunde toen hij me ontspannen en geïnteresseerd een 'sollicitatiegesprek' afnam.

'Philip,' begin ik zonder hem aan te kijken, 'ik heb iets voor je.'

'Wat is het?'

'Mijn ontslagbrief.'

Hij accepteert de brief, kijkt me aan en maakt de envelop open. Nadat hij heeft gelezen wat ik heb geschreven, scheurt hij het velletje papier in tweeën en gooit het in de prullenmand. 'Kunnen we niet met een schone lei beginnen?' vraagt hij.

'Wat bedoel je?'

'Hou je van hem?'

'Ach, wanneer hou je van iemand? Dat is moeilijk te zeggen.'

'Doe niet zo belachelijk. Hou je van hem?'

'Van Charles Dearhead?'

'Hoezo? Zijn er nog meer dan?'

'Nee! En ik hou niet van hem. Waarom zou ik?'

'Precies. Dat heb ik me ook afgevraagd. Dus wat hoop je ermee te bereiken?'

'Niks. Het is voorbij. Ik... ik denk dat ik mezelf een beetje kwijt was.'

'Ja, dat denk ik ook. Want wat ik me afvraag... en dat is een vraag waar ik echt mee zit: waarom zou een vrouw zoals jij... je tijd verspillen aan zo'n zak als Charles Dearhead? Wat móét je met zo'n man?'

'Vind je dat echt?'

'Ja.'

'Wat je ook van hem vindt, het gaat je eigenlijk helemaal niks aan.'

'Nou en of wel.'

'Ik dácht het niet.'

We staan tegenover elkaar met het reusachtige notenhouten bureau tussen ons in, als een obstakel dat we nooit zullen weten te overwinnen. Het lijkt een soort zelfbedachte pantomime, maar we kunnen er geen van beiden om lachen. Philip zet zijn bril af, veegt hem onbeholpen schoon aan zijn overhemd, zet hem weer op en schraapt zijn keel. Het is een vertrouwd ritueel. Zijn gezicht trekt nerveus in een vreemde argeloosheid alsof hij me smeekt te doen wat hij graag zou willen dat ik deed. Hij kijkt me strak aan en mijn hart...

O, maar natuurlijk! Ineens begrijp ik het! Nee. Ik lijk wel gek om zoiets zelfs maar te denken.

Wat weerhoudt me? Verlegenheid? Ik bén niet verlegen. Ben ik niet goed genoeg voor hem? Wat het ook is, het doet er allemaal niet meer toe. Het is voorbij. Tenminste, als je dat kunt zeggen van iets wat nooit is begonnen.

'Roberta, je kunt geen ontslag nemen.'

'Natuurlijk wel.'

'Ja, oké. Natuurlijk kan het. Maar wat ik bedoel... Ik wil niet dat je ontslag neemt.'

'Waarom niet? Ik heb je afschuwelijk in verlegenheid gebracht.'

'Je hebt jezelf in verlegenheid gebracht. Dat is alles. En er is niemand die zich daar nog druk over maakt. Dat soort dingen waait vanzelf over. Zo gaat het altijd. Dus ik verbied je ontslag te nemen. Ik heb het nota bene voor je opgenomen! Of ben je dat soms vergeten?'

Nee, natuurlijk ben ik dat niet vergeten. 'Philip...' Tot mijn eigen verrassing begin ik te huilen. Hardop. En dat wil ik niet. Ik vind het verschrikkelijk als ik moet huilen.

'Ach, nee toch. Hier, neem mijn zakdoek.'

Alleen een man als Philip heeft een schone zakdoek bij zich. Ik snuit mijn neus. Stel je niet aan, Roberta. Vooruit, flink zijn. 'Ik dacht dat je wel aan huilende vrouwen gewend was. Met Jenna, bedoel ik.'

Waarom zég ik dat? Ik heb er meteen spijt van. Philip kijkt me aan, zet opnieuw zijn bril af, gaat met zijn hand door zijn haar en legt zijn bril op het bureau. Als hij er maar niet op gaat zitten, denk ik verstrooid. Dat zou niet voor het eerst zijn.

'Wat er is tussen Jenna en mij gaat je niets aan.'

Natuurlijk. Hij heeft gelijk. Ik kan mezelf wel voor mijn kop slaan! En ik heb het mis. Natuurlijk heb ik het mis. Voor Philip ben ik gewoon personeel. Meer niet. Hij is verliefd op Jenna, niet op mij. Ik ben zelfs verbijsterd dat ik zoiets zelfs maar heb kunnen denken, hoe ik dat soort verwachtingen tegenover mezelf heb kunnen toegeven.

'Het spijt me,' zeg ik en ik neem afscheid van mijn droom. 'Dat gaat me inderdaad niets aan. Ik had het niet moeten zeggen.'

'Het geeft niet. Ik snap het wel. En je blijft gewoon hier werken. Ik reken op je. Zonder jou komt er niets van de winkel terecht.'

'En Sophie dan?'

'Sophie is een lief kind en ze levert goed werk. Goed genoeg. Maar jij... jij zorgt voor inhoud, voor diepgang. Jij bént de Old and New. Zie je dat dan niet?'

'Inhoud? Diepgang? Met dat soort scènes als vorige week? Schei nou toch uit. Jij bent de Old and New. Het is jouw winkel.'

'Dan zijn we sámen de Old and New. De een kan niet zonder de ander. En die scène was niet jouw schuld, maar de schuld van dat afschuwelijke mens. Dus ik vraag je met alle respect en oprechtheid of je alsjeblieft op je besluit wilt terugkomen.'

Het feit dat we dit gesprek voeren, is genoeg om me te sterken in mijn overtuiging. Ik kan niet blijven. Ik moet weg. Sterker nog, ik ga niet eens mijn opzegtermijn uitdienen. Want als ik nu niet wegga...

'Ik neem ontslag, Philip. Het spijt me zo, maar ik ga nu weg.'

'Nu meteen?'

'Ja.'

Als ik hoop dat hij over zijn bureau heen klimt, dat hij me bij mijn armen grijpt, zijn lippen op de mijne drukt, me door elkaar schudt en me zelfs nog vuriger smeekt te blijven, dan word ik teleurgesteld. Hij steekt alleen zijn hand uit en ik leg de mijne erin. Zijn hand is warm, zijn greep voelt ferm, maar tegelijkertijd broos. Zijn blik is vaag, alsof hij in een duister en zorgelijk verschiet kijkt. Ik ben bang dat hij ontroerd raakt. Bang voor het verlangen hem te troosten. Dus ik trek mijn hand terug en loop het kantoor uit.

Ik kijk niet meer om, maar in gedachten zie ik hem staan. Alleen. Steeds verder weg, terwijl ik vertrek en terwijl hij me zwijgend nakijkt.

17

17 december 1940

Lieve Jan,

Het spijt me dat ik zo lang niet heb geschreven, maar zoals je
weet hou ik niet van brieven schrijven. En ik heb het erg druk
gehad, met van alles en nog wat. De oorlog met al zijn ver-
woestingen zou wat mij betreft op een andere planeet kunnen
woeden. Nu het squadron weg is merken we hier maar weinig
van de oorlog. Natuurlijk wordt het vliegveld nog wel gebruikt,
maar het is er niet meer zo druk als vroeger. Geen vallende
bommen. Geen neerstortende Hurricanes die mijn huis op een
haar na missen. Gelukkig niet. Ik moet nog vaak aan die jonge
piloot denken. Wat verdrietig dat hij op die manier moest om-
komen.

Inmiddels is het alweer december. Ik hoop dat je tijd hebt om
ons op te zoeken. Aggie en Nina zullen het ook heerlijk vinden
je te zien. Met Aggie gaat het wel weer. Ze mist haar verloofde
en ze is nog altijd heel erg verdrietig, maar ze zet dapper door.
Nina en ik doen ons best om haar op te vrolijken. Ik hoop dat
Kerstmis haar nieuwe moed geeft en ondanks alles wat er in
de wereld gebeurt, zal ik doen wat ik kan om te zorgen dat de
kersttijd ook voor haar echt feestelijk verloopt.

Je schrijft dat je behoefte hebt aan rust, Jan, maar misschien
ben ik wel de laatste die je de vredige rust kan bieden waarover
je schrijft.

Desondanks blijf ik,
Je Dorothea

Twee weken en vijf dagen nadat Albert haar had verkracht begonnen de vertrouwde krampen. De eerste dag slaagde ze er nog in de pijn te negeren. Maar de volgende ochtend verloor ze bloed en ze had geen andere keus dan zich opnieuw neer te leggen bij een bittere, verpletterende teleurstelling.

Ze wist dat hij niet meer terugkwam. Dat troostte haar een beetje. En ze hoopte dat hij sneuvelde. Dat hoopte ze echt. Het zou alles zoveel gemakkelijker maken. Bovendien verdiende hij niet beter na wat hij haar had aangedaan.

Hij had haar in de steek gelaten, terwijl hij wist dat ze dolgraag weer zwanger wilde worden en dat ze geen kinderen meer zou krijgen als hij wegging. Maar had zij op haar beurt hem ook niet in de steek gelaten door zich terug te trekken in de kleine slaapkamer aan de achterkant van het huis en door avond na avond de deur op slot te draaien? Je kon niet zwanger worden als je niet...

Hoe had ze ooit kunnen denken verliefd op hem te zijn? Een man die haar niets te bieden had. Maar ze had nooit gedacht dat hij zo wreed kon zijn. Had hij zich ook met geweld aan andere vrouwen opgedrongen? Nee, dat geloofde ze niet. Hij had zich alleen aan haar vergrepen, zijn vrouw. Zijn boosheid was tegen haar gericht en tegen niemand anders. In haar verbeelding zag ze hem in een ander huis, met een andere vrouw; een vrouw die jonger was en simpeler van geest. Ze waren gelukkig en hij was, op zijn manier, zelfs teder en liefhebbend.

Toch bleef ze worstelen met de vraag of ze hem moest aangeven. Maar waarvan moest ze hem beschuldigen? Een soldaat die met verlof naar huis kwam en die intiem wilde zijn met zijn vrouw. Wie zou daar enig kwaad in zien? Trouwens, het was vast en zeker al te laat om nog iets te ondernemen. En misschien begreep hij helemaal niet wat hij verkeerd had gedaan. Maar waarom was hij dan een dag eerder vertrokken dan hij voornemens was geweest? Toch uit schuldgevoel, dat kon haast niet anders. Dus misschien had hij zijn lesje geleerd.

En als ze nu eens wél in verwachting was geraakt? Hoe had ze dat in hemelsnaam aan Jan moeten uitleggen? Want ze wist – daar was ze absoluut zeker van – dat Jan zou terugkomen, dat ze hem zou weerzien. Ze had hem de waarheid kunnen vertellen, maar zou hij haar hebben geloofd? En misschien zou hij het alleen maar heel gewoon hebben gevonden. Albert was tenslotte haar man.

Hoe dan ook, het deed er niet toe. Er was geen baby. Alleen bloed en pijn, een lege schoot. Er viel niets te vertellen, ze had niets op te biechten.

Hoe ze het ook probeerde, ze slaagde er niet in de woorden te laten rijmen. Dus ze probeerde het niet langer en liet ze hun eigen vorm aannemen op het papier, alsof ze een eigen wil hadden. En toen ze het resultaat bekeek leken de regels eindelijk een gedicht te vormen. Het voelde alsof ze voor het eerst – en misschien wel voor het laatst – poëzie had geschreven. Dat oordeel kwam alleen haar toe, want ze was niet van plan haar gedichten ooit aan anderen te laten lezen.

Maar de woorden die op het papier verschenen, de woorden die ze las en herlas – op gestolen momenten, 's avonds laat, in de vroege ochtenduren – schokten haar, ze bezorgden haar een vreemd, geheimzinnig gevoel van kracht, alsof ze over het zacht-stevige zand rende van een eindeloos verlaten strand, vervuld van jeugdige, grenzeloze levenslust. Het voelde als een bevrijding, maar waarvan, dat kon ze niet doorgronden.

18

De beelden in zijn dromen waren schokkend!

Ze stond op handen en knieën voor hem, met haar ogen dicht – uitgerekend zij, de meest verfijnde, de meest zedige van alle vrouwen die hij had liefgehad. Hij schreeuwde – en wist dat hij dat al vaker had gedaan. Er verscheen een verpleegster aan zijn bed, geruisloos en uit het niets, als een geest. Vaak was het Sylvia met de zuivere, engelachtig witte huid. Jong als ze was – hij schatte haar een jaar of negentien – wist ze hem met een paar vriendelijke woorden, een zacht gemompelde bemoediging en een koele hand op zijn voorhoofd te kalmeren. Ze voelde zijn pols en controleerde het slaan van zijn koppige hart met een blik op het kleine horloge dat ze als een amulet aan haar borstzak had gebonden.

Of hij pijn had, vroeg ze.

Ja, maar een andere pijn dan zij bedoelde. Pijn waar zij nog geen weet van had. Althans, dat vermoedde hij.

De pijn in zijn arm was niet te vergelijken met de pijn in zijn hart, die op zijn beurt weer niets voorstelde vergeleken bij zijn fysieke begeerte. In zijn huidige toestand was liefde secundair. Hij erkende dat hij in de greep van de pure lust verkeerde, de meest vulgaire van alle emoties. Het kon niet anders of het was Sylvia en de andere verpleegsters niet ontgaan. Ze wasten hem, ze kleedden hem aan en waren vertrouwd met zijn lichaam. Maar het deed er niet toe. Waarom zou hij zich schamen? Je werd er als man mee geboren.

Hij verlangde naar zijn Hurricane, naar zijn mannen, hij wilde weer aan de slag. Hij wilde nog meer Duitsers uit de lucht schieten. Ook dat was een vorm van lust en soms was de grens tussen de ene en de andere vorm moeilijk aan te geven. In momenten van kwellende helderheid vroeg hij zich zelfs af of zijn seksuele opwinding alleen werd veroorzaakt door gedachten aan de Engelse.

Dorothy. Dorothea. Hij kon zich er nauwelijks toe brengen in gedachten haar naam te noemen.

Mevrouw Dorothy Sinclair.

Het schone, stevige ziekenhuisbed was comfortabel. De pijnlijke arm was gebroken. Op diverse plekken verbrijzeld, aldus de dokter. De arm zou de rest van zijn leven 'blijven opspelen', waaruit Jan begreep dat hij er last van zou blijven houden. Maar hij leefde nog. En hij was verder ongedeerd. En vastbesloten voor het eind van de volgende week weer te gaan vliegen, zei hij tegen de dokter.

Het was helaas zijn rechterarm. Schrijven was onmogelijk. Hij had overwogen een verpleegster te vragen hem te helpen. Maar uiteindelijk had hij het idee verworpen. Hij wilde wat hij Dorothy te zeggen had, niet delen met een andere vrouw. De verpleegsters waren allemaal jong, knap, zelfverzekerd en – althans tegenover hem – flirterig. Als hij niet te moe was flirtte hij terug. Uit beleefdheid, meer niet. Het waren aardige meisjes en het werk dat ze deden was zwaar. Maar ze wekten niet zijn begeerte.

Er kwam een dokter binnen die hij nog niet eerder had gezien. Dokter Burton, zoals hij zich voorstelde terwijl hij op het bed ging zitten. Hij wilde even praten. Of dat schikte? Jan had meteen door dat dit een dokter was voor het hoofd. En dat zei hij ook. Dokter Burton glimlachte. Inderdaad, dus hij zou open kaart spelen.

Het was onverstandig om te snel weer aan het werk te gaan. 'We zijn bang dat u geestelijk nog te zwak bent. Om niet te zeggen uitgeput. U hebt meer rust nodig.'

'Dat kan niet. Ze hebben me nodig,' zei Jan.

Het was een mooie winterdag met een waterig zonnetje, kleine wolkjes joegen als wattenbollen langs de blauwe hemel. Door het raam kon Jan andere patiënten zien: gewonde mannen in een rolstoel met een deken over hun knieën. Ze werden door knappe verpleegsters rondgereden of ze zaten te roken en keken uit over de tuin van het ziekenhuis naar de velden daarachter.

Hij had geen idee waar hij was, besefte hij ineens. In welk ziekenhuis. Het zag eruit als een voormalige, deftige villa. Maar of het ook een naam had en hoe het heette, dat wist hij niet. Hij vermoedde dat hij nog in Kent was, maar misschien ook niet. Tot op dat moment was het niet bij hem opgekomen ernaar te vragen.

'Beseft u dat u een risico zou kunnen vormen door te snel weer aan het werk te gaan?' vroeg dokter Burton. 'Dat uw inschattingsvermogen is aangetast? Om nog maar te zwijgen van de risico's als gevolg van uw verwondingen die nog niet volledig genezen zijn?'

Jan vond de jonge dokter arrogant, zoals de meeste dokters. Een parmantig heerschap in zijn grijsflanellen pak. Hij dacht dat hij God zelf was. Nou, dan vergiste hij zich. En Jan was niet van plan zich door hem te laten intimideren.

'Er mankeert niets aan mijn inschattingsvermogen,' zei hij dan ook. 'Ik wil vandaag weer aan het werk. Nee? Dan blijf ik nog drie dagen. Nee, twee. Dan ben ik hier weg. Ik heb die kist zelf aan de grond gezet. Met één arm. Twee weken geleden. Arm is goed. Dat voel ik. Of bijna goed. Haalt u het gips eraf alstublieft. Anders doe ik het zelf.' Hij begon woest aan het gips om zijn gewonde arm te trekken.

Dokter Burton schudde zijn hoofd en begon Jan vragen te stellen. Waar in Polen kwam hij vandaan? En waar had hij Engels geleerd?

Jan reageerde verveeld, terughoudend en vertelde hem zo min mogelijk.

De dokter herhaalde zijn waarschuwing om geen onverstandige dingen te doen, om aan zijn squadron te denken, aan de veiligheid van zijn mannen en aan zijn eigen veiligheid.

Jan volhardde koppig in zijn stilzwijgen. Hij gedroeg zich als een verwend kind. Daar was hij zich van bewust. Maar hij weigerde zich te laten commanderen door een dokter die eruitzag alsof hij nog nooit een konijn dood had gemaakt, laat staan een medemens. Met zo iemand kon Jan niet praten.

Dokter Burton gaf het op. Hij bedankte Jan voor zijn tijd en vertrok.

19

Glimlachend bedroop Dorothy de kip die de vorige dag nog in de tuin had rondgescharreld. Ze had Nina gevraagd hem dood te maken. Zelf kon ze het niet. Toen Albert er nog was, had hij de angstige beesten hun dunne nek omgedraaid. Vorig jaar was ze met Kerstmis alleen geweest en had ze niet de moeite genomen feestelijk te koken. Maar dit jaar had ze er plezier in gehad de kip te plukken en schoon te maken en nu lag hij in de pan. Het rook hemels, het huis was heerlijk warm, buiten had de vorst de wereld in ragfijne kant gehuld en binnen hadden de meisjes en zij het gezellig gemaakt. Dorothy had zich vast voorgenomen dat Kerstmis een heerlijk feest zou worden, voor hen alle drie. Behalve kip zouden er gepofte aardappels, yorkshire pudding en pastinaken uit eigen tuin op tafel komen. Bovendien had ze nog een fles port, uit het huis van haar moeder, die ze al die jaren had bewaard. Ze begreep zelf niet meer waarom ze die fles destijds had meegenomen, als onderdeel van haar vreemde, weinig doordachte uitzet. Misschien wel voor deze dag: Kerstmis 1940, koud maar rustig. En veilig. Nog wel.

De meisjes hadden ieder al twee kleine glaasjes gedronken, genietend en met kleine slokjes, en luisterden in de woonkamer naar hun favoriete nummers van Billie Holiday. Ze waren dolblij met de cadeautjes die Dorothy voor hen had gemaakt: simpele linnen zakdoeken van restjes stof, geborduurd met hun initialen en bestrooid met geurige lavendel; voor Aggie een zijden sjaal die ze zelf niet meer droeg; voor

Nina een nauwelijks gebruikte rode lippenstift. Geen dure geschenken, maar gewoon iets voor onder de kleine kerstboom, in bruin papier met een touwtje eromheen, zodat de meisjes iets uit te pakken hadden.

Dorothy was blij dat er voor haar niets onder de boom lag. Ze had cadeaus in ontvangst nemen altijd ongemakkelijk gevonden, vanwege de stralende lach en de uitbundige dankbaarheid die van haar werden verwacht. Haar moeder gaf bij voorkeur cadeaus in de trant van *The Infant's Progress, from the Valley of Destruction to Everlasting Glory* en dat soort afschuwelijke boeken. Dorothy had ze nooit gelezen maar ze onder haar bed verstopt. Waarschijnlijk lagen ze daar nog, dacht ze terwijl ze voorzichtig van haar port nipte. De opwinding en de uitgelatenheid die met alcohol gepaard gingen, waren een luxe die ze zichzelf maar zelden gunde. Want ze liet zich te zeer meeslepen door de vurige sensatie die via haar keel en haar buik helemaal tot in haar benen zakte; door het gevoel los te raken van zichzelf; door de euforie die bezit van haar nam; door de vergetelheid die alcohol haar schonk. Ze kon echter niet vergeten hoe Albert haar had behandeld toen hij te veel had gedronken. Zo ver zou ze het nooit laten komen; ze zou zich door de fatale bekoring van de drank niet van haar verstand laten beroven. Maar het was Kerstmis en ze permitteerde zichzelf een glaasje. December had teleurstelling op teleurstelling gebracht en ze verlangde naar vergetelheid.

Ondanks wat hij had beloofd, ondanks waarop hij had gezinspeeld, was majoor Jan Pietrykowski niet op bezoek gekomen. Sterker nog, Dorothy had al een maand niets meer van hem gehoord. Was hij omgekomen? Ze dacht het niet. Of nee, dat wist ze zeker. Was hij gewond geraakt? Misschien. Waarschijnlijk. Of misschien was het squadron ergens anders gestationeerd. Of was hij boos op haar. Misschien was het bezoek van Albert hem ter ore gekomen en hun kortstondige, beschamende intimiteit, ook al had zij daar geen enkele schuld aan. Jan was zo intelligent en fijngevoelig dat het haar niet zou verbazen als hij haar had doorzien; als ze zich door haar toon en haar zorgvuldige woordkeuze in haar laatste brief had verraden. Anderzijds leek haar dat erg onwaarschijnlijk. Niemand beschikte over zo'n feilloze intuïtie.

'Wat is er, Dot?' vroeg Nina toen Dorothy de kamer binnenkwam. Ze hing loom op de bank met het glas port tussen haar mollige vingers. De rand van het glas zat onder de rode lippenstift, want ze had de verleiding niet kunnen weerstaan.

Het eten was bijna klaar. 'Niets. We kunnen over tien minuten eten. Ik laat de kip even rusten voordat ik hem aansnij.' Ze ging in haar stoel bij het raam zitten.

'Niemand kookt zo lekker als jij,' zei Aggie.

'Nou, dat valt nog wel mee. Maar ik vind het gewoon fijn om me nuttig te maken. Jullie zagen er vanmorgen zo koud uit.'

'Het is ook verrekte koud buiten.' Nina ging verzitten en vertrok haar gezicht.

'Wat is er? Voel je je wel goed?' vroeg Dorothy.

'Ja hoor. Tuurlijk. Alleen een beetje raar. Ik kan mijn draai niet vinden. En ik heb zo'n trek! Ik zal blij zijn als we aan tafel kunnen.'

Dorothy keerde zich naar het raam. Toen kwam ze langzaam overeind, als gehypnotiseerd, met haar ogen wijd opengesperd.

'Wat is er, Dot?' Aggie kwam naast haar staan en schoof de vergeelde kanten gordijnen opzij. 'O!'

Majoor Jan Pietrykowski kwam het tuinhek binnen, met onder zijn arm een bruin pakje in de vorm van een fles en met een plunjezak over zijn schouder. Voor het huis, half op de weg, half in de berm, stond een kleine auto met een open dak, vuurrood, glimmend als een fonkelnieuw stuk speelgoed. Het verbaasde Dorothy dat ze de auto niet hadden gehoord. Maar dat kwam natuurlijk doordat de muziek zo hard stond.

'Dot? Hier heb je maanden naar gesmacht! En nou is hij er eindelijk en dan blijf je als een zoutpilaar voor het raam staan!' Aggie pakte het glas uit haar hand.

Als in een droom keerde Dorothy zich om en liep naar de keuken om de deur open te doen en hem binnen te laten. Maar haar benen weigerden haar te gehoorzamen.

'Ik kan het niet,' fluisterde ze.

'Ik ga wel!' zei Aggie stralend. Ze gaf Dorothy haar glas terug en haastte zich huppelend, rennend naar de keuken.

Dorothy keek geschokt en verbijsterd naar Nina, die schouderophalend en met een veelbetekenende grijns nog een grote slok port nam. Dorothy tastte achter zich en liet zich in haar stoel vallen. Maar ze stond meteen weer op toen Aggie binnenkwam, gevolgd door de onmiskenbare geur van uniform, van pommade, van goedheid. Ineens stond hij in de kamer, de man naar wie ze zo had verlangd, knapper dan ze zich hem herinnerde. Glimlachend haalde hij de fles uit het bruine papier – het was echte champagne! – en hij keek Dorothy aan met een blik alsof ze de koningin was.

'Het spijt me dat ik zomaar ongevraagd langskom,' verontschuldigde hij zich. 'Maar ik wist het pas op het laatste moment. Ik heb maar vierentwintig uur verlof. Morgen moet ik terug naar Kent.'

'O.' Dorothy dacht dat ze geen lucht kreeg. Wat was hij knap! Zag ze dat nu pas? Nee, dat had ze eerder toch ook al gezien? Maar er klopte iets niet, er was iets mis met zijn houding, met de manier waarop hij bewoog. Bovendien was ze telkens weer geschokt door het besef hoeveel hij voor haar betekende.

'Maar vandaag is het Kerstmis. Een heerlijke dag. Een heerlijke wijn. En heerlijk gezelschap.' Hij keek haar nog altijd glimlachend aan.

Ze glimlachte terug.

En plotseling was het Kerstmis.

Jan volgde haar naar de keuken waar ze hem uit zijn koude,

natte overjas hielp, die ze over het droogrek voor het fornuis hing. De damp sloeg eraf en vulde het vertrek. Met zijn linkerhand ontkurkte hij de champagne en schonk de glazen vol, waarbij hij de fles onbeholpen tegen zich aan drukte. De hemel mocht weten hoe hij aan die champagne was gekomen. Maar wat deed het ertoe, zei Nina. Ze hadden champagne! Dorothy zag aan zijn gezicht dat hij pijn had. Desondanks hielp hij haar met eten opscheppen en zette hij met zijn goede arm de zware borden een voor een op tafel.

Dorothy liep naar de deur, om Aggie en Nina te roepen die weer naar de woonkamer waren gegaan. 'Ik zal tegen de meisjes zeggen dat we zover zijn.'

Maar Jan legde een vinger op zijn lippen, schudde zijn hoofd en sloeg liefkozend zijn armen om Dorothy's middel. Gegeneerd wendde ze haar blik af. Met zijn goede hand onder haar kin dwong hij haar teder hem aan te kijken. Toen kuste hij haar, heel licht, heel luchtig. En Dorothy wenste ze dat de kus nooit zou eindigen.

'Je bent magerder geworden,' zei hij toen hij haar losliet.

Ze deed haar ogen open.

Was dat zo? Ja, misschien wel. Sinds het bezoek van Albert was ze haar eetlust kwijt.

'Ik verlangde naar jou.' Dorothy glimlachte schuchter.

Hij lachte, luid en hartelijk. Het was de lach van iemand die te weinig lachte. Dorothy maakte zich blozend van hem los en riep naar de meisjes dat het eten klaar was.

Aan tafel spoelden ze het eten weg met champagne en met nog meer port. Jan vertelde. Hij hoopte dat niet alles verloren was. Dat de talloze verliezen niet voor niets waren geweest. Ondanks de bombardementen hadden ze zich in elk geval weten te handhaven en hij was ervan overtuigd dat ze de oorlog konden – en ook zouden – winnen. De Duitsers waren er niet in geslaagd voet aan land te zetten en hij verwachtte ook op korte termijn geen invasie. Daar konden ze allemaal moed uit putten.

'Maar hoe lang het nog gaat duren... de oorlog... dat durf ik niet te zeggen.' Hij schonk zichzelf nog een glas port in. Het laatste glas. De drie vrouwen hadden erop gestaan dat hij dat nam.

'Jaren?' vroeg Dorothy.

'Ik hoop het niet. Maar ik ben bang van wel. Ik denk niet dat ik al snel terug kan naar mijn land.'

Na het eten luisterden ze naar de toespraak van de koning en vervolgens wilden de meisjes dansen, dus ze maakten ruimte in de woonkamer en wervelden in het rond, totdat Nina zich lachend en met een vurige blos op haar wangen op de bank liet ploffen. Dankzij de alcohol en het overvloedige eten viel ze vrijwel meteen in slaap. Aggie ging wel alleen koeien melken, zei ze. Dan had ze drie keer zo lang werk, maar Nina was uitgeput en niet meer wakker te krijgen. Laat haar maar slapen, zei Aggie. Ze werkte als een pakpaard dus ze had haar rust verdiend.

Toen ze alleen waren – met de slapende Nina op de bank – ruimden Dorothy en Jan de tafel af en deden de afwas. Jan ontzag zijn arm zo veel mogelijk, maar Dorothy zag zijn gezicht een paar keer verkrampen van pijn.

'Mag ik die arm eens zien?' vroeg ze terwijl ze de laatste borden in de kast zette.

'O, het stelt niets voor.'

'Zo te zien heb je er veel pijn aan.'

Hij schudde zijn hoofd en begon over iets anders. 'Kan ik vannacht hier blijven? Op de bank is prima. Ik heb mijn spullen bij me. Het is erg koud. Helemaal als het donker is. Ik moet morgenochtend om tien uur terug zijn.'

'Natuurlijk kun je hier blijven. Ik zou niet anders willen. En niet op de bank maar in de logeerkamer. Die heb ik weken geleden al voor je in orde gemaakt.'

Na Alberts vertrek had Dorothy niet alleen het bed afgehaald en weer opgemaakt, maar ook de matras gekeerd en de vloer geschrobd. Ook de bank had ze grondig onder handen genomen.

Toen Aggie terugkwam maakte Dorothy sandwiches en ze zette een pot thee. Een van de koeien had uierontsteking, dacht Aggie. Nina, die inmiddels weer wakker was, verklaarde loom dat ze nog altijd 'stampvol' zat, 'verdomme', maar dat ze met alle liefde meeging naar The Crown om te zien of daar nog wat 'te beleven' viel. De meisjes verdwenen naar boven. Opgemaakt – met de nieuwe lippenstift – en mooi aangekleed kwamen ze even later terug. Jan bood hun aan – een voor een – met de kleine rode sportwagen te brengen. Het was een MG. Hij had hem die ochtend van zijn Engelse kapitein kunnen lenen. 'Als je maar voorzichtig met haar bent, Pietrykowski,' had hij gezegd. En Jan had zich afgevraagd of hij daarmee de auto bedoelde.

Dorothy wuifde ze na vanachter het raam in de woonkamer en toen Jan aan zijn tweede rit begon maakte ze een verse pot thee en zette de spullen op de lage tafel.

'Bedankt dat je ze een lift hebt gegeven,' zei ze toen hij weer binnenkwam. 'Ze vonden het vast en zeker erg chic en dynamisch.'

'Dat is het ook. En snel! En rood! Maar ook erg koud. Net zo koud als vliegen. Dus ik was mooi op tijd. Precies op tijd voor je heerlijke kerstmaal.'

'Je had niet geschreven dat je kwam.'

'Nee. Het spijt me. Ik hoopte dat je blij zou zijn met de verrassing. Bovendien kon ik niet schrijven.' Hij tilde zijn arm op.

'Het is heerlijk dat je er bent. Ik kan het nog bijna niet geloven. Mag ik nu alsjeblieft die arm zien?'

'Waarom? Dat hoeft niet.'

'Wat is er gebeurd?'

'Niets. Niets bijzonders. Een lichte verwonding. Een paar schrammen. Niks om je zorgen over te maken.'

173

Dorothy zei niets. Ze nipte langzaam van haar thee en luisterde naar het tikken van de klok, het geknetter van het haardvuur. Ze voelde dat hij naar haar keek. Hij zat op de punt van de bank en dronk met grote slokken zijn thee. Ze had gehoopt dat hij zich meer op zijn gemak zou voelen. Maar het was niet reëel om te veel te verwachten.

Tenslotte kenden ze elkaar amper.

Hij herinnerde zich de kopjes nog van hun eerste ontmoeting, in mei, toen ze thee hadden gedronken in de keuken, inmiddels maanden geleden; maanden die net zo goed jaren hadden kunnen zijn. Ze was ouder geworden. Anderen zagen het misschien niet, maar hij ontdekte een paar nieuwe groeven rond haar mond en haar ogen. En ze was ook magerder dan in zijn herinnering. Het viel hem op omdat hij naar haar keek. Hij keek naar Dorothy Sinclair met de blik van een man die verliefd is, met oog voor het detail.

In het leven van Jan Pietrykowski hadden maar weinig vrouwen een rol gespeeld. Om te beginnen zijn jonge bruid, die hij na een huwelijk van slechts enkele maanden alweer had verloren, waarna hij een intense, maar kortstondige verhouding had gehad met een jonge vrouw die hem had betoverd. En ten slotte de echtgenote van een collega; het was een eenmalig iets geweest en het vervulde hem nog altijd met schaamte. Nu hij weer tegenover Dorothy zat, leek ze zijn wereld te vullen met haar vrouwelijkheid. Hij had haar gemist, haar schaarse brieven – merkwaardig en wat stijfjes – had hij gelezen en telkens weer herlezen. Ze was geen briefschrijfster, zoals ze misschien ook wel geen minnares was. En mocht hij dat vermoeden ooit bevestigd zien – als hij erin slaagde haar 'de koffer in te krijgen', een merkwaardige uitdrukking die hij in Engeland had geleerd – dan zou de betovering tussen hen onherroepelijk verbroken zijn. Niet voor het eerst verafschuwde hij zijn eigen mannengedrag; de belachelijke manier waarop zijn lichaam reageerde wanneer hij aan haar dacht. En hij had heel veel aan haar gedacht, zowel voor- als nadat hij gewond was geraakt; alleen, 's nachts, in bed; en soms ook niet alleen, niet 's nachts, niet in bed. Op zulke momenten was de lust sterker geweest dan de rede. Dan stelde hij zich Dorothy voor terwijl ze boven op hem zat, glimmend van het zweet, haar ogen wijd opengesperd, met verwarde haren en gezwollen borsten.

Het was bijna onverdraaglijk om weer bij haar te zijn, in haar warme, veilige huis. De angst en uitputting waartegen hij zo lang had gevochten, overweldigden hem; er kwamen tranen in zijn ogen als bij een kind dat weerloos was tegenover zijn belagers. Hij kwam overeind en liep naar haar toe, wankelend zodat hij tegen het blad op de tafel stootte. Het schoof over de rand en dreigde te vallen, maar terwijl hij werkeloos toekeek, hervond het zijn evenwicht.

Jan liet zich op zijn knieën vallen. Dorothy streelde zijn haar en wiegde zijn hoofd in haar schoot. Hij was dankbaar voor haar compassie, dankbaar dat die bij haar nog intact was terwijl de zijne door het oorlogsgeweld aan flarden was geschoten.

'Stil maar, Jan. Rustig maar. Het komt allemaal goed,' fluisterde ze. Haar hand gleed aarzelend over zijn glanzende zwarte haar.

Hij huilde. Ze legde haar hand op zijn nek en begon hem te strelen, heen en weer, telkens opnieuw. Het was een hypnotiserende beweging waarmee ze het gewenste effect bereikte. Nogmaals vroeg ze of ze zijn arm mocht zien en eindelijk vond hij het goed dat ze hem zijn uniformjas uittrok en de mouw van zijn overhemd oprolde. De arm was gezwollen en zag roodachtig paars, maar Dorothy twijfelde er niet aan of het was veel erger geweest. Toch vervulde de aanblik haar met een gevoel van moedeloosheid.

Ondanks de schade was ze onder de indruk van de schoonheid van zijn lichaam en kon ze haar ogen niet van zijn arm afhouden. Geleidelijk aan werd het snikken minder. De klok tikte, het vuur knetterde. Zijn hoofd rustte zwaar in haar schoot. Hij verroerde zich niet, zijn ademhaling ging zo traag dat ze dacht dat hij sliep. Ze keek neer op zijn haar, op de welving van zijn oor, op de kleine moedervlek even daaronder die de vorm had van Italië, op zijn wang en zijn krachtige kaak. Ze streek over de baardstoppels die als kleine zwarte pijlen uit de huid tevoorschijn kwamen, toen draaide ze haar hand om en streek met de rug ervan over zijn gezicht. Haar blik bleef rusten op zijn gesloten ogen – de ogen van een man die tegelijkertijd nog een jongen was – en op de sporen van tranen die zich als rijpkristallen aftekenden op zijn wangen; ze keek naar zijn gespierde nek die over haar schoot lag gestrekt als op het blok van een beul. Zijn overgave was compleet. Dit was Jan, de mens, de man. Op haar strelende hand na zat ze onbeweeglijk.

En ze durfde zich voor te stellen dat deze mens, deze man haar gelukkig kon maken.

Na misschien een uur, misschien langer, hief Jan zijn hoofd op. 'Het spijt me, Dorothea.'

'Je hoeft nergens spijt van te hebben.'

'Ik ben een lafaard. Dat zie je.'

'Je bent geen lafaard.'

'Ik huil als een baby en ik slaap op je schoot.'

'Ik hou van baby's.'

'Dat weet ik.'

Ze pakte hem bij zijn schouders. Zijn mannelijke kracht stroomde vanuit zijn lichaam in haar handen, in haar armen, door haar hele lijf, naar haar longen, haar hart, haar buik. Ze zette haar tanden op elkaar en hield hem nog steviger vast. Heel even las ze paniek in zijn ogen.

'Jan.'

Het was geen vraag.

Hij werkte zich overeind tot hij op zijn hurken zat. Toen strekte hij zijn armen naar haar uit, hij maakte haar haar los en krulde een lok om zijn vingers om er genietend aan te ruiken. Ineens was het gedaan met haar terughoudendheid. Ze nam het initiatief en drukte haar mond op de zijne. Even leek hij verbijsterd. Even liet hij haar begaan en deed niets, helemaal niets. Toen richtte hij zich op, hij trok haar overeind en nam haar in één vloeiende beweging in zijn armen. Zijn gezicht vertrok van pijn, maar hij zette door en droeg haar naar boven, waar hij moeizaam, met één hand de deur van een slaapkamer openmaakte. Het was de kleine logeerkamer die ze voor hem in gereedheid had gebracht. Daar legde hij haar op het bed en hij schopte de deur achter zich dicht.

20

17 november 1944

Lieve Eliza en Bert,

Even een briefje om jullie het grote nieuws te vertellen. De baby is er! Eindelijk! Ze is vier dagen geleden geboren, even na middernacht. Dus op mijn verjaardag! En ze heet Diana. Mijn moeder helpt met het huishouden, terwijl ik rust en haar de borst geef en af en toe een dutje doe. Lezen doe ik ook. Wat een luxe om de hele dag in bed te liggen. Bedankt voor de Agatha Christies die jullie me voor mijn verjaardag stuurden. Ik smul ervan. Nu begrijp ik waarom jullie zo met haar weglopen. Diana is veel wakker en ze kan de hele dag wel drinken, wat niet altijd prettig is voor haar mama. Ik hou nu al zielsveel van haar. Trouwens, dat geldt vast en zeker voor alle moeders. Kon Bob zijn kleine meisje maar zien. Wat zou hij trots op haar zijn geweest. Mijn hart breekt wanneer ik aan hem denk. Ik huil veel. Kraamvrouwentranen, zegt mijn moeder. En misschien zijn het dat wel, ook al heb ik alle reden om te huilen. Wens me sterkte, lieverds. Want dat zal ik nodig hebben om zowel een moeder als een vader voor mijn dochter te zijn. En kom maar gauw een kijkje bij ons nemen. Ik mis jullie. Heel erg.

Liefs,
Jean

(Deze brief vond ik in een eerste druk van *De giftige pen*, door Agatha Christie. Philip vroeg me het boek te controleren en cellofaan om het puntgave stofomslag te doen. Het kwam voor £230 in de afgesloten vitrine met antiquarische boeken en werd al snel verkocht.)

Het is een sombere dag, maar het verzorgingstehuis voelt warm en beschut. Suzanne begroet me met een glimlach. 'Hoe gaat het?'

Ik breng verslag uit. Van bijna alles. Want ik vind het prettig om met vreemden – of misschien moet ik zeggen met mensen die ik niet echt goed ken – te praten. Omdat ze niet oordelen. Ik zeg niets over de brief van mijn opa aan Babunia, ook al brandt hij een gat in mijn tas. Maar ik vertel haar wel over mijn onnozele affaire met Charles Dearhead, over de confrontatie met zijn vrouw, over mijn vertrek bij de Old and New, over mijn vader die in het ziekenhuis heeft gelegen en over Philip die het voor me opnam.

Suzanne kan goed luisteren. Die Philip klinkt sympathiek, zegt ze.

Ik vraag hoe het met mijn oma is.

'Niet zo best. Dorothea is nog maar zelden helemaal helder. Ze is erg in de war, maar volgens mij komt dat niet door haar leeftijd. Ik krijg meer de indruk dat ze ergens mee zit, dat haar iets dwarszit; daar hebben oudere mensen wel vaker last van. Waarschijnlijk is het iets wat ze jaren voor zich heeft gehouden en wat ze nu tot irreële proporties heeft opgeblazen.'

Ik weet niet wat ik moet zeggen. Want zelfs al wist ik wat Babunia's geheimen zijn, dan nog zou ik ze niet verraden.

'Je noemt haar Babunia. Waar komt dat vandaan?' vraagt Suzanne.

'Dat is Pools. Het betekent "oma".'

'Zoiets dacht ik al. Je opa kwam uit Polen, hè?'

'Ja. Volgens mij vindt ze het leuk als ik haar zo noem, ter herinnering aan hem. Hij is overleden toen ze in verwachting was van mijn vader. Het was een oorlogsliefde. Ze zijn pas vlak voor zijn dood getrouwd.'

'Getrouwd?'

'Ja.'

'Maar Dorothea is nooit met je opa getrouwd geweest.'

'Ik weet niet beter dan dat ze in 1940 zijn getrouwd.'

'O. Sorry, ik dacht dat je het wist. Je oma heeft mij verteld... dat ze nooit met je opa getrouwd is. Ze was wel getrouwd, maar met een ander. Later heeft ze haar naam laten veranderen en de naam van je opa aangenomen. Ik denk omdat ze zich schaamde. Een buitenechtelijk kind was in die tijd een enorme schande. Misschien is dat wat haar dwarszit... O, hemel. Misschien had ik mijn mond moeten houden. Het spijt me.'

'Dus jij zegt dat ze gewoon zijn naam heeft aangenomen?'

'Ja, daar lijkt het wel op.'

'Bestaat daar een officieel document van?'

'Ja. Ze heeft me de eenzijdige akte laten zien. Niet lang nadat ik hier in dienst kwam.'

'Die wil ik ook graag zien.'

'Natuurlijk. Dat kan.'

Enige tijd later gaat mijn mobiele telefoon. Het is Sophie. Ze had me destijds meteen gebeld. In tranen. Op de dag dat ik bij de Old and New was vertrokken.

Ze kon het niet geloven. Wanneer kwam ik terug? En kon ik het niet gewoon goedmaken met Philip?

Nee, dat kon niet, zei ik.

Nu belt ze om te vertellen dat Philip een sollicitatieprocedure is begonnen. 'Een van de sollicitanten was ene Patricia. Heel lang, nog langer dan jij. Met heel kort haar en een heleboel kettingen en armbanden. Toen ze weg was vroeg Philip wat ik van haar vond. Ze kon nog niet in je schaduw staan, zei ik. En ik zweer je, Roberta, hij begon bijna te huilen. Echt waar. Hij verdween in zijn kantoor en hij heeft zich minstens twee uur niet meer laten zien.'

'Wat kan ik daaraan doen?' vraag ik chagrijnig. Het is allemaal niet mijn probleem.

'Niks, denk ik. Morgen heeft hij weer gesprekken. Jenna helpt hem. Maar volgens mij heeft hij meer last dan gemak van haar. Trouwens, ze doet raar. Ik hou je op de hoogte.'

'Prima. Maar doe het niet voor mij.'

'Je weet toch dat je zo terug kunt komen, hè? Je hoeft het maar te zeggen.'

'Nou, dat weet ik nog zo net niet.'

'Natuurlijk wel. En dat weet je ook donders goed.'

Ik heb een hekel aan het woord 'wees'. Ik ben het niet. Nog niet. En trouwens, noem je volwassenen ook wezen? Ik zit alleen thuis, met een glas pinot grigio. Niet dat ik van plan ben me te bezatten, maar ik wentel me in zelfmedelijden terwijl ik mijn treurige bestaan tegen het licht houd. Ik heb ook een hekel aan mezelf. En ik heb spijt van mijn overhaaste vertrek bij de Old and New. Diep in mijn hart hoop ik dat Philip belt, dat hij me smeekt om terug te komen. Maar de telefoon in de gang doet er koppig het zwijgen toe en de mobiele telefoon in mijn tas heeft ook niets te melden.

Ik overweeg mijn vader te bellen. Want ik moet met hem praten. Suzanne heeft me de akte uit 1941 laten zien. De akte waaruit blijkt dat mijn oma haar naam heeft veranderd van Dorothy Sinclair in Dorothea Pietrykowski. Van mevrouw Sinclair naar mevrouw Pietrykowski. Dus nu weet ik dat die koffer van meet af aan van haar is geweest. En nu is hij van mij. Wat doet het ertoe als Babunia een slippertje heeft gemaakt en zwanger is geraakt? Dat gebeurde in de oorlog zo vaak. Maar wie was haar man? Is hij omgekomen in de oorlog? Heeft ze daarom haar naam veranderd? Maar waarom heeft ze tegen ons gelogen? Tegen pap en mij? Mij maakt het niet uit of ze getrouwd was of een verhouding had. Of voor mijn part meer dan één! Ik zit er niet mee en pap ook niet, dat weet ik zeker. Maar Suzanne heeft gelijk. In die tijd lag dat allemaal heel anders. En mijn oma is een product van haar tijd.

Zou pap hier iets van weten? Mijn lieve vader die geleidelijk aan bezwijkt aan die afschuwelijke ziekte en die nog altijd weigert zijn beperkingen te accepteren? Hij heeft een aversie jegens ziekenhuizen en dat kan ik hem niet kwalijk nemen. Met zijn ex, Anna, mijn moeder – ze zijn al heel lang gescheiden – heb ik geen contact, om haar moverende redenen zoals dat heet. Mijn oma is oud en in de war. Misschien is ze over een paar weken wel dood, ook al zijn we daar al minstens tien jaar bang voor. Zolang ik me kan heugen hielden we er rekening mee dat het niet lang meer zou duren. Mijn enige volwassen verhouding heb ik beëindigd – die rampzalige verliefdheid op de universiteit tel ik niet mee – en hoewel dat op zich geen drama is, voelt het wel zo. Ik ben in het openbaar ontmaskerd als echtbreker, ook al schijnt het huwelijk van de Dearheads de crisis te hebben doorstaan. Ik heb mijn beste vriend, de enige op wie ik altijd kon rekenen, de rug toegekeerd. En ten slotte zit ik met een brief – die stomme brief waarvan ik wilde dat hij niet uit *The Infant's Progress* was gevallen – die alles lijkt tegen te spreken wat mijn oma me over haar verre verleden heeft verteld.

Ik neem nog een slok wijn. Dan lees ik de brief – ik ken hem onderhand uit mijn hoofd – voor de zoveelste keer, op zoek naar antwoorden en aanwijzingen, ook al weet ik dat ik die niet zal vinden. Ik kan niet vooruitdenken. En ook niet opzij. Het enige wat me beheerst is het verleden dat zich langzaam begint te ontrafelen. En blijkbaar heb ik geen andere keus dan afwachten tot het zich aan me openbaart.

21

Toen Dorothy wakker werd besefte ze dat het sneeuwde. Het licht in de slaapkamer was te helder, de wereld te stil. Het was pas vijf uur. Ze had drie uur geslapen, misschien zelfs korter. Ze ging rechtop zitten en trok de gordijnen open. Het was koud, de wereld wit, dus ze kroop weer in de armen die haar gedurende de korte nacht hadden vastgehouden. De eigenaar van die armen bewoog, drukte een kus op haar hoofd en zei dat ze weer moest gaan slapen.

'Het sneeuwt, Jan.'

Hij schoot overeind, boog zich over haar heen om uit het raam te kijken en zei iets in het Pools. 'Ik moet eruit! Naar de auto... voordat die helemaal onder de sneeuw zit. Het spijt me, lieveling.'

'Het geeft niet. Je moet vroeg weg. Dat weet ik.'

Ze volgde hem met haar ogen terwijl hij uit bed stapte, verwonderd dat hij zich helemaal niet schaamde voor zijn naaktheid. Grappig, hoe vertrouwd ze in één korte nacht met zijn lichaam was geworden, terwijl hijzelf nog altijd een vreemde voor haar was. Ze hadden van elkaar genoten, ook al kon ze zich – alsof ze dronken was geweest en dat was beslist niet waar – niet meer alle details herinneren. Waren ze nu geliefden? Ja, natuurlijk. Hij was haar minnaar. Alle roddelaars hadden gelijk gekregen.

Hij schoot wat kleren aan en liep de slaapkamer uit om naar de wc te gaan. Dorothy liet zich uit bed glijden en liep op haar tenen naar haar eigen slaapkamer, vanwaar ze hem over het tuinpad naar het hokje in de tuin kon zien lopen. Zijn adem wolkte omhoog in het heldere sneeuwlicht van de ochtend. Ze kleedde zich aan en liep naar de keuken, waar ze het fornuis leeghaalde, er nieuw hout in legde en het vuur aanstak. Toen deed ze water in de ketel voor de thee. Ze zette brood, boter en een pot kruisbessenjam op tafel. Jan moest goed eten voordat hij aan de lange rit begon. Ze kookte extra water zodat hij zich kon wassen. Dat deed hij en daarna ging hij naar de logeerkamer om zich aan te kleden. Ondertussen zat Dorothy aan de keukentafel met zijn overhemd van de vorige dag, waaraan een paar knopen ontbraken.

Zouden de meisjes weten dat ze de nacht samen met Jan had doorgebracht? Ja, natuurlijk wisten ze dat. Maar ze lieten niets merken. Dorothy had hen heel laat horen thuiskomen, maar vandaag wachtte er weer een lange, zware werkdag. Ongetwijfeld extra zwaar na de gezelligheid en het lekkere kerstmaal van de vorige dag. Terwijl ze zat te naaien luisterde Dorothy naar de gesprekken. De meisjes en Jan smeerden boterhammen met jam, dronken thee en praatten zacht en beleefd over de dag die voor hen lag. Dorothy was zich bewust van de blikken die Aggie en Nina op haar verstelwerk wierpen, van hun vermoedens en gedachten over de verhouding tussen Jan en haar.

'Allemachtig, wat heb ik een pijn in mijn buik!' Nina wreef over haar maag en bedankte voor een tweede boterham.

'Hè, wat vervelend.' Dorothy keek naar Jan, die op het punt stond te vertrekken. Ze zag op tegen het afscheid en ze probeerde die laatste momenten zo lang mogelijk te rekken. Maar ze wist niets te zeggen.

Nina stond abrupt op van tafel. Bleek en rillerig kwam ze even later terug van de wc.

'Dus jullie hadden een leuke avond?' vroeg Dorothy om de ongebruikelijke stilte te doorbreken.

'Niet zo leuk als...' begon Nina.

Maar Aggie schudde haar hoofd.

Dorothy glimlachte en ontweek Jans kalme blik. Hij was klaar met ontbijten. Het was bijna zes uur. Hij moest weg. Ze durfde zich nauwelijks voor te stellen hoe het zou zijn. Elke minuut zonder hem was er een te veel. Dapper verdrong ze haar tranen.

Hij trok zijn jas aan, pakte zijn sjaal, zijn pet, zijn handschoenen, de plunjezak die hij al voor het ontbijt had gepakt en schraapte zijn keel. Aggie begreep de wenk en zei tegen Nina dat het tijd werd om te gaan. Even later keken Dorothy en Jan de meisjes na toen ze, ploeterend door de sneeuw, op weg gingen naar de North Barn. Het sneeuwde nog steeds en ze vorderden langzaam.

'Ik wil niet weg, lieveling,' zei Jan ten slotte. 'Maar het moet.'

'Dat weet ik. En dat begrijp ik. Maar kom je wel terug? Zodra je de kans krijgt?'

'Natuurlijk. En schrijf je me? Nu echt?'

'Ja. Ik zorg dat mijn brief nog eerder in Kent is dan jij. Dat beloof ik.'

'We krijgen een andere standplaats, denk ik. Maar de post wordt doorgestuurd. En ik stuur je mijn nieuwe adres. Zodra ik het weet.'

Ze omhelsden elkaar. Dorothy huilde. Om het afscheid zo lang mogelijk uit te stellen sloeg ze een jas om haar schouders en liep ze mee naar de auto. Van de sneeuw zou hij geen last hebben, stelde hij haar gerust. Hij was het thuis wel erger gewend. Een laatste kus, een opgestoken hand, de koude motor die grommend tot leven kwam, het geknerp van sneeuw onder de banden en weg was hij.

Dorothy bleef alleen achter. Alweer.

Ze wuifde tot hij de hoek om sloeg en uit het zicht verdween. Even, in een vlaag van ijdelheid, had ze gehoopt dat hij zou blijven, dat hij zich zou beroepen op zijn verwonding die hem het vliegen onmogelijk maakte. Maar ze kende hem goed genoeg om te weten dat hij dat nooit zou doen. De sneeuw dreef haar weer naar binnen, naar de warmte van haar lege huis. Ze begon de ontbijtboel af te ruimen en zag dat ze zijn overhemd op de stoel had laten liggen. Ze had alle knopen eraan genaaid – op één na – maar vergeten hem het overhemd terug te geven. Ze zou het hem moeten nasturen. Toen liep ze de trap op, naar de logeerkamer, waar het nog rook naar zweet en man. De lakens waren gekreukt. Dorothy ging op het bed liggen en sloot haar ogen. Ze wilde zich de afgelopen nacht voor altijd blijven herinneren, dus ze begon meteen, voordat de herinneringen begonnen te verbleken. Genietend rook ze aan de donzen kussens die zijn geur nog hadden bewaard. Ze dacht aan zijn harde warme lijf, aan zijn zachte mond, aan zijn tong tegen de hare, in haar.

Later – ze was even in slaap gevallen – stond ze op, ze streek haar kleren glad en besloot een bad te nemen. Maar eerst moest ze de kippen naar buiten laten, die arme beesten. En ze moest brood bakken en beginnen met de voorbereidingen van het avondeten voor de meisjes. De wasbak die Jan had gebruikt moest worden schoongemaakt, het water weggegooid, ook al aarzelde ze om dat te doen. Zelfs zijn vuile waswater was begeerlijk, heilig voor haar. Ze glimlachte om haar eigen dwaasheid.

Nadat ze de rest van de ontbijtboel had weggeruimd begon ze aan het deeg voor het brood. Terwijl ze stond te kneden overdacht ze alles wat er de afgelopen dag en nacht was gebeurd en besefte hoe ingrijpend dat was. Dat ze een man als Jan had toegelaten in haar leven, in haar lichaam, in haar diepste wezen, dat ze hem de kans had gegeven om bezit te nemen van haar emoties, om haar te zien zoals ze werkelijk was, was nieuw voor haar. Met Albert had ze zich nooit zo compleet verbonden gevoeld, ook niet vóór de verkrachting; dat afschuwelijke woord voor wat haar was aangedaan.

Maar het leven ging door. Jan was weg, terug naar zijn

squadron, om zijn rol te spelen in het spel dat oorlog heette, en zij was weer alleen. Ze zou wassen en naaien en koken en de moederrol vervullen voor de meisjes. Haar leven, haar onbeduidende bestaan waarin eindelijk de liefde haar intrede had gedaan, zou niet veranderen en kón ook niet echt veranderen. Misschien tegen de tijd dat de oorlog voorbij was... Maar ze durfde niet te hopen dat een duurzaam geluk voor haar was weggelegd. Geluk was een illusie.

Ze zette het brooddeeg in de droogkast om te rijzen en besloot Jan te schrijven: een onstuimige, meisjesachtige brief waarin ze hem haar liefde verklaarde. Hij zou verrast zijn al zo snel post van haar te krijgen, maar ze had het beloofd. En ze wilde een glimlach op zijn gezicht toveren, ze wilde dat hij zijn herinneringen net zo zou koesteren als zij dat deed. Ze zou hem elke dag schrijven!

En dus liep ze naar het kleine eikenhouten bureautje in de woonkamer en begon gejaagd, bijna koortsachtig te schrijven. Een halfuur lang. Misschien wel een uur. Waarover schreef ze? Over alles wat haar vreugde bracht. Tussen de regels door vertelde ze over haar verlangen naar het huwelijk, het moederschap. Ach, het moederschap. Vreemd genoeg had ze geen moment rekening gehouden met de mogelijkheid om zwanger van Jan te worden. Tijdens hun nacht samen was het alleen om hen gegaan, om hun liefde, hun lust. In haar brief schreef ze over haar verlangen naar hem, alleen naar hem; over haar droom van een toekomst samen, als die hun gegeven was. Toen ze klaar was en de brief had herlezen, zou ze hem het liefst nog een keer overschrijven. Maar ze wist dat ze hem daarmee zou bederven. Dus ze drukte een kus op het papier, schreef het adres op de envelop en plakte er een postzegel op. Toen schoot ze haar jas en haar laarzen aan en ze rende met wapperende haren door de sneeuw naar de brievenbus aan het eind van de laan.

Daar maakte ze rechtsomkeert en ze liep langzaam terug

naar huis, genietend van de tintelende vrieskou. Ze voelde zich gelouterd. De sneeuwvlokken dwarrelden als sierlijke ballerina's uit de lucht, de wereld was verstild.

Totdat ze dacht een kreet te horen. En nog een. Ze werd geroepen!

Was het Aggie?

Ja, daar kwam ze al aanrennen, over de Long Acre, met haar hand op haar hoed. Dorothy versnelde haar pas en kwam bij het huis toen Aggie door het hek aan de achterkant stormde. Haar gezicht was rood aangelopen, ze snakte naar adem, haar ogen stonden groot van angst.

'Aggie? Wat is er?'

'Er is iets met Nina. Ik ben bang dat ze doodgaat!'

'Dat ze doodgaat?'

'Ze is in de North Barn. Kom alsjeblieft mee!'

'Wat is er dan?'

'Ze voelde zich vanmorgen al niet lekker. En nu is ze misselijk en ze heeft verschrikkelijk veel pijn. O, Dot, ze schreeuwt het uit! Schiet alsjeblieft op.'

'God, wat afschuwelijk. Heeft ze soms iets verkeerds gegeten?'

'Ik weet het niet.'

Dorothy deed de keukendeur op slot en ze gingen op weg. Het begon steeds harder te sneeuwen. Waarom had ze Aggie niet naar dokter Soames gestuurd, vroeg Dorothy zich af. Zij kon Nina niet helpen. Ze was geen verpleegster. Ze was niet eens moeder. Ze had nog nooit een koortsig voorhoofd gebet of bouillon gevoerd aan een zieke of andermans braaksel opgeruimd.

Het kostte haar moeite Aggie bij te houden die steeds harder begon te rennen naarmate ze dichter bij de schuur kwamen. Door de dichte sneeuwjacht zag ze dat Aggie de deur openduwde. Eenmaal binnen was Dorothy dankbaar dat ze op adem kon komen en dat ze niet langer aan de kou was blootgesteld. Aggie schoof de deur achter hen dicht. Het was donker in de schuur en zonder te wachten tot haar ogen zich hadden aangepast, tuurde Dorothy ingespannen om zich heen, op zoek naar Nina. Ze droeg geen handschoenen, haar vingers waren verstijfd, haar voeten leken te krimpen in haar rubberlaarzen. Ze haalde diep adem, het hijgen werd minder.

Nina lag in de verste hoek, ineengedoken op een berg stro. Ze kreunde. Het geluid dat ze maakte deed denken aan het loeien van een dier. En het was duidelijk dat ze pijn had.

'Nina?' Dorothy knielde naast haar neer en voelde aan haar voorhoofd.

Blijkbaar had ze geen koorts en ze was ook niet abnormaal koud. Aggie, die aan Nina's andere kant neerknielde, pakte haar hand.

'Dot? O!'

'Waar doet het pijn?' Dorothy trok haar jas uit en legde die om Nina's schouders. 'Nina! Hoor je me? Waar doet het pijn?'

'O god, overal! Het doet zo'n verdomde pijn...' Nina wiegde en kronkelde en schreeuwde het uit.

Dorothy en Aggie kwamen overeind. Aggie leek ineens klein en verloren.

Ze stond te bibberen als een kind, maar Dorothy schonk er geen aandacht aan. 'Heeft ze iets raars gegeten?' vroeg ze nadrukkelijk en voor de tweede keer.

'Nee, dat geloof ik niet. We hebben gisteren wel veel gegeten...'

'Maar allemaal hetzelfde. En jij en ik hebben nergens last van. En ik heb aan Jan ook niks gemerkt. Dus ik begrijp er niets van. Nina? Heb je... heb je overgegeven? Ja? O, een beetje? Niet de moeite? Verder nog iets? Heb je het misschien ook... in je broek gedaan?'

'Nee, natuurlijk niet!' riep Aggie.

'Nina?'

'Ik ben vanmorgen drie keer naar de wc geweest, maar

daarna hoefde ik niet meer. O. O nee. O god! O, verdomme! Nee!'

'Aggie, ga dokter Soames halen. En als hij niet thuis is, dan ga je naar mevrouw Compton. Alles is beter dan niks. Volgens mij heeft ze voor verpleegster geleerd. En ze heeft telefoon. Ik denk dat er een ziekenwagen moet komen. Want het is niet goed. Misschien is het haar blindedarm?'

'Maar dat kan toch heel gevaarlijk zijn?'

'Ik geloof het wel. Maar het komt allemaal goed. Vooruit, Aggie, ga hulp halen.'

'Maar jij blijft bij haar, hè? O, Dot, ze gaat toch niet dood?'

'Natuurlijk blijf ik bij haar en natuurlijk gaat ze niet dood! Hoe kom je erbij? Maar ik kan weinig voor haar doen. Dus rennen, Aggie! Vlug!'

De wind blies een vracht sneeuw naar binnen toen Aggie de zware schuurdeur weer openduwde. Met een laatste ongeruste blik op Nina liep ze naar buiten en schoof de deur weer achter zich dicht.

Nina begon te zweten. Ze lag heel stil, met haar ogen dicht. Dorothy ging op haar hurken zitten en legde haar hand op Nina's gezicht.

'Ik hou het niet meer uit! De pijn is echt verschrikkelijk!' Nina begon te huilen. 'Ik ga dood!'

'Onzin. Aggie gaat dokter Soames halen. Het komt allemaal goed, Nina.'

'O! Verdomme! Godverdomme!'

Nina graaide wild naar Dorothy, zodat die haar evenwicht verloor en naast haar in het stro belandde. Nina liet niet los. Integendeel, ze klampte zich alleen maar wanhopiger aan Dorothy vast en krijste in haar oor. Dorothy wist zich met enige moeite te bevrijden en ging op haar hurken zitten. Ze slikte krampachtig en terwijl ze naar Nina keek, die kronkelde van pijn en dacht dat ze doodging, daagde ineens het begrip, vurig als de zon boven de woestijn.

Ze rende naar de deur, allerlei gedachten tolden door haar hoofd en ze werd vervuld van een stelligheid zoals ze die nooit eerder had ervaren. Natuurlijk! Het klopte allemaal! Hoe had ze zo blind kunnen zijn?

Ze tuurde naar buiten, naar de wilde sneeuwjacht. 'Aggie!' riep ze, zelf verbaasd over de kracht van haar stem. 'Aggie!'

Maar die was blijkbaar al buiten gehoorafstand; het enige wat Dorothy zag, was de wervelende sneeuw. Aggie was nergens te bekennen. Ze duwde de deur weer dicht, liep haastig terug en dwong Nina haar aan te kijken.

'Wanneer heb je voor het laatst gebloed? Je maandelijkse bloeding? Weet je dat nog?'

'Géén idee!' Nina's ogen stonden angstig, verwilderd.

'Je bent dikker geworden. Ik heb je kleren een paar keer moeten uitleggen.'

'Ja. En?'

'Heb je geen beweging gevoeld in je buik? Iets wat duwde, schopte, draaide?'

'Ik ben wel erg winderig de laatste tijd. En soms doet het pijn.'

'Nina. Dat is geen winderigheid. Tenminste, dat is het niet alleen. Ik denk dat je een baby in je buik hebt.'

'Wát?'

'Sterker nog, ik denk dat de baby er al bijna is. Dus we zullen het samen moeten doen. Maar het komt goed. Pak mijn handen. Zo, ja. En nou goed vasthouden. Probeer de volgende wee op te vangen. Als hij voorbij is help ik je om je kleren uit te trekken. Rustig maar. Probeer niet in paniek te raken. Diep inademen. Heel goed.'

Huilend, kreunend klampte Nina zich vast aan Dorothy's handen.

'Je moet er niet tegen vechten.' Dorothy dempte haar stem tot een fluistering terwijl Nina's gejammer wegebde. 'Heel goed. God, het is niet te geloven! Hoe heb ik zo blind kunnen zijn?'

'Waar heb je het over?'

'Over jou. Dat je een baby krijgt.'

'Doe niet zo idioot! Dat kan helemaal niet!'

'Toch is het zo. Hou mij maar vast. Heel goed. Rustig maar. Het komt goed.'

Nina gilde het uit, toen werd ze geleidelijk aan weer rustig en zakte terug in het stro. 'Dus ik ben in verwachting?'

'Ja. Waarom heb je niks gezegd?'

'Ik wist het niet. Echt niet.'

'Hoe kan dat nou? Als je zwanger bent dan wéét je dat toch?'

'Nee, echt niet. Ik wist het echt niet. Weet je het wel zeker?'

'Nina, je hebt weeën. De pijn die je hebt... volgens mij zijn dat weeën. En die komen in golven. Je lichaam duwt de baby naar buiten. Je bent aan het bevallen!'

'Aan het bevallen? Maar dat kan helemaal niet! O, nee! Daar komt het weer! O, Dot, ik kan het niet! Je moet me helpen!'

Dorothy hield haar stevig vast en wiegde haar tot de pijn wegtrok.

Nina ontspande weer.

'Hoe kan het nou dat je dat niet wist?' mopperde Dorothy. 'Had je zelfs geen vermoeden? Hoe kon je nou toch zo dom zijn? Je moet toch hebben geweten dat je zwanger kon worden? Nou, daar gaat ie nog een keer. Pak mijn handen maar weer vast. Ja, zo doe je het goed. Diep inademen. En nog een keer. Goed zo. Goed zo! En nu doen we je kleren uit. Alleen de onderkant. Dan zal ik eens kijken. Want volgens mij kan het niet lang meer duren. Ik... ik weet waar ik het over heb.'

Nina's ogen stonden nog altijd verwilderd, alsof ze geen woord begreep van wat Dorothy zei.

'Nina, je moet me helpen je broek en je onderbroek uit te trekken.'

'Dat kan ik niet,' bracht Nina kreunend uit, opnieuw kronkelend van de pijn.

De weeën volgden elkaar snel op, Nina kreeg nauwelijks

een moment rust en Dorothy begreep dat de baby elk moment geboren kon worden. Ze trok Nina's laarzen uit. Toen ze haar broek naar beneden schoof voelde ze dat die nat was. Heel voorzichtig, als in een droom duwde ze Nina's dijen uit elkaar. Ze had zich niet vergist. Nina was aan het bevallen.

'Je krijgt een baby, Nina. Ik kan het hoofdje al zien. Nu moet je goed naar me luisteren. Ik weet dat het pijn doet, maar die baby komt er. Daar is niks meer aan te doen. En die pijn... dat is normaal. Je bent niet ziek en je gaat niet dood. Dat beloof ik je. Waarom heb je toch niks gezegd?'

'Ik wist het niet. Echt niet!' bracht Nina hijgend uit.

'Ja, dat zeg je nou wel, maar... Afijn, het doet er ook niet toe. Probeer mijn jas om je heen te houden. Zo is het goed. Hijs hem maar iets hoger. Dan blijf je warm en dan kun je de baby straks ook warm houden. Want dat is belangrijk. We moeten de baby zo goed mogelijk warm houden. En we moeten iets onder je leggen.'

Dorothy keek zoekend om zich heen en ontdekte een dekzeil, in een andere hoek van de schuur. Pas toen ze erheen rende zag ze de rij koeien in hun boxen. De dieren stonden zacht loeiend hooi te kauwen, damp sloeg in wolkjes uit hun neusgaten en het leek alsof ze gefascineerd toekeken naar het drama van de menselijke geboorte dat zich voor hun ogen voltrok. Omdat Dorothy volledig op Nina geconcentreerd was geweest had ze de koeien helemaal niet in de gaten gehad. Hun aanwezigheid betekende een onverwachte troost. Dorothy pakte het zeil, vouwde het open en schudde het uit. Waar bleef Aggie toch? Had ze dokter Soames of mevrouw Compton te pakken weten te krijgen? Dorothy hoopte het, maar tegelijkertijd besefte ze dat ze het zelf wilde doen! Er ging een huivering door haar heen. De intimiteit van de stal, de nieuwsgierige koeien, de arme Nina met haar weeën... en zij die de baby op de wereld zou helpen. Want mevrouw Compton was niet te vertrouwen met pasgeboren baby's.

Mevrouw Compton zou alles stukmaken.

Dorothy duwde Nina op haar zij, spreidde het zeil onder haar uit en rolde haar weer op haar rug. Toen knielde ze naast haar en gaf Nina opdracht haar handen weer te pakken en er heel hard in te knijpen.

'Bij de volgende wee denk ik dat je kunt persen. Gewoon alsof je... Hoe zal ik het eens zeggen? Alsof je op de wc zit. Begrijp je wat ik bedoel?'

'Alsof ik zit te poepen?'

'Ja, precies. Het is iets heel natuurlijks, je hoeft je nergens voor te schamen. We zijn vrouwen onder elkaar. Dus gewoon persen, ook als je...'

'Maar de baby komt toch niet uit dat gat?'

'Nee, natuurlijk niet! Lieve hemel. Je hebt toch al meer dan genoeg verlossingen bij koeien gezien?'

'Maar het vóélt helemaal niet alsof ik moet poepen. O, Dot! Ik kan het niet alleen! Je moet me helpen! O god! O god!'

En Nina perste, want ze mocht dan uitgeput zijn, ze was ook sterk. En ondanks haar geschoktheid wist ze wat ze moest doen.

'Heel goed, Nina! Ga door. Je bent er echt bijna! Probeer diep in te ademen. Diep inademen vóór de volgende wee! Heel goed!'

'Maar hoe kan het nou dat ik een baby krijg? Dat zou ik toch moeten weten?'

'Daar moet je nu niet aan denken. Geloof me nou maar, je krijgt een baby. Ben je er klaar voor? Hou mijn handen vast. Niet loslaten. Ze zijn warm en sterk, voel je dat? Zo, en daar gaat ie weer. Diep inademen en persen, Nina! Persen!'

Nina keek Dorothy recht aan, nog altijd met angst in haar ogen. Toen was het zover. Het hoofdje van de baby begon naar buiten te komen. Dorothy rukte zich los, ze knielde tussen Nina's benen en strekte afwachtend haar handen uit. Het was alsof de zon vanachter dikke, donkere wolken tevoorschijn kwam, krachtiger, stralender dan ooit. Dorothy wist niet waarom, maar dat was het gevoel dat ze had. Het gevoel alsof haar leven eindelijk zou worden gevuld met licht en warmte.

Nina zag vuurrood van inspanning, ze gooide zwetend haar hoofd achterover en schreeuwde het uit. En op dat moment verscheen er een klein hoofdje met donker haar en een rimpelig rood gezichtje, gevolgd door kleine schoudertjes, wit-paarse armpjes, een buikje, beentjes, een kronkelend glibberig grijs koord, slijm en een golf van gelatineachtig vocht. Dorothy hield haar adem in, Nina liet zich achterover op het kleed zakken en de baby zette een krachtige keel op. Hij schopte en maaide met zijn armpjes en beentjes, net zo sterk als zijn moeder. Net zo sterk als een pasgeboren baby hoorde te zijn.

'O, je bent prachtig!' verzuchtte Dorothy als betoverd. Haastig trok ze haar vest uit en wikkelde het om de baby, toen legde ze het kleine jongetje in de armen van zijn moeder. Ze trok het dekzeil over moeder en kind, dankbaar dat het zo groot was, en legde haar jas opnieuw om Nina's schouders. Meer warmte kon ze niet bieden, maar het was genoeg. Ze zouden het ermee moeten doen. Het gehuil van de baby werd al spoedig minder en ten slotte bedaarde hij helemaal, terwijl Nina uitgeput, met haar ogen dicht in het stro lag.

'Hij is volmaakt, Nina,' zei Dorothy.

Maar Nina reageerde niet.

Dorothy leunde iets naar achteren, nog altijd op haar knieën, en sloeg het tafereel verbijsterd gade. Gedachten joegen door haar hoofd als een versneld afgedraaide film. Nina was moeder. Ze had een baby, een sterk klein kindje met een boos, rood gezichtje. Een levende baby. Een kindje dat bruiste van levenslust.

Haar blik viel op de lunchpakketten en de thermosflessen van de meisjes.

'Je krijgt zo een kopje thee van me, Nina. Probeer een beetje rechtop te gaan zitten, lieverd. Goed zo. Ik moet de navelstreng doorknippen.'

Dorothy trok het zeil over Nina's benen. Waar moest ze de navelstreng mee doorknippen? Ze keek zoekend om zich heen, maar ze zag niets. Toch moest het gebeuren. De navelstreng was bloederig en vuil en het bracht ongeluk als hij niet snel werd doorgeknipt. Was het zelfs gevaarlijk om daar te lang mee te wachten? Bij die gedachte werd ze bijna misselijk van angst. Ze moest de navelstreng doorknippen voordat... voordat... Maar de baby was vrij. Hij was helemaal los van het lichaam van zijn moeder. Er kon niks gebeuren. De streng hing tussen moeder en zoon in, als een vraagteken. Ze moest kalm blijven, zei Dorothy tegen zichzelf. Ze moest voor Nina zorgen. Als de nageboorte ook snel werd uitgedreven kwam het vast en zeker allemaal goed. Zo hard als ze durfde, drukte ze op Nina's buik, waarop de nageboorte in een guts van bloed en vocht naar buiten kwam. Dorothy liet hem in het stro liggen tussen Nina's benen. Ze legde het zeil weer over moeder en zoon en schonk thee uit een van de thermosflessen die ze amper een paar uur eerder voor de meisjes had klaargemaakt. Diezelfde ochtend, net na haar intieme samenzijn met Jan, innig gelukkig dankzij het kortstondige nagenieten van die gedenkwaardige nacht.

Nina nipte van haar thee. Haar handen trilden zo dat Dorothy haar de kop voor moest houden. Ze stapelde wat extra stro op achter de kersverse moeder, hielp haar rechtop te gaan zitten, schoof haar trui omhoog en maakte Nina's blouse en beha los zodat ze de baby kon voeden. Hij begon onmiddellijk te zuigen, met zijn oogjes dicht, een toonbeeld van vredigheid en geluk. Nina keek op hem neer met een mengeling van afschuw en verwondering. Dorothy wikkelde haar jas nog steviger om Nina's schouders en bond de mouwen van haar vest om de baby heen zodat hij was ingebakerd. Toen nam ze zelf ook een kop thee. Ze beefde bijna net zo hevig als Nina.

Op dat moment ging de schuurdeur knarsend open. Aggie kwam binnen. Alleen. Bedekt met sneeuw. Ze schoof de deur weer dicht, kwam naar de hoek en bleef met een ruk staan.

'Hè? Wat is er gebeurd?'

'Nina heeft een baby gekregen. Ze had weeën. Het is een jongetje.' Dorothy was zich bewust van de stralende, verdwaasde grijns op haar eigen gezicht.

'Een baby?'

'Ja.'

'Een échte baby?'

'Ja, idioot!' bitste Nina. 'Zie je dat dan niet?'

'Maar... je bent toch niet... Ik bedoel, je was toch niet zwanger?'

'Ja, dat was ze wel.' Dorothy schonk de kop van de thermosfles nog eens vol en gaf hem aan Aggie.

Aggie staarde verbijsterd naar Nina en de baby. 'En daar heb je al die tijd niks over gezegd?'

'Ik wist van niks, verdomme!'

'Hoe kan dat nou?'

'Ze zegt dat ze het echt niet wist, Aggie,' zei Dorothy. 'Dat gebeurt soms. Nina's ongesteldheid is niet zo regelmatig als de jouwe.'

'Het is niet te geloven!' Aggie schudde haar hoofd.

'En jij had ook geen vermoeden?' vroeg Dorothy.

'Nee.'

'Ik ook niet. Nou ja, wat ik al zei, heel soms gebeurt zoiets.'

'Laat hem eens zien.' Aggie boog zich over haar vriendin heen naar de baby die inmiddels was gestopt met zuigen en in slaap was gevallen, stijf in Dorothy's prachtige – waarschijnlijk voorgoed bedorven – roze vest gewikkeld.

'O, Nina. Wat is hij mooi...' Aggie was ontroerd.

In de stal klonk het geschuifel van koeienhoeven en terwijl

Dorothy naar de twee vriendinnen en de baby keek was ze zich bewust van de bijna Bijbelse situatie. Nina haalde in een karakteristiek gebaar haar schouders op. Ze zag bleek en was zichtbaar uitgeput, totaal in shock.

Dorothy riep zichzelf tot de orde. 'Waar is dokter Soames? En mevrouw Compton?'

'Ik ben bij ze langs geweest, maar ze waren allebei niet thuis. Het is Boxing Day, dus ze zullen wel bij familie zijn.'

'O.' Dorothy werd overweldigd door een gevoel dat merkwaardig veel leek op opluchting. 'We moeten zien dat we Nina en de kleine thuis in bed krijgen. Maar hoe doen we dat?'

'Met de tractor? Ik kan de oplegger eraan haken, dan kunnen ze achterop zitten. Maar moeten we niet naar het ziekenhuis?'

'Hè?'

'Moeten ze niet naar het ziekenhuis?'

'Nee,' zei Nina zacht. 'Ik ga nergens heen. Ik wil alleen maar naar huis. Niemand mag het weten!'

'Hoezo niemand mag het weten?' herhaalde Aggie.

'Snap dat dan! Ik ben negentien. Ik ben niet getrouwd. En ik heb een kind gekregen. Ik weet amper wie de vader is.'

'Wat kan jou dat nou schelen? Mary Knibbs was zestien toen ze een baby kreeg!'

'Ja, en werd door haar ouders op straat gezet. Dus ze moest naar een tehuis voor ongehuwde moeders. Of ben je dat soms vergeten? Iedereen maakte haar uit voor sloerie. Al haar vrienden hebben haar laten vallen. Wij ook.'

Aggie keek ontnuchterd naar de grond. Dorothy luisterde gespannen.

'Niemand mag het weten!' herhaalde Nina. 'Helemaal niemand.'

'We zouden mevrouw Compton kunnen vragen of ze langs wil komen,' zei Dorothy uit plichtsbesef en in een poging behulpzaam te zijn.

'Die oude roddeltante? Ik ben blij dat ze niet thuis was,' zei Nina.

'Maar misschien heb je een dokter nodig,' protesteerde Aggie.

'Ik heb niemand nodig. Zeg maar dat ik ziek ben. Dat ik een paar dagen niet kan komen werken.'

'En de baby dan?' vroeg Aggie handenwringend.

Dorothy begreep haar wanhoop maar al te goed.

'Daar kan Dot voor zorgen. Ja toch, Dot? Jij kunt toch wel zorgen dat hij ergens goed terechtkomt? Bij de nonnen of zo?'

'Natuurlijk.' Opnieuw was Dorothy zich bewust van dat wonderlijke gevoel. Was het euforie?

'Ik kan de baby niet houden,' zei Nina.

Aggie keek van de een naar de ander.

'Ik moet de navelstreng doorknippen,' zei Dorothy. 'Heb jij misschien een mes?'

Dat had Aggie. Dus Dorothy pakte de navelstreng en sneed hem door. Het geleiachtige koord viel als een merkwaardig levenloos, geamputeerd lichaamsdeel in het stro.

'Aggie, wil jij de tractor gaan halen? We moeten voortmaken. Het is bijna donker. We moeten zien dat we ze thuis krijgen, in de warmte, in bed.'

'Het zit me helemaal niet lekker. Ik wil dat er iemand bij komt. Zodra we thuis zijn. Desnoods mevrouw Compton. Beloof je dat?'

'Laten we eerst maar eens zien dat we veilig thuiskomen,' zei Dorothy.

'En als ze doodgaat? Of als de baby doodgaat?'

'Er gaat niemand dood. Maak er niet zo'n drama van. De baby is zo sterk als een paard. En Nina voelt zich nu even slecht, maar dat komt ook weer goed. Je hoeft je nergens zorgen over te maken. Later praten we verder. Morgen of zo. Dat beloof ik, Aggie. Eerst moesten we zien dat we thuiskomen.'

Aggie schudde haar hoofd, maar ze zei niets meer en

liep de schuur uit. Even later was ze terug met de oplegger die ze aan de tractor had gehaakt, waarvan de koude motor gromde en jankte als een kind dat onzacht uit zijn slaap was gewekt. Samen met Dorothy hielp ze de uitgeputte jonge moeder in de laadbak; ze praatte sussend op Nina in die jammerde van de pijn toen ze opstond, terwijl Dorothy uitlegde dat het 'daarbeneden' wel een paar dagen rauw en beurs zou voelen. Het kwam allemaal goed, stelde Dorothy haar gerust. Nog even, dan lag ze veilig en warm thuis in bed. Ze legde de baby in Nina's armen, bedekte hen met jassen en het kleed, pakte de nageboorte en de navelstreng en verspreidde het bebloede stro door de schuur. Toen klom ze ook in de laadbak. De restanten van de bevalling legde ze zo ver mogelijk bij hen vandaan. Die zou ze later op de avond onder de haag begraven.

Aggie bracht de tractor langzaam en voorzichtig in beweging. Allemachtig, wat was het koud, besefte Dorothy, zonder jas. Maar het kon niet anders. Ze moesten zien dat ze zo snel mogelijk thuiskwamen. Aggie reed door de velden, het pad af en over de Long Acre. Eenmaal bij het huisje aangekomen nam Dorothy de baby over terwijl Nina door Aggie van de kar werd geholpen. Voorzichtig en geruisloos liepen ze over het bevroren pad naar de keukendeur. Dorothy en Nina keken angstig om zich heen, maar behalve sneeuw was er niets of niemand te zien.

In de donkere, verlaten keuken deed Dorothy het licht aan. 'Het moet even! Verduistering of niet.' Ze zei tegen Aggie dat ze alle gordijnen door het hele huis stijf dicht moest trekken. Toen stak ze kaarsen aan, zodat het licht weer uit kon, ze installeerde Nina en de baby op de bank onder een deken en maakte het vuur aan in het fornuis.

Aggie vertrok weer om de tractor en oplegger terug te brengen. Dorothy kon het nog altijd niet bevatten. Nina was zwanger geweest en niemand had iets gemerkt? Nina zelf ook niet? Het leek onmogelijk, maar het kleine jongetje was het levende bewijs.

Nina was moeder!

Dorothy huiverde.

Nina was geen moeder. Maar ze zou het leren. Ze had geen keus. Je werd pas moeder doordat je een kindje kreeg. Dorothy keek naar het pasgeboren jongetje, nog zo klein en hulpeloos, vredig in slaap aan de borst van zijn moeder, zich van niets bewust.

Terwijl Dorothy het vuur aanstak en thee zette, bonsde haar hoofd van angst, van geschoktheid, maar ook van euforie. Ze ging koortsachtig aan het werk, in het besef dat er een lange nacht voor hen lag.

22

Mijn lieve Jan,

O, liefste, het leven flonkert als een diamant! Je bent amper een paar uur weg, maar het afscheid voelt als jaren geleden. Ik hoop dat de reis naar Kent voorspoedig verloopt en dat je niet vast komt te zitten in de sneeuw. Ik mis je nu al. Ik miste je al voordat je wegging, al voordat je vanmorgen uit bed stapte. Ik miste je zelfs al toen ik nog naast je lag. Ik zal je nooit vergeten. En zolang je niet bij me bent, zal er geen uur voorbijgaan zonder dat ik je mis. Dit huis voelde als een thuis, totdat jij vanmorgen wegging. Ik verlang ernaar mijn huis met je te delen, mijn leven met je te delen, ik verlang er- naar in alles je vrouw te zijn. Ik geloof niet in God, mijn lief, dat weet je, daar hebben we het over gehad. Maar als ik dat wel deed zou ik Hem elke dag vragen je veilig bij me terug te brengen. Ik zou Hem vragen of ik hier op je mag wachten en of ik de vrouw voor je mag zijn die je verdient. En natuurlijk zou ik ook vragen of de oorlog spoedig afgelopen mag zijn. O lieveling, ik heb voor het eerst het gevoel dat ik leef! Echt leef! Weet je nog dat ik de liefde vergeleek met vingertoppen die elkaar raakten? Zo voelt het nu voor me, en ik hoop ook voor jou. Ik ben nog nooit zo gelukkig geweest. Schrijf me alsjeblieft heel gauw.

Voor altijd de jouwe,
Dorothy

Jan reed door de witte wereld, veel sneller dan verstandig was. Hij sloeg geen acht op de ijzige kou. Het was nog heel vroeg en nog heel donker op 'Boxing Day', zoals Dorothy het noemde. Wat was ze mooi. Merkwaardig meisjesachtig en tegelijkertijd een rijpe vrouw. Dorothy Sinclair. Misschien ooit mevrouw Dorothea Pietrykowski. Die hoop durfde hij te koesteren, want hij wist – dat had hij al lang geleden besloten – dat ze zijn vrouw zou worden. Die overtuiging was even onwrikbaar als de maan die nog hoog boven hem aan de hemel stond. Er bestond voor hem geen alternatief. En hij voelde dat voor haar hetzelfde gold. Alleen een ramp kon hen uit elkaar drijven. Dorothea. Ze kon in zijn ogen geen kwaad doen. En dus zou hij niet naar Polen terugkeren. Zelfs niet als dat mogelijk was, wat op dit moment nog niet te voorspellen viel. Hij zou hier blijven, in dit sobere land, waar de mensen ondanks alle bedreigingen nog konden lachen, net als de mensen in zijn vaderland, met een onuitroeibaar gevoel voor humor. Hij vond het hier prettig. Hij sprak de taal goed genoeg. En na de oorlog stonden ze hier bij hem in het krijt. De Poolse squadrons leverden zo'n belangrijke bijdrage nu ze eindelijk de kans kregen; dat zou niet snel worden vergeten in een land dat alles deed 'volgens het boekje'. En de geallieerden zouden de oorlog winnen... dat wist hij zeker. Hitler was een dwaas en dwazen wonnen geen oorlogen. Churchill was daarentegen allesbehalve een dwaas. Dus hoe, dat wist hij nog niet, maar Jan rekende erop dat ze zouden overwinnen.

Terwijl hij bij Dorothy wegreed, werd zijn gevoel van eenzaamheid met elke omwenteling van de wielen sterker. Ze had zoveel warmte. In haar armen, met haar benen om zich heen had hij zich zo licht gevoeld, zo volmaakt ontspannen, zo helder en alert. Hij verlangde ernaar weer naast haar te liggen. Het had hem die ochtend een bijna bovenmenselijke wilskracht gekost om op te staan, om de ijskoude donkere ochtend in te lopen, om zich te wassen en aan te kleden, om bij haar aan tafel te gaan zitten voor het ontbijt. Terwijl hij haar gadesloeg, zich bewust van het geduld en de zorgvuldigheid waarmee ze de knopen aan zijn overhemd zette, van haar haar dat in het kaarslicht glansde als koper, was hij zo mogelijk nog meer van haar gaan houden. Ze bedierf haar ogen door zulk fijn werk te doen in het schemerige ochtendlicht. Maar zo was ze. Aan zichzelf dacht ze niet, alleen aan anderen.

Zou ze hem schrijven? Zou hij eindelijk een echte brief van haar krijgen? Ja, deze keer zou ze hem vrijuit, vol overgave haar liefde verklaren. Dat wist hij zeker. En hij zag ongeduldig uit naar haar brief.

23

Vandaag hebben we Whernside gedaan, morgen doen we In-
gleborough. Maandag zijn we naar Bolton Abbey geweest. Tot
dusverre is het zonnig en warm. Wat treffen we het, hè? Als
het zulk mooi weer blijft hopen we vrijdag naar de Penyghent
te gaan. Het is hier allemaal geruststellend hetzelfde gebleven.
Daarom vinden we het hier ook zo heerlijk.

(Een ansichtkaart uit Hawes in Wensleydale. Verstuurd aan
'Pap en Mam', door hun dochter Abigail. Ik vond hem in *Jane*
Eyre, een editie van de Zodiac Press uit 1946. Het boek zag er
nog goed uit. Ik heb het voor £ 12 in de afdeling Fictie, hardcovers gezet, helemaal achter in de winkel. De verleiding was
groot om het boek – net als de ansichtkaart – zelf te houden,
maar het was al snel verkocht.)

Een striemende dag, eind oktober, zo'n herfstdag waarop
je eindelijk beseft dat de zomer echt voorbij is. Er staat een
harde wind, een ijzige regen jaagt over het kerkhof. Het soort
regen dat je in het gezicht slaat en je verblindt.
   Ik sta aan het graf van mijn vader. Het ligt aan het eind
van het kerkhof, bij de muur, waar ooit de composthoop was
en brandnetels groeiden. Ik loop omzichtig tussen de graven
door; sommige zijn me al vertrouwd sinds mijn jeugd. Zoals
dat van Mary Sarah Wight, dierbare dochter, zuster, nicht,
vrouw, tante, moeder, grootmoeder, overgrootmoeder en
vriendin, 1868-1967. Het was altijd mijn lievelingsgraf, want

ik stelde me voor wat een verbazingwekkend leven Mary Sarah Wight moest hebben geleid. Om zo lang, zoveel dingen, voor zo veel mensen te zijn.

Nu sta ik alleen op het sombere kerkhof en ik voel me heel klein. Het maakt me bang. Ik had met mijn vader nog steeds niet over... bepaalde dingen gesproken, en nu is het te laat. Hij is twee weken geleden gestorven. Zijn gezondheid ging plotseling heel snel achteruit. Hij kreeg opnieuw problemen met zijn ademhaling en werd met spoed naar het ziekenhuis gebracht. Daar heeft hij vier dagen gelegen, maar hij bleef erop hameren dat hij naar huis wilde, om thuis te sterven. Ik heb hem gesteund en uiteindelijk mocht ik hem meenemen. Er kwam een aardige verpleegster aan huis – Lisa – die me het gebruik van de zuurstof uitlegde. Lisa diende ook de morfine en andere geneesmiddelen toe. Iedereen – dokter Moore, Lisa en diverse vrienden van pap – wilde dat hij naar de hospice ging, daar was hij 'in goede handen'. Maar toen ik het bij hem aankaartte – op een moment dat hij zijn wensen nog goed kenbaar kon maken – zei pap dat hij daar niet heen wilde. En dus wilde ik het ook niet en namen Lisa en ik zijn verzorging voor onze rekening. Het was een wonderlijke ervaring. Ik raakte vertrouwd met mijn vaders lichaam, met de functies ervan. Ik waste hem, poetste zijn tanden, kamde zijn haar, waste het beddengoed wanneer hij zich had bevuild en kleedde hem aan en uit. Ik nam als het ware de rol van echtgenote op me. Lisa en ik waren bij hem toen hij stierf. Het einde kwam snel en genadig. Lisa had al aan menig sterfbed gezeten en het kon veel erger, vertelde ze.

Ik was niet geschokt, aanvankelijk niet eens verdrietig. Maar in de nacht na zijn dood, toen de slaap niet wilde komen, besefte ik dat ik nog niemand had gebeld. Dat zou ik de volgende ochtend doen, nam ik me voor; zijn vrienden en een paar voormalige collega's van Pietrykowski & Wallace. Uiteindelijk e-mailde ik de meesten. Dat was gemakkelijker en veiliger. Want ik was bang dat ik mijn stem niet onder controle zou hebben als ik belde. Niet dat ook maar iemand het erg zou hebben gevonden als ik had moeten huilen. Het waren allemaal mensen die op de begrafenis aardige dingen over mijn vader zouden zeggen. Dingen die ze oprecht meenden. Dat zou heel troostrijk zijn.

En dan is er natuurlijk nóg iemand die het moet weten. Ik vind dat ik het Babunia moet vertellen. Sterker nog, dat weet ik. Maar ik aarzel. We hebben nooit tegen haar gezegd dat hij ziek was. Pap en ik hebben het er jaren geleden over gehad, toen hij mij had verteld wat hem mankeerde. We spraken af om Babunia er niet mee te belasten. De kans was immers groot dat zij eerder zou overlijden dan hij. Maar zij leeft nog. En pap is dood. Ik moet er goed over nadenken hoe ik het haar vertel, ik zal het heel voorzichtig moeten brengen en ik betwijfel serieus of ik het aankan. Tot dusverre heb ik het steeds voor me uit geschoven. Ik wacht het juiste moment af. En daarvoor moet ik eerst zelf weer stevig in mijn schoenen staan. Op dit moment voel ik me nog veel te zwak, veel te kwetsbaar.

Bij het doorkijken van mijn vaders spullen heb ik zijn geboortebewijs gevonden, keurig opgevouwen in een kantoorenvelop, samen met zijn wilsbeschikking. Volgens het geboortebewijs was mijn Poolse grootvader nog springlevend toen Babunia de geboorte van haar zoon aangaf op 13 januari 1941. Ik moet ervan uitgaan dat mijn vader dat wist. Hij moet zijn eigen geboortebewijs toch hebben bekeken. Bij de aangifte noemde ze zich al Dorothea Pietrykowski, wat volgens mij een regelrechte leugen was want de akte die Suzanne me heeft laten zien, stamt uit maart 1941. Speelden mijn vader en mijn oma onder één hoedje? Kende pap het hele verhaal? Had ik maar meer aangedrongen! Want nu is het te laat, precies zoals ik altijd heb gevreesd. Er ontbreekt nog steeds een stukje van de puzzel en misschien krijg ik hem nooit meer helemaal compleet. Maar wil ik dat eigenlijk wel? Ik weet het zelf niet meer. Het lijkt wel alsof ik niet alleen mijn vader heb verloren, maar ook mijn energie, mijn levenskracht.

Ik mis hem. Ik hield zoveel van hem. Hij was niet alleen mijn vader, maar hij was ook mijn vriend.

Was er maar íémand die me bij het graf van mijn vader zou zien staan, in de striemend-fluisterende regen; iemand die nonchalant maar vastberaden naar me toe kwam en vriendschappelijk, zoals een collega dat zou doen, zijn arm om mijn schouders sloeg; iemand die zou zeggen hoezeer het hem speet dat ik mijn vader heb verloren en die voorstelde ergens een kop thee te gaan drinken met een stuk taart; iemand die me aan het lachen zou maken met een pittige, sardonische opmerking over de dood, het leven, het verdriet en hoe onverklaarbaar het allemaal is. Maar die wens gaat niet in vervulling.

Waar komt die behoefte om te worden 'gered' ineens vandaan? Ik ben eigenlijk al zestien jaar alleen. En met 'alleen' bedoel ik zonder partner, zonder kinderen. Het grootste deel van mijn leven heb ik het ook zonder moeder moeten stellen. Ineens voel ik tranen in mijn ogen branden. Het lukt me niet ze terug te dringen. Ik ben me ervan bewust dat ik me wentel in zelfbeklag; van alle emoties de meest verachtelijke. Ik heb behoefte aan een vriend. Ik verlang naar een vriend, die heb ik nodig. En met een 'vriend' bedoel ik een geliefde, iemand om in vertrouwen te nemen en om op te bouwen, iemand die er altijd voor me is. Misschien bedoel ik zelfs wel een echtgenoot. Ik heb het mezelf altijd ontzegd, maar misschien komt het daar uiteindelijk toch op neer. Ik kijk omhoog, naar de hemel, naar de kerk, ik voel dat de regendruppels zich vermengen met mijn tranen en ik kan onmogelijk in de toekomst kijken. Daar sta ik, helemaal alleen, urenlang – tenminste, zo voelt het – maar ten slotte roep ik mezelf tot de orde en loop ik terug naar de auto. Wanneer ik eenmaal achter het stuur zit, ben ik zo verkleumd van de kou dat het minutenlang duurt voordat ik de sleutel in het contactslot weet te krijgen.

24

Nina was versteend van de kou. Dorothy stopte de huiverende jonge moeder en de baby in het tweepersoonsbed van de meisjes. Aggie werd naar de logeerkamer verbannen. Aanvankelijk protesteerde ze – in het besef van wat zich recentelijk in die kamer, en met name in dat bed, had afgespeeld – maar Dorothy zei kordaat dat ze schoon beddengoed uit de droogkast moest pakken en moest ophouden 'met die onzin'. In de kast vond Aggie het vergeten brooddeeg van die ochtend. Dorothy zei dat ze het maar weg moest gooien. Doodzonde, maar niets aan te doen. Uit haar kleerkast haalde Dorothy de spelden en de stapel luiers die ze twee winters eerder had gekocht. De luiers waren veel te groot voor de kleine billetjes van de pasgeborene, maar ze zouden het ermee moeten doen. Vervolgens sleepte Dorothy een bak kolen en armenvol hout naar boven en stak de haard aan in de grote slaapkamer. Ze hielp Nina een flanellen nachthemd en een bedjasje aan te trekken en schoof warme, schone sokken aan haar ijskoude voeten. Het bed kreeg een extra donsdeken en Dorothy scheurde een laken doormidden waar ze de baby in wikkelde. Ze instrueerde Nina dat ze hem die nacht bij zich in bed moest houden, maar dat ze heel voorzichtig moest zijn. Door de kussens te schikken legde Dorothy haar uit dat ze zo ver mogelijk onder de dekens moest kruipen, zodat haar hoofd zich op gelijke hoogte bevond met het hoofdje van de baby. Op die manier liep Nina niet het risico dat ze het dek te hoog optrok, met als gevolg dat de baby stikte.

Toen Dorothy eindelijk naar haar eigen bed ging, liet ze de deur openstaan, zodat ze het zou horen wanneer de baby wakker werd. En telkens wanneer de baby huilde, kwam ze uit bed, pookte ze het vuur op en deed er wat kolen bij. Nina wilde de baby niet voeden. Maar Dorothy legde geduldig uit dat ze geen melk in huis hadden die geschikt was voor een pasgeboren kindje, dus dat Nina, als ze niet wilde dat de baby doodging, geen andere keus had dan hem zelf te voeden. In elk geval totdat Dorothy de juiste melk wist te bemachtigen.

'Het zou misschien wel het beste zijn als hij doodging,' zei Nina verdwaasd. Ze hield de baby onbeholpen in haar armen maar probeerde hem wel te laten drinken.

'Zulke dingen moet je niet zeggen.' Dorothy hielp haar de baby goed aan te leggen.

Hij kreeg de tepel te pakken, kneep zijn oogjes dicht en spande zijn lijfje terwijl hij gretig begon te zuigen. Dorothy bleef de hele nacht waakzaam, angstig en alert. Ze stoorde zich niet aan het gehuil en gejammer van de baby, geluiden waarvan ze niet had gedacht dat ze die ooit nog zou horen. Nina was zichtbaar uitgeput, zoals alle jonge moeders, maar ze wiegde de baby en voedde hem, geholpen door Dorothy.

Bij het eerste ochtendlicht, toen de haan de nieuwe dag aankondigde, was Dorothy zowel dankbaar als ontsteld toen ze bij het ontwaken na een onrustige nacht ontdekte dat Nina diep in slaap was, met de baby – ook in diepe rust – in haar armen. Moeder en kind waren volmaakt tevreden en in harmonie, met een blos op hun wangen. Dorothy kon zich niet van de aanblik losmaken. Er laaide woede in haar op, een blinde, vurige, maar ook misselijkmakende haat. Ze was nuchter genoeg om te beseffen dat ze werd overweldigd door jaloezie, een gevoel dat haar tot op dat moment altijd vreemd was geweest.

Ze deed haar schort voor en maakte ontbijt, waarna Aggie naar de boerderij vertrok met het verhaal dat haar vriendin ziek was. Ze had last van braakneigingen en ze moest dringend rust nemen om weer op krachten te komen. De arme Nina was overwerkt, ze had te veel van zichzelf gevergd en dat had uiteindelijk zijn tol geëist. Mocht iemand haar verhaal in twijfel trekken, dan moest Aggie vooral niet ingaan op eventuele vragen. Ze moest ervoor waken dat ze zich versprak. Nina wilde de baby geheimhouden en die wens moest worden gerespecteerd.

Dorothy trok de koffer onder haar bed vandaan, blies het stof eraf en maakte met trillende handen de sloten open. Toen deed ze het deksel omhoog. Sidneys kleertjes waren nog altijd fris en onberispelijk schoon, de geur van de gedroogde lavendel overspoelde Dorothy met de welkome sensatie van een warme lentedag. Ze haalde het pakketje met Jans brieven uit de koffer en gooide het op het bed, samen met haar pen en haar notitieboekje. Toen droeg ze de koffer met zorg naar de overloop en naar Nina's kamer, waar ze de jonge moeder alle kleertjes liet zien die ze destijds had gemaakt. Nina moest ze gebruiken. Ze hadden niets anders. Dorothy gaf de baby zijn eerste wasbeurt – heel vluchtig, een kattenwasje, zoals haar moeder het altijd had genoemd – en veegde teder met een natte lap over het gezichtje, het halsje en de handjes van het kind terwijl Nina toekeek. Toen ze de baby daarna samen aankleedden, kwam het gevoel bij Dorothy op dat het kleine jongetje een soort magische indringer was. Hij gaf bezieling aan de kleertjes die bedoeld waren geweest voor een andere baby, een spookbaby die er niet meer was en die er net zo goed nooit had kunnen zijn, zo ver leek hij inmiddels van Dorothy verwijderd. De kleertjes waren te groot, maar Dorothy vond dat Nina's baby er prachtig uitzag; hij schopte met zijn beentjes en zwaaide met zijn armpjes alsof hij dolblij was met al dat moois wat hij aan mocht.

Nina was onhandig en nog altijd in de war. Ze rilde en ze had koorts. Dorothy hoopte niet dat ze de dokter moest bellen, ook al zeiden haar gezonde verstand en haar verantwoordelijkheidsgevoel dat ze dat hoe dan ook zou moeten doen, zowel voor Nina als voor de baby.

Ze haalde de zinken teil uit het washuis naar de keuken, kookte water en hielp Nina een bad te nemen. 'Ik zal wel voor je zorgen,' zei ze zacht.

Nina huiverde. Ze had het warm en koud tegelijk, maar na het bad zei ze dat ze niet meer zo rillerig was. Dorothy hielp haar de trap op en stopte haar weer in bed.

'Je bent een goed mens, Dot,' zei Nina. 'Ik weet niet wat ik zonder jou zou moeten beginnen.'

'Ach, onzin. Ik zal je een kop thee brengen.'

Dorothy gooide Nina's lichtrode badwater weg, spoelde de teil om en vulde hem opnieuw, nu voor zichzelf. Ze had zich sinds kerstochtend niet meer gewassen en eigenlijk wílde ze zich ook nog niet wassen. Toch genoot ze van het warme water en ze nam uitvoerig de tijd om zich in te zepen en af te spoelen. De handdoek was ruw en droog en warm en ze gunde zich de luxe om even te blijven staan, met de handdoek stijf om zich heen gewikkeld. Maar ten slotte kleedde ze zich aan, gooide het badwater weg en hing de teil weer aan de haak in het washuis. Ze had het druk. Ze moest voor een baby zorgen en voor zijn uitgeputte moeder.

Dorothy bleef vol goede moed. Maar waakzaam. Nina was sterk. Ze zou het wel redden. Dorothy stookte het vuur op in de slaapkamer. Je moest altijd zorgen dat een baby het lekker warm had, vertelde ze Nina. En jij moet het ook lekker warm hebben. Dus blijf in bed en zorg voor de baby.

'Het was een Pool,' zei Nina. Ze keek toe terwijl Dorothy kolen op het vuur deed.

Dorothy glimlachte traag, weemoedig. Begrijpend. Misschien zelfs vol compassie. Dat laatste hoopte ze.

'En hij was grappig,' voegde Nina eraan toe. 'Ik vond hem leuk. En het is oorlog. Volgens mij was hij het die hier is neergestort, op de Long Acre. De piloot die jij nog hebt geprobeerd te redden.'

'O.'

'Misschien ook niet... maar volgens mij was er niemand anders. Tenminste, niet toen ik...'

'Ik begrijp het.'

'Maar of hij nou is neergestort of niet, het maakt allemaal niet uit. Mijn vader en moeder... Ik kan het ze niet vertellen. Ze mogen het nooit weten. Van de baby. En Shirley en mijn broers ook niet.'

'Maar wat wil je dán?'

'Heb je het al aan de nonnen gevraagd?'

'Nee, natuurlijk niet! Doe niet zo onnozel! O, sorry. Dat had ik niet moeten zeggen. Maar het is gisteren pas gebeurd. Dus ik heb nog geen tijd gehad... En trouwens, ik eh... ik weet ook helemaal niet of hier nonnen zijn.'

'Daar kom je wel achter. Je bent zo slim, Dot. En mensen luisteren naar je.'

De baby – Nina had hem David genoemd – zoog vredig en nietsvermoedend aan de gezwollen, dooraderde borst van zijn moeder. Zijn donkere haar plakte aan zijn hoofdje en hij had die scherpe, aardse, exotische geur – de geur van muskus, pepermunt, gist, sinaasappel – van een pasgeboren baby. Voor Dorothy was het een bedwelmend aroma, Nina leek het niet te ruiken.

'Maar Nina, het is echt geen schande om een baby te krijgen. Ongeacht de omstandigheden. Een baby is een geschenk.'

'Voor mij niet. Ik wil geen baby. En ik wist ook echt niet dat ik zwanger was. Je gelooft me toch wel, hè?'

Dorothy klopte op haar vrije hand. 'Ik geloof je. Echt waar. Ik wist ook niet dat je zwanger was en ik ben veel ouder dan jij. Dus ik had beter moeten weten. Ik had de symptomen moeten herkennen. Je had altijd zo'n trek! Je bent zelfs een keer flauwgevallen, weet je nog?'

214

'Ja. Wat een afschuwelijk gevoel was dat. Alsof ik over de rand van de wereld viel.'

'Probeer maar wat te slapen. Als je deze week weer aan het werk wilt, moet je zorgen dat je zo veel mogelijk rust krijgt.'

'Reken maar dat ik deze week weer aan het werk ga.' Er lag een koppige trek om Nina's mond. 'Maar hoe moet het dan met David? Waar moeten we hem verstoppen?'

'Hoe bedoel je?'

'Niemand mag weten dat hij er is. Dat meen ik, Dot. Ik wil niet dat iemand het weet.'

'En mevrouw Compton dan? Mag die het ook niet weten? Misschien moeten we vragen of ze langskomt, om te zien of alles goed met hem is.'

Nina schudde haar hoofd. 'Nee. Na wat er met jouw kindje is gebeurd... O, sorry.'

'Het geeft niet,' zei Dorothy. 'Als je het niet wilt, dan houden we haar erbuiten. En dokter Soames? Hoewel, die is ook ver-schrikkelijk bemoeiziek. Ik ben er niet gerust op dat hij zijn mond houdt.'

'Dan mag de dokter het ook niet weten. Dus je moet het maar aan de nonnen vragen. Nonnen weten toch altijd raad met baby's?'

'Er zijn geen nonnen!'

Nina liet haar schouders hangen. 'Maar wat moet ik dán? Ik ben geen moeder. Ik wil geen baby. Daar hoef ik bij mijn eigen moeder niet mee aan te komen. Als we ooit in dat soort problemen kwamen, dan wilde ze niks meer met ons te ma-ken hebben. Dat zei ze altijd tegen Shirley en mij. Niet met ons en niet met de baby. En dat meende ze. Ik ken mijn moe-der. En ik ga ook niet naar zo'n tehuis voor ongehuwde moe-ders. Daar heb ik genoeg verhalen over gehoord om te weten dat ik er niet heen wil.'

'Maar Nina, je bent negentien. Je bent een volwassen jonge vrouw. Je kunt zelf bepalen wat je doet met je leven. Probeer vooruit te denken. Over vijf jaar. Over tien, twintig jaar. Dan heb je je eigen leven en dan hoeft niemand te weten dat je zoon een buitenechtelijk kind is. Als er maar genoeg tijd overheen gaat vinden mensen dat soort dingen niet belangrijk meer. En misschien blijkt wel dat je moeder zielsveel van de baby houdt. Haar eerste kleinkind. Dat is toch heel bijzonder?'

'Mijn moeder houdt niet eens van ons. Laat staan van het kind van haar ongetrouwde dochter.'

Dorothy fronste. 'Onzin. Natuurlijk houdt ze van je.'

Nina snoof. 'Nee. Ze heeft alleen maar kinderen gekregen omdat ze dat als haar plicht beschouwde. Om liefde hoef je bij ons thuis niet aan te komen. Mijn moeder haat mijn vader en hij haat haar. Als ze het over mocht doen, zou ze niet trouwen, zei ze altijd. En kinderen nam ze al helemaal niet.'

Het klonk inderdaad weinig bemoedigend, moest Dorothy toegeven. Sinds Nina bij haar in huis was had ze nog niet één brief van haar moeder gekregen – kon haar moeder eigenlijk wel schrijven? – en ook niet van haar broers. Haar vader was vaak dronken, had Dorothy begrepen. Hoe zou het de baby vergaan als hij in zo'n gezin moest opgroeien? Die gedachte hing somber en dreigend boven haar hoofd, als de zware sneeuwlucht die ze door de kanten gordijnen kon zien; de zwarte, met goud omrande wolken die dreigden hun inhoud over de wereld uit te storten.

Het was een onmogelijke situatie. Wat waren Nina's opties? Hád ze eigenlijk wel opties?

'Ik zal voor hem zorgen.' Dorothy wist aanvankelijk niet eens of ze het hardop had gezegd. Maar de woorden leken door de kamer te galmen, ontzagwekkend als het gerommel van onweer in de bergen.

'Jij?' vroeg Nina verbaasd. 'Wil jij zijn moeder zijn?'

'Als jij dat wilt.'

Ze keken elkaar aan, zoekend, wanhopig. Dorothy had het

gevoel dat ze op een smalle richel boven een afgrond balanceerde; dat ze, als ze losliet of struikelde, in een duistere, peilloze vergetelheid zou storten. Haar ademhaling ging zwaar.

Ten slotte schudde Nina haar hoofd.

Dorothy keek haar aan en probeerde tevergeefs haar bonzende hart tot kalmte te manen.

Nina deed haar mond open alsof ze iets wilde zeggen. Toen deed ze hem weer dicht. Maar uiteindelijk zei ze het toch. 'Als jij zijn moeder was, zou je dan goed voor hem zijn? Zou je echt voor hem zorgen?' vroeg ze. 'En zou het je niet kunnen schelen wat de mensen zeiden?'

'Nee, daar zou ik me niks van aantrekken.' Dorothy had moeite met praten; angst en spanning snoerden haar keel dicht.

'Omdat je niet bang bent mensen de waarheid te zeggen. Om ze zo nodig op hun nummer te zetten. Je bent slim. Je kijkt door mensen heen. Maar ik ben bang. Ik mag dan een grote bek hebben, diep vanbinnen ben ik doodsbang.' Het bleef even stil. 'Dus je zou echt goed voor hem zorgen?'

'Ja,' verklaarde Dorothy vol overtuiging.

'Maar hoe dan? Zou je doen alsof het je eigen kind is? Maar je bent helemaal niet zwanger geweest. Iedereen weet dat. Je bent broodmager. Iedereen weet dat hij niet van jou is.'

'Hier wel, ja.'

'Wat bedoel je? Ben je van plan hier weg te gaan?'

'Ik heb familie in... Nou ja, een heel eind hiervandaan.'

'O.' Voor het eerst sinds ze bij Dorothy in huis was gekomen, zag Nina eruit alsof ze heel diep nadacht.

'Waar denk je aan?' vroeg Dorothy na een tijdje.

'Het klinkt als een goede oplossing. Beter dan de nonnen. Maar dat kan ik niet van je vragen. Ik kan niet verwachten dat je zoiets voor me doet.'

'Ik doe het voor de baby.' Dorothy pakte Nina's hand. 'Ik zou de gedachte niet kunnen verdragen... dat David naar een tehuis moest. Zonder moeder. Dat verdient hij niet.'

En doe jij het alsjeblieft voor mij, Nina! Begin nou niet te twijfelen! Niet nu het eindelijk binnen mijn bereik ligt. Dit verlangen beheerst mijn leven. Ik ben bereid alles eraan ondergeschikt te maken.

'En niemand zal het ooit weten?' vroeg Nina. 'Dat ik zijn echte moeder ben? Je vertelt het aan niemand?'

'Ik vertel het aan niemand.'

'Je zegt gewoon dat het jouw kind is?'

'Ja.'

'En zo zou je ook van hem houden? Alsof hij je eigen kind is?'

'Nou en of.'

'Je bent dol op baby's, hè? Je mist je kindje.'

Het was duidelijk dat Nina probeerde zichzelf te overtuigen. 'Ja, heel erg.'

'Dus David zou de zoon zijn die je nooit hebt gehad?'

Wat moest ze daarop antwoorden? Wat wilde Nina horen? Wat moest ze zeggen om niet alles kapot te maken, om deze kans niet te bederven door het verkeerde antwoord, de verkeerde toon, de verkeerde blik? De woorden kwamen als uit het niets in haar op, een voor een, alsof iemand ze haar dicteerde.

'Nee, Nina, zo moet je dat niet zien. Ik geloof... Nee, ik weet dat ik David alles kan geven wat jij hem niet kunt bieden, alles waar jij niet de kans voor krijgt. Ik ben in de gelukkige positie dat ik hem een leven kan bieden waarvan jij je niet eens een voorstelling kunt maken. En dat bedoel ik niet lelijk, Nina. Integendeel. Uiteindelijk zal het me in materieel opzicht aan niets ontbreken. Ik hoop in de toekomst wat geld te hebben. Dan kan ik zorgen dat je zoon opgroeit in een mooi huis, met een eigen slaapkamer die hij met niemand hoeft te delen. Een slaapkamer vol met speelgoed en boeken. Hij gaat naar een goede school, met leuke vriendjes. Hij zal het goed hebben. Je kunt hem natuurlijk naar de nonnen sturen, als jij denkt dat het beter voor hem is...'

Nina keek naar de baby aan haar borst; het kind was in diepe slaap, melk glinsterde op zijn kin, zijn ademhaling was zacht en rustig. Dorothy's blik ging van Nina naar de baby – ze zou hem geen David noemen – en ze bad zoals ze nog nooit had gebeden, met haar hele hart, zo vurig dat ze bijna geloofde dat er echt iemand naar haar luisterde, iemand die haar kon helpen. En toen gaf Nina haar de baby – in de kleertjes van Sidney – en Dorothy nam hem in haar trillende armen, trok hem dicht tegen zich aan en drukte een kus op zijn hoofdje.

Nina keerde haar de rug toe om te gaan slapen en zei dat ze hem niet meer zou voeden zodra Dorothy iets had geregeld. De melk lekte op haar kleren en ze wilde niet dat mensen dat zouden zien. Het zou haar verraden en ze vond het gênant. Dorothy zei dat ze het begreep. Toen liep ze met de baby naar beneden en legde hem in de grote zwarte kinderwagen die twee jaar lang ongebruikt had staan schimmelen in de schuur. Ze had hem de vorige avond laat naar binnen gehaald, geschrobd en de hele nacht bij het vuur laten luchten. Met het dekentje dat ze ooit zo vol blijde verwachting had gebreid, dekte ze het kleine jongetje toe.

De baby sliep en wist van niets.

Praktische zaken eisten haar aandacht. Ze moest aan melk zien te komen. Flessen had ze al, ooit aangeschaft voor Sidney. Dorothy was van plan geweest hem zelf te voeden, maar mevrouw Compton had haar aangeraden de flessen toch te kopen, want je wist tenslotte maar nooit. Ze zaten nog in de doos waarin Dorothy ze had gekocht. Ze haalde ze tevoorschijn en waste ze, genietend van het gladde glas onder haar vingers terwijl ze de merkwaardige banaanachtige vorm volgde. Toen stopte ze de spenen erin. Dan stonden ze maar vast klaar. Dorothy had nog nooit een baby gevoed.

Zo simpel als het ging met de flessen, zo ingewikkeld was het probleem van de melk. Dorothy wilde geen poedermelk gebruiken. Dat leek haar onnatuurlijk. Nee, het moest echte melk zijn. Maar koeienmelk was voor kleine baby's moeilijk te verteren. Daar kregen ze krampjes van en ze konden er zelfs ziek van worden. Geitenmelk dan? Die gold als voedzaam en werd gegeven aan baby's die niet genoeg groeiden. Van een min kon geen sprake zijn, zelfs als zoiets nog zou bestaan.

Nina's melkproductie zou vanzelf stoppen. Over een paar dagen kon ze weer aan het werk en ondertussen kon Dorothy het een en ander regelen. Uitzinnig van vreugde, maar ook van angst, stond ze bij de kinderwagen en wiegde de baby. Ze voelde – dat wist ze intuïtief – dat haar leven van nu af aan zou worden beheerst door leugens. En dat accepteerde ze. Wat er ook gebeurde, de baby was belangrijker dan al het andere in haar leven. Het was de enige toekomst die ze voor zich zag. De weg was als het ware op een kaart voor haar uitgestippeld en ze zou zich houden aan elke bocht, elke afslag die ze moest nemen.

Ze wiegde de kinderwagen en wachtte tot de baby wakker werd. Een bijna ondraaglijke hoop bloeide op in het hart van Dorothy Sinclair. En als die hoop opnieuw de bodem zou worden ingeslagen, dan zou de teleurstelling haar vermorzelen. Voorgoed. Onherstelbaar.

En hoe moest het dan met Jan? Daar wilde ze eigenlijk niet aan denken. Hij was slechts een heel kort intermezzo geweest. Een lief, welkom, verrukkelijk intermezzo. Gisteren – gisteren nog maar! – was hij haar grote kans geweest. Vandaag was hij uit haar leven verdwenen. Ze kon het nauwelijks bevatten, maar er had zich een andere kans aangediend die nog verrukkelijker was.

En Sidney dan? Haar dierbare kleine jongen? Zou het hem

verdriet doen dat een nieuwe baby, een ander klein jongetje, zijn plaats innam? Nee, zo moest ze niet denken. En zo
hoefde ze ook niet te denken. Haar geheim was veilig. Sidney
zou het nooit weten.

De baby huiverde, slaakte een zucht en sliep door.

25

Marshall,

Ik haat je Rachel haat je we haten je ALLEMAAL *dus doe me een lol en zoek nooit meer contact met ons miezerig stuk ellende! Met mijn zus en mij komt het wel goed als jij ons maar met rust laat we hebben je niet meer nodig is dat duidelijk?*

Jacqueline

(Deze brief vond ik in *Mannen komen van Mars, Vrouwen van Venus*, door John Gray. Een behoorlijk stukgelezen exemplaar, dus het ging voor het bescheiden bedrag van 80 penny in de afdeling Zelfhulpboeken in de achterste ruimte.)

Portia snapt niets van mijn verdriet over de dood van mijn vader.

Ik huil, ik tier.

Ze staart me onbewogen en niet-begrijpend aan. 'Aanstellerij!' lijkt ze te willen zeggen.

Ik geloof niet dat ik echt van katten hou. Waarom heb ik haar eigenlijk? Haar missie in het leven – behalve mij op mijn zenuwen werken – lijkt het welbewust vernielen van tere levensvormen – vogels en muizen en andere lieve, kleine, trillende schepseltjes. Ik maak een notitie om contact op te nemen met de Dierenbescherming en haar naar het asiel te brengen. Ik wil geen kat meer.

Ik ben helemaal alleen op de wereld. Mijn vader is dood, mijn moeder zou net zo goed dood kunnen zijn en ik heb zelfs Charles Dearhead niet meer om steriel de liefde mee te bedrijven. Ik mis hem ineens, volgens mij omdat steriele liefde altijd nog beter is dan helemaal geen liefde.

Ik vergeet te eten. Mijn kleren worden me te wijd, mijn haar hangt in slierten langs mijn hoofd. Stofzuigen, wassen stof afnemen, boodschappen doen... het is allemaal te veel moeite.

Ik pieker, ik slaap.

Ik droom dat ik weer een klein meisje ben en dat mijn vader me op zijn knie laat dansen. Ik gil het uit van verrukking, ik zwaai met mijn armen, net iets te wild, dus ik krab hem over zijn wang, maar dat bedoelde ik niet zo – 'Sorry, pappie' – en hij dept zijn wang met zijn zakdoek, een beetje geërgerd, maar het geeft niet, kleine Robbie Roberta, en hij zegt tegen mijn moeder dat mijn nagels geknipt moeten worden en mijn moeder, in haar stoel bij het vuur, haar lange haar beschenen door de gloed van de vlammen, negeert ons. En nu kan ik het onderscheid tussen droom en werkelijkheid niet meer maken. Ze was nog bij ons. Was het de dag voordat ze wegging? Ze kwam me niet van school halen. Ik wachtte en ik wachtte, in de klas van juf Romney, en ze liet me papier en karton snijden met de snijmachine. Juf Romney bleef vrolijk en opgewekt, maar ik merkte dat ze ongerust was. Na lang wachten kwam pap het lokaal binnen, hij pakte me op en knuffelde me. Hij huilde en dat vond ik niet leuk. Hij schudde zijn hoofd naar juf Romney, bedankte haar en droeg me naar huis.

Ik ben niet lekker, ik geloof dat ik koorts heb. Het is alsof ik in brand sta. Een dag in bed zal me goed doen.

Dag één: slapen. En veel zweten. Mijn nuchtere denkvermogen, dat ondanks de storm die door me heen raast nog schijnt te werken, vertelt me dat ik griep heb. En koorts.

Dag twee: nog meer koorts, nog meer zweten, het eindeloze gejammer van Portia, het sluike, glanzende haar van mijn moeder in de gloed van het vuur. Er gebeurt niets, maar ik geloof dat ik Portia voer. Ik zou Portia moeten voeren. Mijn vader heeft een grafsteen, maar er staan vreemde letters op die ik niet kan lezen. Het is hoogzomer. De bijen zoemen rond de kamperfoelie onder mijn keukenraam. De bijen zoemen rond mijn hoofd, zwermend, akelig, luidruchtig. Ik geloof dat mijn telefoon gaat en dat ik een vertrouwde meisjesachtige stem hoor zeggen dat ze het ook op mijn mobiel zal proberen. Dan gaat mijn mobiel. Hij ligt aan de oplader op het nachtkastje. Ik kan me niet verroeren. Hij gaat over, hij stopt. Ik geloof dat ik in slaap val.

Dag drie? Ik gloei, ik voel me zwak, ik heb dorst en ik haat Portia. Ze lijkt ook wel dunner geworden. Dan snap ik het. Logisch dat ze magerder is. Ik voer haar niet. Het eten was op, misschien gisteren, misschien al de dag daarvoor. Ik ben verrast dat ze er nog is. Dat ze niet naar de buren is vertrokken die haar – dat weet ik bijna zeker – regelmatig voeren, net zoals ze dat vroeger met Tara deden. Misschien is dit dag drie, of dag zes, of dag zeven. Ik ben de tel kwijt. En het afschuwelijke is dat ik niemand heb die me kan helpen. Ik ben helemaal alleen op de wereld, omringd door de koortsige, schelle chaos van wat ooit sterk en goed was, het leven zoals ik dat had opgebouwd.

Dag vier, geloof ik. Of is het dag acht? Er wordt gebeld, en ik hoor het niet echt, of ik besef niet wat het is, en er wordt opnieuw gebeld.

Mijn mobiel gaat. Ik tast ernaar, hij valt op de grond. Ik raap hem op, ik kan de naam op het schermpje niet lezen. Was het mijn vader? Mijn moeder kan het niet zijn, toch?

'Hallo?' Ik geloof dat het mijn stem is. Of is het Portia? Ze praat de laatste tijd tegen me. Ze is er nog. Dat wel. Ik ben niet alleen. O, ze ziet eruit alsof ze honger heeft.

'Roberta? Met mij! Philip! Is alles goed met je? Ik sta voor je deur. Maar je bent blijkbaar niet thuis.'

Philip? Die is nog nooit bij me aan de deur geweest.

'Ja, ik ben thuis.' Veel meer dan een soort gepiep weet ik niet uit te brengen. 'Wacht even!'

Ik strompel naar de hal en zie inderdaad de contouren van een echt mens door het matglas. Uiteindelijk slaag ik erin de deur van het slot te doen en ik sta oog in oog met een man die sprekend lijkt op mijn vroegere baas, Philip Old, maar dan knapper. Ik kijk hem aan, hij kijkt mij aan. De eerste mens die ik in vier dagen zie. Of zijn het er vijf? Of acht? Is het vandaag vrijdag? Op de een of andere manier denk ik dat het zaterdag is. De zon schijnt zoals hij dat op zaterdag altijd doet. Stralend, met een ijzige gloed, zoals in de herfst. Is het nog herfst? Ik ben door de poëzie van de zomer gezweefd. Mijn vader heeft een grafsteen, maar ik kan niet lezen wat erop staat. De woorden zijn in een buitenlandse taal, een soort abracadabra. De kamperfoelie staat in volle bloei. De bijen om mijn hoofd zijn een marteling, ze kruipen in mijn oren, in mijn denken en mijn voelen, ze kleuren mijn wereld in lelijke, vlezige kleuren. Mijn moeder is erg mooi.

'Roberta, je...'

Verder komt hij niet, geloof ik. De wereld klapt in elkaar, ik krijg geen lucht meer, mijn keel wordt dichtgesnoerd, ik kan niet meer denken, maar ik weet dat ik onderuitga, en ik weet dat er iemand is om me op te vangen, dus ik laat het gebeuren, ik laat me wegglijden in de bewusteloosheid waarvan ik weet dat ze op me wacht.

Ik voel armen om me heen, ik hoor iemand zwaar ademen. 'O shit!' hoor ik iemand zeggen. Maar of het Philip is, of Portia, of ikzelf, dat weet ik niet.

En ik ben vertrokken. Opgeslokt door de duisternis. En het is hemels.

Ik word wakker in bed. Voor mijn gevoel is het uren geleden dat ik flauwviel. Ik heb een schone pyjama aan. Buiten is het donker. Ik ruik de geur van koffie, kattenvoer en geroosterd brood. En ik besef dat ik niet alleen ben. Zwak als ik me voel ga ik langzaam rechtop zitten. Mijn hele lijf doet pijn.

'Hallo?' roep ik. Uit de keuken klinkt zacht Radio Four.

Philip verschijnt in de deuropening. 'Hallo.' Hij houdt zijn hoofd scheef, glimlacht en eet een geroosterde boterham.

'Wat is er gebeurd?' vraag ik. 'En wat doe jij hier?'

'Je bent ziek. Volgens mij al dagen. Sophie was ongerust toen ze je niet te pakken kreeg. Niet op je vaste telefoon en ook niet op je mobiele nummer. Dus ze belde me vanmorgen. En toen ben ik hierheen gegaan, om te zien of ik iets voor je kon doen. Je viel flauw toen je de deur opendeed. Notendop.'

'Wat voor dag is het vandaag?'

'Zondag.'

'En hoe laat is het?'

Philip kijkt op zijn horloge. 'Het is zesentwintig minuten over zeven.'

''s Avonds?'

'Ja.'

'Hoe laat was jij hier?'

'Vanmiddag rond een uur of twee.'

'Dus ik ben vijfenhalf uur buiten westen geweest?'

'Nee, je kwam na een minuut of twee weer bij. Weet je dat niet meer? Ik heb je naar je slaapkamer gedragen, we hebben je een schone pyjama aangetrokken. En toen heb ik je in bed gestopt.'

'Daar weet ik niks meer van.'

Had ik een onderbroek aan? Een onderbroek die in geen dagen was verschoond? Had Philip die bij me uitgetrokken? Had hij me naakt gezien?

Ik bloos.

'Maak je geen zorgen,' zegt hij. 'Je hoeft je nergens voor te schamen. Bovendien, we kennen elkaar al zo lang. Dus wat maakt het uit als ik je onderbroek heb gezien?'

'O.'

Er valt een merkwaardige stilte. Philip staat nog altijd in de deuropening naar me te kijken. De uitdrukking op zijn gezicht is nieuw voor me. Hij kijkt alsof hij medelijden met me heeft. En dat zit me niet lekker. Ik ben opgelucht wanneer Portia de kamer binnensluipt en op het bed springt. Ze begint te spinnen wanneer ik haar aai en haar tegen mijn wang houd, me bewust van haar zachte vacht, haar vertrouwde kattengeur.

'Dank je wel,' zeg ik tegen Philip terwijl ik mijn gezicht in Portia's vacht begraaf.

'Waarvoor?'

'Voor alles. Dank je wel dat je zo'n goede vriend voor me bent.' En dan begin ik te huilen. De tranen rollen over mijn wangen, de kat maakt zich uit de voeten want ze heeft altijd al een hekel aan tranen gehad. Trouwens, ze praat ook niet meer tegen me, besef ik.

Philip gaat op het bed zitten, legt zijn geroosterde boterham neer en pakt mijn hand. Zijn handen zijn warm en er zit boter op. 'Gecondoleerd met je vader.'

'Hoe weet je dat? Niet van mij.'

'Nee, maar iedereen had het erover. We wonen in een dorp, Roberta. Waarom heb je niet gebeld? Dan had ik je kunnen helpen. En ik had graag naar de begrafenis gewild. Onder de huidige omstandigheden... Nou ja, het lag een beetje moeilijk. Voor mijn gevoel zijn we niet echt lekker uit elkaar gegaan.'

'Ik wilde je niet... Ik verwacht helemaal niets van je.'

'Voor jou doe ik alles, Roberta. Je hoeft het maar te zeggen. Misschien heb je dat onderhand wel begrepen.' Hij schenkt me een warme glimlach.

'Nee, dat had ik nog niet door.'

'Dan ben je wel erg onnozel.'

Daar weet ik niets op te zeggen. Philip zit bij me op bed, met mijn hand in de zijne, en wat hij zegt klinkt als een ver-

227

klaring van trouw, om niet te zeggen toewijding. En ik ben bang en verdrietig en ik voel me ellendig en ik durf me nauwelijks voor te stellen hoe ik eruitzie en hoe ik ruik. Heeft hij de kattenbak verschoond? Ik meen me te herinneren dat ik op enig moment in de afgelopen dagen heb overgegeven, in de badkamer. En volgens mij heb ik het niet opgeruimd.

'Roberta, we draaien er nu al zo lang omheen. Het is zo'n geëmmer. We hebben al veel te veel tijd verspild door geen open kaart te spelen. Misschien omdat we verlegen zijn, of bang, of gewoon uit ongemakkelijkheid. Ik weet het niet. Wat ik maar wil zeggen... Ik eh... ik hou van je als van een zus. Maar daarmee ben ik nog niet je broer. Snap je wat ik bedoel?'

Volgens mij was dat een 'Ik-hou-van-je'. Een beetje vaag, maar dat is typisch Philip. Toch heeft hij gelijk. We hebben veel te veel tijd verspild, er zijn jaren verloren gegaan, en als ik nu doodga – en dat zou best eens kunnen, zo ellendig voel ik me – is er maar één ding waar ik echt heel veel spijt van heb. Ik heb het eindelijk tegenover mezelf toegegeven. Nu moet ik nog de moed zien te vinden om het tegen hem te zeggen.

'Ik heb geen broer.' Het is natuurlijk niet wat ik had wíllen zeggen, maar we zullen het ermee moeten doen. En het is tenminste waar.

'Zou je graag willen dat je een broer had?'

'Nou en of!'

'Ik ook. Ik héb een zus. Maar die vindt het maar niets wat ik doe.'

'Philip?'

'Ja?'

Ik hou ook van jou, wil ik zeggen. Mijn ademhaling is gejaagd, mijn hart bonst alsof het probeert te ontsnappen. En ik transpireer, maar dat geeft niet, want dat doe ik al dagen. Ik móét het zeggen. Ik moet eerlijk zijn tegen de man die op mijn bed zit, met mijn hand in de zijne. Ik heb veel te lang mijn mond gehouden. En dat was stom van me. Ik verdien deze kans. En ik ben vast van plan hem te grijpen.

'Mag ik terugkomen in de winkel?' is alles wat ik weet uit te brengen. Het is te sneu voor woorden!

'Ik dacht dat je het nooit zou vragen. Natuurlijk, graag! Maar pas als je je weer sterk genoeg voelt.'

'Dank je wel.'

'Nee, ik moet jou bedanken.'

'Philip, ben je gelukkig? Met Jenna?' vraag ik ademloos, bijna in trance. Heel langzaam werk ik toe naar het moment van de waarheid.

'Soms. Het is nogal... ingewikkeld.'

'Dat spijt me voor je.'

'Ach, ik ben een man. En dus een ongelooflijke stommeling.'

'Je bent helemaal geen stommeling.'

'Ik vind relaties moeilijk.'

'Vinden we dat niet allemaal?'

'Mijn ouders niet. Ik heb ze nooit iets onaardigs tegen elkaar horen zeggen. Nou was ik vanwege school natuurlijk niet veel thuis.'

'Zat je op kostschool?'

Het is voor het eerst dat hij iets over zijn jeugd vertelt.

'Ja, ik zat op kostschool.'

'O. Dus je... je was een kind van rijke ouders?'

'Dat ben ik nog steeds.' Hij knipoogt. Ook dat is voor het eerst. 'Wat financiële armslag... zou het leven een stuk eenvoudiger moeten maken, denk je ook niet?'

'O, eh... ja, vast wel,' stamel ik blozend.

Ik meen pretlichtjes in zijn ogen te zien. 'Afijn, zo is het wel weer genoeg. Ik zal wat brood voor je roosteren. Volgens mij heb je amper iets gegeten de afgelopen dagen. En daarna laat ik je weer slapen. Maar ik blijf vannacht hier als dat goed is. Dan slaap ik op de bank.'

Ik knik zwakjes.

'Ik heb Jenna al gebeld,' vervolgt hij. 'Ze reageerde zowaar erg begripvol en ze wenst je beterschap. Dus, maak je geen zorgen. Ik heb de kat gevoerd, ik heb schoongemaakt en morgenochtend praten we verder. Je bent nog koortsig, dus ik wil zeker weten dat je meent wat je zegt; dat je echt terug wilt komen. En ik wil ook dat je begrijpt dat ik meende wat ik zei. Voorlopig hoef je alleen maar te eten en te slapen. Trouwens, er staat een fles pinot grigio in de koelkast. Vind je het goed als ik die openmaak?'

Ik eet twee geroosterde boterhammen met boter en daarna nog twee. Dan val ik in slaap. Ik droom, ik word wakker en ik dommel weer in. Hij houdt van me, hij houdt niet van me. Ten slotte lig ik, met mijn ogen dicht, na te denken over alles wat Philip en ik zojuist hebben besproken.

En hij waakt over me, de hele nacht. Mijn vriend.

26

Dorothy en haar zoon. Een jongetje met donker haar; een mager, levendig kind. Ze zaten samen tegen de schemering aan de oever van een rivier. Het water stroomde traag voorbij, een rat haastte zich naar zijn hol in de wallenkant. Dorothy hoorde een geluid als van duizend engelenvleugels, maar het was een zwerm spreeuwen, een zwarte, kwetterende wolk die over de boomtoppen scheerde. Hun vleugels glansden als zuiver goud in de avondzon terwijl de vogels als één reusachtig wezen van links naar rechts, van hier naar daar zwenkten. Dorothy pakte de hand van haar zoon en hij glimlachte terwijl ze samen naar de vogels keken; moeder en zoon, hand in hand, gelukkig en tevreden. Toen waren er geen spreeuwen meer. Ze waren verdwenen en vervangen door kraaien, woedende kraaien. En vóór de zwerm uit vloog een uil. Hij vluchtte, vechtend voor zijn leven, en sloeg wanhopig met zijn vleugels. Dorothy en haar zoon konden de angst in zijn ogen zien. Dorothy trok de kleine jongen tegen zich aan, sloeg haar armen om zijn hoofd en wiegde hem tot het gruwelijke schouwspel voorbij was. En net als alle dromen was het spoedig voorbij. Wat bleef was slechts een vage herinnering.

Maar die dag in 1939, de dag waarop Sidney werd geboren, zou nooit een vage herinnering worden, hoezeer ze ook haar best deed die te vergeten. Het verdriet werd nooit minder.

Ze kon de was niet afmaken; de zondagse broek van Albert bleef halverwege de mangel steken, haar ondergoed dreef in het schuimende sop in de wasketel. Ze stuurde Albert op de fiets naar mevrouw Compton die op haar eigen fiets mee terugkwam. Rood aangelopen en vermoeid kwamen ze bij het huisje aan. Het was drie uur 's middags, op een heerlijke, warme dag in mei. Er stond een lichte bries. Mevrouw Compton haastte zich naar de keuken, waar ze haar zwarte, enigszins kaal gesleten valies op tafel zette. Het zag er zwaar uit. Dorothy, die bij het fornuis zat, keek op.

'En hoe gaat het hier?' Met haar handen op haar heupen keek mevrouw Compton op Dorothy neer. Haar ogen stonden kwaadaardig, vond Dorothy vechtend tegen de weeën.

Want dit moesten toch weeën zijn? De elkaar ritmisch opvolgende pijngolven die steeds heviger, steeds langduriger werden? Volgens Dorothy duurden ze al een uur of zes, ook al wist ze niet precies wanneer de eerste zwakke huiveringen waren begonnen die geleidelijk aan in pijn waren overgegaan.

'Je bent nog erg stilletjes,' zei mevrouw Compton. 'Dus het duurt nog wel even voordat de baby er is. Zet eerst maar eens een lekkere kop thee.' Ze keerde zich naar Albert en gebaarde naar de ketel op het fornuis.

Hij voelde verrast of er water in zat. Toen dat het geval bleek, deed hij het vuur aan en zette de ketel erop.

'Dus ik zou zeggen, doe rustig aan, eet wat en ga vroeg naar bed allebei. Ik kom morgenochtend terug. Mijn spullen laat ik hier.' Ze klopte op de tas.

Dorothy zag mevrouw Compton graag weer vertrekken, maar tegelijkertijd wilde ze dat ze bleef. Ze was bang voor wat er komen ging, bang voor wat er van haar werd verwacht, maar ze was ook geschokt. Ze had verwacht dat de baby nu wel binnen een paar uur geboren zou worden. 'Maar als de baby nou midden in de nacht komt?' vroeg ze.

'Dat gebeurt niet, kindje. Ik heb honderden bevallingen gedaan. En dit is je eerste. Dus die laat nog wel even op zich wachten. Ik kom al vroeg, om zes uur. Stelt dat je een beetje gerust? Je moet echt proberen nog wat te slapen.'

En weg was ze. Albert en Dorothy dronken thee. Dorothy hield haar adem in bij elke wee die door haar lichaam joeg, als een vlijmscherp mes door haar buik sneed en haar dijen in brand zette. Na de thee werd er gegeten en ze praatten wat, waarbij Albert haar ongerust opnam. Om negen uur gingen ze naar bed. Albert wreef aarzelend over haar buik tot hij in slaap viel. Dorothy lag wakker en wenste dat de baby eindelijk kwam. Het vooruitzicht dat de pijn nog erger zou worden, was iets wat ze niet kon bevatten.

Ze luisterde een tijdje naar Albert die lag te snurken, toen liet ze zich uit bed glijden en dwaalde door het huis. Om zich nuttig te maken ging ze naar het washuis. Tussen de weeën door maakte ze de was af en hing alles aan de lijn. Het was een warme nacht en er stond nog altijd een lichte bries. Perfect weer om te drogen. Toen ze klaar was, ging ze weer naar binnen, ze haalde de koffer onder het bed vandaan en nam hem mee naar beneden, naar de woonkamer. Daar haalde ze alles tevoorschijn wat ze voor de baby, voor Sidney, had gemaakt. Ze was ervan overtuigd dat het een jongetje werd; haar overtuiging was zelfs zo sterk dat ze deze keer niet eens over een meisjesnaam had nagedacht. Ze rook aan de kleertjes, schudde ze uit, streek ze glad en legde ze op de bank om te beslissen wat Sidneys eerste kleertjes zouden worden. Daarop pakte ze alles weer in en ging op de bank liggen, in de hoop nog wat te slapen.

Rond drie uur 's nachts werd ze wakker van een krachtige pijngolf, veel heviger en langduriger dan alle eerdere weeën. Ze boog zo diep mogelijk voorover en schreeuwde het uit. Er was iets niet goed, dacht ze, bang dat zich in haar lichaam opnieuw een onbeschrijfelijke tragedie voltrok. De pijn was onnatuurlijk. Ze maakte Albert wakker en stuurde hem naar mevrouw Compton. Ja, ze wist dat die zes uur had gezegd, maar ze moest nu meteen komen. Ja, het was pas drie uur, maar hij moest haar gaan halen. Alsjeblieft, Albert. Ik ben bang. Albert vond dat ze overdreef, dat ze zich aanstelde, maar dat kon Dorothy niet schelen. Het was háár lichaam, dus zij was de enige die wist wie of wat ze nodig had.

Toen ze weer alleen was werd de pijn nog heviger, de weeën kwamen nog vaker, met nog meer kracht, nog meer urgentie. Waar bleven ze nou? Het leek eindeloos te duren voordat mevrouw Compton en Albert terugkwamen. Dan moest ze het alleen doen, maar dat kon ze niet! Al dat bloed! En een huilende baby! Tussen de weeën door werkte ze zich de trap op, ze wist op het bed te komen, wiegde heen en weer op handen en knieën en deed haar best rustig en diep door te ademen. Ze probeerde zich te concentreren op iets anders, op de dag die voor haar lag. Zou het weer een warme, droge dag worden? Daar leek het wel op. Ze stapte van het bed af, want ze werd misselijk van het gepiep en de schommelende beweging van de zwenkwieltjes. Die deden haar denken aan de daad waarmee het kind was verwekt. Ze knielde op de grond en bleef proberen zich te concentreren, in leven te blijven, niet gek te worden.

Daar waren ze! Dorothy hoorde mevrouw Compton de smalle trap op komen en over haar schouder naar Albert roepen om de ketel op te zetten.

'Rustig maar, Dorothy, het komt allemaal goed!' riep ze toen ze de kamer binnenkwam.

Dorothy had niet beseft dat ze geluid had gemaakt. 'Het doet pijn. Ik ben bang.'

'Natuurlijk doet het pijn. Je krijgt een kind. Dat is heel natuurlijk. Je gaat niet dood.'

'Er is iets niet goed. Hier. Er is iets helemaal niet goed.' Dorothy wees hijgend tussen haar benen, happend naar adem toen er weer een wee door haar lichaam joeg. Het was alsof ze door haar eigen mangel werd gehaald.

'Onzin! Niks aan de hand. Helemaal niks.' Mevrouw Compton trok de gordijnen open, stak kaarsen aan en zei tegen Albert dat hij de kachel aan moest maken.

Dat deed hij, met angstige blikken op zijn vrouw in barensnood; bezorgd, maar ook verlangend te kunnen ontsnappen zodra hij een goed excuus had. Een man had in een kraamkamer niets te zoeken.

Mevrouw Compton was druk in de weer om haar spullen klaar te leggen en Dorothy op de bevalling voor te bereiden. Ze zei dat ze haar onderbroek moest uittrekken en moest gaan liggen zodat ze haar kon toucheren. Haar hand voelde ruw en enorm, het onderzoek verliep weinig zachtzinnig. Het zou niet lang meer duren, luidde haar conclusie terwijl ze haar handen waste. Nog even, dan was het tijd om te persen.

'Dat kan ik niet.'

'Natuurlijk wel. Je wilt toch ook dat die baby snel komt? Dat je hem in je armen kunt houden?'

Ja, natuurlijk wilde Dorothy dat, dus toen het eindelijk zover was, misschien een uur later, perste ze.

Ze zette zich schrap, ze zweette, ze gilde en ze schreeuwde dat ze zo niet door kon gaan, dat er iets heel erg mis was, dat ze de pijn niet langer kon verdragen, en wanneer het eindelijk afgelopen was, waarom ze zo'n pijn had en ze dacht aan haar moeder die op dit uur waarschijnlijk nog sliep maar straks zou opstaan en keurig gekleed en in alle gepastheid thee zou drinken uit wat er nog restte van de kopjes met de rozenknopjes die Dorothy had kapotgemaakt toen ze flauwviel als jong meisje in haar harde gesteven jurk. Ze zou die dag nooit vergeten. Ze dacht aan Albert, die beneden in de keuken liep te ijsberen, luisterde hij, dat wilde ze niet, ze wilde niet dat hij de dierlijke geluiden hoorde die ze maakte, haar kreten en haar gejammer en gegrom, de wanhopige geluiden van een vrouw die worstelde in de aanloop naar het moederschap terwijl buiten de zwaluwen zwenkten en krijsten, een vrouw die ondanks alle geruststellingen wist dat er iets heel erg mis was en plotseling wilde ze Albert kussen ze wilde hem hard op zijn mond kussen op zijn sterke gespierde buik omdat ze dat lang niet vaak genoeg had gedaan hoewel hij het zo heerlijk vond, ze wilde dat de pijn stopte stopte stopte stopte alsjeblieft stop stop, maar dan: een branden een scheuren een trekken een barsten, de ergste pijn die ze ooit had gevoeld, alles vanbinnen werd naar buiten gedreven, ze stond in brand in brand, ze ging dood en toen: een golf een guts een glijden en een kleine gesmoorde kreet maar niet van de baby en mevrouw Compton stootte in haar haast een kaars en haar tas op de grond en ze slaakte een verwensing en greep de baby die was geboren – hij was geboren! – en hij was paars en nat en ze greep hem vast en ze gaf hem een harde klap en een stem die gilde: Nee! En de baby blauw blauw niet paars maar blauw en klein zo klein en zwart haar en glibberig en Dorothy reikte naar hem en bloed spoot ergens vandaan, Dorothy zag de streng die zich als een slang rond het nekje van het lieve jongetje kronkelde en mevrouw Compton was spierwit geworden en ze trok aan het koord, ze trok hem over het hoofdje van de baby maar het koord was te strak te strak, hij zat verstrikt, ze blies in zijn mondje en hijgde en riep in paniek naar Albert dat hij dokter Soames moest halen nu meteen, maak voort Albert er is iets niet goed met de baby, schiet op Albert en van beneden kwam alleen het geluid van een deur die dichtviel en Dorothy leunde uitgeput achterover in de kussens, alle pijn en elk gevoel verdwenen, alle hoop verdwenen want ze wist, ja ze had al heel lang geweten dat dit zou gebeuren, het stond in haar bloed geschreven in haar diepste wezen dat ze niet lang moeder zou zijn en misschien wel nooit en dat de lieve Sidney niet was voorbestemd om in deze wereld te leven, dat zag je aan zijn kleur en aan zijn roerloosheid de stilte van de baby was onnatuurlijk en gruwelijk en dood, hij was dood, Dorothy dacht dat ze het hardop uitschreeuwde en mevrouw Compton zat op het voeteneind van het bed met het bundeltje in haar armen, bloeddoorweekt en levenloos.

'Ik heb toch gezegd dat er iets niet goed was,' zei Dorothy.

Mevrouw Compton keek haar aan en leek te zoeken naar woorden.

'Dit had niemand kunnen voorzien. En er kan ook niemand iets aan doen. Heel soms gaat het zo. Ik heb nog geprobeerd hem los te maken. Maar het was te laat. Het was al gebeurd voordat... Hij had geen schijn van kans. Het spijt me.'

De dokter kwam en onderzocht eerst de baby, toen Dorothy. Albert liet zich niet zien. De dokter keerde zich naar mevrouw Compton en gaf haar opdracht 'het lichaam' weg te halen, buiten te wachten en het in geen geval aan de ouders te laten zien. Hij zou een overlijdensakte ondertekenen en 'het lichaam' naar het ziekenhuis brengen. Met zijn hand op Dorothy's schouder zei hij dat het hem heel erg speet, kindje, en dat ze een paar dagen rust moest nemen, dat ze het bloed en haar voeding moest laten opdrogen, dat ze haar lichaam de kans moest geven om te genezen, want ze was een beetje ingescheurd. Toen verliet hij de kamer om met Albert te praten. Vanuit de keuken klonk één enkele gekwelde kreet.

Dorothy staarde door het dichte raam naar buiten, naar de roomwitte meibloesem die zich door de weelderige hagen slingerde, naar de hemel die zo stralend blauw was. De hemel die wist dat het kon gebeuren, maar die volmaakt onverschillig bleef. Het was een prachtige warme ochtend, net als alle ochtenden in die meimaand. Mevrouw Compton, met het bundeltje nog altijd op één arm, ruimde met de andere arm haar spullen weg. Ze blies de kaarsen uit want die waren niet meer nodig en ze liep met het bloedige bundeltje naar de deur, zonder Dorothy aan te kijken, zonder nog een woord te zeggen. Ze sloop de kamer uit. Met het bundeltje. Het was nu van haar. Ze stal Dorothy's baby.

'Ik wil hem zien,' zei Dorothy. Haar stem klonk zacht, verslagen.

Mevrouw Compton deed een stap naar achteren, de kamer weer in. 'Nee, lieverd, het is beter dat je hem niet ziet. Je hebt gehoord wat de dokter zei. Dat brengt ongeluk, zeggen ze.'

En mevrouw Compton vertrok, met het bundeltje in haar armen. Ze trok de deur achter zich dicht. Onherroepelijk. Er was geen weg terug.

27

De baby moest gevoed worden. Dorothy regelde met mevrouw Twoomey dat haar zoon elke ochtend een kan verse melk van haar geiten kwam brengen. Voor een shilling per dag; dat leek Dorothy een redelijke prijs. En of mevrouw Twoomey alsjeblieft aan haar zoon wilde vragen de melk bij het hek te zetten. Want Dorothy probeerde het in huis zo stil mogelijk te houden, om Nina niet te storen. Het arme kind had haar slaap hard nodig om weer aan te sterken. Ja, ze was echt uitgeput, ze had gruwelijk kou gevat en last van hoofdpijn en braakneigingen. Griep, dacht Dorothy. Het heerste. En dan had Nina ook nog last van haar zenuwen! En ze moest zo hoesten. Nee, een dokter was niet nodig. Een paar dagen rust, dan was ze weer helemaal de oude. Nina moest niks van dokters hebben.

Mevrouw Twoomey vond het aanvankelijk maar vreemd. Anderzijds, ze had inderdaad gehoord dat een van de ingekwartierde meisjes ziek was en moest aansterken. Dus ze hoopte dat het arme kind snel opknapte. Een potige meid, trouwens. Niet een van wie je zou verwachten dat ze ziek werd. Mevrouw Twoomey was trots op haar geiten; de melk die ze gaven was van uitstekende kwaliteit. Ze had er zelf haar oudste mee grootgebracht, toen hij erg minnetjes was als baby. Ja, vertelde ze aan Dorothy, ze had het ergste gevreesd, maar dankzij de melk van haar geiten had ze hem in leven weten te houden. En moest je hem nu eens zien! O! Wat dom van haar! Hoe kon ze dat nou vergeten? Het speet haar verschrikkelijk.

'Het geeft niet, mevrouw Twoomey. Ik ben alleen maar blij

dat u wat melk voor me wilt uitsparen. Dank u wel, zei Dorothy.

Vervolgens vertelde mevrouw Twoomey aan mevrouw Sanderson dat Dorothy Sinclair die ochtend bij haar op de stoep had gestaan met de dringende vraag om melk. En ze had er vreemd uitgezien. Mevrouw Twoomey had haar een kan melk gegeven en er een shilling voor gekregen, dus wat kon het voor kwaad? Maar de blik in haar ogen... Ze kijkt dwars door je heen! En ze zat blijkbaar wanhopig om die melk verlegen. Het is altijd al een rare geweest. En wel erg gemakkelijk met de mannen, zeggen ze, vooral met Polen, iets wat je van een vrouw als Dorothy Sinclair toch eigenlijk niet zou verwachten. Maar het hele dorp had het erover. En dat voor een vrouw van haar leeftijd! Natuurlijk, ze was nog altijd een knappe verschijning. Geen oogverblindende schoonheid, maar prettig om naar te kijken. Tenminste, voor mannen. Ze had iets nobels, iets wat respect afdwong. Het schijnt dat ze smoorverliefd is. En dat terwijl die arme Bert nog leeft! Althans, daar gaan we maar van uit. Misschien komt hij uiteindelijk wel terug om zijn oude leven weer op te pakken. Ze zeggen dat zijn vrouw weinig aandacht voor hem had. Nou, we weten allemaal hoe dat komt, nietwaar? Met Kerstmis had mevrouw Pritchard een rode sportwagen in het dorp gezien. Een MG, dacht meneer Pritchard. En hij was pas de volgende morgen opnieuw gesignaleerd! De ogen van mevrouw Pritchard zijn niet meer wat ze waren, maar ze beweert dat de Poolse majoor achter het stuur zat. En ze zeggen dat mevrouw Sinclair het heel erg vond toen hij van Lodderston naar het zuiden werd overgeplaatst. En dat hij haar liefdesbrieven schrijft. Maar hoe zit het met hem? Is hij misschien ook getrouwd? Zo jong is hij tenslotte niet meer. Er gebeurden met Kerstmis vreemde dingen in het huisje van mevrouw Sinclair. Maar die meisjes, die laten niks los. Ze zijn dol op haar. En nu is een van de twee ziek geworden. Daarom had ze die melk nodig. De grootste van de twee. Niet die kleine, die knappe. Je zou het eerder andersom verwachten, maar zo zit het.

Mevrouw Compton hoorde het geroddel aan. Er kwam nog veel meer; mevrouw Sanderson praatte maar door en gunde zich nauwelijks de tijd om adem te halen, zo gretig was ze om al het 'nieuws' te delen. Toen ze eindelijk was uitgesproken bevestigde mevrouw Pritchard dat ze inderdaad een rode sportwagen had gezien. En niet één keer. Meerdere malen.

Het ging haar niets aan, vond mevrouw Compton. Dorothy Sinclair moest zelf weten wat ze deed. Maar misschien zou ze toch nog eens langs moeten gaan. Ze vond het jammer dat Dorothy haar altijd zo ongastvrij bejegende. Mevrouw Compton had allang in de gaten dat Dorothy haar liever zag gaan dan komen; waarschijnlijk omdat ze haar nog altijd de schuld gaf van wat er twee jaar geleden met de baby was gebeurd. Maar het arme wurm was al dood geweest voor de geboorte. Misschien al uren. Misschien zelfs al een hele dag. Dat soort dingen kon gebeuren. Mevrouw Compton dacht aan haar eigen eerstgeborene. Een meisje. Ook dood ter wereld gekomen. En mevrouw Compton herinnerde zich maar al te goed hoe leeg ze zich nog jarenlang had gevoeld. Zelfs nadat ze zes gezonde kinderen op de wereld had gezet, was ze zich nog altijd bewust geweest van een leegte die alleen haar eerste, doodgeboren kindje zou kunnen vullen. En dus was die leegte nooit gevuld. Dat was de tragedie van een moeder. Inmiddels, na al die jaren, dacht mevrouw Compton er nog maar zelden aan. Het leven ging door, je moest verder met wat de Heer je toebedeelde. Het was niet aan jou om aan Hem te twijfelen. Toch liet het mevrouw Compton niet los wat Dorothy Sinclair was overkomen. Ondanks het gebrek aan hartelijkheid waarmee ze werd bejegend, voelde mevrouw Compton oprecht en intens met Dorothy mee. Aan roddelen deed ze niet, daar was ze te verstandig voor. Elke vorm van kwaadaardigheid was haar vreemd.

En dus besloot mevrouw Compton nog één keer naar Dorothy toe te gaan, om te zien of ze iets voor haar kon doen. Een kind verliezen, zeker een kind dat zo vurig gewenst was geweest en dat zo lang op zich had laten wachten, betekende een zware slag voor een moeder. Het kon nog jarenlang leiden tot depressieve gevoelens. Mevrouw Compton begreep dat als geen ander.

Ja, ze zou nog één keer haar hulp aanbieden. Ze zou nog een laatste keer bij Dorothy langsgaan.

28

De kleine John was inmiddels acht dagen oud; een mollige, welgedane baby. Zijn donkere haar viel sluik over zijn hoofdje, hij had een blos op zijn wangen en zijn grote blauwe ogen leken in een staat van voortdurende verbazing alles en iedereen op te nemen. Meestal waren ze op Dorothy gericht, die hem voedde en verschoonde en wiegde. Zijn kleine vingertjes spreidden zich wanneer hij tussen het inbakeren door met zijn armpjes zwaaide. Ze betrapte zich erop dat ze hem steeds minder strak inwikkelde. Het arme kereltje leek het veel fijner te vinden zich vrijelijk te kunnen bewegen. Hij sliep nu bij haar op de kamer, in de wieg die Albert voor Sidney had getimmerd. En vandaag, op de achtste dag, kreeg hij eindelijk zijn eerste echte bad. De tijd leek er rijp voor nu het stompje van de navelstreng was verdroogd en had losgelaten. Dorothy drukte haar gezicht in zijn haar en snoof zijn verrukkelijke babylucht op, die helaas al minder begon te worden. Hij had niet meer die bedwelmende geur van een pasgeborene.

Ze was nerveus, bang dat ze hem liet vallen; zijn kleine lijfje was zo glad en glibberig. Maar hij lag stil en rustig in de buiging van haar arm terwijl ze hem in de volgelopen gootsteen zette. Dus in plaats van zich nog langer zorgen te maken genoot ze van de blik van verwondering op zijn gezichtje terwijl ze water over zijn buikje en zijn hoofdje liet druppelen. Hij kneep zijn ogen tot spleetjes toen er water in spatte. Na het bad wikkelde Dorothy hem in een handdoek en ging met hem bij het fornuis zitten, waar ze hem knuffelde en voor hem zong. En toen hij in slaap was gevallen begon ze in gedachten aan de brief die ze later op de dag zou versturen.

Nina was weer aan het werk. Ze had een dag of twee last gehad van stuwingen, maar daarna was de melkproductie gestopt en waren haar borsten geleidelijk aan minder gezwollen geraakt, als ballonnen die heel langzaam leegliepen. Dorothy had voor de zekerheid een soort kussentjes gemaakt die Nina elke ochtend zorgvuldig in haar beha stopte. Gelukkig was de baby snel gewend geraakt aan de fles met geitenmelk. Hij dronk luidruchtig en vaak, maar zulke kleine beetjes dat het Dorothy verbijsterde dat hij nog leefde, om nog maar te zwijgen van het feit dat hij aankwam. Bovendien leek het alsof hij het grootste deel van de melk triomfantelijk – en ook weer luidruchtig – in poep omzette.

Dorothy maakte plannen. Plannen die ze aan niemand wilde vertellen. Ze wist wat haar te doen stond en waar ze naartoe zou gaan. Nina was weliswaar uitgeput, maar ook opgelucht om weer aan het werk te zijn. Ze had alle verantwoordelijkheid voor de baby aan Dorothy overgedragen en besteedde nauwelijks nog aandacht aan haar zoon.

Dorothy had Aggie en haar de vorige avond horen praten. Het was niet haar bedoeling geweest de meisjes af te luisteren, maar hun slaapkamerdeur stond op een kier en de hare wijd open. Hoewel de meisjes fluisterden, waren ze in het stille huis duidelijk te verstaan geweest.

'Wist je echt niet dat je zwanger was?' Aggie was blijkbaar niet van plan Nina's verhaal voor zoete koek te slikken.

'Dat zei ik toch?'

'Ik weet wat je hebt gezegd.'

'Waarom vraag je het dan?'

'Ik kan me gewoon niet voorstellen dat ik negen maanden zwanger zou zijn zonder dat ik ook maar iets in de gaten had.'

'Volgens mij was het geen negen maanden. Als ik terugreken kom ik op hoogstens acht. Wat moet ik er verder nog over zeggen?'

'Ik ben je beste vriendin, Nina Mullens. Ik ken je.'

'Maar hier weet je niks van.'

'Je kunt mij alles vertellen. Had je zelfs geen vermoeden?'

'Nee.'

'Maar je hebt, verdomme, urenlang weeën gehad. Kwam het toen ook niet bij je op wat er aan de hand was?'

'Nee. Ik voelde me hondsberoerd. Ik was bang. Ik dacht verdomme dat ik doodging. En ik was net zo verbijsterd als Dot toen hij eruit kwam. Echt waar.'

'O, Nina!'

'Wat is er nou?'

'Ik wou dat je hem hield. Denk er alsjeblieft nog eens over na.'

'Nee.'

'Daar krijg je spijt van,' zei Aggie. 'Ooit krijg je er spijt van.'

Dorothy ging rechtop in bed zitten, met haar armen om haar knieën, en luisterde met gespitste oren. De baby lag te slapen in zijn wiegje.

'Nee, ik krijg er geen spijt van.'

'Het is jouw kind. Niet het hare. Het is niet goed wat jullie doen.'

Dorothy kromp ineen. Maar ze bleef luisteren, ze moest weten wat er nog meer werd gezegd.

'En waarom is het niet goed?' vroeg Nina.

'Het is niet... Ik weet niet hoe ik het moet zeggen. Het is niet officieel. Zij krijgt jouw baby en niemand... Stel je nou eens voor dat ze geen goede moeder is. Dan zal jij dat nooit weten.'

'Denk je dat echt? Denk je dat Dot geen goede moeder voor John zal zijn?'

'Hij heet David.'

'John. David. Wat maakt het uit?'

'Stel je voor dat haar man terugkomt uit de oorlog. Dan

weet hij dat het kind niet van hem is. Ook niet van haar, maar dat heeft hij misschien niet door.'

'Hè? Wat?'

'Je begrijpt best wat ik bedoel!'

'Dat gaat hem allemaal niks aan. Trouwens, hij komt niet terug. Ze hadden toch ruzie?'

'Maar heb je wel goed nagedacht voordat je hem weggaf? Heb je er echt goed over nagedacht?'

'Ik kan de baby niet houden. En ik wil hem niet. Hoe vaak moeten we het hier nog over hebben? Zij wil een baby. Dus ze kan de mijne krijgen. Iedereen tevreden. Behalve jij, blijkbaar.'

'Het is geen pop, verdomme!'

'Sst. Niet zo hard,' siste Nina.

'En waar gaat ze met hem naartoe? En wanneer? Hier kan ze niet blijven. Want er hoeft maar iemand lucht van te krijgen, of het hele dorp weet hoe het zit. Trouwens, het zou me verbazen als er nog niks is uitgelekt. Misschien weet iedereen het al lang.'

'Je hebt toch niks gezegd?' vroeg Nina scherp.

Dorothy's hart ging wild tekeer. Ze was bang dat de meisjes het zouden horen, dat ze in de gaten kregen dat ze werden afgeluisterd. Ze probeerde haar ademhaling onder controle te krijgen.

'Nee, natuurlijk niet. Dat heb ik toch beloofd?'

'Ik heb ook niks gezegd. En Dot al helemaal niet. Verder weet volgens mij niemand het.'

'Nee, dat zal wel. Maar er hoeft er hier maar één te komen rondneuzen, dan weet het hele dorp het.'

'Maar er komt hier gelukkig nooit iemand. Dot is erg op zichzelf.'

'Maar stel nou eens dat de postbode hem hoort huilen. Wat dan?'

Ja. Wat dan? Maar dat gebeurde niet. Daar had Dot toch

voor gezorgd? Ze had toch overal aan gedacht?

'De postbode hoort hem niet huilen. Dot houdt alle ramen potdicht en de achterdeur zit altijd op slot. Doe toch niet zo moeilijk. Ze laat de baby het grootste deel van de dag boven. Dus er is niemand die hem hoort. Maak je geen zorgen.'

'En als nou iemand de luiers en de kleertjes aan de lijn ziet hangen?'

'Die hangt ze 's nachts op het droogrek voor het fornuis. Of heb je dat niet gezien? Ze is niet achterlijk!'

'Sst.'

'Je moet proberen er een beetje vertrouwen in te hebben. Dat heb ik ook.'

'Ja, maar uiteindelijk gaat ze hier weg. Ooit komt er een dag, dan komen we terug van de boerderij... en dan zijn ze weg. Zij en de baby. En dan zie je David nooit meer.'

'John. Dan zie ik John nooit meer.'

Daarna bleef het stil.

Het duurde lang voordat Dorothy de slaap kon vatten.

3 januari 1941

Lieve moeder,

Het spijt me dat ik zo lang niet heb geschreven. Er is heel veel gebeurd. Albert wordt vermist. Ik ben weduwe. Tenminste, dat moet ik aannemen. En ik heb een kind. Maar het kind is niet van Albert, moeder. Volgens mij betekent dat tot op zekere hoogte een opluchting voor je. Ik ben gaan inzien dat je gelijk had. Hij was niet de juiste man voor me. Ik deed mezelf met hem tekort. De vader van mijn kind is een heel bijzonder mens. Ontwikkeld, intelligent, moedig. Maar zoals zovelen is hij zijn leven op dit moment niet zeker. Ik hoop dat alles goed gaat en dat we na de oorlog kunnen trouwen. Hij komt uit Polen en hij is de liefste, de aardigste man die ik ooit heb ontmoet.

Ik zou graag weer thuis willen komen, moeder. Met John, mijn zoon. Hij is acht dagen geleden geboren. Zou je er als-

jeblieft over na willen denken of je bereid bent ons in huis te nemen? Van de Hall mag ik hier niet blijven wonen nu Albert zeer waarschijnlijk is gesneuveld. Je kleinzoon is een prachtige baby. Ik weet zeker dat je net zoveel van hem zult houden als ik.

Ik zie uit naar je antwoord.

Je dochter,
Dorothy

Haar rok was nat geworden doordat ze na zijn badje te lang met de baby bij het warme vuur was blijven zitten. Ze deed hem een schone luier om, kleedde hem aan en trok daarna zelf kousen aan en een droge rok. Het zou niet lang duren of John viel weer in slaap. Tot het zover was wiegde ze hem dicht tegen zich aan en zong voor hem. Ze zaten in de woonkamer, in haar stoel bij het raam, en het leek wel alsof zijn blik werd getrokken naar het heldere sneeuwlicht dat de kamer binnenviel.

Januari, een grijswitte maand waaraan geen eind leek te komen, met de koudste en somberste dagen van het jaar, vervulde Dorothy altijd met somberheid. Maar niet dit jaar. In deze januarimaand waren haar dagen een aaneenschakeling van geluksmomenten. Ze was dankbaar voor haar nieuwe leven, ze genoot van het moederschap dat haar eindelijk ten deel was gevallen, van de talrijke, maar verrukkelijke offers die ze ervoor bracht. Dorothy had zich nog nooit zo gelukkig gevoeld. Ze was druk bezig de achterstand weg te werken met zowel het wasgoed van de Hall als met haar eigen was. John sliep een groot deel van de dag en van die uren maakte ze gebruik om gehaast haar werk te doen. Iets minder secuur dan ze gewend was, maar ze hoopte dat niemand het merkte.

Ze wiegde de baby en zong voor hem – *Summertime* – en ook al had ze een bedroevende zangstem, John leek ervan te genieten. Toen was hij ineens in slaap gevallen, van het ene op het andere moment, zoals alleen baby's dat kunnen. Ze legde hem in de zwarte kinderwagen, dekte hem toe met het zachte dekentje en zette de wagen dichter bij het vuur, maar niet te dichtbij.

Ze kon hier niet lang meer blijven. Het werd tijd om Lincolnshire te verlaten, om met de noorderzon te vertrekken, samen met de baby. Aggies waarschuwende woorden van de vorige avond vervulden haar met angst. Ze moest iets ondernemen, ze kon zich niet blijven verschuilen en genieten van het moment. Veel zou ze niet mee kunnen nemen. In gedachten maakte ze een lijstje. Haar grootste zorg was hoe ze ongezien op het station van Lincoln moest komen. Of in elk geval zonder argwaan te wekken.

Ze moest de brief aan haar moeder op de post doen, maar wat deed ze dan met John? Ze wilde hem niet op de arm meenemen, uit angst dat iemand haar zag. Van de kinderwagen kon al helemaal geen sprake zijn. Ze keek naar het slapende kind; op af en toe een zucht na, ademde het zo rustig, zo regelmatig dat ze besloot het erop te wagen. Haastig schoot ze haar jas en haar rubberlaarzen aan. Ze kon in vijf minuten op en neer naar de brievenbus. Zorgvuldig deed ze de keukendeur op slot, toen zette ze het op een rennen door de tintelende vrieskou, glibberend over de bevroren sneeuw.

Het pad naar de keukendeur glom als een ijsbaan. Voorzichtig, voetje voor voetje, zocht mevrouw Compton haar weg. Gladheid maakte haar onzeker. Ze werd er niet jonger op en ze was doodsbang om te vallen en een heup te breken. Dat overkwam vrouwen op leeftijd maar al te vaak. Ze was op de fiets gekomen; een ritje van nog geen vijf kilometer, maar ze had er meer dan een uur over gedaan. Op erg gladde stukken was ze afgestapt en had ze de fiets aan de hand genomen. Bij het huisje van mevrouw Sinclair gekomen zette ze opgelucht haar fiets tegen de haag.

Voorzichtig duwde ze tegen de keukendeur. Hij gaf niet

mee. Ze probeerde de klink. De deur zat op slot. Dat was ongebruikelijk. Uit beleefdheid klopte mevrouw Compton altijd wanneer ze langskwam, maar ze wist dat Dorothy haar deur doorgaans niet op slot deed. En als het warm genoeg was stond de deur zelfs op een kier.

Ze klopte. En wachtte.

Was er niemand thuis?

Toen ze kwam aanfietsen was het haar opgevallen dat de kanten gordijnen voor het raam van de woonkamer waren weggehaald. Dus ze liep over het bevroren gras naar de voorkant van het huis, legde haar hand boven haar ogen en gluurde naar binnen.

29

Een zwart-witfoto van een klein meisje met witte sokjes,
schoenen met bandjes en staartjes in het haar, trots poserend
in een jurk met kantjes en ruches waarvan we naar de kleur
zullen moeten raden. Het meisje lacht stralend, ze mist twee
voortanden. Een vrouw houdt haar bij de hand, maar het is
een vrouw zonder gezicht, zonder hoofd. We zien alleen haar
benen, een donkere rok, een arm en een hand. Er staat niets
op de achterkant van de foto.

(Gevonden in *Treasury of Nursery Rhymes* door Hilda Bos-
well. Het boek verkeerde in goede conditie en kwam voor £15
op de plank met collector's items op de kinderafdeling. Het
werd nog diezelfde dag verkocht.)

Terwijl ik bezig was aan te sterken kwam Philip elke dag langs.
En niet alleen dat, hij maakte de vloeren en kasten schoon, hij
lapte de ramen, hij sopte de koel-vriescombinatie. Ik had niet
beseft dat mijn appartement zo smerig was. Hij zorgde dat ik
at en hij stimuleerde me om te douchen en me aan te kleden.
Aan het eind van de derde dag zei hij dat zijn werk erop zat.
En dat hij me in de boekwinkel verwachtte zodra ik er klaar
voor was en dacht dat ik het aankon.

Inmiddels is het zover. Sophie knuffelt me, Jenna slaat een
arm om mijn schouders en Patricia, onze nieuweling, schudt
me de hand. Philip komt glimlachend zijn kantoor uit. Ik
bied aan koffie te zetten. Nadat ik de mokken heb rondge-

deeld, vraagt Philip me de afdeling Fictie hardcovers door te nemen en alle boeken die er al meer dan een jaar staan voor de halve prijs in de koopjeshoek te zetten. Ik ben dol op dat soort klussen.

Boekenstof heeft een troostrijke geur, maar gezond is anders. En ik voel me onzeker, een beetje kwetsbaar. Als ik te veel om me heen kijk, als ik te veel beweeg... keren de muren en de planken zich dan tegen me? Zullen ze honen en me als levende wezens uitjouwen, zullen ze me nakijken wanneer ik in tranen de deur uit ren? Zullen ze me uitlachen om de traagheid, de onbeholpenheid waarmee ik op de vlucht sla? En de boeken... leven die ook? Fluisteren ze onder elkaar over mij, haten ze me?

Hou op met die onzin, Roberta, zeg ik streng tegen mezelf. Het zijn boeken! En je bent weer beter.

Gisteren ben ik bij Babunia geweest. Het leek me goed om bij haar langs te gaan voordat ik weer aan het werk ging en voordat de decemberdrukte goed en wel op gang komt. Ik wilde haar vertellen over pap en ik had bloemen bij me, nog voor haar verjaardag in november, waarbij ik verstek had laten gaan. Ze vond de bloemen prachtig, maar ze wist niet meer dat ze jarig was geweest. Hoe oud was ze nu, vroeg ze. Honderdacht? Honderdzeven? Zoiets, zei ik. Ze had weer een telegram gekregen van de koningin, maar ze dacht niet dat de koningin het zelf had ondertekend.

'Wat zie je pips.' Ze nam me onderzoekend op. En dat deed me goed. Ik vind het altijd fijn als ze zo alert is.

'Ik voel me prima, Babunia.'

'Ben je ziek geweest?'

'Nee! Ik had een beetje kou gevat. Niets om je zorgen over te maken.'

'Toch moet je goed voor jezelf zorgen. Die jonge meisjes van tegenwoordig kleden zich veel te dun.'

'Hoezo te dun!' Ik draaide voor haar in het rond.

Ze keek naar mijn dikke trui met polokraag, mijn vest en mijn spijkerbroek met laarzen en bromde wat.

Ziezo. Daar had ze niet van terug.

'Hoe is het met die zoon van me?' vroeg ze.

Ik aarzelde. Wat moest ik zeggen? Ze was juist zo vrolijk; ze straalde net als de kerstversiering die ik in haar kamer ophing.

'Heel goed,' zei ik uiteindelijk. 'Hij heeft het alleen nogal druk op zijn werk.'

'Ik dacht dat hij met pensioen was.' Ze viste een lange slinger van goudfolie uit de doos met kerstspullen, waarvan er sommige net zo oud waren als ik, misschien zelfs ouder.

Ik pakte de slinger van haar aan en schudde hem los. 'Dat is hij ook, maar je weet hoe hij is. Hij houdt graag nog een oogje in het zeil.'

'Ik ben zo trots op hem. Op mijn zoon.'

'Dat weet ik. Ik ben ook trots op hem.' Om te voorkomen dat mijn stem brak en dat ik mezelf verried door in tranen uit te barsten, wikkelde ik de slinger liefkozend om haar schouders en drukte een kus op haar voorhoofd.

Ze begon te lachen.

En nu stof ik weer boeken af. Ik ben gelukkig. Want ik ben weer thuis. Elk boek dat ik controleer, wordt warmer, zachter in mijn hand, lijkt het. Ik vind het heerlijk om verstopt te zitten in de achterste ruimte, met de tuindeuren stijf dicht tegen de oprukkende duisternis van de winter, met Sophie bij de kassa en met Jenna en Patricia in de entree waar ze een kerstboom optuigen en de boel versieren met hulst en klimop. Er komt maar heel af en toe een klant langs terwijl ik, op mijn piepende kruk gezeten, boeken afstof en opnieuw prijs voordat ze naar de koopjeshoek gaan.

Dan valt er een envelop uit *The Death of the Heart*, door Elizabeth Bowen, een herdruk uit 1949. Het is een roman waar Philip en ik allebei weg van zijn. Ik weet nog dat we er langdurig over hebben gesproken toen ik pas bij de Old and New werkte. Ik raap de envelop van de grond. Hij ruikt nieuw en zo ziet hij er ook uit; gemaakt van zwaar, ivoorkleurig linnenpapier met een watermerk. Een chique envelop. Hij is dichtgeplakt. Ik draai hem om. *Roberta* staat er op de voorkant. En natuurlijk duurt het even voordat het tot me doordringt dat de brief voor mij bedoeld is.

30

Dorothy haastte zich terug naar huis, maar bij het hek gekomen bleef ze met een ruk staan. Onwillekeurig slaakte ze een zachte kreet, waarop mevrouw Compton, die nog altijd door het raam van de woonkamer stond te kijken, zich naar haar omdraaide.

John slaakte ook een kreet: kort, scherp, even helder als de frisse buitenlucht. En duidelijk hoorbaar voor de geschokte vrouwen, ondanks het glas dat hem van hen scheidde.

Dorothy staarde naar mevrouw Compton. Mevrouw Compton staarde naar Dorothy. Geen van beiden zei iets, ze knipperden zelfs niet met hun ogen. En ze wisten geen van beiden wie er aan zet was.

O god, nee! Dat kon niet waar zijn. Uitgerekend nu, uitgerekend hier! Zo dicht bij John. Zo dicht bij de uitvoer van haar plannen, bij de verwezenlijking van de droom die ze jarenlang had gekoesterd. Zo dicht bij het geluk waarin ze al niet meer had durven geloven. Daar stond ze – dat afschuwelijke mens, haar aartsvijandin – door het raam van de woonkamer te gluren, waarvan de kanten gordijnen aan de lijn te drogen hingen. Ze waren zo vergeeld geweest door de rook dat Dorothy die ochtend had besloten ze te wassen.

Daar stond ze, die akelige bemoeial, naar de reusachtige zwarte kinderwagen te loeren, waarin de baby het nietsvermoedend op een schreeuwen had gezet.

Wat moest ze doen, vroeg Dorothy zich af. Zou ze de moed hebben om mevrouw Compton te zeggen hoe ze werkelijk over haar dacht? Maar wat had het voor zin? Het was te laat. Mevrouw Compton had haar ogen niet in haar zak zitten – integendeel! – dus Dorothy deed het hek achter zich dicht, liep kordaat naar de keukendeur en stak de sleutel in het slot. Ze was zich ervan bewust dat mevrouw Compton achter haar aan kwam en ze voelde zich in het nauw gedreven; gevangen, als een hond aan een riem.

Eenmaal binnen gooide ze de keukendeur achter zich dicht en deed hem weer op slot.

'Dorothy!' De stem van mevrouw Compton werd nauwelijks gedempt door de deur. 'Dorothy? Laat me erin. Alsjeblieft, laat me erin. Ik zal je niet... Je kunt me toch niet in de kou laten staan? Ik ben het hele eind komen fietsen. Om met je te praten. Want er doen allerlei geruchten de ronde. Ik maak me zorgen. En ik wil je alleen maar helpen. Echt waar.'

Dorothy negeerde haar en haastte zich naar de woonkamer. John kalmeerde zodra ze hem uit de wagen tilde. Ze hield hem dicht tegen zich aan. De tranen stroomden over haar wangen terwijl ze zichzelf vervloekte om haar slordigheid, haar nonchalance. Toen schuifelde ze terug naar de keuken. Heel langzaam, in een poging het onvermijdelijke uit te stellen. Ze drukte John nog dichter tegen zich aan.

'Koud!' was alles wat mevrouw Compton zei toen de deur eindelijk openging. Dorothy deed een stap naar achteren. Ze klampte zich bevend vast aan de slaperige baby, terwijl ze het gebreide dekentje nog dichter om hem heen trok.

Wat was koud? Het weer? De ontvangst? Het huis? Nee. Alle kachels brandden.

Dorothy legde de baby, die alweer in diepe rust was, terug in zijn wagen en reed die naar de keuken, waar hij groot en zwart een hele hoek vulde. Haastig zette ze thee en ze gunde hem nauwelijks de tijd om te trekken voordat ze met bevende handen twee koppen inschonk. Mevrouw Compton deed alsof ze het niet merkte. Ze nam een slok. De klok tikte. Ze spraken over koetjes en kalfjes, over het weer. Mevrouw Compton informeerde naar Nina's gezondheid. Maar er werd met geen woord gesproken over de slapende baby, ook al klonk er uit de wagen af en toe een tevreden zucht of een zoet, gefluisterd gebrabbel.

Toen John weer begon te huilen schoof mevrouw Compton haar stoel naar achteren, maar Dorothy was haar te snel af en ging beschermend voor de kinderwagen staan.

'Nee!' riep ze.

'Maar hij huilt.'

'Ik haal hem uit de wagen. Maar waag het niet hem aan te raken.'

Ze nam John op de arm, wiegde hem en praatte sussend op hem in. Terwijl ze met het kind voor het keukenraam ging staan en naar de witte wereld staarde, begon ze opnieuw te huilen, heel zacht, bijna zonder geluid. Vreemd, dacht ze. De baby was van het ene op het andere moment geen geheim meer. Zijn bestaan was ineens bekend; uitgerekend bij de allerlaatste van wie Dorothy vond dat ze er recht op had om van zijn bestaan te weten. Maar John wist van niets; hij was onwetend van alle strijd die zou volgen. Hij wilde getroost worden en het kon hem niet schelen door wie. Het was een afschuwelijke waarheid: hij zou met iedereen genoegen nemen.

Dorothy keerde het raam de rug toe en keek mevrouw Compton aan, wier gezicht een en al verwarring en bezorgdheid uitdrukte.

'Gaat u alstublieft weg,' zei ze.

'Van wie is die baby?'

'Het is een baby. Gewoon een baby. Ik heb u gevraagd om weg te gaan. Dus wegwezen! Opdonderen! Ik wil u hier nooit meer zien!' Dorothy's wangen gloeiden, zowel van schaamte om wat ze had gezegd, als van woede bij de gedachte dat ze John zou kwijtraken.

'Een baby komt niet zomaar uit de lucht vallen, Dorothy.'

'Hij is van mij!' zei ze gejaagd.

'Van jou?'

'Ja.'

Mevrouw Compton was verbijsterd. 'Maar je was helemaal niet... Je bent toch niet zwanger geweest? Ik heb je vóór de kerst nog gezien. Je was broodmager.'

'Het is mijn baby,' hield Dorothy vol.

'Dat kan niet,' zei mevrouw Compton vastberaden.

Als ze hertenbokken waren geweest – neushoorns of olifanten – zouden ze allang op elkaar af zijn gestormd, voor een gevecht dat een van de twee met de dood zou moeten bekopen. Dorothy's ademhaling ging snel en hijgend, haar hart bonsde zoals het nog nooit had gebonsd, zelfs niet toen Albert haar verkrachtte.

Ze drukte John tegen zich aan, aaide zijn hoofdje, drukte er een kus op en kon niet voorkomen dat haar tranen op zijn zachte, donkere haar vielen. 'Deze krijgt u niet!' beet ze mevrouw Compton woedend toe.

'Dat is goed.' Mevrouw Compton klonk merkwaardig kalm, bijna vriendelijk.

'Is dat alles wat u te zeggen hebt?'

'Wat moet ik anders zeggen?'

'Nee, dat is zo.'

'Wil je me alsjeblieft vertellen waar die baby vandaan komt? Is het een jongetje?'

'Ja, het is een jongetje.' Dorothy keek haar wantrouwend aan.

'En hoe... hoe kom je aan hem, Dorothy? Heb je hem... O, God verhoede dat. Je hebt hem toch niet gestolen?'

'Nee, natuurlijk niet.'

'Ik weet hoe verschrikkelijk je hebt geleden onder het verlies van Sidney. Het zou niet voor het eerst zijn dat een treurende moeder een baby steelt. En ik zou het begrijpen. Echt waar. Maar...' Het ontging Dorothy niet dat er een toon van gezag in haar stem sloop. 'Dat kind moet terug naar zijn moeder. Besef je wel hoe zij zich voelt? Of is dat niet bij je opgekomen?'

'Hoe durft u het over Sidney te hebben?' grauwde Dorothy. 'Daar wil ik niet over praten.'

'Goed. Dan doen we dat niet. Maar we moeten wel over déze baby praten.'

'Hebt u gehoord dat er ergens een baby wordt vermist?'

'Nee. Maar dat wil nog niet zeggen...'

'Ik heb hem niet gestolen,' zei Dorothy. 'Echt niet. Dat zweer ik.'

'Maar van wie is hij dan?'

'Dat zeg ik toch? Hij is van mij.'

'Dat kan niet. Is het soms een neefje van je? Of de baby van een vriendin?' Mevrouw Compton fronste haar voorhoofd in een poging het te begrijpen.

'Nee.'

'Dorothy, je moet het me vertellen. Alsjeblieft.'

'Hij is van Nina! Het is haar baby. Maar ze wil hem niet. Niemand mag het weten. Ik zorg voor hem. En ze zegt dat ik hem mag hebben.'

'Lieve hemel!'

'Nou weet u het.' Dorothy suste John die door haar luide stem was wakker geschrokken.

'De baby van Nina?' herhaalde mevrouw Compton.

'We wisten niet dat ze in verwachting was. En ze wist het zelf ook niet, zegt ze.'

'Dat kan ik me nauwelijks voorstellen. Wanneer is hij geboren?'

'Op Boxing Day. Ik heb geholpen bij de bevalling. Hij is geboren in de North Barn.'

'In een stal? Net als de Heer.'

'Ja... zo zou je het kunnen zeggen,' zei Dorothy vermoeid.

'Nou, je hebt me wel laten schrikken. Ik vreesde het ergste.

Afijn, ik rij straks meteen bij dokter Soames langs. Die weet vast raad. Is Nina al bij hem geweest?'

'Nee, natuurlijk niet!' Dorothy werd opnieuw overvallen door paniek. 'Niemand mag het weten. Begrijpt u dat dan niet?'

'Dat zei je al. Maar is alles goed met Nina?'

'Ik geloof het wel. Ze bloedt nog en ze was een beetje inge-scheurd, maar ze heeft geen pijn en het voelt alsof het aan het genezen is, zegt ze. Koorts heeft ze ook niet. Ze is niet echt verzwakt, alleen moe.'

'Misschien zou ik even kunnen kijken,' opperde mevrouw Compton zacht. Haar stem beefde licht, besefte Dorothy tot haar verbazing. 'Ik heb al heel wat jonge moeders gehecht. Daar is het nu natuurlijk te laat voor. Maar ik zou kunnen controleren of alles in orde is.'

'En dan?'

De klok tikte, John begon te jengelen om melk. Dorothy wachtte af, haar hart bonsde, haar adem ging snel en opper-vlakkig.

'Dat is iets tussen jou en Nina,' zei mevrouw Compton ten slotte. 'Ik neem aan dat jullie hebben afgesproken hoe het verder moet.'

Dorothy vroeg zich af of ze het goed had verstaan, maar mevrouw Compton keek haar rustig en welwillend aan.

'Ze wilde hem naar de nonnen sturen.' Dorothy streelde John over zijn haartjes en bewoog hem zachtjes op haar arm op en neer. Hij had honger en liet zich niet meer sussen.

'God verhoede dat!' verzuchtte mevrouw Compton uit de grond van haar hart. 'Weet je wat, als jij zijn melk warm maakt, zal ik hem even onderzoeken. Ik moet zeggen, hij ziet er goed uit. Maar je weet nooit. Krijgt hij toevallig geitenmelk?'

Mevrouw Compton verklaarde dat de baby blakend gezond was.

De geitenmelk sloeg duidelijk goed aan en inderdaad, hoe meer ze erover nadacht, hoe logischer het haar leek om de hele zaak stil te houden. Nina – 'God sta haar bij' – was niet de slimste als ze niet eens had gemerkt dat ze in verwachting was! En trouwens, ze wilde de kleine helemaal niet. Ze had te weinig moederlijke gevoelens. Dat kwam wel vaker voor bij jonge meisjes. Hoe oud was ze? Negentien? Ach, dat was nog wel erg jong. En ze zette nog zo graag de bloemetjes buiten... Maar jij, Dorothy, jij bent een rijpe vrouw. Je kunt het aan om een kind groot te brengen en je hebt al zoveel pech gehad... Je moet wel blind zijn om niet te zien hoeveel je nu al van hem houdt, zoals alleen een moeder van een kind kan houden. De liefde voor een pasgeboren kindje was iets heel bijzonders. De oerdrang om te beschermen. Van Nina hoefde niemand iets te verwachten... misschien kwam het verstand met de jaren. Misschien zou ze het moederschap ooit omhelzen en een man vinden die bereid was haar onwettige kind te accepteren. Maar die kleine schat kon geen tien jaar wachten, hij had nu liefde nodig. En jij bent een uitstekende moeder, Dorothy. Je verdient het dat het geluk je eindelijk toelacht; je verdient dit geschenk of hoe je het ook wilt noemen. Laat maar weten als ik iets kan doen. Ik zal je helpen.

De ochtend ging over in de middag, de uren verstreken, de kachels in het hele huis brandden, er kwam een verse pot thee op tafel, er werden boterhammen gesmeerd. De baby werd geknuffeld en gevoed, en nog eens gevoed. Uiteindelijk, om drie uur, stapte mevrouw Compton weer op de fiets om door het sombere januarilicht naar het dorp terug te rijden.

Er was een verbond gesloten, een onwaarschijnlijke alliantie gevormd. Het geheim was veilig.

Er verstreek een aantal dagen waarin er niet veel gebeurde. Met elke nieuwe dag leek Nina verder van haar zoon verwijderd te raken en voelde Dorothy zich hechter met hem verbonden. De nachten waren koud en ook overdag werd het niet veel warmer. Dorothy had het gevoel dat er nooit een eind aan de winter zou komen.

Tijdens de lange, angstige dagen keek ze hunkerend uit naar een brief.

En eindelijk stopte de postbode bij haar hek en viel er een kleine envelop op de mat in de keuken.

8 januari 1941

Lieve Dorothy,

Ik was verrast en dolgelukkig om van je te horen. Natuurlijk moet je met je zoon naar huis komen, lieverd, wat er tussen ons ook is voorgevallen. De oorlog heeft me milder gemaakt. 'Het leven is kort' zeggen ze en dat is maar al te waar. Ik ben de laatste tijd veel alleen en ik moet bekennen dat het vooruitzicht van gezelschap, van een kleinkind in huis, me erg aanspreekt. Je bent welkom zodra het je schikt. Ik zie uit naar je komst.

Moeder

Dorothy keek om zich heen in het grote, intimiderende kantoor met een lambrisering van eikenhout en een plafond als een nacht zonder maan. Ze gruwde van de gladde leren zitting, bang dat ze van haar stoel zou glijden. Het zweet sloeg haar uit, hoewel het bepaald niet warm was in het kantoor. De vrouw tegenover haar zat ineengedoken, gehuld in een dik vest, achter haar bureau. Ze keek glimlachend naar Dorothy op.

'Ik ben zover. Dan ga ik u nu een aantal vragen stellen.'

Dorothy gaf antwoord en noemde de naam van de baby – John – en vervolgens haar eigen voornaam, haar meisjesnaam, haar adres, de naam van de vader, diens adres en beroep. De avond tevoren had ze opgeschreven wat ze zou zeggen. Jan en zij waren nog maar net getrouwd. Vanwege de baby hadden ze daar niet mee willen wachten. In oorlogstijd namen mensen soms overhaaste beslissingen. Dorothy haalde haar schouders op.

De ambtenaar van de burgerlijke stand, die er nogal levensmoe uitzag, ging er niet op in. Ze noteerde alles en keek alleen op toen ze Dorothy vroeg de naam Pietrykowski te spellen. Jan was met een j, zei Dorothy nadrukkelijk. Niet met een y. Haar maag was dusdanig van streek dat ze gedurende een afschuwelijk moment dacht dat ze moest overgeven. Ze ademde diep in en zei tegen de ambtenaar dat ze zich niet lekker voelde; dat ze nog altijd erg moe was van de bevalling.

'Wanneer is John geboren?'

'Op 26 december.'

'En waar heeft de geboorte plaatsgevonden?'

'In een stal.'

'Lieve hemel.' De ambtenaar keek opnieuw op, alsof ze dacht dat Dorothy een grapje maakte.

'Op de boerderij van Lodderston Hall.'

'In dat geval noteer ik het adres van de boerderij als plaats van geboorte. Goeie genade, het arme kind.'

'Ja, hij heeft ons verrast. Het... het ging allemaal erg plotseling.'

'Dat begrijp ik. Maar is dat eigenlijk niet de beste manier? Mijn arme zus had bij al haar kinderen urenlang weeën. Als ik mocht kiezen zou ik het wel weten.'

Daarmee was de zaak rond en Dorothy verliet het kantoor in het bezit van Johns geboortebewijs. Ze rende naar de halte, net op tijd voor de bus. Eenmaal op een bank helemaal achterin vouwde ze het document open. Daar stond het, in blauwe inkt op roze papier. De naam van Johns moeder. En de naam van zijn vader.

Ze had de wet overtreden. En het was verrassend gemakkelijk gebleken. De gegevens waren verzonnen. Maar het document was officieel, onherroepelijk.

En weer – voor de tweede keer in haar leven – had Dorothy

het vreemde gevoel dat ze nu pas echt leefde. Ze keek uit het raampje, in het besef dat ze deze bijzondere rit maar één keer zou maken en daarna nooit meer. Een ongekende opwinding nam bezit van haar, een gevoel van angst, een overweldigende huiver. Ze dacht aan de uil in haar droom, op de vlucht voor de aanstormende kraaien.

Aan Jan wilde ze niet denken. Ze wilde zijn stem niet horen, zijn wijze woorden, zijn nuchtere kijk op de zaak, zijn afkeuring; dat laatste al helemaal niet. Ze zou deze kans grijpen – het was de kans van haar leven – en niets of niemand kon haar op haar schreden doen terugkeren. Dit was de weg die ze had gekozen.

En daarvoor was ze bereid alles en iedereen op te offeren. Ook die keuze was onherroepelijk.

Thuis vond ze John in slaap in de armen van mevrouw Compton. Ze had hem gevoed en twee keer verschoond en tussendoor had hij bijna de hele tijd zoet geslapen. Wat een makkelijk kind, de kleine schat. En? Was het gelukt?

Dorothy knikte.

'Dan kun je morgen vertrekken. En dat moet ook. Ik ben er om halfzeven. Maak je geen zorgen. Ik vind wel een manier om hier te komen. Zorg dat je klaarstaat. Het komt allemaal goed, Dorothy. Je moet vooruitkijken. En het verleden achter je laten.'

31

Nog vroeger dan anders smeerde Dorothy boterhammen voor Aggie en Nina en vulde ze een thermosfles. Helaas maar één, zei ze. De andere was stukgevallen. Heel vervelend. Ze zou zo snel mogelijk een nieuwe moeten kopen. Zoals altijd nam ze opgewekt afscheid van de meisjes, ze drukte hun op het hart te zorgen dat ze goed warm bleven en controleerde of ze hun das en handschoenen bij zich hadden. Ondertussen veegde ze haar handen af aan haar schort en streek het haar uit haar gezicht; kortom, een dag zoals alle andere in het nieuwe, maar inmiddels alweer gewone leven dat was begonnen op Boxing Day. Samen met mevrouw Compton was ze tot de conclusie gekomen dat ze maar beter niets kon zeggen. Stel je voor dat Nina zich bedacht.

Wees voorzichtig. Een leugentje om bestwil kan geen kwaad. Vertel gerust zoveel leugentjes om bestwil als je denkt nodig te hebben. Jonge meisjes kunnen zo wispelturig zijn. Dat zou de situatie erg ongemakkelijk maken, heel zacht uitgedrukt. Je hart zou breken. Dus zeg maar niets, Dorothy. En doe alsof het een dag is als alle andere.

Vanachter het keukenraam keek Dorothy de meisjes na terwijl ze de Long Acre overstaken; twee verloren figuurtjes die steeds kleiner werden totdat ze uiteindelijk uit het zicht waren verdwenen. Ze pinkte een traan weg, in het besef dat ze de meisjes nooit meer zou zien. Ze hadden veel meegemaakt samen en ze hadden keihard gewerkt, omringd door dood en verlies, door verdriet, wanhoop, bommen en neerstortende vliegtuigen. Dorothy hoopte oprecht dat het de meisjes goed zou gaan. En intuïtief, ergens heel diep vanbinnen, wist ze dat ze zich geen zorgen over hen hoefde te maken.

Ze smeerde boterhammen voor zichzelf, wikkelde ze in bruin papier en ruimde haastig de keuken op. Toen pakte ze haar spullen, alleen wat ze echt nodig had. Ze stopte Johns geboortebewijs in de koffer, samen met zijn kleertjes, zijn dekentjes en Jans overhemd. Ze had de laatste knoop er alsnog aangenaaid maar het overhemd niet gewassen of gestreken, omdat ze zijn geur wilde bewaren. Het lukte haar niet hem uit haar hoofd, uit haar leven te zetten, hem in te ruilen voor de baby die ze als haar eigen kind had laten registreren. Ze zou Jan het overhemd nooit terugsturen.

Verder deed ze het bundeltje brieven die hij haar had gestuurd in de koffer, wat toiletspulletjes en wat schone kleren voor zichzelf. Haar boterhammen deed ze in haar boodschappenmand, samen met een thermosfles warme geitenmelk, één glazen fles – voor meer had ze geen ruimte – en een paar slabbetjes, een stapeltje luiers, veiligheidsspelden, poeder en washandjes in de gebreide luiertas. Haar portemonnee stopte ze in haar handtas. Die kon ze over haar schouder hangen. Er zat twee pond in, geleend van mevrouw Compton. Zodra ze eenmaal op orde was, zou ze het geld terugbetalen. Ze hadden het natuurlijk uitvoerig over geld gehad.

Gelukkig hoefde ze geen onhandelbaar gasmasker mee te sjouwen, want ze was naar geen van de bijeenkomsten geweest waarbij die werden uitgedeeld. Helaas kon ze de kinderwagen niet meenemen op de lange reis. Ze vroeg zich zelfs af of ze onderweg haar handen voldoende vrij zou hebben om af en toe op een station een kop thee te kopen. Waarschijnlijk niet.

En dat was niet haar enige zorg. Wat als haar moeder zich had bedacht? Als ze haar de deur zou wijzen? Dorothy hoopte dat de mildheid van haar moeder zou standhouden bij het zien van haar kleinzoon en dat ze haar dochter, die werd verondersteld weduwe te zijn, weer gastvrij zou opnemen in het huis dat Dorothy zeven jaar eerder zo gretig was ontvlucht. Daar hing alles van af. Want dat was Dorothy's enige optie. Terug naar huis. Naar haar moeder. Simpel en voor de hand liggend. Ze kon alleen maar hopen dat haar moeder inmiddels niet van gedachten was veranderd. Dorothy besefte dat ze haar moeder uiteindelijk de volledige waarheid zou moeten vertellen. Daar ontkwam ze waarschijnlijk niet aan. Maar dat besluit hoefde ze nu nog niet te nemen.

Mevrouw Compton hield woord en kwam al vroeg, maar pas nadat de meisjes naar hun werk waren vertrokken. Ze had de auto van dokter Soames geleend. Hoe ze dat voor elkaar had gekregen, wist Dorothy niet en ze vroeg er ook niet naar. Mevrouw Compton en de dokter waren goed bevriend. Misschien had ze gezegd dat ze het dorp uit moest, dat ze in de sneeuw en de gladheid en de onbarmhartige kou bij een vrouw in barensnood was geroepen.

Voordat ze de deur voor het laatst achter zich dichttrok, liep Dorothy nog één keer van kamer naar kamer. Haar blik ging over alles wat ze achterliet en dat was veel; ze nam bijna niets mee. Ze stelde zich voor dat Aggie en Nina in het huisje zouden blijven wonen, althans voorlopig, misschien samen met een paar andere meisjes van het Women's Land Army. Waar zouden ze de tijd vandaan halen om te koken en schoon te maken en te wassen? Bij de platenspeler bleef ze staan. Ze veegde het laagje stof eraf, tilde het deksel op en liet het weer zakken. De grammofoon was nog altijd in bruikleen. Ze zou een manier moeten zien te vinden om hem terug te geven. Maar ze wist niet hoe. Ze zou hem moeten achterlaten, in de hoop dat de meisjes er nog lang plezier van zouden hebben. Tot de eigenaar in de gelegenheid was hem terug te halen.

In de hectische tijd na Johns geboorte had Dorothy haar

uiterste best gedaan niet aan Jan te denken. Maar hij zat in haar hoofd, in haar lijf; het was alsof hij aan haar trok. Ze kon hem onmogelijk vergeten. Toch kon ze zich zijn gezicht al niet meer voor de geest halen, net zomin als ze de klank van zijn stem kon oproepen, het gevoel van zijn gespierde, gebruinde armen om haar heen, het beeld van zijn blauwe ogen, van zijn zwarte haar. Hij was al verworden tot een herinnering; tot iets uit een lang vervlogen tijd. Ze had verdriet om hem; hij was zo'n lieve man en in de korte tijd dat ze elkaar hadden gekend, had hij haar zoveel gegeven. Jan was haar eerste en enige echte geliefde geweest. En als de baby niet op zo'n onverwachte, overweldigende manier in haar leven was gekomen, zou ze zich een toekomst met Jan hebben gewenst. Waarschijnlijk zouden ze zijn getrouwd en de rest van hun leven bij elkaar zijn gebleven. Kinderen zouden er niet meer zijn gekomen. Ze voelde dat haar lichaam daar niet meer toe in staat was. Dat 'verval', zoals ze het zou hebben ervaren, zou haar nog maar enkele dagen eerder in paniek hebben gebracht. Nu had ze John en was hij het enige wat telde.

Jan en John. Jan óf John.

Als ze moest kiezen, dan had ze haar keuze gemaakt.

Mevrouw Compton zei niet veel tijdens de rit naar Lincoln, maar concentreerde zich op de weg. Ze vertelde wel dat ze zichzelf jaren geleden had leren rijden, tegen het uitdrukkelijke advies van wijlen haar echtgenoot in. Zelf vond ze dat ze goed reed, maar ze deed het niet graag, vooral 's winters niet. Toch bleek het nu goed van pas te komen. Waarop ze Dorothy een zijdelingse blik toewierp, met de trage, veelbetekenende glimlach van samenzweerders onder elkaar.

Dorothy moest vechten tegen haar tranen. Het was niet gemakkelijk om het huis dat zeven jaar lang haar thuis was geweest achter te laten. Het was het decor geweest van bijna alle ingrijpende gebeurtenissen in haar leven. Ze had er haar maagdelijkheid verloren, ze was er diverse malen zwanger geraakt en ze had er een kind ter wereld gebracht. Ze had er Sidney verloren, ze was er verliefd geworden op Jan en ze had er zichzelf leren naaien en koken. Maar boven alles had ze in het huis het geschenk ontvangen dat John voor haar was. Ze zou er nooit meer terugkeren, wist ze. Sterker nog, ze zou zelfs Lincolnshire nooit meer terugzien.

Bij het station aangekomen, keken de twee vrouwen nerveus om zich heen voordat ze in de ijzige ochtendmist uit de auto stapten. Mevrouw Compton stond erop de mand en de koffer te dragen en John vast te houden terwijl Dorothy bij het loket een kaartje kocht. Vervolgens gaf mevrouw Compton haar een kop thee die ze in de stationsrestauratie had gekocht.

'Daar krijg je later misschien geen kans meer voor,' zei ze. 'Dus het is goed als je nu nog wat drinkt.'

Dorothy bedankte haar, dronk haastig de beker leeg en even later waren ze op weg naar het derde perron. Er werd niet gesproken, het enige geluid was het getik van Dorothy's hakken. Ze ging met de eerste trein en op dit vroege uur stonden er gelukkig nog geen andere passagiers te wachten. Toch voelde Dorothy zich slecht op haar gemak, ze keek onophoudelijk om zich heen, ging met haar tong langs haar droge lippen en schraapte om de haverklap haar keel. Mevrouw Compton weigerde weg te gaan voordat de trein kwam, ze stond dicht – te dicht – naast Dorothy, alsof ze haar wilde bewaken.

'Wat is hier aan de hand?'

Dorothy en mevrouw Compton schrokken allebei toen een tengere gedaante in een lange jas, met rubberlaarzen en een hoed uit de wachtkamer naar buiten kwam.

'Aggie.' Mevrouw Compton deed een stap opzij om Dorothy en de baby af te schermen. 'Wat doe jij hier?'

'Ik heb jullie door! Trouwens, wat doet ú hier? Ze kan u niet uitstaan.'

Even bleef het stil op het perron, toen kwam Dorothy achter mevrouw Compton vandaan. 'Kunnen we er niet over praten, Aggie?'

'Daarom bén ik hier! En om te voorkomen dat Nina's baby wordt gestolen.'

'Ik steel hem niet,' protesteerde Dorothy verontwaardigd.

'Wat doe je dán?' Aggies ogen spuwden vuur.

'Ik geef hem een kans. De kans op een goed leven.'

'Onzin. Nina kun je misschien voor de gek houden, maar mij niet. Het is niet goed wat je doet. Sterker nog, waarschijnlijk mág het niet eens. Dat moet ik nog uitzoeken. En dat zal ik doen ook. Als jij met Nina's baby in de trein stapt ga ik rechtstreeks naar de politie.' Op dat moment kwam de trein in wolken van stoom en rook en gruis het station binnenrijden. Een laag fluitsignaal kondigde zijn komst aan. 'Grote kans dat ze je op het volgende station weer uit de trein halen. Hoe zou u dat vinden, mevrouw Sinclair? Om door de politie te worden opgepakt?'

'Ik ga met deze trein mee,' zei Dorothy stijfjes, met John dicht tegen zich aan gedrukt.

'Doe wat je niet laten kunt. Maar David blijft hier. Ik heb altijd gedacht dat je een goed mens was. Dat dacht ik oprecht. Maar ik heb me vergist. Je denkt alleen maar aan jezelf! Je deugt niet! Ik haat je!'

De trein was tot stilstand gekomen en mevrouw Compton, die zwijgend en nerveus had toegekeken, haastte zich om de deur van een van de wagons open te doen. Dorothy schermde de baby af – van de stoom en het zwarte gruis, maar ook van Aggie – terwijl mevrouw Compton met de koffer en de mand aan boord klom. Aggie posteerde zich voor de deur van de wagon.

'Kom, Dorothy!' riep mevrouw Compton. 'Je moet instappen!'

Verrassend snel, verrassend krachtig en voortvarend rukte Aggie de baby uit Dorothy's armen.

Dorothy slaakte een kreet. 'Nee!'

Mevrouw Compton sprong weer op het perron, opmerkelijk lichtvoetig voor een vrouw van haar leeftijd. 'Geef die baby terug!'

'Nee. Ik peins er niet over. Ze heeft niet het recht om hem mee te nemen. Het is afschuwelijk wat ze doet!' Aggie stak uitdagend haar kin naar voren, haar ogen schitterden van woede.

'Doe niet zo onnozel!' beet mevrouw Compton haar toe. 'Wat weet jij van iemands "rechten"? En trouwens, hoe zit het met de rechten van John?'

'Hij heet David en hij hoort bij zijn moeder! Nina is nog in shock. Ze weet niet wat ze doet. Ik dacht eerst dat ze moet hebben geweten dat ze zwanger was. Maar ze wist het echt niet. Het was voor haar een nog grotere verrassing dan voor ons. Uiteindelijk went ze er wel aan. Aan het moederschap. En ze hoeft het niet alleen te doen. Ik ga haar helpen. En zo zijn er nog meer. Dus ze redt het wel. Maar jij... en ú... jullie nemen Nina haar kind af.'

'Begrijp het dan toch, alsjeblieft,' smeekte Dorothy. 'Ik wil alleen maar het beste voor de kleine. Ik hou van hem als van mijn eigen zoon. Hij ís mijn eigen zoon en ik zal altijd van hem houden. Tot mijn laatste snik. Alsjeblieft, Agatha, ga niet naar de politie. Bedenk toch wat dat zou betekenen. Nina gaat niet voor haar zoon zorgen, dat weet je. Dan moet hij naar een tehuis, in het gunstigste geval wordt hij geadopteerd. Ik kan hem alles bieden wat hij nodig heeft. Liefde, een warm, veilig thuis, een goede opleiding. Alles.'

Aggie boog zich hoofdschuddend naar de baby.

En het kleine jongetje keek naar hen op, met grote, onschuldige ogen.

Verslagen liet Aggie haar schouders hangen. 'Ik weet het

ook niet meer.' De tranen stroomden over haar wangen. 'Toe maar. Neem hem maar mee! Maar je moest je schamen, Dorothy Sinclair!' Heel langzaam, nog altijd snikkend, gaf ze John terug.

Dorothy stapte in de trein, op de voet gevolgd door mevrouw Compton. Aggie liet zich op een bank zakken en zocht in haar jas naar een zakdoek.

'Heel veel geluk,' wenste Dorothy's onwaarschijnlijke bondgenoot haar terwijl ze John teder over zijn wangetje aaide. 'En ook heel veel geluk voor dit kleine mannetje. Ik regel het wel met haar.' Ze gebaarde naar Aggie. 'Misschien zou je nog wat meer geld kunnen sturen zodra je eenmaal op orde bent?'

'Ja, natuurlijk.' Dorothy besefte dat ze dankbaar hoorde te klinken. En ze wás ook dankbaar. 'Bedankt... dat u zo aardig voor me bent geweest.'

'Dat spreekt toch vanzelf.'

'Komt het goed, denkt u?' vroeg Dorothy huilend, plotseling ten prooi gevallen aan twijfel. 'Als Aggie nu eens gelijk heeft?'

'Het komt allemaal dik voor elkaar,' zei mevrouw Compton sussend. 'Je moet naar de toekomst kijken. En niet meer aan dat onnozele kind denken. Ze vertelt het aan niemand. Ze gaat niet naar de politie. Daar zorg ik voor. Niemand komt het ooit te weten.' Mevrouw Compton boog zich naar Dorothy en dempte haar stem nog verder. 'En van mij krijgt ook niemand het te horen. Dat beloof ik. Nogmaals, je moet vooruitkijken. Niet achterom. Je gaat een schitterende toekomst tegemoet, Dorothy, samen met je zoon. Ik wens je heel veel geluk.'

De fluit ging, mevrouw Compton sprong uit de trein en gooide de deur achter zich dicht. Dorothy legde de opmerkelijk rustig gebleven baby op de bank, deed het raampje open en boog zich naar buiten. De twee gestalten op het perron werden snel kleiner toen de trein zich in beweging zette. Wat was ze klein, mevrouw Compton. Trouwens, Aggie ook. Niemand zwaaide. Toen waren ze verdwenen, opgeslokt door de stoom en de rook en de sombere januarischemer.

Het duurde niet lang of ze hadden ook Lincoln achter zich gelaten en verruild voor de glooiende velden van het platteland. Even later werd er voor het eerst gestopt; op het kleine station heerste een drukte van belang: soldaten, luchtmachtpersoneel en zeelieden. Maar geen politie. Dorothy keek angstig het perron langs; zwetend, met bonzend hart. Maar ten slotte ging de reis verder en ze reden Nottinghamshire binnen. Bij elk station waar ze stopten, zette Dorothy zich schrap, op het ergste voorbereid, maar er kwam geen politie aan boord, alleen nog meer soldatenvolk. De periodes dat de trein stilstond leken tergend lang te duren, maar Dorothy probeerde geduldig te blijven. De vorige keer dat ze in de trein had gezeten – op weg naar Lincolnshire, naar Albert en een bestaan als getrouwde vrouw – was ontspannen verlopen en de herinnering aan die augustusmaand kalmeerde haar een heel klein beetje. Misschien wachtte de politie haar op in Nottingham, waar ze moest overstappen.

Maar er gebeurde niets. De overstap verliep angstig, chaotisch, met veel geduw en gedrang. De massa soldaten, zeelieden en luchtmachtpersoneel was nog groter geworden; een eindeloze stroom luidruchtige, ruwe jonge mannen, van wie sommigen – trouwens, er waren ook jonge vrouwen bij – op weg waren naar de vergetelheid en anderen nog een heel leven voor zich hadden. Het was gruwelijk, maar tegelijkertijd ook een triomf; de overwinning van het leven met zijn onstuitbare willekeur. Toen zag ze een politieman! Hij was alleen. En terwijl ze langs hem liep – met de baby op de arm, en met haar mand, haar koffer en haar tas – schonk hij haar een glimlach. Dat was alles. Een vluchtige, medelevende glimlach. Dus blijkbaar had mevrouw Compton het inderdaad met Aggie 'geregeld', zoals Dorothy het met mevrouw Compton zou 'regelen'. Maar ze zette die verbitterde gedachten uit haar hoofd. Ze zou alle zeilen moeten bijzetten – fysiek en mentaal – om zich staande te houden in deze beproeving, om samen met John deze lange, enerverende dag door te komen. De reis die ze maakte, was bepalend voor haar toekomst, voor de rest van haar leven.

Maar zou ze altijd over haar schouder blijven kijken? Zou de angst nooit meer weggaan? Of zou het ooit op de achtergrond raken, de breuk met het verleden, het onweerlegbare besef dat John niet echt haar zoon was, de angst dat de hele wereld daar uiteindelijk achter zou komen?

John sliep tevreden op haar schoot, moe van het drinken. Het geschommel van de trein had hem in slaap gewiegd. Daar was Dorothy dankbaar voor, want in de vorige trein was hij na een tijdje onrustig geworden – of misschien had hij haar onrust gevoeld – en was hij ten slotte zo hartverscheurend aan het huilen geslagen dat Dorothy met hem door de trein was gaan lopen. Dat viel niet mee, want ze moest zich een weg banen door de steeds grotere aantallen soldaten die samenklonterden tot een homogene groep. Ze hingen in de doorgangen, ze leunden uit de ramen, ze zaten op plunjezakken, ze rookten, ze maakten grappen, ze stootten elkaar aan en hier en daar werden er wellustige blikken op Dorothy geworpen. Sommigen stoorden zich aan het huilende kind. Ze kwam geen bekende gezichten tegen. En ze was zich bewust van een anonimiteit, een vrijheid waarnaar ze haar hele leven op zoek zou blijven.

Ook de laatste trein, na een overstap op station Birmingham New Street, zat stampvol soldaten en het was er net zo rokerig, net zo donker, net zo lawaaiig als in de vorige. In de wagons was het smoorheet, in de gangen ijzig koud. Toen de trein Birmingham verliet, werd Dorothy een plaatsje bij het raam aangeboden; een vrijmoedige, maar beleefde soldaat had haar koffer in het bagagerek boven haar hoofd gezet. Ze installeerde zich zo comfortabel mogelijk in haar hoekje en gaf John zijn derde fles geitenmelk; in de thermoskan zat nog genoeg voor één voeding. Dorothy hoopte dat ze hem daarmee de rest van de reis stil zou weten te houden en dat ze hem niet nog eens zou moeten verschonen; dat had ze al drie keer gedaan op de vuile, koude, deinende vloer. Van de smerige wc's weigerde ze gebruik te maken.

Maar wat moest ze met de vieze luiers? Ze had ze in haar mand gestopt, maar de lucht was niet te harden. Was ze maar zo verstandig geweest om ze tijdens een overstap in een vuilnisbak te gooien! Zo kon het in elk geval niet langer, dus ze glimlachte verontschuldigend terwijl ze zich opnieuw een weg baande tussen de soldaten door, met John en de mand met vieze luiers. Bij een raampje gekomen zette ze de mand neer en duwde het met haar vrije hand open. Buiten begon het al donker te worden. De wind joeg langs haar heen, gillend als een *banshee*, terwijl ze de vieze luiers een voor een uit de schommelende, ratelende trein gooide.

Om drie minuten voor vijf reden ze het station van Oxford binnen. Dorothy stapte uit de laatste trein van haar lange reis, met haar koffer, haar mand, haar tas en haar baby. Ze hadden hun bestemming bereikt, John en zij. Ze waren in Oxford, ver weg van Lincolnshire, van Aggie en Nina en mevrouw Compton – de enigen die haar geheim kenden – en Dorothy had eindelijk het gevoel dat de baby echt van haar was. Bevend van angst en vermoeidheid zocht ze een plekje in de stationshal. John sliep en ze hield hem liefdevol in haar armen.

Nadat ze een paar minuten op adem had kunnen komen liep ze het station uit, de stad in waar ze was geboren. Ze had er zeven jaar geleden afscheid van genomen en ze verwonderde zich over de oude vertrouwde grandeur, over de verheven sfeer die de stad nog altijd uitstraalde. De schemering was op

275

kousenvoeten komen aansluipen en het was koud en donker in de straten. Ze zou naar huis moeten lopen, met alles wat ze bij zich had. Het was een tocht van minstens een uur naar het huis van haar moeder, helemaal aan de noordkant van de stad. Ook al was ze doodop, met de bus wilde ze niet. Het vooruitzicht om weer in een rokerig, overvol vervoermiddel te moeten stappen was ondraaglijk. Er lag hier minder sneeuw, zag ze tot haar opluchting, en de kou was iets minder bijtend dan in het noorden. Ze liep langs de Ritz-bioscoop aan George Street, met lange rijen kleumende bezoekers die de oorlog moe waren, die zich binnen wilden warmen en laten meevoeren naar een lichtere wereld waar het leven nog sprankelde. Ze passeerde gesloten winkels, waarvan sommige in die zeven jaar nog niets waren veranderd. Het personeel was op weg naar huis, net als zij.

Ze liep koppig door. Stap voor stap.

Wees je bewust van het moment, zei ze tegen zichzelf. Van het hier en nu. En wees dankbaar.

Het huis aan een zijstraat van Woodstock Road zag er nog hetzelfde uit, voor zover Dorothy dat in het donker kon beoordelen. De voordeur was zo te zien nog altijd blauw. Ze bleef even staan om op adem te komen en zich voor te bereiden op de laatste horde. Toen belde ze aan. John begon te jammeren. Haar armen brandden van het lange dragen: John op één arm en de koffer en de mand in haar andere hand, haar handtas hing over haar schouder. Wat zou het heerlijk zijn om John te kunnen neerleggen. Wat een opluchting om – al was het maar even – bevrijd te zijn van het gewicht. Ze was bang dat alles – ook John – haar elk moment uit handen kon vallen.

De deur ging open. Haar moeder keek haar aan, maar het leek alsof ze haar in de schemering niet herkende. Was ze zo veranderd, vroeg Dorothy zich af. Toen fronste haar moeder haar wenkbrauwen, alsof het begrip daagde. De groeven om haar mond waren dieper geworden, maar de bittere trek was verdwenen. Dorothy vond dat haar moeder er vermoeid uitzag – of misschien was ze gewoon eenzaam – en oud. Erg oud.

'Dag, moeder.'

'Dorothy!' Haar moeder legde een gerimpelde hand op haar borst en staarde naar de baby die jammerde als een jong katje; het kind zwaaide onrustig met zijn armpjes, steeds krampachtiger, steeds bozer.

Dorothy wist dat het zachte gejammer elk moment kon overgaan in gekrijs. Hij moest eten. En vlug ook. Ze hadden zo'n lange reis achter de rug. En hij was zo zoet geweest.

'Dit is John, moeder. Je kleinzoon.'

Dorothy's moeder stak haar armen uit en nam John van haar over. Nadat ze de koffer, de tas en de mand langzaam op de stoep had gezet, besefte Dorothy met een schok hoe licht en onwerkelijk haar armen voelden; het was alsof ze zweefden. Maar ze was zich ook bewust van een vreemde, pijnlijke leegte na de urenlange zware belasting.

'Ik zit behoorlijk in de problemen,' begon ze. 'Maar Johns vader is een goed mens. Daar steek ik mijn hand voor in het vuur. Hij vliegt een Hurricane. En hij is commandant van een squadron. Net als Douglas Bader. Alleen komt Jan uit Polen. Zelfs toen hij gewond was geraakt is hij gewoon doorgegaan met vliegen. Hij is door en door fatsoenlijk en erg moedig. Ik moest mijn huis uit. Dat heb ik je geschreven.' Ze zweeg abrupt toen ze besefte dat ze maar doorratelde.

Haar moeder luisterde amper, maar maakte sussende, koerende geluidjes tegen de baby. Ten slotte keek ze op, haar ogen stonden vragend. 'Het huis is misschien niet meer helemaal zoals jij het je herinnert,' zei ze langzaam. 'Kom je echt weer thuis wonen? Al het personeel is weg. En ik moet erg zuinig zijn. Jouw kamer is nog hetzelfde. Hoogstens een beetje stoffig. Maar dat is snel opgelost.' Toen leek ze zich ineens bewust van de situatie. 'Lieve hemel, wat bezielt me? Je bent door en door verkleumd! Kom gauw binnen, kindje! De rest komt later wel.'

'Moeder...'

'Je bent doodmoe, kindje. De kachel brandt, er staat thee op de zijplaat. Het is alsof ik wist dat je zou komen. Kom binnen, kom binnen. Dan doen we gauw de deur dicht. Hij klemt nog steeds. Zie je dat? O, Dorothy, laten we niet meer naar het verleden kijken. Je bent mijn dochter. Ik ben je moeder. Het is niet goed om elkaar buiten te sluiten.'

Toen stapte Dorothy over de drempel en achter haar duwde haar moeder de deur stevig in het slot.

32

Fijne Moederdag voor Mammie. Ik hou heeeel veel van je, liefs van Bobby. Een zelfgemaakte kaart met daarop een kindertekening van een moeder en een klein meisje, met een boom, gras, bloemen en in de hoek een reusachtige zon. De tekst binnenin is geschreven in wankele hanenpoten. Erg lief. Misschien was Bobby net zo'n kind als de kleine Roberta en ik vraag me af of haar moeder het jammer vindt dat ze de kostbare kaart is kwijtgeraakt. Of zou ze dat niet eens beseffen? Ik zal hem in elk geval goed bewaren.

(Gevonden in een puntgave Penguin-editie van *Zwarte Narcis* door Rumer Godden, uit 1950. Geprijsd voor £5. Gekocht door mezelf.)

Ik stopte de aan mij gerichte brief in mijn tas. En ik heb hem nog steeds niet geopend. Hij is afkomstig van Philip – zijn handschrift herken ik uit duizenden – maar ik heb geen idee wat erin staat en ik durf niet te kijken. Stom natuurlijk. Maar ik ben bang dat ik te eerlijk tegen hem ben geweest toen hij me te hulp kwam, dus volgens mij is deze brief een aardige manier om me duidelijk te maken dat hij verder niks met me wil. Het is té gênant om zijn afwijzing te lezen, zijn uitleg, hoe weinig kwetsend zijn formulering ongetwijfeld ook is. Dus ik negeer de brief en doe alsof er niks aan de hand is. Philip ook, zo te zien. Je zou bijna denken dat er helemaal geen brief wás.

Het is een koude, heldere dag. Zodra iedereen binnen is, zet ik koffie. Philip heeft besloten dat ik hem moet helpen met de 'rampzalige chaos' in zijn kantoor. Er is sinds 2001 niet meer 'echt goed' opgeruimd, beweert hij. En misschien is dat ook wel zo.

We zijn onderhand een uur aan het werk, voortvarend en zwijgend, zoals gebruikelijk. Alles zit onder het stof, er ligt een hoop rommel, overal staan stapels boeken en we ontdekken menige vergeten schat; boeken die in de winkel horen te staan.

'Roberta?'

'Hm?'

Ik stof boeken af. Hij ordent zijn administratie.

'Je moeder.'

Ik verstijf en stop met stoffen. 'Wat is er met mijn moeder?'

'Heb je... Het gaat me natuurlijk niks aan, maar ik vraag het toch. Heb je haar laten weten dat je vader is overleden?'

Stilte.

'Nee,' zeg ik ten slotte.

'Vind je niet dat ze het hoort te weten?' vraagt hij zacht, me aankijkend over zijn bril. 'En denk je niet dat jij dat zou moeten doen?'

Ik wend me af. Ik praat nooit over mijn moeder. Het is voor het eerst dat Philip haar ter sprake brengt en dat bevalt me helemaal niet. 'Ik heb geen contact met mijn moeder,' zeg ik stijfjes en ik ga door met stoffen. 'Al jaren niet.'

'Waarom niet? Je ouders zijn van elkaar gescheiden. Niet van jou.'

'O nee?'

Philip kijkt me onderzoekend aan. 'Is dat dan niet zo?' vraagt hij.

'Nee.'

'En dus?'

'Wat bedoel je?'

'Hoe zit het dan wel? Of wil je er niet over praten? Waarom is je moeder weggegaan?'

Ja, waarom? Wat is waarheid? De hare is ongetwijfeld een andere dan de mijne. Mijn waarheid... dat is de frustratie, het verdriet en de verwarring van een zesjarige. Maar ik zal hem vertellen hoe het is gegaan; het geheim dat ik altijd heb verzwegen, waar ik me altijd voor heb geschaamd, ook al was ik volmaakt onschuldig en ook al ben ik dat nog steeds. Het geheim dat me mijn leven lang heeft verscheurd.

'Ach, het is het geijkte verhaal. Geëmmer, zoals jij het zou noemen,' begin ik.

Philip knikt geduldig.

'Mijn moeder ging bij ons weg toen ik zes was. Ze is gewoon weggelopen. Ik zat op school. Pap heeft drie dagen lang niet geweten waar ze was. En of ze nog leefde. Ze belde pas toen de politie haar had gevonden. Ze kon het allemaal niet meer aan, zei ze. Het getrouwde leven, het moederschap... Met andere woorden, ze hoefde hem niet meer. En mij ook niet. Daarna heb ik haar nooit meer gezien. Ik ben grootgebracht door mijn vader en mijn oma. Notendop.'

Philip is met stomheid geslagen. Ik zie aan zijn gezicht dat de boodschap aankomt, maar hij weet niet wat hij moet zeggen. Ik ben inmiddels in tranen, ook al kan ik mezelf wel wat doen! Dus hij staat op, komt achter zijn bureau vandaan en slaat zijn armen om me heen. Hij fluistert mijn naam. Hij drukt een kus op mijn hoofd, tenminste, dat geloof ik. Hij wrijft me over mijn rug. En uitgerekend op dat moment, op dat intens onschuldige moment – veel onschuldiger dan een brief die in het geheim in een boek is gelegd – komt Jenna het kantoor binnenstormen om te vragen of we koffie of thee willen.

Later laat ik Philip de brief van mijn opa lezen. Aanvankelijk stamelend en een beetje gegeneerd, vertel ik hem over de passages die niet lijken te kloppen met de feiten zoals ik ze ken. En ik vertel hem over Suzannes onthulling. De grote schoonmaak in zijn kantoor zit er bijna op. We hebben er de hele dag aan gewerkt. Ik moet met Jenna praten, denk ik ondertussen koortsachtig. Om het haar uit te leggen.

Philip leest de brief aandachtig. 'Waarom vraag je het niet gewoon aan je oma?'

'Omdat ze dan van streek raakt.'

'Zou dat het niet waard zijn, als je daardoor duidelijkheid krijgt?'

'Misschien. Maar ik zou het afschuwelijk vinden als ik haar van streek maak.'

'Heb je het er met je vader over gehad?'

'Ik heb het één keer geprobeerd, maar dat leverde niets op. Hoogstens het gevoel dat hij meer wist dan hij wilde loslaten.'

'Maar wat geeft het als je grootouders niet getrouwd waren? Zo erg is dat toch niet?'

'Nee, daar gaat het ook niet om. Ik vind het gewoon afschuwelijk dat ze er haar hele leven over heeft gelogen.'

'Dat moet ze zelf weten, Roberta. Had ze een pensioen als oorlogsweduwe?'

'Ik geloof het niet. Maar dat weet ik niet zeker. Ze heeft er nooit iets over gezegd. Maar als mijn opa een Pool was, had ze daar misschien geen recht op.'

'En als ze niet met hem getrouwd was, had ze dat ook niet. Dus dat klopt allemaal wel. Maar ze was eerst getrouwd met een ander, zeg je. Hm, het is wel raadselachtig, hè? Ik kan me voorstellen dat het je intrigeert. Maar je moet het niet overdrijven.' Hij neemt een slok van zijn koffie. 'Ik ben ervan overtuigd dat die Suzanne de waarheid spreekt. Trouwens, je hebt de akte gezien. Dus dat lijkt me duidelijk.'

'Ik weet het gewoon niet meer. Ik word er gek van.'

'Je hebt een paar zware weken achter de rug,' zegt Philip zacht.

'En jij hebt me zo geholpen. Daar ben ik je echt heel erg dankbaar voor.'

Moet ik over die brief beginnen en zeggen dat ik niet van plan ben hem te lezen? Dat ik het zo ook wel begrijp? Dat ik geen brief nodig heb om te weten dat ik ben afgewezen, hoe welwillend hij het ook heeft geformuleerd?

Maar Philip maakt een afwerend gebaar en het moment is gepasseerd. 'Ga je het aan je oma vertellen? Van je vader, bedoel ik?'

'Ik kon het niet over mijn hart verkrijgen, de laatste keer dat ik bij haar was. Haar enige kind.'

'Tja, misschien is het beter om haar te sparen en niets te zeggen.'

'Dat denk ik ook, maar ze vraagt steeds naar hem. En ik raak onderhand door mijn smoezen heen waarom hij al zo lang niet is geweest.'

'Ik benijd je niet. En je moeder?'

'Wat zeur je nou over mijn moeder?' snauw ik, nijdig dat hij weer over haar begint.

'Zou zij misschien enig licht kunnen werpen op die brief?'

'O, bedoel je dat? Ik zou het eigenlijk niet weten. Dat heb ik me niet afgevraagd.'

'Misschien is het de moeite waard om contact met haar te zoeken, al is het maar om te vragen of zij iets weet. Want het zit je blijkbaar erg hoog. Je wordt er volledig door in beslag genomen.' Hij schenkt me een merkwaardige blik, zijn gezicht versombert.

Heb ik iets verkeerds gezegd? Heeft het te maken met iets wat hij heeft gezegd? Ik heb geen idee. Maar hij bloost en lijkt ineens slecht op zijn gemak. Jenna komt het kantoor binnen, loopt naar Philip toe, legt een arm om zijn middel en zegt dat ze zich verveelt. Of ze er niet mee kunnen stoppen voor vandaag. Zij kookt. Het kantoor ziet eruit om door een ringetje te halen! Ze kijkt me stralend aan, met een glimlach waarvan ik me afvraag of hij oprecht is.

Ik moet met haar praten.

Van: Roberta Pietrykowski
Datum: 8 december 2010 20.25
Aan: Anna Mills
Onderwerp: John Pietrykowski

Anna,

Ik hoop niet dat je het vervelend vindt om van me te horen. Als jij de Anna Mills bent die ik zoek, ben ik je dochter. Ik mail om je te laten weten dat je ex, John Pietrykowski, in oktober is gestorven. Hij tobde al jaren met zijn gezondheid. Maar hij is tot het allerlaatst moedig en geestelijk sterk gebleven. Het ziekenhuis vermeed hij zo veel mogelijk. Misschien kun je je nog herinneren dat hij altijd al een hekel aan ziekenhuizen had. Hij is thuis overleden. Ik was erbij toen hij stierf. Ik vond dat je het moest weten.

Groet,

Roberta Pietrykowski

Van: Anna Mills
Datum: 9 december 2010 18.19
Aan: Roberta Pietrykowski
Onderwerp: Re: John Pietrykowski

Beste Roberta,

Bedankt voor je mailtje. Ik vraag me af hoe je me hebt weten te vinden. Anderzijds, niemand is tegenwoordig nog onvindbaar. En ik heb me ook vaak afgevraagd of je ooit contact met me zou zoeken. Het spijt me te horen dat je je vader hebt verloren en het verbaast me niet dat hij zo stoïcijns met zijn ziekte en zijn dood is omgegaan. Je hebt me niet naar mijn leven gevraagd en dat is begrijpelijk, dus hier laat ik het bij. In mijn omgeving weet niemand dat ik een dochter heb.

Anna

Van: Roberta Pietrykowski
Datum: 9 december 2010 19.52
Aan: Anna Mills
Onderwerp: Re: John Pietrykowski

Ik ben niet van plan je omgeving met mijn bestaan te con-
fronteren. Het spijt me dat ik zo'n beschamend geheim ben.
  Roberta

Van: Anna Mills
Datum: 9 december 2010 21.40
Aan: Roberta Pietrykowski
Onderwerp: Re: John Pietrykowski

Je bent niet beschamend, Roberta. Ik ben alleen verdergegaan
met mijn leven, op een manier die ik nooit voor mogelijk had
gehouden, en ik lijk in niets, in geen enkel opzicht meer op
Anna Pietrykowski.

Van: Roberta Pietrykowski
Datum: 9 december 2010 21.58
Aan: Anna Mills
Onderwerp: Re: John Pietrykowski

Ik begrijp het.

Van: Roberta Pietrykowski
Datum: 10 december 2010 19.03
Aan: Anna Mills
Onderwerp: Mijn grootmoeder

Anna,
  Sorry dat ik je opnieuw lastigval. Ik verwacht nog steeds
niets van je, alleen wat informatie. Ik vraag me af of jij iets

weet over mijn oma, Dorothea. Je herinnert je haar ongetwijfeld. Ik heb ontdekt dat ze nooit met mijn opa getrouwd is
geweest. Heeft ze het daar met jou weleens over gehad? En
heb je enig idee wanneer mijn opa is overleden?
Alvast bedankt,
Roberta

Van: Anna Mills
Datum: 11 december 2010 9.34
Aan: Roberta Pietrykowski
Onderwerp: Re: Mijn grootmoeder

Roberta,
Ik dacht wel dat het niet bij die paar mailtjes zou blijven.
Dorothea en ik zijn helaas nooit erg close geweest, maar ik
herinner me haar nog heel goed. Ze was iemand die respect
afdwong. Een nobele vrouw. Dat klinkt misschien een beetje
vreemd, maar ik kan geen beter woord bedenken. Toen ik
van jou in verwachting was, vertelde ze dat ze de komst van
je vader ervoer als een 'wonder'. En dat ze vóór John een
baby had verloren, een jongetje. Ik heb geen idee of je grootouders wel of niet getrouwd waren, maar zo niet, dan zou
me dat niets verbazen. Dorothea heeft er tegen mij nooit iets
over gezegd, maar ik kreeg altijd het gevoel dat Johns vader
haar minnaar was. Over een echtgenoot zou ze op een andere manier hebben gesproken, voor zover iemand van jouw
generatie zich daar nog iets bij kan voorstellen. Dus volgens
mij was je vader een 'liefdesbaby'. Ik weet niet wanneer je
grootvader is overleden. Maar ik heb altijd begrepen dat het
in de oorlog moet zijn gebeurd. John heeft hem nooit gekend.

Mocht je een keer willen afspreken, op neutrale grond, dan
zeg je het maar. Ik doe het graag. Ik woon in Londen. En als

je er geen behoefte aan hebt, dan begrijp ik dat en neem ik je niets kwalijk. Het is maar een voorstel.
Anna

Van: Roberta Pietrykowski
Datum: 11 december 2010 20.17
Aan: Anna Mills
Onderwerp: Re: Mijn grootmoeder

Dank je wel, Anna. Ik ben bezig met stamboomonderzoek, vandaar mijn vraag. Voorouders zijn een fascinerend onderwerp. Tenminste, dat vind ik. Het is nieuw voor me dat mijn oma al eerder een kind had gekregen. Merkwaardig eigenlijk, dat we allemaal geheimen hebben voor onze dierbaren; of voor degenen die worden geacht ons dierbaar te zijn. Mijn oma leeft nog, trouwens. In november wordt ze honderdtien. Ik ga morgen naar haar toe. Wat je voorstel betreft, ik zal erover nadenken en dan laat ik het je weten.
Roberta

Van: Anna Mills
Datum: 12 december 2010 12.11
Aan: Roberta Pietrykowski
Onderwerp: Geheimen

Roberta,
Je grootmoeder was – is – een vrouw met een rijk innerlijk leven. Geheimen zijn soms nodig. Dat zal jij uiteindelijk ook ontdekken, als je die ontdekking niet al hebt gedaan.
Anna

33

Beste mevrouw Compton,

Hierbij stuur ik u een postwissel voor dertien guinea; de twee pond die u me zo vriendelijk wilde lenen, plus een extraatje voor A, omdat u dacht dat het misschien zou helpen. Ik hoop oprecht dat ze inmiddels tot inzicht is gekomen. Hoe dan ook, ik ben onderweg niet uit de trein gehaald zoals ik vreesde. J en ik zijn veilig aangekomen bij mijn moeder. Het was een lange, vermoeiende reis maar dat had ik wel verwacht. Mijn moeder is dolgelukkig met haar kleinzoon. Met mij iets minder, geloof ik, maar ik ben blij dat we het in elk geval goed met elkaar kunnen vinden. Het gaat tussen ons veel beter dan vroeger. J heeft het ijs gebroken en ik hoop dat we een gelukkig gezin zullen vormen.

Ik heb me aangemeld voor oorlogswerk en in mijn afwezigheid zorgt moeder voor J. Op die manier hoop ik me nuttig te maken. Bovendien is het geld dat ik ermee verdien een welkome bijdrage voor het huishouden, want mijn moeder heeft nauwelijks inkomsten meer. Ik vraag me zelfs af of ze het geld dat ik nu aan u terugstuur wel kon missen. Natuurlijk heb ik haar niet verteld waar ik het voor nodig had en ik zal heel hard werken om het haar terug te betalen. Mijn vader heeft haar wel wat nagelaten, maar dat kapitaaltje spreekt ze nu al jaren aan om in haar kosten van levensonderhoud te kunnen voorzien. Daar had ik allemaal geen idee van. Ik heb voorgesteld om het huis te verkopen en naar een kleinere woning te verhuizen. In dat geval gaan we misschien weg uit Oxford. Dat zou betekenen dat mijn verblijfplaats minder gemakkelijk te traceren zal zijn. Ik ben me ervan bewust dat ik mijn hele leven zal worden achtervolgd door de angst voor ontdekking, maar alle moeders leven hoe dan ook voortdurend in angst. Dat is me nu wel duidelijk geworden. En dat geldt zelfs voor mijn eigen moeder.

Dank voor al uw hulp met J. Dat waardeer ik oprecht. Misschien is het verstandig als u deze brief vernietigt. Het lijkt me beter als mijn woonplaats onbekend blijft. Om die reden heb ik deze brief ook niet voorzien van een afzender. Ik heb me aan onze overeenkomst gehouden en ik vertrouw erop dat u hetzelfde doet.

Nogmaals mijn dank.

Met vriendelijke groet,

D

26 januari 1941

Lieve Jan,

Het spijt me dat ik je niet eerder heb geschreven. Ik hoop dat je mijn laatste brief hebt ontvangen. Die schreef ik in vliegende haast, direct na je vertrek op Boxing Day. Is dat echt pas een maand geleden? Die vier weken voelen als een mensenleven. En in zekere zin zijn ze dat ook.

Ik neem aan dat ik me totaal belachelijk heb gemaakt met de dwaze, sentimentele dingen die ik je in mijn laatste brief heb geschreven en die ik me niet eens meer kan herinneren. Misschien heb je me teruggeschreven. Maar dan zal die brief me nooit bereiken, want ik woon niet langer in Lincolnshire en ik heb geen doorstuuradres achtergelaten.

Lieveling, de gebeurtenissen namen zo'n ingrijpende wending nadat jij op Boxing Day was vertrokken. Ik weet gewoon niet waar ik moet beginnen. Dus ik vertel je maar eerst het belangrijkste, dan volgt de rest vanzelf. Nina, die arme, onnozele Nina, heeft een baby gekregen. Een allerliefst klein jongetje. Op

Boxing Day. Amper een paar uur na jouw vertrek. Weet je nog dat ze die ochtend klaagde dat ze zich niet lekker voelde? We hadden geen van allen zelfs maar het vermoeden dat ze zwanger was. Ze beweert dat ze het zelf ook niet wist. En op de een of andere manier geloof ik haar, misschien tegen beter weten in. Eerst dacht ik dat ze jokte. Hoe bestaat het dat een vrouw niet weet dat er een baby in haar buik groeit? Maar eerlijk is eerlijk, erg snugger is ze niet. En ze is fors, dat weet je. Bovendien – ik weet niet of het gepast is om daarover te schrijven – was haar cyclus nogal onregelmatig. Dus dan begrijp je waarom ze het misschien inderdaad niet heeft geweten.

De kleine is in de North Barn ter wereld gekomen, tussen het stro, het hooi, de jutezakken en de koeien. Een Bijbels decor. Het is een prachtig jongetje, misschien een beetje klein bij zijn geboorte, maar in de afgelopen weken is hij al lekker mollig geworden. Een blozende baby, blakend van gezondheid. Ik heb geholpen hem ter wereld te brengen. Nina en ik hebben het samen gedaan. En het was een ongelooflijke ervaring, Jan. Een belevenis die mijn leven heeft veranderd.

Want Nina wilde het kind niet. Ze heeft geen moederlijke gevoelens, zei ze. En ik wel, Jan. Ik heb ze in overvloed. Dat weet je. En dus heb ik besloten me over de baby te ontfermen en hem voor mijn eigen kind te laten doorgaan. Ik moet bekennen dat ik hier en daar een leugen heb verteld. En dat zal ik ongetwijfeld blijven doen, de rest van mijn leven. Maar Nina is blij. Ze zou hem anders naar de nonnen hebben gestuurd! Ik moest wel ingrijpen, begrijp je dat? Haar ouders zouden haar de deur hebben gewezen, zegt ze, als ze zonder man, maar met een baby was thuisgekomen. Dat mocht ik niet laten gebeuren. Stel je eens voor, de armoede waarin die arme kleine jongen zou zijn grootgebracht. En stel je nu mij eens voor. Ik loop de hele dag te stralen, ik ben dolgelukkig. Het valt niet mee om weer thuis te wonen, maar mijn moeder heeft haar kleinzoon van harte in haar armen gesloten. En mij ook, geloof ik.

Ik heb me aangemeld voor oorlogswerk en ik maak torpedo's.
Het zijn lange dagen en ik vind het moeilijk om John uit han-
den te geven, maar mijn moeder zorgt heel goed voor hem. Ze
is een veel betere oma dan moeder. Ik weet niet hoe het komt,
maar het is wel zo. Dus je ziet, met ons gaat het goed. En weet
je, Jan, de mensen zullen me nooit meer medelijdend aankij-
ken. Dat vond ik zo verschrikkelijk, die meewarige blikken na-
dat ik Sidney had verloren.

Lieveling, ik besef dat dit nieuws een schok voor je moet zijn.
En dat je wat ik heb gedaan zult afkeuren. Maar probeer het
alsjeblieft te begrijpen. Ik heb eindelijk een kind om van te hou-
den en voor te zorgen, na al die jaren waarin ik tevergeefs heb
gewacht op het moederschap. Sterker nog, ik dacht al dat het
voor mij niet meer was weggelegd. Ooit dacht ik dat ik de dood
verkoos boven het leven, zo ondraaglijk was het verlies van
mijn kind. Nu is mijn leven zo goed als volmaakt.

Maar ik zou het zo graag met jou willen delen. Verwacht ik te
veel als ik hoop dat jij, net als ik, aan trouwen dacht? Neem me
niet kwalijk dat ik het zo recht op de man af schrijf, Jan, maar
bij jou kan ik mezelf zijn, en al meteen na onze eerste ontmoe-
ting stelde ik me voor – en hoopte ik – dat we ooit getrouwd
zouden zijn. Natuurlijk besefte ik dat destijds niet, maar het
voelde toen al alsof je mijn man was. Mag ik je vragen om er
alsjeblieft over na te denken? Ik moet eerlijk tegen je zijn en dus
moet je weten dat ik niet op mijn beslissing zal terugkomen.
Dat kan ik niet. Ik heb de baby John genoemd, naar jou. Ik hou
van hem zoals ik van mijn Sidney hield. Hij is mijn zoon ge-
worden en ik kan hem onmogelijk opgeven. Dus hoe oneerlijk
ik ook ben tegenover de rest van de wereld, tegenover jou wil
ik open kaart spelen. Je grammofoon staat er nog. Ik vertrouw
erop dat de meisjes er goed voor zorgen tot je in de gelegenheid
bent hem op te halen. Zal het daar ooit van komen? Het was
een geweldig cadeau, dank je wel. De muziek van Billie Holiday
zal me de rest van mijn leven dierbaar blijven en altijd wan-

neer ik haar stem hoor, zal ik aan jou denken en aan de uren
die we samen hebben doorgebracht. Het was een schitterende
tijd, liefste. Ik blijf vervuld van hoop.
  Voor altijd de jouwe,
  Dorothea

Jan postte zijn antwoord aan Dorothea. Moedeloosheid over-
viel hem toen hij de brief in de bus hoorde vallen. Het was
alsof hij met de brief ook afstand deed van alle hoop. In zijn
hart keerde hij terug naar het leven vóór Dorothea, dat in zijn
ogen nu een leven in vergetelheid was.

Dorothea. In zijn verbeelding was ze zo hoog gestegen. Hij
legde zijn hoofd tegen de koude, harde brievenbus en sloot
zijn ogen. Eén ogenblik maar... Het werden er twee... drie...
vier... vijf.

Nee! Hij kon het aan. Langzaam liep hij terug naar de auto
van het squadron. Het was tijd om terug te gaan.

Alles deed pijn, een ijzige kou nam bezit van hem.

34

Hoi Helen,

Hoe is het op de universiteit? Ik zou bijna wensen dat ik ook was gaan studeren. Sinds jij weg bent is het hier een saaie boel. Ik ben naar het huwelijk van het jaar geweest. Dus hier is het beloofde verslag.

Op zich ging het allemaal best goed. De jurk van Arlene was natuurlijk verschrikkelijk. En Craig blijft een verwaande lul en zo zag hij er ook uit. De moeder van Arlene was stomdronken. Ze heeft de hele plechtigheid zitten janken en 's avonds was ze helemaal ladderzat. Darren stond de hele tijd woedend naar Tom te loeren, dus toen de drank eenmaal begon te stromen was ik als de dood dat hij hem zou aanvliegen. Maar het is goed gegaan. Ik begrijp trouwens niet wat hij ooit in Arlene heeft gezien. Hij is net op tijd de dans ontsprongen. En zij heeft duidelijk de verkeerde broer gekozen om mee te trouwen. Eigen schuld. Ze verdient niet beter. En hij ook niet. De disco was waardeloos, precies wat je zou verwachten. En de eerste dans was zooo gênant. Wat zijn bruiloften toch vreselijk!

Hoe is het met jou?

Ik zie je in de vakantie, neem ik aan? Ik mis je.

Vanessa

(Deze brief vond ik in Vrienden voor het leven, van Maeve Binchy, een uitgave van een boekenclub. Het boek zag er netjes uit en ik heb het voor £2,50 in de kast met fictie, hardcovers, gezet.)

Op Marylebone Station stap ik uit de trein, ik laat me met de stroom meevoeren door de controlepoortjes en voor ik het weet word ik ondergedompeld in de drukte en de hectiek van de stad. Ik schiet de wc's in en wanneer ik weer buitenkom kijk ik om me heen, op zoek naar mijn moeder. In mijn herinnering zie ik haar nog duidelijk voor me, maar ik besef dat ze er inmiddels heel anders uit moet zien dan de slanke, jonge vrouw die ze was toen ze uit mijn leven verdween.

Ik transpireer een beetje. Mijn hart slaat sneller dan anders. Maar waarom eigenlijk? Zij heeft meer reden om nerveus te zijn dan ik.

Dan zie ik een tengere, kleine vrouw kalm en glimlachend door de drukte op me afkomen. Ze draagt hoge hakken om haar geringe lengte te compenseren. Het staat haar goed.

'Roberta.'

'Anna?'

'Ja. Ik zag je meteen. Ik wist meteen dat jij het was, bedoel ik.'

We kijken elkaar aan. Ik weet niet wat ik moet zeggen. We hebben dezelfde ogen. Maar zij is elegant, ik niet. Ik ben lang, een beetje slungelig en onbeholpen. Zij is klein en sierlijk en evenwichtig. Ik ben een kind van mijn vader, besef ik dankbaar.

'Zullen we ergens iets gaan drinken?' stelt ze voor.

Ik knik.

We vinden een tafeltje in een hoekje van de pub op het station. Ze loopt met soepele bewegingen naar de bar en komt terug met twee glazen wijn. Al die tijd kan ik mijn ogen niet van haar afhouden. Ik ben als gehypnotiseerd. Ze lijkt hoogstens tien jaar ouder dan ik. Ze is aantrekkelijk, zelfverzekerd, sensueel in haar bewegingen. Is dit mijn moeder? Ik had me voorgesteld dat ze hard en verbitterd zou zijn. Oud en gerimpeld. Dit is wel het laatste wat ik had verwacht. Ik herken haar nauwelijks, ook al weet ik dankzij mijn herinneringen dat zij het is. Haar haar glanst in een voorname, bleke tint karamelbruin, niet onbestemd vaalbruin zoals het mijne.

'Ik ben je een verklaring schuldig, Roberta.'

'Ja, dat... dat zou ik fijn vinden.'

'Maar vertel eerst eens wat over jezelf, over je leven.'

'Ik heb een fijn leven. Tenminste, meestal wel.'

'Het spijt me dat je vader is overleden. Hij was een goed mens.'

'Zo geweldig kan hij anders niet geweest zijn, anders had je hem niet in de steek gelaten.' Zo, die zit! Ze geeft me het gevoel dat ik nog een kind ben en dat staat me helemaal niet aan.

'Daar kom ik later op. Maar ik wil het eerst over jou hebben. Ik heb zo vaak aan je gedacht. En me zo vaak afgevraagd hoe het met je ging.'

En dus begin ik te vertellen, stukje bij beetje. Ze stelt vragen, ik geef antwoord en we bestellen nog een glas wijn.

'Die baas van je,' zegt ze ten slotte achteroverleunend, terwijl ze haar glas in haar hand laat ronddraaien, 'Philip. Hij klinkt alsof hij erg aardig is.'

'Ja, dat is hij ook. Hij is geweldig.'

'Hm-mmm.'

'En Jenna is ook aardig, je weet wel, zijn vriendin. Ze zijn een goed stel.'

'Hm-mmm.'

Ik wil het over iets anders hebben. Mijn... Anna kijkt me aan met een twinkeling in haar ogen die me niet bevalt. Wat weet ze van mijn leven? Van mijn vriendschap met Philip? Alleen wat ik haar heb verteld. Zo goed als niets dus. Trouwens, daar ben ik niet voor gekomen. Hoe is het mogelijk dat ze zo kalm blijft? Ik ben je dochter, wil ik schreeuwen. Of ik heb in elk geval het gevoel dat ik dat zou moeten willen. Ik ben soms nogal gemakkelijk te beïnvloeden, te intimideren. Een beetje naïef, zoals Jenna het noemde. Maar mijn moeder is dan ook erg innemend. Ze is zelfverzekerd en beheerst. Ik vind het prettig om dat soort mensen om me heen te hebben. Philip is ook zo.

'Mag ik nu die verklaring, alsjeblieft?' Ik voel me een beetje licht in mijn hoofd en laat, net als zij, mijn wijnglas tussen mijn vingers ronddraaien.

Ze stelt voor dat we eerst lunch bestellen en ze heeft gelijk, ik heb ineens trek. Ze bestelt, betaalt en komt terug naar ons tafeltje. 'Ik zal maar bij het begin beginnen, hè?'

Het klinkt luchthartig, maar zo voelt het niet. Misschien, heel misschien, is dit voor haar wel moeilijker dan voor mij.

'Nou, daar gaat ie dan. Ik was nog heel jong toen ik je vader leerde kennen. Net twintig. En ik was al getrouwd. Met een vreselijke man. Een bruut, een bullebak. Aan dat huwelijk heb ik heel wat littekens overgehouden, in meer dan één opzicht. Je vader was het tegenovergestelde en bovendien veel ouder dan ik. Een lieve, zachte man. Hij was destijds al architect, druk bezig zijn carrière van de grond te krijgen. Maar voor mijn gevoel was hij ook erg eenzaam. We kregen een verhouding en hij moedigde me aan bij mijn man weg te gaan. Dat veroorzaakte nogal een schandaal in de familie. Daar vonden ze Simon – mijn eerste man – allemaal geweldig, een goede partij. Niemand zag – of misschien wilden ze het niet zien – hoe hij werkelijk was. Hoe dan ook, ik viel in ongenade bij mijn familie, trok bij je vader in en werd zwanger. Van jou. Ik scheidde van mijn eerste man en John en ik zijn getrouwd voordat jij werd geboren. Je oma, Dorothea, is altijd aardig voor me geweest. Ze accepteerde de situatie en ze accepteerde mij, dat zal ik nooit vergeten.'

'Waar is het dan fout gegaan?' vraag ik, zo zacht dat het me verrast als blijkt dat ze het heeft gehoord.

'De fout zat bij mij.'

'Hoe bedoel je?'

'Ik had nooit met je vader moeten trouwen. Ik had nooit een kind moeten krijgen. Ik ben van nature geen moeder, Roberta.'

'Wat bedoel je daarmee?' Ik klink bozer dan ik wil.

Het blijft even stil. Ik eet mijn salade, drink mijn glas leeg en laat mijn blik door de pub gaan, waar het lawaaiig en druk is geworden. Overal hangen kerstlichtjes en slingers van goudfolie. Iedereen kijkt overdreven blij en gelukkig.

'Wat ik bedoel is dat ik niet deug voor het moederschap. Ik kon het niet opbrengen. Natuurlijk hield ik wel van je, maar ik kon het niet. De hele dag zorgen... de eentonigheid... het gebrek aan prikkels... alleen maar thuis zitten. Ik besef dat het afschuwelijk egoïstisch klinkt.'

'Als je dat zo verschrikkelijk vond, waarom kreeg je me dan? Je had het toch kunnen laten weghalen?'

'Ik ben heel erg blij dat ik dat niet heb gedaan.'

We praten verder.

Ze vindt dat ik er goed aan heb gedaan om destijds op de universiteit abortus te laten plegen. Maar ze denkt ook dat ik ooit een goede moeder zal zijn. Eén kind, zegt ze, hooguit twee. Ik moet me er niet volledig in onderdompelen. Ik moet mezelf blijven. Mijn eigen dingen blijven doen. Zorgen dat ik oppas heb, en hulp, en dat ik geen saaie moeder word, dat ik mijn kinderen weet te inspireren.

'Ik heb gefaald als moeder. Ik heb je teleurgesteld,' zegt ze.

'Je hebt me teleurgesteld door weg te gaan. Dat wilde ik niet. En ik snap nog niet hoe je het hebt kunnen doen. Je moet wel... keihard zijn.'

'Dat ben ik ook.'

'Dat is niet goed. Pap was een lieve man. Dat zei je net zelf. Wat heeft hij verkeerd gedaan?' Mijn stem beeft en klinkt on-vast, ik voel een brandende pijn in mijn keel terwijl ik vecht tegen mijn tranen.

'Zullen we een kop koffie nemen?' Ze legt een hand op mijn arm.

Ik ben blij te merken dat er nog iets van wijsheid in mijn moeder schuilt.

Later, na de tranen, na een tweede kop koffie, laat ik Anna de brief zien van Jan aan Dorothea. Ze leest hem, en leest hem nog eens, licht fronsend.

'Wat weet jij over mijn grootouders?' vraag ik.

'Niet veel. Zoals ik al zei, Dorothea nam me in vertrouwen toen ik van jou in verwachting was. Toen hebben we een beetje gepraat. En ik weet nog dat ze me een oude koffer gaf, vol met prachtige babykleertjes.'

'Echt waar? Wist je dat Babunia haar naam heeft veranderd? Ze heeft niet altijd Dorothea Pietrykowski geheten. Ze is geboren als Dorothy Sinclair. Suzanne in het verzorgingstehuis is ervan overtuigd dat mijn grootouders niet getrouwd waren.'

'En volgens mij heeft ze gelijk. Ik denk dat je babunia – gut, die naam was ik helemaal vergeten! – een verhouding met hem heeft gehad. En volgens mij was John het resultaat van die verhouding. Ze heette eigenlijk Sinclair, zeg je? Die naam komt me om de een of andere reden bekend voor.'

'Hij staat op het naamplaatje in de koffer. Tenminste, ik neem aan dat we het over dezelfde koffer hebben. Hij staat nu bij mij.'

'Ja, dat is het! Ik heb er destijds niets achter gezocht.'

Ik vouw de brief van Jan zorgvuldig op en stop hem weer in mijn tas, bij de nog altijd ongeopende brief van Philip. Die zou ik moeten lezen. Dat moet ik echt doen. Ik mag er niet langer mee wachten. Het wordt tijd om de werkelijkheid onder ogen te zien.

'Ik moet ervandoor,' zeg ik. 'Mijn trein gaat zo... Weet je wanneer hij is gestorven? Mijn grootvader, bedoel ik. Heeft ze ooit...'

Anna schudt haar hoofd en kijkt op haar horloge. 'Nee, dat weet ik niet. Volgens mij in de oorlog. Maar misschien op een andere datum dan zij altijd heeft gezegd. Wanneer ben je voor het laatst bij haar geweest?' Anna staat op en trekt haar jas aan. Het is een mooie jas.

'Vorige week. Ik heb geprobeerd met haar te praten, maar ze is behoorlijk in de war. Met af en toe een helder moment. En ze noemt me steeds Nina.'

'Nina?'

'Ja.'

'Is er een Nina in de familie?'

'Nee, voor zover ik weet niet. Van de hele familie zijn alleen Babunia en ik nog over. Trouwens, dat weet je ongetwijfeld.'

'Ja, natuurlijk. Dan moet het een vriendin zijn geweest. Misschien lijk je op haar. Tja, dat verwarde... dat is iets wat ons allemaal te wachten staat.' Ze trekt een lelijk gezicht.

Samen verlaten we de pub. Zij gaat naar huis met de ondergrondse. Ik besef dat ik nog altijd niets weet over haar leven, over haar 'omgeving', zoals zij het noemde.

'Misschien kunnen we nog eens afspreken,' stel ik voor.

'Ja. Dat zou ik leuk vinden. In het nieuwe jaar? Vrolijk kerstfeest, Roberta. Ik vond het erg fijn om met je te praten.'

Ik kijk haar na terwijl ze de trap af loopt naar de ondergrondse. Wanneer ze is verdwenen draai ik me om en ik ga op weg naar de trein, naar huis.

35

Tekst op het naamkaartje in mijn koffer:

Mevrouw D. Sinclair

Bij thuiskomst uit Londen haal ik de koffer tevoorschijn. Hij ligt boven op mijn kleerkast. Behalve voor mijn verzameling 'gevonden voorwerpen' gebruik ik hem als bergplaats voor kleren die ik niet nodig heb, dus op dit moment zijn dat zomertopjes, shirtjes, korte broeken, zonnebrillen, een slappe gebloemde zonnehoed en een zwempak dat ik koppig bewaar ook al heb ik het maar één keer gedragen en is het me minstens één maat te klein. Ik haal alle spullen eruit en gooi ze op het bed. Suzanne had gelijk. Babunia moet met een ander getrouwd zijn geweest en mijn opa was haar minnaar. Ik heb nooit een huwelijksboekje gezien en ook geen verklaring van overlijden of echtscheiding. Alleen de eenzijdige akte waarin staat dat ze haar naam heeft veranderd. Geen wonder dat ze zoveel begrip had voor de mooie Anna van twintig. Ik bekijk het naamkaartje voor het eerst echt nauwkeurig. Het handschrift ziet er inderdaad uit als dat van mijn oma, maar dan in een jongere versie: krachtiger, met meer bravoure. Het verbaast me dat ik dat niet heb gezien toen pap me de koffer gaf.

Ik zit met zoveel vragen. Vragen die ik niet eens allemaal onder woorden kan brengen. Waarom noemde ze zichzelf Pietrykowski? Om de schande te camoufleren? Er zijn genoeg vrouwen die dat hebben gedaan, vrouwen die niet echt getrouwd waren met de man die ze hun 'echtgenoot' noemden, om zichzelf de gêne te besparen, om bemoeizieke buren, collega's, vrienden, misschien zelfs familie zand in de ogen te strooien. Is ze later alsnog met mijn opa getrouwd? En zo ja, waarom kon pap zich zijn vader dan niet herinneren? Is haar eerste echtgenoot, aan wie ze de naam Sinclair dankte, omgekomen in de oorlog? Was híj misschien mijn echte opa? En ten slotte de onvermijdelijke vraag... wie ben ik? Ik heet Pietrykowski, maar ben ik ook echt een Pietrykowski?

Ik zie dat het naamkaartje begint los te laten dus ik druk het zorgvuldig weer vast en wrijf eroverheen tot de lijm opnieuw pakt. Met mijn wijsvinger volg ik de letters. Een voor een.

Het is een week voor Kerstmis en we geven een feestje voor onze klanten. Het was Philips idee. Ik vind het niets voor hem, maar hij toont zich erg enthousiast. Dat zal Jenna's goede invloed wel zijn, zeg ik tegen Sophie. Ze haalt haar schouders op. Boven in Philips appartement zijn Jenna en Patricia bezig schalen met pasteitjes, knabbels en kazen klaar te maken; er is champagne, sinaasappelsap, bisschopswijn en koffie. De kassa blijft natuurlijk tot laat open, in de hoop op extra omzet. Die kunnen we wel gebruiken, zegt Philip. Maar dat zegt hij elk jaar en we bestaan nog steeds.

De winkel vult zich met gasten. Jenna ziet er beeldschoon uit in een roze zijden jurk met hoge hakken; ze heeft haar blonde haar licht gekruld. Sophie lacht, praat ontspannen met de klanten en beveelt boeken aan. Ook Patricia mengt zich zelfverzekerd onder de mensen. Ze heeft een luide stem maar niet te luid, haar strenge korte kapsel lijkt in tegenspraak met haar warme aard. Volgens mij is Philip meer dan tevreden over zijn personeel. We vormen een goed team, het team dat hij heeft opgebouwd. Het werkt.

Ik heb net de zware luiken voor de etalage dichtgedaan en sta op de bovenverdieping, bij de brede trap, vanwaar ik mijn blik over de winkel beneden me laat gaan; over de klanten die rondlopen, in groepjes staan te praten of iets kopen. Ik hoor het geluid van de kassa. Uit het audiosysteem klinken de zachte klanken van kerstliedjes. Dan gaat de deur achter me open – de deur met 'Privé' erop – en Philip komt naast me staan.

Hij geeft me een glas champagne. 'Cheers!' zegt hij. 'Vrolijk kerstfeest, Roberta. Het gaat goed, hè?'

'Nou en of. Zo te zien heeft iedereen het prima naar zijn zin.'

'En jij?'

'Ik ook. Het was echt een geweldig idee van je.'

'Bedankt, maar die eer gaat naar Jenna.'

We drinken champagne en kijken naar wat zich beneden afspeelt, omhuld door een vreemde stilte waarvan we ons allebei bewust zijn.

Philip pruttelt wat, slaakt een zucht en keert zich naar me toe. 'Dank je wel.'

Hij heeft iets paniekerigs.

'Waarvoor?' vraag ik zacht, bang om te hard te praten, zodat ze in de winkel allemaal omhoogkijken, met het gevolg dat Philip en ik naar beneden moeten waar we worden opgeslokt door de feestelijke drukte.

'Omdat je er bent. Dat verdien ik niet,' meen ik te verstaan.

'Waar heb je het over?'

Hij buigt zich naar me toe. Ik voel zijn wang langs de mijne strijken.

'Ik ben gewoon blij dat je er bent.'

Dan zie ik Jenna, beneden in de winkel. Ze staat te praten met die lieve mevrouw Lucas. Maar net op dat moment kijkt ze omhoog en onze blikken kruisen elkaar terwijl Philip zich naar me toe buigt.

Een tijdje later verdwijnt hij onopvallend in zijn kantoor, weer even later gevolgd door zijn vriendin. Minuten verstrijken, waarin ik met klanten praat en boeken aanbeveel, maar waarin ik eigenlijk alleen maar aan Philip kan denken. Aan zijn gezicht dat het mijne raakte toen hij me iets in mijn oor fluisterde. Aan het gevoel dat ik daarbij had. Aan de geur van zijn gladgeschoren huid, van zijn haar, van de champagne in zijn adem en van nog iets. Iets wat nieuw voor me is, maar tegelijkertijd wonderlijk vertrouwd. Iets wat ik misschien ken uit mijn dromen.

Jenna komt het kantoor uit, met een rood hoofd en een verdrietige blik in haar ogen. Wat zou er...

'Roberta?' Ze loopt met grote stappen langs me heen. 'Kun je even boven komen, alsjeblieft? Het duurt niet lang.'

Ik volg haar de trap op, naar Philips appartement. Daar doet ze het licht aan, ze loopt naar de slaapkamer, haalt een koffer van de kast en begint er kleren in te gooien.

Vanuit de deuropening sla ik haar gade. 'Wat doe je?'

'Wat denk je?'

'Je pakt je koffer.'

'Ik ga weg.'

'Heb je ruzie met Philip?'

'Nee. Ik heb het uitgemaakt.'

'O, Jenna. Weet je het zeker? Wat jammer nou. Kan ik iets doen?' Ik doe intuïtief een stap in haar richting.

'Nee, je hebt al meer dan genoeg gedaan!'

Geschrokken doe ik weer een stap naar achteren. 'Wat bedoel je in godsnaam?'

'O, speel maar niet de vermoorde onschuld. Daar trap ik niet in!' bijt ze me toe.

'Ik bedoelde... kan ik iets doen om je te helpen het weer goed te maken met Philip?'

'Ik weiger tweede keus te zijn. Daar ben ik te goed voor.'

'Natuurlijk ben je dat. Maar ik begrijp het niet.'

'Ik ben niet blind en niet doof en ook al heb ik de schijn tegen, ik ben ook niet achterlijk.'

'Ja, en?'

Ik kijk nerveus toe terwijl ze laden en kasten opentrekt en weer dichtdoet. Dan trekt ze haar hakken uit en smijt ze door de kamer.

'Misschien ben ik niet duidelijk genoeg geweest, Roberta. Dus ik zal het je uitleggen. Philip houdt niet van me. We hebben geen toekomst samen. Dat heeft hij me net zelf verteld. Ook al wist ik dat natuurlijk allang.'

'Maar het is nogal plotseling, toch?'

'Wat maakt het uit. Het is zo. Hij is verliefd op een ander.'

'Heeft hij dat gezegd?' vraag ik, vervuld van afschuw en – het is te sneu voor woorden – van hoop.

'Nee, maar dat hoefde ook niet. Ik heb het gezegd en hij heeft het niet ontkend. En ik hoefde ook niet te vragen wie de gelukkige is.' Haar stem klinkt hoog, broos, bezeerd.

Ik kijk naar de vloer, mijn gezicht gloeit van schaamte en ongemak, van ongeloof en aarzelende hoop. Jenna werkt zich langs me heen, rommelt wat in de woonkamer en komt even later terug om verder te gaan met pakken. Ze klapt een tweede koffer open.

'Het geeft niet. Ik zag het al aankomen. Ik... ik ben niet altijd eerlijk tegen je geweest. Ik heb Francesca Dearhead verteld over jou en Charles.'

Mijn mond valt open. Ze stopt even met pakken en heeft de beleefdheid beschaamd te kijken, maar wanneer ze verder praat klinkt ze uitdagend, alsof ze zich in de verdediging gedrongen voelt.

'Het was een rotstreek. Maar ik deed het om je hier weg te krijgen. Alleen... zodra ik het had gedaan voelde ik me schuldig. Toen had ik er spijt van. En je was nog wel zo aardig om met me mee te gaan naar de kliniek.' Haar stem hapert alsof ze moet huilen. 'Het is jammer dat we geen vriendinnen kunnen zijn.'

Ze heeft gelijk. Natuurlijk heeft ze gelijk. Maar het is een afschuwelijke, ongemakkelijke manier om onze oppervlakkige vriendschap te beëindigen.

Ze is klaar met pakken en trekt haar jas en haar laarzen aan. 'Ik vraag of Philip de rest inpakt. Die kom ik later wel een keer halen. Na Kerstmis. Kijk maar niet zo verrast,' zegt ze, goeiig en woedend tegelijk. Ze wrijft me zelfs over mijn arm. 'Ik zou maar naar hem toe gaan. Volgens mij zit hij op je te wachten.'

Ze loopt de deur uit, de trap af en vertrekt – ongetwijfeld met gevoel voor drama – uit de Old and New.

Uiteindelijk ga ik ook weer naar beneden, minuten later, misschien een uur, ik heb geen idee van tijd. De meeste klanten zijn naar huis. Patricia en Sophie staan bij de kassa, verdiept in een ernstig gesprek. Wanneer ik de trap af kom kijken ze op. Ik schud mijn hoofd. Dan loop ik naar mijn handtas, aan een haak in de gang, en ik haal mijn twee brieven eruit.

De ene stop ik terug, de andere maak ik eindelijk open.

36

20 november 2010

Liefste Roberta,

Als je dit leest heb je de brief gevonden. Voor mijn gevoel is dit iets wat ik aan het toeval moet overlaten. Hoewel, waarschijnlijk zou ik je uiteindelijk een tweede brief hebben geschreven. Of beter nog, al mijn moed bij elkaar hebben geraapt en je de vraag rechtstreeks hebben gesteld. Maar ik weet hoe dol je op brieven bent, hoe heerlijk je het vindt om ze in de boeken te vinden, om ze te lezen en te bewaren. Ik weet hoezeer het je fascineert om daardoor een glimp op te vangen van het leven van anderen. En dus schrijf ik je deze brief in de hoop dat je hem vindt. Als ik daarmee te ver ga – als ik me gruwelijk vergis en als jij niet ook van mij houdt – dan zeg ik gewoon tegen mezelf dat je mijn brief niet hebt gevonden. Tenslotte houden we onszelf voortdurend voor de gek.

Jenna en ik hebben geen toekomst samen. Ik vind het afschuwelijk om haar verdriet te doen, want dat verdient ze niet. Maar ik ben niet helemaal eerlijk tegen haar geweest. Ik hou niet van haar en op de een of andere manier moet ik de moed zien te vinden om dat tegen haar te zeggen. Dat zal ik ook doen. Op een geschikt moment. En snel, hoop ik. Want ik wil niet langer de schijn ophouden.

Lieve Roberta, op enig moment in de toekomst, wanneer jij en ik allebei vrije mensen zijn, wil ik je graag mee uit eten nemen. Trouwens, ik wil je wel honderd, wel duizend keer mee uit eten nemen. Want ik wil het erop wagen om, samen met jou, te

onderzoeken of we misschien voor elkaar gemaakt zijn. Ik hou
van je, maar ik weet niet wat jij voor mij voelt. Waarschijnlijk
vind je me een sukkel en veel te oud voor je.

Ik weet niet wanneer je dit leest. Maar kom alsjeblieft naar
me toe zodra je deze brief hebt gevonden. Ik wacht op je.

Philip

Ik haal diep adem voordat ik op de deur van het kantoor klop.
Dan schraap ik mijn keel.

'Binnen.'

Ik ga naar binnen en doe de deur achter me dicht.

Philip staat op vanachter zijn bureau. Hij kijkt naar de brief
die ik mijn hand houd. 'Is ze weg?'

'Ja.'

'Is dat... mijn brief?'

'Ja.'

'Ik wist dat je hem had gevonden. Hij lag niet meer in het
boek. Dus ik dacht...'

'Ik vond hem meteen, op de eerste dag dat ik weer aan het
werk was,' val ik hem in de rede. Zijn gezicht betrekt. 'Maar
ik heb hem net pas opengemaakt,' voeg ik er haastig aan toe.

'O.'

'Jenna was nogal van streek.'

'Ja, dat weet ik,' zegt hij somber. 'Ik heb geprobeerd het zo
aardig mogelijk te brengen. Ze was niet helemaal verrast, dus
dat stelt me een beetje gerust. En ze had genoeg van mij en
van de boekwinkel, zei ze. Blijkbaar ben ik erg saai.'

Ik kan me niet langer inhouden. 'Meen je het? Wat je
schrijft?'

Hij komt met grote stappen om zijn bureau heen en legt
zijn handen op mijn schouders. 'Natuurlijk meen ik het.
Heeft Jenna je...'

'Nee, ze heeft niks onaardigs gezegd. Ze zei dat...'

'Weet je, Jenna was een opportunist,' onderbreekt hij me.

'Ze zou het waarschijnlijk niet toegeven en het klinkt misschien bot, maar volgens mij was ze een golddigger.'

'Goh.' Ik weet niet wat ik moet zeggen.

Philip doorbreekt de stilte. 'Ik moet je wat vertellen. Iets wat Jenna niet wist, maar blijkbaar had ze wel een vermoeden.' Zijn gezicht verraadt hoe ongemakkelijk hij dit vindt. 'Ik ben in goeden doen, zoals dat heet. Ik ben miljonair. Sterker nog, multimiljonair.'

'O,' zeg ik. 'Nou ja, gelukkig maar.'

Philip schiet in de lach. 'Het wordt nog veel erger. Ik ben de zevende markies van Monmouthshire.' Hij trekt weer een lelijk gezicht. 'Als ik dat wil kan ik me zo laten noemen. Maar dat wil ik niet.'

'O. Dat verklaart een hoop.'

Op de een of andere manier ben ik niet verrast. Het lijkt wel alsof ik het altijd al heb geweten, of in elk geval vermoed. In gedachten zie ik Babunia, in haar kamer in het verzorgingstehuis, met haar geheimen die diep binnen in haar zijn weggestopt, als lagen afzettingsgesteente.

'Is er dan helemaal niks wat indruk op u maakt, mevrouw Pietrykowski?' vraagt Philip met gespeelde ergernis. 'Trouwens, hoezo verklaart het een hoop? Ik geloof niet in titels. En ik wil er eigenlijk niets mee te maken hebben.'

'Het is mijn wereld niet, Philip.'

'En het doet je ook helemaal niks, hè?' vraagt hij hoopvol.

'Nee, niet echt.'

'Dat wilde ik horen.'

'En Jenna...'

'Die heeft de eer aan zichzelf gehouden. Trouwens, dat van die titel, daar had ze geen idee van. Er zijn maar heel weinig mensen die dat weten. Dus... daar staan we dan.'

Ik voel me gewichtloos, alsof ik een stukje boven de grond zweef. En het liefst zou ik nooit meer landen. 'Ja, daar staan we dan. En nu?'

'Laten we gewoon samen uit eten gaan en dan zien we wel. Het is niet bepaald een blind date dus ik heb er alle vertrouwen in. Maar ik wil het ook niet bederven. Onze vriendschap is iets waar we heel zuinig op moeten zijn.'

'Ja,' zeg ik. 'Uit eten lijkt me leuk.'

'Morgenavond? Of een andere keer als dat beter uitkomt. Ik wil niets overhaasten. Zullen we naar die nieuwe bistro gaan? Een etentje bij kaarslicht? Als ik te hard van stapel loop moet je het zeggen. We kunnen ook naar de film gaan. Ik vind alles best.'

'Het klinkt verrukkelijk, Philip. Morgenavond is prima. Afgesproken.'

37

Ze luistert weer naar de radio.

Die had ik met Kerstmis voor haar gekocht omdat Suzanne me vertelde dat de televisie haar niet meer interesseerde. Het is een digitaal toestel, maar ze vraagt aan iedereen die toevallig bij haar langskomt om de 'distributieradio' aan te zetten. Zelf kan ze dat nog niet en waarschijnlijk zal ze het ook wel niet meer leren. Het is erg veel gevraagd van iemand van honderdtien, zegt Suzanne.

Ze brengt nog altijd veel tijd door met mijn oma. Ze lakt haar nagels, borstelt haar haar. Ze praten veel. Sterker nog, Suzanne heeft nieuws voor me. Het gaat om iets opmerkelijks wat Dorothea haar heeft verteld.

'Ik denk dat het weleens belangrijk zou kunnen zijn,' zegt ze ademloos wanneer ik het tehuis binnenkom. Ze heeft me onderschept in de hal, popelend van ongeduld om de informatie met me te delen.

'Echt waar? Vind je het goed als we het erover hebben nadat ik bij Babunia ben geweest?' vraag ik.

Suzanne kijkt een beetje teleurgesteld, maar ik weet zeker dat ze het begrijpt. Ik wil het verhaal graag zo veel mogelijk zelf bij elkaar sprokkelen, op momenten dat mijn oma geestelijk helder is. Het voelt niet goed als Suzanne het speurwerk voor me doet. Ik heb me voorgenomen alleen in uiterste nood een beroep op haar te doen. Dat ben ik aan Babunia verschuldigd.

Ik doe de deur van de kamer zachtjes achter me dicht en

glimlach naar Babunia. Ze heeft zich omgedraaid toen ze de deur hoorde opengaan en ik ben blij als ik zie dat ze vandaag opmerkelijk helder is. Door het open raam waait een warme lentebries naar binnen. In de tuin rennen kinderen lachend en gillend rond. Een van de andere bewoners is jarig en heeft haar hele familie op bezoek.

Ik trek de kruk bij en ga voor mijn oma zitten. 'Goeiemorgen,' zeg ik.

'Sst.' Ze gebaart naar de radio.

'Zal ik je haar borstelen? Nee? Zal ik dan je nagels lakken? Ik heb een potje rood meegebracht.'

'Ja, graag. Maar nog even niet praten, alsjeblieft.'

Suzanne is begonnen een beautycase aan te leggen, met diverse kleurtjes nagellak, lippenstift, oogschaduw, maar ook Oil of Olaz, watten, reinigingslotion, handcrème. Leeftijd doet er niet toe, beweert ze. Iedere vrouw vindt het heerlijk om te worden verwend. Dus vandaar dat ik er ook een gewoonte van heb gemaakt Babunia's nagels te doen. Ik ga aan het werk. Haar grote handen zijn rood en gerimpeld, de nagels geel en broos. Dat komt doordat ze jaren als wasvrouw heeft gewerkt, zegt ze altijd.

'Komt je vader ook?' vraagt ze.

'Nee, die had het te druk.'

'Ach, wat jammer. Hij is al zo lang niet meer geweest.'

'Dat weet ik. Maar hij doet je de groeten.'

'Hoe is het met die vrouw van hem?'

'Met Anna? Die heeft hij al lang niet meer. Ze is jaren geleden vertrokken. Dat weet je toch wel? Ik was zes.'

'En dat verbaast me niks. Ik heb haar nooit vertrouwd. Het is een aantrekkelijke jonge vrouw en beslist niet onaardig, maar...'

Ze is weliswaar helder, maar dan wel op een vreemde manier. Ik ben er inmiddels aan gewend. En ik weet dat het goed met Anna gaat. We hebben een week geleden opnieuw samen geluncht. Maar dat vertel ik niet aan Babunia, uit angst haar in verwarring te brengen.

Ik heb de nagels van één hand gedaan, verschuif mijn kruk en pak haar andere hand. Ondanks haar hoge leeftijd staat rood haar goed. Het programma op de radio gaat over Billie Holiday. Ik luister met een half oor naar haar beruchte levensverhaal. Regelmatig klinkt er jazzmuziek uit de radio; de klanken dansen op de bries door de kamer.

'Dit nummer ken ik! Ben je nog altijd zo'n fan van Billie... Babunia! Wat is er?'

Er rollen tranen over haar bleke, ingevallen wangen, haar lippen trillen. Ik ga door met lakken. Als je moet huilen, is het laatste wat je wilt dat mensen naar je kijken.

'Ik denk altijd aan hem,' fluistert ze ten slotte. 'Als ik haar hoor zingen.'

'Aan wie denk je dan?'

'Aan hem. Als ik haar muziek hoor.'

'Bedoel je John?'

'John?'

'John. Mijn vader. Je zoon?'

'Nee. Vandaag niet. Vandaag denk ik niet eens aan Sidney. Ik wou dat mijn zoons bij me langskwamen!' roept ze ineens heftig.

Wie is Sidney? Is dat de baby die ze heeft verloren? De baby waar Anna het over had? Anna. Heel geleidelijk aan wordt ze opnieuw mijn moeder. Ondanks alles vind ik haar aardig. Ze is geestig, slim en allesbehalve doorsnee. Vergeven maakt je vrij. En ze vindt het geweldig dat Philip en ik elkaar eindelijk hebben gevonden.

'Je hoeft niets te zeggen als je dat niet wilt, Babunia.' Ik waag het erop, ik geef een opening, in de hoop dat ze me in vertrouwen wil nemen. 'Maar als je dat wel wilt, dan ben ik er om naar je te luisteren.'

Er valt een lange, dromerige stilte waarin ze steeds verder

van me weg lijkt te drijven en zwijgend met zichzelf lijkt te overleggen.

Ze fronst haar voorhoofd. 'Mijn man,' zegt ze ten slotte.

'Hij is in de oorlog gestorven, hè? Heel lang geleden?'

Het blijft stil.

Ik besluit de gok te nemen. 'Je was niet met Jan getrouwd, hè? Dat kun je rustig zeggen, Babunia. Het geeft niet. Er is niemand die je daarop aankijkt.'

Ze gaat er niet op in. 'Volgens mij is hij helemaal niet gestorven. Daar geloof ik niks van. Tenminste, niet in de oorlog.'

'O.' Langzaam en zorgvuldig lak ik de nagel van haar ringvinger. Ze draagt geen ring en ik kan me ook niet herinneren dat ze die ooit heeft gedragen. Waarom is me dat niet eerder opgevallen? Een weduwe draagt toch altijd twee ringen, ook die van haar overleden echtgenoot? 'Wanneer denk jij dan dat hij is gestorven?'

'Ik weet het niet. Dat was mijn zaak niet meer. Maar ik heb altijd gevoeld dat hij nog leefde, dat hij nog op dezelfde aarde rondliep als ik. Het was een gedachte waar ik troost uit putte. Ik mis hem zo. Weet je, ik heb ooit gedacht dat ik hem zag. Maar hij zag mij niet. En waarschijnlijk was hij het ook helemaal niet. Hij was samen met een vrouw met blond haar. Veel knapper dan ik. Veel knapper dan ik ooit ben geweest.'

Haar hand beeft, maar ik druk hem bemoedigend, voorzichtig om de lak niet te beschadigen. Merkt ze het eigenlijk wel? Ik voel dat ze ergens anders is met haar gedachten. Ver van hier. En ver van het heden.

'Hij was een goed mens, Roberta,' zegt Babunia ten slotte. Ze kijkt naar de zonnige tuin, waar de kinderen tikkertje spelen. Maar ze ziet hen niet.

'Natuurlijk was hij dat,' zeg ik.

'Maar hij was ook trots. Zoals alle mannen.'

'En dat doet ze soms de das om, hè?' zeg ik, blij om eindelijk iets te hebben gevonden waar ik over kan meepraten. 'Hun trots?'

'Ja, vaak wel,' zegt ze verdrietig.

'Mis je hem nog steeds?'

'Natuurlijk mis ik hem.'

'Jullie hokten toch niet, hè?' Een luchtige opmerking, een grapje kan soms helpen de somberheid te verdrijven. Ze heeft altijd een subtiel, fijnzinnig gevoel voor humor gehad en ondanks haar verwardheid is ze dat nog niet kwijt.

'Nee. We hebben nooit samengewoond. Hij wilde niet dat ik de baby hield. Was het echt zo verkeerd wat ik heb gedaan? Ik heb hem nooit meer gezien... maar volgens mij was het niet verkeerd. Wat vind jij?'

Ik voel me leeg, ten einde raad. Wat ze zegt klinkt zo ongerijmd, zo onlogisch, zo uit de toon. *Hij wilde niet dat ik de baby hield.* Dus ze heeft ooit abortus laten plegen. Ik weet niet meer wat ik moet denken. En dan die onbegrijpelijke passage in de brief van mijn opa! *Wat je doet is verkeerd. Het is niet eerlijk tegenover het kind en niet eerlijk tegenover de moeder.*

'O. Ik eh... ik weet niet zo goed wat ik moet zeggen,' fluister ik.

'Het kind was niet van mijn man. Het was niet eens van mij. Het was allemaal erg... verwarrend. Het kind was van Aggie. Nee. Niet van Aggie. Hoe kom ik daar nou bij? Lieve hemel. Hoe heette ze ook al weer? Nina! Ja, dat was het. Nina. Een groot meisje, erg dik en niet erg slim. En ik... Ach, dat arme kind. Ze was ten einde raad, ze kon geen kant uit. Ik heb geprobeerd haar te helpen. Echt waar. Ze zal onderhand wel dood zijn. En ik zal nooit weten of het slecht was, wat ik deed. Ik heb het niet alleen gedaan, iemand heeft me geholpen. Maar ze was een heks. Hij vond het slecht wat ik heb gedaan. Ik moest naar huis. Ik moest terug naar mijn moeder. En weet je wat ik onder mijn bed vond?'

Zwijgend, niet wetend wat ik moet zeggen schud ik mijn

hoofd. Heeft ze iemand geholpen abortus te laten plegen? Misschien die Nina over wie ze het steeds heeft? Ongetwijfeld dezelfde Nina waar ze mij al diverse keren mee heeft verward?

'*The Infant's Progress*. Uitgerekend dat ellendige boek. Ik zal het nooit vergeten. Ik heb zijn laatste brief erin gestopt. Hij zei dat het niets kon worden tussen ons. Dat schreef hij in die brief. Ik heb dat boek nog jaren gehad. Maar volgens mij ben ik het inmiddels kwijtgeraakt en zijn brief ook. Ik was boos op hem en toen heb ik alle andere brieven verbrand. En ook het blauwe lint. Zelfs zijn overhemd. Stel je voor, Roberta, ik had het nooit gewassen. En al die knopen... Hoe heb ik zo dom kunnen zijn! Ik had het moeten houden. Ik had alles moeten houden. Nu heb ik helemaal niets meer van hem. Want ik ben hem kwijtgeraakt. Ik was zo boos dat hij toch niet met me wilde trouwen. Ik ben jarenlang woedend op hem geweest. Ik had hem gevraagd of hij met me wilde trouwen. Want ik dacht dat hij dat wilde. Maar hij kon het me niet vergeven. Je kunt je niet voorstellen hoe verschrikkelijk ik me voelde. Hij heeft mijn hart gebroken! In duizend stukken! En ik heb het nooit meer kunnen lijmen. Eigenlijk is het maar goed dat ze allemaal verdwenen zijn, denk je ook niet? Maar ik heb er geen spijt van. John was het waard. Het was goed wat ik heb gedaan. Je kunt in het leven nu eenmaal niet alles hebben, wat jij?'

Dat laatste klinkt in elk geval weer helder. Ik denk koortsachtig na terwijl ik probeer een verhaallijn te ontdekken in wat ze heeft gezegd.

'Wie was Nina?'

'Nina? Ik ken geen Nina! Vraag toch niet zoveel. Ik ben zoveel vergeten... Dat kan ik je allemaal niet vertellen!' De verdrietige, wijze oude dame is opnieuw veranderd in een tegendraads kind.

Ik ben te ver gegaan, ik heb te lang aangedrongen. Dus we

luisteren zwijgend naar de radio en ik zet thee. Haar hand beeft wanneer ze een slok neemt. Ik kijk naar haar, me afvragend of dit misschien ons laatste gesprek was. Ze is er nauwelijks meer bij en lijkt ijl en grijs als regen op een middag in de winter.

Allerlei mogelijkheden komen bij me op. Maar ze bevallen me allemaal niet, dus ik stuur ze weer weg, als opdringerige bedelaars. Ze was een geweldige moeder, zowel voor mijn vader als voor mij. Dat is het enige wat telt. Gooi de rest maar in mijn pet, zou Philip zeggen.

Philip. Mijn verloofde. Wat klinkt dat geweldig. En onwennig. Ik besluit het haar te vertellen.

'Ik heb een nieuwtje, Babunia. Philip en ik zijn verloofd.'

'Philip? Ik geloof niet dat ik een Philip ken.'

'Hij is heel aardig, ik kan me geen betere man wensen. We worden heel gelukkig samen.'

Ze knikt, ogenschijnlijk tevreden.

'We trouwen in augustus en dan wil ik dat jij er ook bij bent.'

Ze trekt glimlachend haar wenkbrauwen op. 'We zullen zien,' zegt ze met een vleugje van haar droge humor die me altijd zo dierbaar is geweest.

Het programma over Billie Holiday is afgelopen. Ik zet het geluid zachter tot het niet meer is dan achtergrondgemompel, weifelende golven die breken op een verre kust, maar Babunia merkt het niet. Voorzichtig, om haar niet te laten schrikken, reik ik naar mijn tas. Ik haal de brief van Jan eruit – hij is gekreukt en verfrommeld geraakt – en vouw de broze vellen papier open. Nadat ik ze heb gladgestreken leg ik ze op het tafeltje naast Babunia's stoel. Ze is als een kind in een ondiepe slaap gevallen. Ik haal de spelden uit haar wrong en borstel haar lange grijze haar tot het glanst.

38

Nu het voorbij was, had hij slechts een vaag idee van wat hij ging doen, waar hij naartoe zou gaan. Er werd niet meer gevlogen, dat was zijn enige zekerheid, naast zijn vaste voornemen om niet naar Polen terug te keren. Misschien kon hij naar Amerika? Ja, misschien. Ooit. Eerst had hij hier in Engeland nog het een en ander te doen; er waren nog dingen onafgemaakt gebleven.

Hij reed naar het huisje in Lincolnshire. Vanaf de weg leek er weinig veranderd. Hij meende zelfs te zien dat dezelfde gordijnen nog voor de ramen hingen. Maar toen hij beter keek, zag hij dat de tuin er niet half zo netjes bij lag als in zijn herinnering. Er waren ook geen kippen meer en hoewel het een warme meidag was, hing er geen wasgoed aan de lijn.

Hij maakte het hek open en terwijl hij het pad op liep vielen de jaren weg en meende hij haar te horen, weemoedig neuriend. Maar het was zijn verbeelding die hem parten speelde. Hij klopte op de keukendeur. Er werd opengedaan door een jonge man die hem wantrouwend en enigszins geërgerd opnam.

'Ja?'

'Ik ben majoor Jan Pietrykowski.'

'Kennen wij elkaar?'

'Nee, maar ik ken dit huisje. Ik heb hier ooit gelogeerd. Ik was bevriend met de vrouw die hier woonde. En ik vroeg me af of u haar kent.'

'Sal misschien. Sal!'

Een jonge vrouw, in het uniform van het Women's Land Army, kwam naar de deur. Niet Aggie. En Nina was het ook niet.

Jan boog. 'Ik ben op zoek naar Dorothy Sinclair.'

'O. Die heb ik niet gekend. Maar Aggie wel, geloof ik.'

'Woont Aggie hier nog?'

'Nee. Ze is in 1942 vertrokken, geloof ik. Overgeplaatst naar een boerderij in Yorkshire. Ik heb gehoord dat ze na de demobilisatie gaat trouwen met een Amerikaanse soldaat. Uit Alabama, geloof ik. Of was het Arkansas?'

'En Nina? Ken je Nina ook?' Jan probeerde zijn ongeduld in bedwang te houden.

'Nee, maar ik heb wel over een Nina gehoord. Ze kreeg een baby, zeiden ze.'

'O ja?'

'Ja, een dochtertje. Ik geloof dat ze getrouwd is. Maar wat er van haar is geworden, dat weet ik niet.'

'O.'

'Aggie had het altijd over een zekere Dorothy. Maar ik heb haar nooit ontmoet.'

'Staat hier nog een grammofoon? Een platenspeler?'

Haar gezicht verried verbazing. 'Ja.'

'Mag ik hem meenemen, alstublieft? Ik had hem aan Dorothy geleend. Aan het begin van de oorlog. En ik kom hem terughalen.'

'Ik vind het best,' zei het meisje. 'Bill, wat vind jij?'

De jonge man haalde zijn schouders op. 'We gaan binnenkort naar huis en dan laten we hem toch hier. Dus neem dat ding gerust mee.'

Ze deden een stap opzij om Jan binnen te laten. In de keuken herinnerde niets meer aan Dorothy. Het was er smerig en donker. In de woonkamer daarachter zat alles onder een dikke laag stof, het was er rommelig en het stond er vol met half ingepakte dozen. De jonge vrouw wees naar de grammofoon op het dressoir. Jan bedankte haar, tilde hem op en verkrampte van de pijn. Toen de jonge man toeschoot om te helpen, kon Jan niet anders dan van die hulp gebruikmaken. Terwijl Bill de grammofoon naar de auto bracht, raapte Jan de platen bij elkaar. Er ontbrak een aantal, meende hij te zien. Hij bedankte het meisje.

Ze glimlachte. 'Waar komt u vandaan?'

'Uit Polen.'

'O.'

'Gaat u terug?' vroeg Bill, die weer binnenkwam.

'Helaas niet.'

'Ik kan het u niet kwalijk nemen.'

Hij bedankte hen nogmaals en liep langzaam terug naar de auto.

Een paar weken later, in Oxford, voelde hij zich al beter, al veel sterker. Misschien had hij de rit naar Lincolnshire niet moeten maken. Toen was hij nog verzwakt geweest, maar inmiddels begon hij weer op krachten te komen. Het was zomer en Oxford leek hem een aantrekkelijke stad. Voornaam ook. Hij verbaasde zich over de colleges, de met klimop begroeide gebouwen die onbeschadigd waren gebleven. En waar hij ook kwam, in winkels, bibliotheken, maar ook gewoon op straat, vroeg hij naar Dorothy. Op zijn innemende manier klampte hij iedereen aan.

'Ik ben op zoek naar een zekere mevrouw Honour?' Dorothy had hem eens verteld dat haar meisjesnaam Honour was. 'Ze heeft een volwassen dochter. Dorothy.'

Maar uiteindelijk begon zijn vastberadenheid af te nemen, de hoop waarmee hij was begonnen, begon te tanen. Had hij Dorothy's brief maar bewaard of op zijn minst haar adres onthouden. Hij werd moe, twijfel maakte zich van hem meester. Maar net toen hij op het punt stond op te geven, schudde de voorbijganger die hij had aangesproken níét het hoofd. In plaats daarvan klaarde haar gezicht op, dankbaar als ze was om die knappe buitenlander te kunnen helpen.

'Ruth? Ruth Honour?'

En zo stond hij dan eindelijk trillend van vermoeidheid voor een huis met een blauwe voordeur, helemaal aan de noordkant van de stad. Hij haalde diep adem en klopte. Er werd niet opengedaan. Uiteindelijk keek hij door het raam. Zo te zien stond het huis leeg. Hij sprak een buurman aan, die hem vanachter de keurig gesnoeide buxushaag nieuwsgierig opnam.

Ja, hij had de mensen gekend die er hadden gewoond. Een oude dame met haar dochter, allebei weduwe, en het zoontje van de dochter. Aardige mensen. Maar ze waren vertrokken. Misschien een jaar of drie, vier geleden. Nee, hij had geen doorstuuradres. De dochter was getrouwd geweest met een Poolse soldaat, meende hij te hebben begrepen. En die was in de oorlog omgekomen.

'Kunt u zich haar getrouwde naam nog herinneren?' vroeg Jan.

'Pilkowski? Pentrykowski? Zoiets.'

'Dank u wel,' zei Jan, overweldigd door een gevoel dat hij niet onder woorden kon brengen. 'En is ze weer getrouwd? Weet u dat misschien?'

'Ik geloof het niet, nee. Maar zoals ik al zei, ze zijn al een tijdje geleden vertrokken. Het huis heeft een nieuwe eigenaar, maar er woont niemand. Ze komen af en toe de post halen. Dus misschien hebben zij een doorstuuradres. Komt u uit Rusland?'

'O. Ik begrijp het. Dank u wel. Nee, ik kom niet uit Rusland.'

14 augustus 1945

Mijn lieve Dorothea,

Ik heb je gezocht. Maar niet gevonden. Verder dan je moeders huis in Oxford ben ik niet gekomen. Daar wordt het spoor koud. Ik schrijf naar dat adres en ik hoop dat mijn brief naar je wordt doorgestuurd. Het is misschien vergeefs, maar het is mijn enige hoop. Ik zal je vinden. Als ik maar hard genoeg mijn best doe. Dat zeg ik tegen mezelf. Ik vermoed dat je mijn naam hebt aangenomen en dat mag. Dat voel ik als een voorrecht! Er kunnen nooit genoeg Pietrykowski's in Engeland wonen! Maar ik wil je ook niet lastigvallen. Misschien heb je een andere man. Misschien ben je weer getrouwd. Misschien ben je weer gelukkig en denk je niet meer aan mij. Dus als deze brief je bereikt, is het goed. En anders heeft het zo moeten zijn. Ik heb een plan gemaakt voor de toekomst. Als ik niets van je hoor ga ik dat plan uitvoeren.

Je ziet, ik heb de oorlog overleefd. Precies zoals ik je altijd heb beloofd. Ik heb lang en hard gevochten. Totdat ik niet meer kon. I ran out of steam, zoals jullie dat zo mooi zeggen. De laatste maanden van de oorlog lag ik in het ziekenhuis. Mijn oude wond zorgt voor veel pijn. En ik word snel moe. In mijn hoofd en mijn lijf. Ik was helemaal ingestort. Het was verschrikkelijk. Ik voelde me zo zwak en ziek en ellendig. Ik wilde dood. Maar nu gaat het weer beter met me. Alles in mijn leven danst en zingt en is weer licht. Bijna alles. Want ik heb jou niet. Ik heb je laten gaan. Dat had ik nooit moeten doen. Het is de grootste fout van mijn leven. Ik hou van je, nog meer dan vijf jaar geleden. Het was verkeerd om zo slecht over je te oordelen. Vergeef me alsjeblieft. Ik wil met je trouwen. Als je vrij bent. En als jij me nog wilt. Je bent vast en zeker boos op me. Teleurgesteld door mijn brief van toen. Ik heb spijt van elk woord. Ik had het mis.

Dat is alles. Meer valt er niet te zeggen. Ik ga niet terug naar Polska, naar een leven onder de communisten, en dat stemt me bitter. Maar mijn leven is van mij. Dat laat ik me niet afnemen. Ik heb een plan om naar Italië te gaan, naar de zon, om te zwemmen, te eten. Om werk te zoeken. Dat vind ik vast. Ik heb een vriend die zegt dat Italië een goede plek is om weer op krachten te komen. En daarna wil ik naar de Verenigde Staten, het land van de onbegrensde mogelijkheden. Misschien kun jij met je zoon daar naar me toe komen? Dat is mijn vurigste wens.

Jan

39

Ik ben er nog. Ook al is daarmee alles gezegd. Ik leef nog, ik slaap, ik word weer wakker, ik kijk, ik denk.

En nu denk ik aan die dag dat we met de trein naar Londen gingen. Met ons drietjes; John, Roberta en ik. Ze werd tien. De eerste verjaardag met twee cijfers, dus dat moest gevierd worden. John was nog niet helemaal over de breuk met Kate heen. Het was niet echt een serieuze verhouding geweest en ik had van meet af aan mijn twijfels gehad. Hoe dan ook, in zijn jonge jaren kon hij soms erg hard van stapel lopen. Bovendien had zijn stukgelopen huwelijk met Anna, die bij hem was weggegaan, er behoorlijk ingehakt. Dus het verbaasde me niet dat Kate het uitmaakte. Ze zag hoe groot het verdriet van John en Roberta nog was en ze paste ervoor om te moeten proberen Anna's plaats in te nemen. Dat kun je haar nauwelijks kwalijk nemen.

Afijn, op naar Londen. Eerst naar Madame Tussauds. Roberta vond het prachtig! Toen met de ondergrondse naar Trafalgar Square. Daar hebben we de duiven gevoerd en de leeuwen bewonderd. We kregen Roberta zelfs zover dat ze op een van de beelden ging zitten voor een foto. Ze droeg een gestreepte trui. Het was een kille dag dus we besloten binnen te lunchen. We kenden Londen niet goed genoeg om een speciaal restaurant op het oog te hebben, dus we overlegden wat we zouden doen. Ik was moe.

Toen ik de cafetaria van de National Gallery wilde voorstellen en me naar het museum keerde, zag ik haar, bij een van de fonteinen: een grote vrouw van ergens in de zestig. Ze stond naar me te kijken. Misschien deed ze dat al een tijdje, maar dat zal ik nooit weten. Ze was samen met een vrouw van ergens in de veertig en twee kinderen, ongeveer van Roberta's leeftijd, misschien iets jonger. Allebei jongens. Ze zagen eruit als tweelingen: vaalbruin haar, lang van stuk en angstaanjagend genoeg hadden ze wel iets van Roberta. Hun moeder was een vrouwelijke uitvoering van John. Hun oma, Nina – ik weet zeker dat zij het was – stond naar ons te staren. Ze keek van de twee jongens, haar kleinzoons, naar John. Ze was dik, nog dikker dan vroeger. Ze zag er vermoeid uit, met grijs haar en een door zorgen getekend gezicht. Maar ze leek niet ongelukkig, stelde ik mezelf gerust. Heel even – misschien twee seconden – keken we elkaar aan. En in haar ogen zag ik weer de brutale meid van negentien; sterk, luidruchtig, niet erg snugger. Dat alles in die paar seconden. Mijn ogen waren toen al niet meer wat ze geweest waren, maar mensen veranderen niet wezenlijk, er is een kern die altijd hetzelfde blijft. En een vrouw die je ooit in barensnood hebt meegemaakt, wanhopig, smekend om je hulp, vergeet je nooit.

Het duurde niet lang of ze raakte verloren in het gedrang; ze ging op in de massa van mensen met allemaal hun eigen leven, hun eigen verhaal. Opgelucht besefte ik dat ze niet naar me toe zou komen. We zochten ergens een tafeltje, maar ik kon geen hap door mijn keel krijgen. Mijn hart ging wild tekeer en het duurde minstens een uur, misschien wel twee, voordat het weer kalmeerde. Toen we ten slotte door de zalen van het museum slenterden, moest ik aan Aggie denken. Hadden ze contact gehouden? En goddank was het Aggie niet geweest! Want die zou misschien wel op me af zijn gekomen en een scène hebben gemaakt!

En natuurlijk gingen mijn gedachten ook naar Jan. Want hij was er altijd. Hij is er altijd geweest. Ik geloof niet dat er sinds die laatste keer dat ik hem zag, ook maar één dag is verstreken dat ik niet aan hem heb gedacht; ook maar één dag waarop ik me niet heb afgevraagd wat er van hem is geworden. Ik heb jarenlang gehoopt dat ik iets van hem zou horen, dat hij me zou weten op te sporen. Maar dat gebeurde niet. Er is later nog één andere man in mijn leven geweest, maar hij is het vermelden nauwelijks waard. Het is inmiddels vijftig jaar geleden. Hij was gescheiden. Charmant. Rijk, geloof ik. En eenzaam. We hebben een verhouding gehad, maar het is nooit echt iets geworden. Hij verwachtte meer dan ik hem kon geven. Uiteindelijk verdween hij steeds verder naar de achtergrond. Of ik.

Inmiddels zullen ze allemaal wel niet meer leven. En ik had ook allang dood moeten zijn. Zelfs John is dood. Roberta, die schat, denkt dat ik het niet doorheb. Ze heeft een verloofde, vertelde ze. Een aardige man. Ik geloof dat ik wel weet wie het is. Een echte boekenman. Grappig en charmant. Ze moeten trouwen, kinderen krijgen en samen een mooi leven opbouwen. Ik weet zeker dat het ze gaat lukken.

Ik voel me dankbaar dat ik deze gedachten nog kan formuleren, dat mijn diepste wezen nog intact is. Want daar, heel diep vanbinnen, in de kern die we allemaal hebben en die ons leven lang onaangetast blijft, kan ik nog helder denken. Ik moet gaan slapen. Want ik ben moe. Zo moe. Ik had al jaren moeten slapen. Roberta borstelt mijn haar. Ze doet het heel lief, heel zacht. En ik voel dat mijn denken begint te vervagen, dat ik heel geleidelijk aan – cel voor cel – bezig ben te verdwijnen. Ik denk dat mijn tijd gekomen is. Ja, ik hou mijn ogen dicht, ik doe ze niet meer open, ik ga naar Jan. Als ik dat denk dan gebeurt het ook.

Nee! Roberta heeft me iets gevraagd. Ze wil de waarheid weten, net als John. Ach, het is zo simpel. Binnen twee minuten kan ik haar het hele verhaal vertellen. Ik moet nog even flink zijn, zodat ze niet langer hoeft te piekeren. Dus...

'Roberta?'

'Ja?'

Zo. Ik heb het gedaan. In het begin had ik er wat moeite mee en klonk het nogal verwarrend, maar uiteindelijk is het me gelukt.

En ze is geschokt. Een beetje maar. Volgens mij wist ze al meer dan ze besefte. Toen sloeg ze haar armen om me heen. En ik voelde dat ze het meende. Ze zei dat ik nog altijd haar Babunia was en dat altijd zou blijven. En dat ze Jan dolgraag zou hebben ontmoet, want zo te horen was hij een schat van een man.

Ze was trots dat ik had geprobeerd haar 'echte' grootvader te redden. Dat moest ik erin houden. Iedereen geloofde het, dus ik wil dat Roberta het ook gelooft. Misschien wordt het zo'n verhaal dat van generatie op generatie wordt doorgegeven. Dat zou ik mooi vinden.

Ze wilde me iets laten zien... maar mijn ogen zijn zo slecht geworden. En ik begreep ook niet wat ze vertelde. Het is afschuwelijk om zo oud te worden; om alles wat je ooit hebt gehad kwijt te raken; om te merken dat het leven, het geven van zin en invulling aan je dagen, zo goed als onmogelijk wordt.

Nu ga ik naar Jan. Eindelijk, dit is ons moment. Van hem en mij. Wat een gebulder! En dan die zon! Mijn hemel, wat is het heet, en mijn gladde, sterke benen zijn bloot en daar komt het squadron, wat een gebulder, en daar is de Hurricane van Jan, hij duikt uit de hemel naar beneden als een kiezel in een stille plas, en ik zie zijn gezicht, zijn lieve gezicht, zijn glimlach, hij wuift en ik wuif terug – 'Stil maar, Babunia,' meen ik Roberta te horen fluisteren – en alles is stil, en warm, overal om me heen, ik hoor niets, ik zie niets, en het is volmaakt. En zijn woorden, de woorden in zijn laatste brief die me toen zo wreed leken, zijn me nu tot troost: *Ik wist dat het met jou voor altijd zou zijn, maar er is voor ons geen tijd.*

Een woord van dank

Mijn dank gaat uit naar iedereen bij Hodder and Stoughton, vooral naar Suzie Dooré met haar razend scherpe blik. Dank ook aan mijn agente, Hannah Ferguson, omdat ze het aandurfde met mij en mijn boek. En aan Debi Alper, Ian Andrews, Victoria Bewley, Sonja Bruendl-Price, Emma Darwin, Katherine Hetzel, Sophie Jonas-Hill en Jody Klaire voor hun goede raad, hun op- en aanmerkingen, hun behulpzaamheid en hun bemoedigende woorden. Dank aan Neil Evans en Mark Forster voor hun technische inbreng. Susan Davis en alle anderen bij de Cornerstones Literary Consultancy, dank jullie wel. En ook dank aan Jo Dickinson.

Bij mijn research stuitte ik op drie boeken die ik met zoveel plezier heb gelezen dat ik vergat dat ik werd geacht research te doen! *Battle of Britain*, door Patrick Bishop; *How We Lived Then: A History of Everyday Life during the Second World War*, door Norman Longmate; en *For Your Freedom and Ours: The Kościuszko Squadron – Forgotton Heroes of World War II*, door Lynne Olsen en Stanley Cloud. Mochten er onjuistheden in mijn boek staan, dan ligt de verantwoordelijkheid volledig bij mij.

Dank aan mijn vriendinnen, Radoslawa Barnaś-Baniel en Tessa Burton. Radoslawa heeft me geholpen met het Pools, Tessa heeft me gesteund met haar enthousiasme en haar aanmoediging. Mijn vader en moeder hebben me niet alleen van jongs af aan met boeken in aanraking gebracht, maar ze hebben me ook de tijd en de ruimte gegeven om ze te lezen. Daar ben ik hun dankbaar voor. Pete ben ik dankbaar omdat hij behalve mijn broer nog zoveel meer voor me is. Mijn kinderen, Oliver, Emily, Jude, Finn en Stanley, bedank ik voor alle drukte, alle vrolijkheid, alle spanning en inspiratie. En ten slotte wil ik Ian bedanken, mijn echtgenoot voor wie niets te veel is en die alles mogelijk maakt.